AMANDA QUICK

Süßes Gift der Leidenschaft

Buch

Lady Alice pfeift auf alle Männer! Die rothaarige Schönheit mit der spitzen Zunge und dem scharfen Verstand hat beschlossen, daß Heirat für sie nicht in Frage kommt. Auch als sie auf den wagemutigen Sir Hugh trifft, um den sich viele mysteriöse Geschichten ranken, gerät ihr Entschluß zunächst nicht ins Wanken. Alle Welt weiß, daß Hugh nach dem legendären grünen Kristall forscht, der angeblich auf Lingwood Manor, dem Gut von Alices Onkel, zu finden sein soll. Alice macht Hugh den Vorschlag, ihm gegen entsprechende Bezahlung bei der Suche nach dem Kristall behilflich zu sein. Grund für Alices Hilfsbereitschaft ist jedoch, daß sie Geld braucht, um mit ihrem Bruder den despotischen Onkel endlich verlassen zu können. Doch Hugh, der von Alice völlig bezaubert ist, macht ihr einen anderen Vorschlag: Er will sie heiraten. Ahnungslos gerät der Bedauernswerte damit in ein Abenteuer, das ihm rasch über den Kopf zu wachsen droht ...

Autorin

Amanda Quick ist das Pseudonym der erfolgreichen, vielfach ausgezeichneten Autorin Jayne Ann Krentz. Die Auflagen ihrer historischen und zeitgenössischen Liebesromane haben in den USA die 20-Millionen-Grenze weit überschritten. Auch in Deutschland gehört sie mittlerweile zu den Top-Autorinnen ihres Genres. Zusammen mit ihrem Mann Frank lebt sie an der pazifischen Nordwestküste der USA.

Von Amanda Quick sind außerdem
als Taschenbuch erschienen

Verhext. Roman (35085) · Im Sturm erobert. Roman (35093) · Geliebte Rebellin. Roman (35103) · Verstohlene Küsse. Roman (35257) · Liebe ohne Skrupel. Roman (35328) · Heißes Versprechen. Roman (35453) · Rendezvous. Roman (42628)

Amanda Quick

Süßes Gift der Leidenschaft

Roman

Aus dem Amerikanischen
von Uta Hege

PORTO BELLO

Die amerikanische Originalausgabe erschien unter dem Titel
»Mystique«
bei Bantam Books, a division of Bantam Doubleday Dell
Publishing Group, Inc., New York

Umwelthinweis:
Alle bedruckten Materialien dieses Taschenbuches
sind chlorfrei und umweltschonend.

Portobello Taschenbücher erscheinen im
Wilhelm Goldmann Verlag, München, einem
Unternehmen der Verlagsgruppe Random House GmbH

Einmalige Sonderausgabe Mai 2002

Dieses Werk wurde vermittelt durch die Literarische
Agentur Thomas Schlück GmbH, 30827 Garbsen
Umschlaggestaltung: Design Team München
Umschlagillustration: Agt. Schlück/Ennis
Druck: Elsnerdruck, Berlin
Verlagsnummer: 55300
AL · Herstellung: sc
Made in Germany
ISBN 3-442-55300-8
www.portobello-verlag.de

3 5 7 9 10 8 6 4 2

1

Alice rühmte sich ihres logischen Denkvermögens und ihrer Intelligenz. Sie war nie auf irgendwelche Heldenlegenden hereingefallen, aber schließlich hatte sie bis vor kurzem auch noch nie irgendwelcher Hilfe bedurft.

Heute abend jedoch war sie nur allzu bereit, an Helden zu glauben, und zufälligerweise saß gerade einer am Kopf der Tafel in der Halle von Lingwood Manor.

Der dunkle Ritter, bekannt als Hugh der Unerbittliche, genoß wie ein normaler Sterblicher Lauchsuppe und Schweinewurst, und Alice kam zu dem Schluß, daß selbst eine Heldenlegende essen mußte.

Dieser Gedanke machte ihr Mut, und sie ging entschlossen die Turmtreppe hinab. Zu dem bedeutenden Anlaß trug sie ihr bestes Gewand aus dunkelgrünem Samt, mit Seidenbändern verziert. Ihr Haar lag unter einem feinen, mit Goldfäden durchwirkten Netz – einem Erbstück ihrer Mutter –, das von einem feinen, goldfarbenen Metallreif gehalten wurde, und ihre Füße steckten in weichen, grünen Lederpantoffeln.

Alice wußte, daß sie für die Begegnung mit der Legende gewappnet war, dennoch bekam sie beim Anblick des Gastes weiche Knie.

Hugh der Unerbittliche mochte essen wie ein gewöhnlicher Mann, aber dort endete die Ähnlichkeit auch schon. Alice wurde von einem halb furchtsamen, halb erregenden Schauder gepackt. Es hieß, Legenden seien gefährlich, und Sir Hugh paßte durchaus in dieses Bild.

Die Hände in die Röcke ihres Kleides verkrallt, blieb sie auf der letzten Stufe stehen und sah sich in der Menschenmenge um. Plötzlich hatte sie das Gefühl, dies alles sei nur ein Traum, und einen beunruhigenden Augenblick lang fragte sie sich, ob sie vielleicht in die Kammer eines Hexenmeisters gestolpert sei.

Trotz der Menschenmenge hatte sich eine bedrohliche Stille über den Raum gesenkt. Die Luft war schwer, erfüllt von bösen Omen und dunklen Warnungen.

Alle, selbst die Dienerschaft, verharrten in Reglosigkeit, und die Harfe des Troubadours schwieg. Sämtliche Hunde kauerten dicht gedrängt unter den langen Tischen und ignorierten die Knochen, die man ihnen hingeworfen hatte. Ritter als auch Waffenträger saßen wie versteinert auf den Bänken, und die Flammen im großen Kamin züngelten vergeblich gegen die Schatten an, die sich in der Halle finster und bedrohlich ausbreiteten.

Es war, als stünde der einst so vertraute Saal unter einem Bann, der ihn fremd und unnatürlich erscheinen ließ. Doch Alice wies sich zurecht, daß sie gar nicht überrascht sein dürfte. Schließlich stand Hugh der Unerbittliche in dem Ruf, weitaus furchteinflößender zu sein als jeder Magier; in der Tat handelte es sich um den Mann mit dem Schwert, das *Bote der Stürme* hieß.

Als Alice in Hughs dunkles Gesicht sah, wußte sie drei Dinge mit großer Bestimmtheit.

Erstens: Die gefährlichsten Stürme waren die, die in der Seele dieses Mannes tobten und nicht die, die man seiner Klinge zuschrieb.

Zweitens: Die rauhen Winde, die in ihm heulten, wurden von einem unbeugsamen Willen und eiserner Entschlossenheit im Zaum gehalten.

Drittens: Hugh wußte genau, wie er den legendären Ruf zu seinem Vorteil nutzen konnte. Obgleich er nur Gast war, beherrschte er den Saal und alle Anwesenden, als sei er der Herr im Haus.

»Ihr seid Lady Alice?« fragte Hugh aus der Dunkelheit. Seine

Stimme klang, als käme sie aus der Tiefe eines Sees in einer finsteren Höhle.

Die Gerüchte, die sich um ihn rankten, waren nicht übertrieben. Seine rabenschwarzen Ritterkleider wiesen keinerlei Verzierungen auf, nicht die geringste Stickerei. Tunika, Schwertgürtel, Stiefel, alles hatte die Farbe sternenloser Mitternacht.

»Ich bin Alice, Mylord.« Sie machte einen tiefen, ehrfürchtigen Knicks, da sie fand, gutes Benehmen schade niemals. Als sie den Kopf hob, bemerkte sie, das Hugh sie eindringlich musterte. »Ihr habt nach mir geschickt, Sir?«

»Ja, Mylady, das habe ich. Bitte kommt näher, damit wir miteinander sprechen können.« Dies war keine Bitte, sondern ein Befehl. »Wie ich hörte, befindet sich etwas in Eurem Besitz, was mir gehört.«

Dies war der Augenblick, auf den Alice gewartet hatte. Sie erhob sich graziös und schritt zwischen den langen Tischen hindurch, wobei sie trachtete, sich an alles zu erinnern, was sie in den letzten drei Tagen über Hugh erfahren hatte.

Ihre Informationen waren bestenfalls spärlich und basierten auf Gerüchten und Erzählungen. Dieses Wissen jedoch genügte nicht. Sie hätte mehr erfahren müssen, denn allzuviel hing davon ab, wie sie sich diesem geheimnisvollen Mann gegenüber in den nächsten fünf Minuten verhielt.

Aber nun war es zu spät. Sie müßte sich mit den wenigen Dingen begnügen, die sie sich aus den Gerüchten im Dorf und auf der Burg ihres Onkels zusammengereimt hatte.

Außer dem leisen Rascheln ihrer Röcke und dem Knistern des Feuers hörte man nichts in dem riesigen Saal; Erregung und Furcht lagen in der Luft.

Alice warf einen kurzen Blick auf ihren Onkel, Sir Ralf, der neben seinem gefährlichen Besucher saß. Ralfs Glatze glänzte vor Schweiß und seine plumpe Gestalt, deren Kürbisform die kürbisfarbene Tunika unvorteilhaft betonte, versank fast gänzlich in den Schatten, die Hugh aussandte. Seine beringten Wurstfinger umklammerten einen Bierkrug, ohne daß er trank.

Alice wußte, daß der sonst so laute, ungehobelte Ralf heute abend geradezu schlotterte vor Angst, und auch ihre stämmigen Vettern William und Gervase waren gelinde gesagt in Alarmzustand. Sie saßen stocksteif an einem der anderen Tische und starrten Alice an. Sie spürte ihre Verzweiflung und verstand, woher sie kam. Ihnen gegenüber hockten die grimmigen, kampferprobten Männer Hughs, und die Griffe ihrer Schwerter blitzten im Flammenschein.

Nur Alice konnte Hugh besänftigen. Ob Blut floß oder nicht, lag allein in ihren Händen.

Sie alle wußten, weshalb Hugh der Unerbittliche nach Lingwood Hall gekommen war, doch nur den Bewohnern der Burg war klar, daß er das, was er suchte, hier nicht finden konnte, und seine wahrscheinlich zornige Reaktion auf diese unerfreuliche Nachricht ließ sie erbeben vor Sorge.

Man hatte Alice dazu auserkoren, Hugh die Situation zu erklären. Während der letzten drei Tage, seit die Kunde vom Kommen des grimmigen Ritters ging, hatte sich Ralf allerorts lautstark beschwert, daß die drohende Katastrophe allein Alice anzulasten war.

Er hatte darauf bestanden, daß sie Hugh davon abbringen müsse, an der Burg und ihren Bewohnern Rache zu nehmen. Alice wußte, daß ihr Onkel wütend auf sie war, und sie wußte, daß er sich fürchtete. Zu Recht.

Lingwood Manor verfügte über einen kleinen, bunt zusammengewürfelten Trupp von Rittern und Waffenträgern, aber in ihren Herzen waren diese Männer Bauern und keine Männer des Schwerts. Weder verfügten sie über Erfahrung, noch hatten sie je ernsthaft den Kampf geprobt. Es war kein Geheimnis, daß die Burg einem Angriff des legendären Hugh des Unerbittlichen unmöglich standhielte. Er und seine Männer würden diese Tafelrunde im Handumdrehen in ein blutiges Schlachtfeld verwandeln.

Niemand fand es seltsam, daß Ralf von seiner Nichte erwartete, Hugh zu besänftigen. In der Tat hätte man es als höchst ungewöhnlich empfunden, hätte er es nicht getan. Sämtliche Burgbewohner wußten, daß Alice sich von niemandem so leicht einschüchtern ließ, auch von einer Legende nicht.

Mit ihren dreiundzwanzig Jahren war sie eine Frau ausgeprägten Willens, und sie zögerte nur selten, diesen kundzutun. Alice wußte sehr wohl, daß ihr Onkel ihr Selbstbewußtsein als störend empfand, daß er sie hinter ihrem Rücken als altklug bezeichnete, auch wenn er sie offen umschmeichelte, damit sie ihm eines ihrer diversen Heilmittel für seine schmerzenden Gelenke verabreichte.

Alice hielt sich für resolut und keineswegs einfältig. Sie war sich der Gefahr des Augenblicks durchaus bewußt, gleichzeitig jedoch der goldenen Möglichkeit des Entkommens, die Hughs Ankunft ihr bot. Wenn sie sie nicht nutzte, säßen sie und ihr Bruder ewiglich hier auf Lingwood Manor fest.

Sie blieb am Kopfende des Tisches stehen und sah den Mann an, der bedrohlich auf dem am reichsten verzierten Eichenstuhl der ganzen Halle thronte. Es hatte geheißen, daß Hugh der Unerbittliche nicht gerade einer der schönsten Männer war, aber das Spiel der Flammen und der Schatten auf seinem Gesicht verstärkte das Finstere seiner Züge derart, daß er wirkte wie der Teufel in Menschengestalt.

Sein Haar war dunkler als schwarzer Basalt und umrahmte eine hohe, stolze Stirn. Seine Augen, die einen seltsam goldenen Bernsteinton aufwiesen, blitzten vor unbarmherziger Intelligenz. Es lag auf der Hand, weshalb er der *Unerbittliche* hieß. Alice erkannte, daß dieser Mann sich durch nichts von seinen Zielen abhalten ließ.

Sie fröstelte, doch ihre Entschlossenheit wankte nicht.

»Es hat mich enttäuscht, daß Ihr uns nicht schon beim Essen mit Eurer Gesellschaft beehrt habt, Lady Alice«, sagte Hugh. »Ich hörte, Ihr hättet die Zubereitung der Speisen überwacht.«

»Das stimmt, Mylord.« Sie bedachte ihn mit ihrem gewinnendsten Lächeln. Eins der Dinge, die sie herausgefunden hatte, war, daß Hugh sorgsam ausgewählte, feingewürzte Gerichte zu schätzen wußte, und sie hatte ihre ganze Aufmerksamkeit der Küche gewidmet. »Ich hoffe, es hat Euch gemundet?«

»Eine interessante Frage.« Hugh dachte einen Augenblick darüber nach, als handele es sich um ein philosophisches oder logisches Problem. »Am Geschmack und an der Vielfalt der Speisen gab es nichts auszusetzen. Ich gestehe, ich habe mir den Magen reichlich gefüllt.«

Alices Lächeln wurde dünner. Seine gemessenen Worte und sein offensichtlicher Mangel an Wertschätzung für ihre Mühe ärgerten sie. Sie hatte Stunden mit der Überwachung der Bankettvorbereitungen verbracht.

»Es freut mich zu hören, daß es offenbar nichts zu beanstanden gab, Mylord«, sagte sie und sah aus dem Augenwinkel, daß Sir Ralf bei ihrem gereizten Ton zusammenfuhr.

»Nein, es war alles in Ordnung«, räumte Hugh ein. »Aber ich muß zugeben, daß ich immer über die Möglichkeit einer Vergiftung nachdenke, wenn die Person, die die Zubereitung der Gerichte überwacht, es vorzieht, selbst nichts zu essen.«

»Eine *Vergiftung!*« Alice war ehrlich empört.

»Aber allein der Gedanke bringt einem Mahl erst die richtige Würze, findet Ihr nicht?«

Ralf zuckte zusammen, als hätte Hugh sein Schwert gezückt, und die Bediensteten stießen gemeinsam einen Entsetzensschrei aus. Die Waffenträger rutschten unruhig auf ihren Bänken herum, ein paar der Ritter legten die Hände an ihre Schwerter, und Gervase sowie William wurden regelrecht grün im Gesicht.

»Nein, Mylord«, stammelte Ralf. »Ich versichere Euch, daß es absolut keine Veranlassung gibt, meine Nichte der Giftmischerei zu bezichtigen. Ich schwöre Euch bei meiner Ehre, Sir, so etwas würde sie niemals tun.«

»Da ich immer noch hier sitze und es mir nach dem reichhaltigen Mahl nicht schlechter geht als zuvor, neige ich dazu, Euch zuzustimmen«, pflichtete Hugh ihm bei. »Aber Ihr könnt es mir wohl kaum verübeln, daß ich unter den gegebenen Umständen Argwohn hege.«

»Und was für Umstände wären das, Sir?« Alice sah ihn fragend an.

Sie sah, daß Ralf angesichts ihres inzwischen eindeutig unhöflichen Tons verzweifelt die Augen schloß, aber schließlich war der Tenor dieser Unterhaltung nicht ihre Schuld. Hugh der Unerbittliche hatte die Feindseligkeiten eröffnet, nicht sie.

Gift. Als würde sie jemals auch nur im Traum daran denken, so etwas zu tun.

Die Anwendung eines der ungesünderen Rezepte ihrer Mutter hätte sie höchstens als allerletztes Mittel in Erwägung gezogen und auch das nur, wenn sie erfahren hätte, daß Hugh ein dummer, grausamer, brutaler Kerl ohne einen Funken Verstand war. Doch selbst unter derartigen Umständen, dachte sie zornig, hätte sie ihn nicht umgebracht.

Sie hätte höchstens ein harmloses Gebräu zusammengemischt, das ihn und seine Männer zu schläfrig oder schwindlig gemacht hätte, um die Bewohner der Burg kaltblütig niederzumetzeln.

Hugh musterte Alice, und als er ihre Gedanken zu erraten schien, verzog er unmerklich das Gesicht. Das Lächeln, das seinen harten Mund umgab, enthielt jedoch keinerlei Wärme, sondern nur eisiges Amüsement.

»Wollt Ihr mir etwa Vorwürfe machen, daß ich vorsichtig bin, Mylady? Wie man mir sagte, interessiert Ihr Euch für alte Schriften. Und es ist doch wohl allgemein bekannt, daß die Alten sehr geschickt waren im Umgang mit Tränken und Gebräu. Außerdem heißt es, daß Eure Mutter eine wahre Expertin für fremde und ungewöhnliche Kräuter war.«

»Wie könnt Ihr es wagen, Sir?« Alice war tief getroffen. Kein Gedanke mehr an einen vorsichtigen, behutsamen Umgang mit diesem Rüpel. »Ich bin eine Gelehrte, keine Giftmischerin. Ich beschäftige mich mit Fragen der Naturphilosophie, nicht mit trüber Magie. Meine Mutter war in der Tat eine Expertin für Kräuter und eine große Heilerin. Aber niemals hätte sie ihre Fähigkeiten dazu benutzt, einem Menschen zu schaden.«

»Das höre ich freilich gern.«

»Auch ich beabsichtige nicht, Menschen umzubringen«, fuhr Alice eilig fort. »Noch nicht einmal unhöfliche, undankbare Gäste wie Ihr es seid, Mylord.«

Ralf fiel fast der Bierkrug aus der Hand. »Alice, um Gottes willen, schweig.«

Alice ignorierte ihn. Sie wandte sich mit zusammengekniffenen Augen an Hugh. »Seid versichert, daß ich noch nie in meinem Leben einen Menschen getötet habe, Sir. Was Ihr von Euch wohl kaum behaupten könnt.«

Die Atemlosigkeit, die sich über den Raum gesenkt hatte, wurde von diversen Schreckenslauten durchbrochen. Ralf stöhnte und hielt sich die Hände vor das Gesicht, Gervase und William warfen sich bestürzte Blicke zu.

Hugh war der einzige, der völlig ungerührt zu sein schien. Er sah Alice nachdenklich an: »Ich fürchte, Ihr habt recht, Mylady«, bestätigte er mit ruhiger Stimme. »Das kann ich von mir nicht behaupten.«

Dieses bündige Geständnis wirkte auf Alice, als wäre sie gegen eine Steinmauer geprallt.

Sie blinzelte und suchte nach ihrem Gleichgewicht: »Ja, nun, da könnt Ihr es sehen ...«

Hughs Bernsteinaugen blitzten neugierig auf. »Was genau sehe ich, Madame?«

Ralf versuchte heldenhaft, den Teufelskreis zu durchbrechen. Er hob den Kopf, wischte sich mit dem Ärmel seiner Tunika über die Stirn und flehte Hugh an: »Sir, ich bitte Euch, versteht, daß meine törichte Nichte Euch nicht zu nahe treten will.«

Hughs Miene verriet gewisse Zweifel. »Nein?«

»Natürlich nicht«, stotterte Ralf. »Es besteht nicht die geringste Veranlassung, sie irgendwelcher Frevel zu verdächtigen, nur weil sie es vorgezogen hat, nicht mit uns zusammen zu speisen. Genau gesagt, ißt Alice nie hier unten in der Halle mit uns.«

»Seltsam«, murmelte Hugh.

Alice wippte auf den Zehenspitzen. »Mit diesem Geplänkel vergeuden wir nur Zeit.«

Hugh sah Ralf fragend an.

»Sie behauptet, daß sie, äh, die Zurückgezogenheit ihrer eigenen Räumlichkeiten bevorzugt«, beeilte sich Ralf zu erklären.

»Und warum das?« Hugh wandte sich wieder Alice zu.

Ralf stöhnte. »Sie sagte, daß der *intellektuelle Austausch*, wie sie es nennt, hier unten in der Halle für ihren Geschmack zu dürftig ist.«

»Ich verstehe«, sagte Hugh.

Ralf bedachte Alice mit Abscheu im Blick und setzte zu seiner alten, vertrauten Klage an. »Offensichtlich sind die Gespräche ehrlicher, mannhafter Waffenträger nicht erhaben genug, um Myladys Ansprüchen Genüge zu tun.«

Hugh zog die Brauen hoch. »Ach. Lady Alice hat also nicht das Verlangen, von den allmorgendlichen Übungen eines Mannes an der Stechpuppe oder von seinen Erfolgen auf der Jagd zu hören?«

Ralf seufzte. »Nein, Mylord, ich bedaure sagen zu müssen, daß sie für diese Dinge einfach keine Anteilnahme aufbringt. Wenn Ihr mich fragt, so beweist meine Nichte nur, wie töricht es ist, Frauen zu erziehen. Es macht sie allzu dickschädelig, bringt sie dazu, sich einzubilden, sie wären eigenständige Persönlichkeiten. Und was am schlimmsten ist, es macht sie undankbar und respektlos gegenüber den armen, unseligen Männern, denen sie anvertraut sind, und deren trauriges Los es ist, sie ernähren und kleiden zu müssen.«

Aufgebracht bedachte Alice Ralf mit einem vernichtenden Blick. »Das ist völliger Unsinn, Onkel. Ihr wißt genau, wie dankbar ich Euch bin für den Schutz, den Ihr mir und meinem Bruder gewährt. Wo wären wir ohne Euch?«

Ralf errötete. »Also bitte, Alice, komm jetzt zum Ende.«

»Ich will Euch sagen, wo Benedict und ich ohne Euren großzügigen Schutz wären. Wir säßen auf unserer eigenen Burg und äßen an unserem eigenen Tisch.«

»Beim Blute der Heiligen, Alice. Bist du vollkommen übergeschnappt?« Ralf starrte sie entgeistert an. »Dies ist wohl kaum der richtige Zeitpunkt, um über diese Angelegenheit zu sprechen.«

»Nun gut.« Sie setzte ein grimmiges Lächeln auf. »Wechseln wir das Thema. Wäre es Euch lieber, wenn wir darüber sprächen, wie es Euch gelungen ist, den kläglichen Rest meines Erbes durchzubringen, nachdem Ihr die Burg meines Vaters an Euren Sohn gegeben hattet?«

»Verdammt, Weib, du bist nicht gerade billig im Unterhalt.« Ralfs Furcht vor Hugh wich kurzfristig dem endlosen Verdruß, den er Alice gegenüber empfand. »Das letzte Buch, das ich auf dein Drängen hin kaufen mußte, hat mehr gekostet als ein guter Jagdhund.«

»Schließlich ist es auch eine sehr wichtige Schrift des Bischof Marbode von Rennes über Mineralien«, gab Alice zurück. »Sie beschreibt sämtliche Eigenschaften von Edel- und anderen Steinen, und der Preis dafür war gewiß nicht zu hoch.«

»Ach, nein?« schnauzte Ralf. »Nun, ich versichere dir, daß

ich für das Geld durchaus bessere Verwendung hätte finden können.«

»*Genug.*« Hugh griff mit einer großen, wohlgeformten Hand nach seinem Weinkelch. Es war eine kaum wahrnehmbare Bewegung, aber da sie die vollkommene Reglosigkeit durchbrach, in der er bisher verharrt hatte, trat Alice unwillkürlich einen Schritt zurück, und Ralf schluckte eilig weitere Anschuldigungen herunter, die er hatte vorbringen wollen.

Alice errötete, verärgert und peinlich berührt von dem törichten Streitgespräch. Als gäbe es nichts Wichtigeres, dachte sie. Ihre leidenschaftliche Natur war wirklich ein Fluch.

Nicht ohne einen gewissen Neid fragte sie sich, wie es Hugh gelang, sich derart zu beherrschen. Ohne jeden Zweifel hatte er sein Temperament in eisernem Griff, eine der Eigenschaften, die ihn so gefährlich machten.

In Hughs Augen spiegelten sich die Flammen des Kamins. »Das, was offenbar ein alter Familienzwist ist, interessiert mich nicht. Ich habe weder die Zeit noch die Geduld, um diesen Streit zu schlichten. Wißt Ihr, weshalb ich gekommen bin, Lady Alice?«

»Ja, Mylord.« Alice erkannte die Sinnlosigkeit, um den heißen Brei herumzureden. »Ihr sucht den grünen Stein.«

»Ich bin diesem elenden Kristall seit über einer Woche auf der Spur, Mylady. In Clydemere erfuhr ich, daß er von einem jungen Ritter von Lingwood Hall gekauft worden ist.«

»Das stimmt, Mylord«, bestätigte Alice. Sie wollte die Sache ebenso schnell hinter sich bringen wie er.

»Für Euch?«

»Auch das stimmt. Mein Vetter Gervase entdeckte ihn auf dem Sommermarkt in Clydemere.« Alice sah, daß Gervase sich unruhig wand. »Er wußte, daß mich der Stein interessieren würde und erwarb ihn freundlicherweise für mich.«

»Hat er Euch auch erzählt, daß der Hausierer, der ihn verkauft hat, später mit durchgeschnittener Kehle gefunden wurde?« fragte Hugh im Plauderton.

Alices Kehle wurde trocken. »Nein, das hat er nicht, Mylord. Offensichtlich wußte Gervase von dieser Tragödie nichts.«

»So scheint es.« Hugh betrachtete Gervase aufmerksam.

Gervase öffnete den Mund und klappte ihn zweimal wieder zu, ehe er seine Stimme fand. »Ich schwöre Euch, ich wußte nicht, daß der Kristall gefährlich war, Sir. Er war nicht teuer, und ich dachte, er würde Alice amüsieren. Sie interessiert sich sehr für ungewöhnliche Steine und dergleichen.«

»Der grüne Kristall hat nichts sonderlich Amüsantes an sich.« Hugh lehnte sich gerade weit genug nach vorn, um das Muster von Licht und Schatten in seinem harten Gesicht so zu verändern, daß es noch dämonischer aussah. »Denn je länger ich ihn suche, desto weniger gefällt er mir.«

Alice runzelte die Stirn, als ihr ein Gedanke kam: »Seid Ihr ganz sicher, daß der Tod des Hausierers mit dem Kristall zusammenhängt, Mylord?«

Hugh sah sie an, als hätte sie ihn gefragt, ob morgen die Sonne wieder aufginge. »Bezweifelt Ihr etwa mein Wort?«

»Nein, natürlich nicht.« Alice unterdrückte ein leises Aufbegehren. Männer waren einfach lächerlich empfindlich, was die Wertschätzung ihres logischen Denkvermögens betraf. »Es ist nur so, daß ich keine Verbindung zwischen dem grünen Stein und dem Mord an dem Hausierer sehe.«

»Ach, nein?«

»Nein. Soweit ich weiß, ist der grüne Stein weder besonders hübsch noch besonders wertvoll. In der Tat ist er für einen Kristall sogar recht unscheinbar.«

»Ich weiß Eure Meinung als Expertin natürlich zu schätzen.«

Alice ignorierte den Sarkasmus seiner Worte, ihre Gedanken kreisten um die Logik dieses rätselhaften Problems. »Ich gebe zu, daß ein bösartiger Räuber töten könnte, wenn er fälschlicherweise annähme, daß der Stein wertvoll ist. Aber offen gestanden war er recht preiswert, sonst hätte Gervase ihn niemals gekauft. Warum sollte zudem jemand den armen Hausierer töten, nachdem er den Kristall bereits verkauft hatte? Das ergibt einfach keinen Sinn.«

»Ein Mord ist in einer solchen Situation durchaus logisch, falls jemand versucht, eine Spur zu verwischen«, stellte Hugh mit viel zu sanfter Stimme fest. »Ich kann Euch versichern, daß Männer schon aus weit unwichtigeren Gründen getötet worden sind.«

»Schon möglich.« Alice stützte einen Ellbogen in die Hand und trommelte mit den Fingerspitzen an ihr Kinn. »Bei den Augen der Heiligen, Männer scheinen erpicht darauf zu sein, eine Menge unnötiger Gewalttaten zu verüben.«

»Das kommt vor«, gab Hugh zu.

»Trotzdem, solange Ihr keinen objektiven Beweis dafür habt, daß es zwischen den Mord an dem Hausierer und dem grünen Kristall eine klare Verbindung gibt, verstehe ich nicht, weshalb Ihr Euch an eine solche Verbindung klammert, Sir.« Sie nickte, zufrieden mit ihrer durchaus vernünftigen Schlußfolgerung. »Vielleicht wurde der Hausierer ja aus einem ganz anderen Grund umgebracht.«

Hugh sagte nichts. Er betrachtete sie mit eisiger Neugierde, als wäre sie irgendein seltsames, bisher unbekanntes Geschöpf, das aus dem Nichts vor ihm aufgetaucht war. Zum ersten Mal wirkte er leicht im Zweifel, als wisse er nicht genau, was er von ihr halten sollte.

Ralf stöhnte auf: »Alice, um Himmels willen, bitte streite nicht mit Sir Hugh. Dies ist nicht der rechte Augenblick, um deine rhetorischen Fähigkeiten zu erproben.«

Alice nahm sichtlich Anstoß an dieser ungerechten Anschuldigung. »Ich streite nicht, Onkel. Ich versuche lediglich, Sir Hugh darauf aufmerksam zu machen, daß man ohne eindeutige Beweise unmöglich auf etwas so Ernstes wie ein Mordmotiv schließen kann.«

»Ihr müßt mir einfach glauben, Lady Alice«, sagte Hugh. »Der Hausierer starb wegen dieses verdammten Kristalls. Ich glaube, wir sind uns darin einig, daß es das Beste wäre, wenn nicht noch ein Mensch deswegen stürbe, nicht wahr?«

»Allerdings, Mylord. Ich bin sicher, Ihr seid nicht der Meinung, daß ich mit Euch streiten will, ich stelle lediglich –«

»offenbar alles in Frage«, beendete er ihren Satz.

Sie runzelte die Stirn. »Mylord?«

»Ihr scheint nichts ohne Widerspruch hinzunehmen, Lady Alice. Bei anderer Gelegenheit fände ich diese Angewohnheit vielleicht unterhaltsam, aber heute abend bin ich nicht in der Stimmung für derartige Spiele. Ich bin aus einem einzigen Grund hier: wegen des grünen Kristalls.«

Alice richtete sich zu ihrer ganzen Größe auf. »Ich möchte Euch keineswegs zu nahe treten, Mylord, aber es steht fest, daß mein Vetter diesen Stein für mich erworben hat. Also gehört er jetzt mir.«

»Alice, bitte«, jammerte Ralf.

»Um Gottes willen, Alice, mußt du unbedingt mit ihm streiten?« zischte Gervase.

»Wir sind verloren«, murmelte William.

Hugh ignorierte sie alle und starrte Alice an. »Der grüne Kristall ist der letzte der Steine von Scarcliffe, Mylady. Und da ich der neue Herr von Scarcliffe bin, gehört der Kristall mir.«

Alice räusperte sich und wog ihre Worte sorgsam ab. »Mir ist klar, daß Euch der Stein früher einmal gehört haben mag, Mylord. Aber ich denke bestreiten zu können, daß er immer noch Euer Eigentum ist.«

»Ach, ja? Kennt Ihr Euch etwa nicht nur in Dingen der Naturphilosophie, sondern auch mit den Gesetzen aus?«

Sie funkelte ihn wütend an: »Der Stein wurde von Gervase rechtmäßig gekauft und dann erhielt ich ihn als Geschenk. Ich verstehe nicht, wie Ihr ihn so ohne weiteres von mir fordern zu können glaubt.«

Durch das unnatürliche Schweigen, das sich über die Halle gesenkt hatte, drang ein allgemeines Ringen nach Luft. Irgendwo krachte ein Blechkrug zu Boden und das harte Scheppern von Metall auf Stein hallte wider. Ein Hund winselte.

Ralf atmete rasselnd ein und starrte Alice mit hervorquellenden Augen an. »Alice, was hast du vor?«

»Ich verteidige lediglich meinen Besitzanspruch an dem grünen Kristall.« Dann wandte sie sich abermals Hugh zu: »Ich habe gehört, Hugh der Unerbittliche sei ein harter, doch gerechter und ehrenhafter Mann. Stimmt das, Mylord?«

»Hugh der Unerbittliche«, schnarrte der Angesprochene, »ist ein Mann, der sein Eigentum zu behaupten versteht. Und ich versichere Euch, Mylady, daß ich der Überzeugung bin, der Stein gehört mir.«

»Sir, ich brauche den Stein unbedingt für meine Forschungen. Ich untersuche augenblicklich verschiedene Mineralien auf ihre Eigenschaften hin, und der grüne Kristall ist höchst interessant.«

»Ich hörte Euch sagen, er sähe eher unbedeutend aus.«

»Ja, Mylord. Aber ich habe die Erfahrung gemacht, daß die Dinge, denen es auf den ersten Blick an Charme und Schönheit fehlt, häufig eine vielversprechende Herausforderung in sich bergen.«

»Wendet Ihr diese Theorie auch auf Menschen an?«

Sie wahr ehrlich verwirrt. »Mylord?«

»Nur wenige bezeichnen mich als charmant oder schön, Madam. Und jetzt frage ich mich, ob Ihr mich vielleicht vielversprechend findet.«

»Oh.«

»Ich meine, im intellektuellen Sinn.«

Alice fuhr sich mit der Zungenspitze über die Lippen. »Tja, nun, was das anbelangt, Mylord, so kann man Euch sicher als vielversprechend bezeichnen. Ganz sicher«, sagte sie und dachte, faszinierend wäre ein noch passenderes Wort.

»Ich fühle mich geschmeichelt. Und es wird Euch sicher auch interessieren zu erfahren, daß ich meinen Namen keinem Zufall verdanke. Man nennt mich den Unerbittlichen, weil ich die Angewohnheit habe, niemals eher zu ruhen, bis ich das Ziel meiner Wünsche erreicht habe.«

»Das bezweifle ich keineswegs, Sir, aber ich kann einfach nicht zulassen, daß Ihr mir meinen grünen Stein wegnehmt.« Sie setzte ein strahlendes Lächeln auf: »Ich könnte ihn Euch allerdings hin und wieder leihen.«

»Geht und holt den Stein«, sagte Hugh in schrecklich ruhigem Ton. »Sofort.«

»Mylord, Ihr versteht nicht –«

»Nein, Mylady, Ihr seid diejenige, die nicht versteht. Ich habe genug von diesem Geplänkel, das Euch anscheinend Freude macht. Bringt mir auf der Stelle den Stein oder Ihr werdet es bereuen.«

»Alice«, kreischte Ralf. »Tu doch etwas.«

»Ja«, sagte Hugh. »Tut etwas, Lady Alice. Bringt mir auf der Stelle den grünen Stein.«

Alice holte tief Luft, um die schlechte Nachricht vorzubringen. »Ich fürchte, das kann ich nicht, Mylord.«

»Ihr könnt oder Ihr wollt nicht?« fragte Hugh sanft.

Alice zuckte mit den Schultern. »Ich kann nicht. Wißt Ihr, ich bin in derselben Situation wie Ihr.«

»Wovon in aller Welt sprecht Ihr?« Der Unerbittliche reckte sich vor.

»Der grüne Kristall wurde mir vor ein paar Tagen geraubt, Mylord.«

»Bei Gott«, flüsterte Hugh. »Falls Ihr die Absicht habt, mich mit Eurem Gewirr aus Lügen und Täuschungen zur Weißglut zu treiben, dann seid Ihr auf dem besten Weg dazu. Aber ich warne Euch, mein Gegenzug wird Euch kaum gefallen.«

»Nein, Mylord«, beeilte sich Alice, »ich sage die reine Wahrheit. Der Stein verschwand vor weniger als einer Woche aus meinem Arbeitsraum.«

Hugh bedachte Ralf mit einem kalten, fragenden Blick, und sein Gastgeber nickte stumm. Dann wandte er sich wieder an Alice und nahm sie ins Visier.

»Wenn das stimmt, was Ihr sagt, warum wurde mir das nicht sofort bei meiner Ankunft mitgeteilt?«

Alice räusperte sich. »Da der Stein mir gehört, war mein Onkel der Meinung, daß allein ich die Aufgabe hätte, Euch über seinen Verlust aufzuklären.«

»Um mir gleichzeitig zu verdeutlichen, daß ich keinen Anspruch darauf habe?« Hughs Lächeln wies starke Ähnlichkeit auf mit der fein geschwungenen Klinge eines Schwerts.

Es wäre zwecklos gewesen, das Offensichtliche zu leugnen. »Ja, Mylord.«

»Ich wette, daß es Eure Entscheidung war, mir erst nach einem reichhaltigen Mahl vom Verlust des Steins zu berichten«, murmelte Hugh.

»Ja, Mylord. Meine Mutter hat mir beigebracht, Männer seien nach einer guten Mahlzeit zugänglicher. Nun, es freut mich, Euch sagen zu können, daß ich bereits einen Plan habe, wie ich den Stein zurückbekomme.«

Hugh schien sie nicht gehört zu haben. So vertieft war er in seine Gedanken. »Ich glaube nicht, daß ich jemals einer Frau wie Euch begegnet bin, Lady Alice.«

Die unerwartete Freude, die sie bei diesen Worten empfand, lenkte sie kurzfristig ab. »Findet Ihr mich interessant, Mylord?« Sie wagte kaum, den Nachsatz zu bringen. »Im intellektuellen Sinn?«

»Oh, ja, Madam. Höchst interessant.«

Alice errötete. Nie zuvor hatte ihr ein Mann ein derartiges Kompliment gemacht. Nie zuvor hatte ihr ein Mann *überhaupt* ein Kompliment gemacht. Sie spürte eine angenehme

Erregung. Die Tatsache, daß Hugh sie ebenso interessant fand wie sie ihn, war nahezu überwältigend. Sie mußte sich zwingen, das ungewohnte Gefühl zu ignorieren und sich wieder den praktischen Dingen zuzuwenden.

»Danke, Mylord«, sagte sie so gefaßt wie möglich. »Nun, wie ich bereits sagte, schmiedete ich, als ich von Eurem bevorstehenden Besuch erfuhr, einen Plan, mit dem wir den Kristall vielleicht zurückbekommen können.«

Ralf starrte sie an. »Alice, wovon redest du da?«

»Ich werde Euch gleich alles erklären, Onkel.« Sie sah Hugh freudestrahlend an. »Ich bin sicher, daß Ihr die Einzelheiten hören wollt, Mylord.«

»Es haben schon in der Vergangenheit Menschen versucht, mich zu hintergehen«, entgegnete Hugh.

Alice runzelte die Stirn. »Euch zu hintergehen, Mylord? Das hat hier niemand versucht.«

»Die Menschen, die es versucht haben, sind tot.«

»Sir, ich glaube, wir sollten uns wieder dem eigentlichen Problem zuwenden«, kam Alice auf ihr Anliegen zurück. »Nun, da wir beide ein Interesse an dem grünen Stein haben, ist es ratsam, unsere Kräfte zu vereinen.«

»Ich bedaure es sagen zu müssen, aber unter denen, die versucht haben mich zu täuschen, waren auch ein, zwei Frauen.« Hugh sah sie an. »Doch vermutlich möchten Sie gar nicht erfahren, was mit ihnen geschah.«

»Mylord, wir reden eindeutig aneinander vorbei.«

Hugh strich über den Stiel seines Weinkelches. »Wenn ich an die wenigen Frauen zurückdenke, die ihre Spielchen mit mir treiben wollten, kann ich einige Unterschiede zu Euch entdecken.«

»Natürlich können Sie das.« Erneut wallte Ärger in Alice auf. »Ich treibe kein Spiel mit Euch, Sir, ganz im Gegenteil. Es wäre zu unser beider Vorteil, wenn wir meinen Verstand und Eure ritterlichen Fähigkeiten verbänden, um den Stein zu finden.«

»Das dürfte schwierig werden, Lady Alice, denn bisher habe ich noch nicht den kleinsten Hinweis darauf erhalten, ob Ihr über so etwas wie Verstand verfügt.« Hugh drehte den Kelch gedankenverloren zwischen seinen Fingern. »Zumindest keinen, den Ihr nicht durch Eure eigenartigen Gedankengänge wiederaufhebt.«

Alice war außer sich. »Mylord, das ist eine Beleidigung.«

»Alice, du bringst uns noch alle ins Grab«, flüsterte Ralf am Rande der Verzweiflung, doch Hugh sah weiterhin nur Alice an.

»Das ist keine Beleidigung, Mylady, sondern lediglich eine Feststellung von Tatsachen. Euer Verstand muß mit Euch durchgegangen sein, wenn Ihr glaubt, daß ich auf diese Weise mit mir umgehen lasse. Eine wirklich kluge Frau hätte längst bemerkt, daß sie sich auf dünnem Eis bewegt.«

»Mylord, allmählich habe ich genug von diesem Unsinn«, fuhr Alice ihn an.

»Ich auch.«

»Wollt Ihr nun vernünftig sein und Euch meinen Plan anhören oder nicht?«

»Wo ist der grüne Stein?«

Alice war am Ende ihrer Geduld. »Wie gesagt, er wurde geraubt. Ich glaube, ich weiß, wer ihn gestohlen hat, und ich bin bereit, die Suche gemeinsam durchzuführen. Aber ich erwarte eine Gegenleistung von Euch.«

»Eine Gegenleistung?« Hugh musterte sie mit einem unergründlichen Blick. »Das ist doch sicher ein Scherz, Mylady?«

»Oh, nein, es ist mein voller Ernst.«

»Ich glaube nicht, daß Ihr mit mir ein Abkommen treffen wollt.«

Alice sah ihn argwöhnisch an. »Warum denn nicht? Welches wären Eure Bedingungen?«

»Ich würde nichts für Euch tun, ohne daß Ihr mir dafür Eure Seele gebt.«

2

»Ihr guckt wie ein Alchimist vor seinem Schmelztiegel, Mylord.« Dunstan spuckte gewohnheitsmäßig über den Rand des nächstgelegenen Hindernisses, was in diesem Fall die alte Mauer war, die den Burghof von Lingwood Manor umgab. »Das gefällt mir nicht. Ich habe die Erfahrung gemacht, daß dieser Blick meinen alten Knochen nichts Gutes verheißt.«

»Eure Knochen haben schon Schlimmeres überstanden als ein, zwei mißbilligende Blicke.« Hugh legte die Unterarme auf die Mauer und schaute in die Morgendämmerung hinaus.

Von innerer Unruhe getrieben, war er vor einer halben Stunde aufgestanden. Er kannte diese Stimmung. Die Stürme, die tief in seinem Inneren lauerten, erwachten. Sie drehten und wendeten sich in ganz neuen Mustern. So war es immer, wenn sein Leben eine Wendung nahm.

Das erste Mal hatte Hugh dieses Gefühl im Alter von acht Jahren verspürt, an dem Tag, an dem er an das Totenbett seines Großvaters gerufen und ihm erklärt worden war, daß er von nun an in der Obhut von Erasmus von Thornewood leben würde.

»Sir Erasmus ist mein Lehnsherr.« Thomas' helle Augen hatten in seinem hageren, ausgemergelten Gesicht geglüht. »Er hat sich bereit erklärt, dich aufzunehmen und will dafür sorgen, daß du eine Ausbildung als Ritter erhältst. Verstehst du mich?«

»Ja, Großvater.« Hugh hatte ergeben und ängstlich neben dem Bett seines Großvaters gestanden, in stummem Entsetzen, unfähig zu glauben, daß dieser schwache alte Mann, der den Tod erwartete, derselbe Mensch war wie der leidenschaftliche, verbitterte Recke, der ihn seit dem Tod seiner Eltern erzogen hatte.

»Erasmus ist jung, aber stark, ein guter, talentierter Krieger. Er ging vor zwei Jahren auf Kreuzzug, und nun ist er ruhmreich und wohlhabend zurückgekehrt.« Thomas' Worte waren von heiserem Husten unterbrochen worden. »Er wird dir die Dinge beibringen, die du wissen mußt, um den Rachefeldzug gegen das Haus von Riverhall zu vollenden. Verstehst du mich, Junge?«

»Ja, Großvater.«

»Lerne eifrig. Lerne soviel du kannst, solange du in Erasmus' Obhut weilst. Wenn du ein Mann bist, wirst du wissen, was zu tun ist und wie du es tun mußt. Vergiß nichts von dem, was ich dir von der Vergangenheit erzählt habe.«

»Nein, Großvater.«

»Was auch immer geschieht, du hast deine Pflicht gegenüber deiner Mutter zu erfüllen. Du bist der einzige Überlebende, Junge, der letzte deiner Linie, auch wenn du ein Bastard bist.«

»Ich verstehe.«

»Du darfst nicht eher ruhen, als bis du einen Weg gefunden hast, um dich an dem Haus zu rächen, aus dem die Viper kam, die meine unschuldige Margaret verführt hat.«

Dem jungen Hugh war es nicht ganz richtig erschienen, sich am Hause seines Vaters zu rächen, trotz all des Unwesens, das der Rivenhallsche Clan trieb. Schließlich war sein Vater ebenso tot wie seine Mutter. Das genügte doch sicher.

Aber Hughs Großvater hatte es nicht genügt. Nichts hatte Sir Thomas zufrieden zu stellen vermocht, und der achtjährige Hugh schob seine momentanen Zweifel pflichtbewußt beiseite. Es war eine Frage der Ehre, und etwas Wichtigeres als die Ehre gab es nicht. Seit seiner Geburt hatte man ihm die Bedeutung dieses Wortes eingehämmert. Die Ehre war das Einzige, was ein Bastard besaß, das hatte Sir Thomas ihm wieder und wieder deutlich gemacht.

»Ich werde nicht eher ruhen, als bis ich den Namen meiner Mutter reingewaschen habe«, versprach Hugh mit dem leidenschaftlichen Ernst eines Achtjährigen.

»Recht so. Und vergiß niemals, Ehre und Rache sind das Einzige, was zählt.«

Es hatte Hugh nicht überrascht, daß sein Großvater ohne ein Wort der Liebe oder des Segens für sein einziges Enkelkind gestorben war. Wärme und Zuneigung hatte Thomas nie zu zeigen vermocht. Der grüblerische Zorn, den die unziemliche Verführung, der Verrat und der Tod seiner geliebten Tochter in ihm geweckt hatte, hatte alle Gefühle des alten Mannes vergiftet.

Nicht, daß Thomas für seinen Enkelsohn nichts empfunden hätte. Hugh hatte immer gewußt, daß er seinem Großvater sehr wichtig war, aber nur, weil er Thomas' einziges Werkzeug zur Rache war.

Das letzte, was über die ausgetrockneten Lippen des alten Mannes gedrungen war, sollte seiner geliebten Tochter gelten: »Meine schöne Margaret. Dein unehelicher Sohn wird dich rächen.«

Zum Glück für den kleinen Jungen hatte Erasmus von Thornewood vieles wettgemacht, was Thomas Hugh nicht hatte geben können. Erasmus war ein scharfsichtiger, intelligenter, junger Mann gewesen, der Hugh mit brummiger Freundlichkeit empfangen hatte und sofort in die Rolle des Vaters hineingewachsen war. Hugh hatte seinem Mentor in jungen Jahren den größten Respekt und höchste Bewunderung gezollt, und nun, als erwachsener Mann, diente er seinem Lehnsherrn in vollkommener und unerschütterlicher Loyalität. Eine solche Ergebenheit war selten und hochgeschätzt in der Welt, der Erasmus angehörte.

Dunstan schlang die Ränder seines grauen Wollumhangs enger um seine untersetzte, stämmige Gestalt und sah Hugh verstohlen an. Hugh wußte, was er dachte. Dunstan mißfiel die

Jagd auf den grünen Kristall. Er betrachtete sie als reine Zeitvergeudung.

Hugh hatte versucht, ihm zu erklären, daß nicht der Kristall selbst wertvoll war, sondern das, wofür er stand. Der Besitz des Steins war der sicherste Weg zur Festigung seines Anspruchs auf Scarcliffe. Aber Dunstan hatte für derlei Überlegungen keinen Sinn. Seiner Meinung nach waren guter Stahl und ein Trupp wackerer Waffenträger der Schlüssel zum Erfolg.

Fünfzehn Jahre älter als Hugh, ein kampferprobter Veteran, hatte er an demselben Kreuzzug wie Erasmus teilgenommen. Seine harten, wettergegerbten Züge waren ein deutlicher Spiegel jener Zeit. Anders als Erasmus, hatte Dunstan im Gegenzug für seine Mühen weder Ruhm noch Gold eingeheimst.

Dunstans Fähigkeiten als Krieger dienten Erasmus in vieler Hinsicht, aber alle wußten, daß es Hughs unheimliche Fähigkeit zur Entwicklung von Kriegslisten war, die Erasmus zu einem der mächtigsten Männer machte.

Vor kurzem hatte er dafür seinen treuen Diener mit Scarcliffe belohnt, einer Burg, die einst der Familie von Hughs Mutter gehört hatte.

»Ich möchte Euch wirklich nicht zu nahe treten, Hugh, aber Eure mißbilligenden Blicke unterscheiden sich von dem Stirnrunzeln anderer Männer.« Dunstan grinste, wobei die Lücken zwischen seinen fleckigen Zähnen sichtbar wurden. »Wenn Ihr eine finstere Miene aufsetzt, dann ist das wie ein Todesurteil. Selbst ich fürchte mich von Zeit zu Zeit davor. Vielleicht erweist Ihr Eurem Ruhm als dunkler und gefährlicher Ritter ein bißchen allzuviel Ehre.«

»Da irrt Ihr.« Hugh lächelte schwach. »Offensichtlich gelte ich noch nicht als gefährlich genug, wenn man Lady Alices gestrigen Umgang mit mir bedenkt.«

»Allerdings.« Dunstan sah aufrichtig niedergeschlagen aus. »Sie hat sich keineswegs vor Euch gefürchtet, wie man es erwartet hätte. Vielleicht sieht sie nicht gut.«

»Sie war viel zu beschäftigt damit, mit mir zu verhandeln, um zu merken, daß mir allmählich die Geduld ausging.«

Dunstan verzog das Gesicht. »Diese Frau würde sich wahrscheinlich noch nicht einmal vom Teufel persönlich einschüchtern lassen.«

»Eine höchst ungewöhnliche Person.«

»Ich habe die Erfahrung gemacht, daß rothaarige Frauen unweigerlich Ärger mit sich bringen. Ich habe einmal eine rothaarige Hure in einer Londoner Taverne kennengelernt. Sie hat mir soviel Bier vorgesetzt, daß ich schließlich auf ihrem Bett eingeschlafen bin. Als ich wieder aufwachte, waren sowohl sie als auch mein Geldbeutel verschwunden.«

»Ich werde mich bemühen, mein Geld nicht aus den Augen zu verlieren.«

»Das solltet Ihr auch.«

Hugh lächelte stumm. Die meisten Edelmänner kümmerten sich kaum um den Inhalt ihrer Börsen. Sie gaben ihr Geld mit beiden Händen aus und verließen sich auf die üblichen Einnahmequellen wie Lösegeld, Turniere oder – falls sie zu den Glücklichen gehörten, die über eigene Ländereien verfügten – schlecht geführte Güter. Hugh jedoch hatte einen untrüglichen Instinkt für Geschäfte. Am liebsten verließ er sich auf sichere und geregelte Einkünfte und hielt sein Geld samt Besitz sorgsam zusammen.

Dunstan schüttelte traurig den Kopf. »Schade, daß die Spur des grünen Kristalls zu einem Weib wie dieser Lady geführt hat. Es wird nichts Gutes dabei herauskommen.«

»Ich gebe zu, daß die Sache einfacher gewesen wäre, wenn sie sich schneller einschüchtern ließe, aber ich bin mir noch nicht sicher, ob die augenblickliche Situation unbedingt von Nachteil ist«, meinte Hugh. »Ich habe fast die ganze Nacht darüber nachgedacht und sehe Möglichkeiten für uns, Dunstan. Interessante Möglichkeiten.«

»Dann sind wir wohl verloren«, stellte Dunstan philosophisch fest. »Wenn Ihr zuviel über ein Problem nachdenkt, geraten wir häufig in Schwierigkeiten.«

»Ihr habt sicher bemerkt, daß sie grüne Augen hat.«

»Ach, ja?« Dunstan runzelte die Stirn. »Ich kann nicht gerade behaupten, daß ich auf ihre Augenfarbe geachtet hätte. Das rote Haar hat mir schon gereicht.«

»Ein ganz besonderes Grün.«

»Ihr meint, wie die Augen einer Katze?«

»Oder wie die einer Fee, einer Elfenprinzessin.«

»Es wird schlimmer und schlimmer. Elfen praktizieren eine sehr zweifelhafte Magie.« Dunstan verzog das Gesicht. »Ich beneide Euch nicht darum, es mit einer flammenhaarigen, grünäugigen kleinen Xanthippe zu tun zu haben.«

»Zufälligerweise habe ich entdeckt, daß ich rotes Haar und grüne Augen mag.«

»Bah. Ihr habt immer eine Vorliebe für Frauen mit dunklem Haar und dunklen Augen gehabt. Meiner Meinung nach ist Lady Alice noch nicht einmal besonders schön. Ihr seid fasziniert von ihrer ungewöhnlichen Kühnheit, völlig klar. Der Mut, den sie bewies, als sie Euch herausforderte, hat Euch amüsiert.«

Hugh zuckte die Schultern.

»Das ist der Reiz des Neuen, mehr nicht, Mylord«, versicherte Dunstan seinem Herrn, »und geht vorüber, genau wie der Kopfschmerz, nachdem man zuviel Wein getrunken hat.

»Sie weiß, wie man einen Haushalt führt«, fuhr Hugh nachdenklich fort. »Das Bankett, das sie gestern vorbereitet hat, hätte der Frau eines großen Barons zur Ehre gereicht, es hätte auf jeder edlen Burg aufgetragen werden können. Ich brauche jemanden mit solchen Fähigkeiten, der meinen Haushalt führt.«

Dunstan erschrak: »Wovon, zum Teufel, redet Ihr da? Denkt an ihre Zunge, Mylord. Sie ist spitz wie ein Dolch.«

»Wenn sie will, hat sie das Benehmen einer großen Dame.

Noch selten habe ich einen eleganteren Knicks gesehen. Ein Mann kann stolz darauf sein, wenn sie seine Gäste unterhält.«

»Das, was ich gestern abend gesehen habe und das, was mir die Gerüchte sagen, vermittelt mir den Eindruck, daß sie sich nicht gerade oft derart vorbildlich benehmen will«, warf Dunstan eilig ein.

»Sie ist alt genug um zu wissen, was sie tut. Bei ihr habe ich es nicht mit irgendeinem naiven jungen Mädchen zu tun, das ich beschützen und verwöhnen muß.«

Dunstans Kopf fuhr herum, und er riß überrascht die Augen auf. »Bei den Augen des Heiligen Osyth, das kann unmöglich Euer Ernst sein.«

»Warum nicht? Wenn ich erst den grünen Kristall zurückbekommen habe, werde ich sehr beschäftigt sein. Auf Scarcliffe gibt es alle Hände voll zu tun. Nicht nur, daß ich mich um meine neuen Ländereien kümmern muß, ich muß auch das alte Burgverlies wieder in Ordnung bringen.«

»Nein, Mylord.« Dunstan sah aus, als ersticke er gerade an einem Stück Wildbret. »Wenn Ihr im Sinn habt, was ich denke, daß Ihr es im Sinn habt, so bitte ich es Euch noch einmal gründlich zu überlegen.«

»Sie ist offenbar gut ausgebildet in der Kunst der Haushaltsführung. Und wie Ihr wißt, lebe ich schon immer nach dem Grundprinzip, daß es sich bezahlt macht, Experten zu beschäftigen, Dunstan.«

»Dieses Prinzip mag richtig sein, wenn es um Verwalter, Schmiede und Weber geht, Mylord, aber Ihr sprecht hier von einer *Ehefrau*.«

»Na und? Himmel nochmal, Dunstan, ich bin ein Ritter. Ich habe keine Ahnung, wie ein Haushalt abläuft, und Ihr kennt Euch damit ebensowenig aus. Ich habe noch nie in meinem Leben eine Küche betreten und weiß nicht genau, was an einem solchen Ort überhaupt vor sich geht.«

»Und was hat das mit der Wahl einer Ehefrau zu tun?«

»Eine Menge, wenn ich gut essen will – ich liebe gutes Essen.«

»Ja, das stimmt. Ich möchte Euch nicht zu nahe treten, Sir, aber meiner Meinung nach seid Ihr viel zu wählerisch, wenn es ums Essen geht. Keine Ahnung, warum Ihr Euch nicht mit ordentlichem Hammelbraten und gutem Bier zufriedengebt.«

»Weil Hammelbraten und Bier mit der Zeit langweilig werden«, fiel Hugh Dunstan ins Wort. »Und neben der Essensvorbereitung gibt es noch andere wichtige Dinge in einem Haushalt zu tun. Tausende. Die Säle und Zimmer müssen gesäubert werden. Die Wäsche muß gewaschen und die Betten müssen gelüftet werden. Die Bediensteten gilt es zu überwachen. Und wie stellt man es an, seinen Kleidern einen frischen Duft zu verleihen?«

»Über diese Frage habe ich noch nie nachgedacht.«

Hugh ignorierte ihn. »Kurz gesagt, ich möchte, daß Scarcliffe ordnungsgemäß geführt wird, also brauche ich eine Expertin, wie bei meinen diversen anderen Geschäften. Mir fehlt eine Frau, die es gelernt hat, einen großen Haushalt zu führen.«

Eine Vision seiner Zukunft tauchte vor Hughs geistigem Auge auf. Er wollte eine wohnliche Heimstatt, am Tisch unter einem Baldachin sitzen und köstliche Speisen zu sich nehmen. Er liebte es, auf sauberen Laken zu schlafen und in duftendem Wasser zu baden. Vor allem jedoch beseelte ihn der Wunsch seinen Lehnsherrn, Erasmus von Thornewood, standesgemäß zu empfangen.

Dieser letzte Gedanke dämpfte den Glanz seiner Vision. Erasmus hatte nicht gut ausgesehen, als Hugh vor sechs Wochen in sein Audienzzimmer bestellt worden war, um das Lehen von Scarcliffe zu empfangen. Offensichtlich hatte Erasmus stark abgenommen, sein Gesicht war spitz geworden und dann diese Melancholie. Beim kleinsten Geräusch war Erasmus zusammengezuckt, und Hugh hatte ihn alarmiert angeblickt. Er hatte Erasmus gefragt, ob er krank sei, doch dieser hatte sich geweigert, Auskunft zu geben.

Beim Verlassen der Burg waren Hugh dann die Gerüchte zu Ohren gekommen. Es hatte geheißen, daß diverse Ärzte etwas von einer Krankheit des Pulses und des Herzens gemurmelt hätten. Er mißtraute Ärzten weitgehend, aber trotzdem blieb seine Sorge groß.

»Mylord, ich bin sicher, daß Ihr durchaus eine passendere Frau finden könntet«, beschwor Dunstan ihn.

»Vielleicht, aber ich habe keine Zeit, nach einer solchen Frau zu suchen. Vor dem nächsten Frühjahr werde ich keine Gelegenheit mehr haben, mich umzusehen. In dem jetzigen Zustand möchte ich nicht auf Scarcliffe überwintern. Ich will eine saubere, geordnete Behausung.«

»Ja, aber –«

»Es ist ungemein praktisch, Dunstan. Denkt einmal darüber nach. Ich habe Euch ja bereits erklärt, daß der Besitz des Kristalls den Menschen von Scarcliffe beweisen wird, daß ich ihr rechtmäßiger Herr bin. Denkt doch nur, um wie vieles mehr ich sie beeindrucke mit einer Ehefrau im Gefolge.«

»Bedenkt, was Ihr da sagt, Mylord.«

Hugh lächelte zufrieden vor sich hin. »Auf diese Weise werde ich zweifellos ihre Herzen gewinnen. Sie erkennen daran sofort, daß ich die Absicht habe, unter ihnen zu leben. Es wird ihnen Vertrauen in ihre eigene Zukunft geben. Ich brauche ihre Zuneigung, wenn ich Scarcliffe fruchtbar und ertragreich machen will, Dunstan.«

»Da stimme ich Euch durchaus zu, aber Ihr tätet besser daran, eine andere Frau zu finden. Diese Schlange hier gefällt mir einfach nicht.«

»Ich gebe zu, daß Lady Alice auf den ersten Blick vielleicht nicht gerade wie die zugänglichste und lenkbarste aller Frauen wirkt.«

»Nun, anscheinend habt Ihr wenigstens das bemerkt«, murmelte Dunstan.

»Trotzdem«, ereiferte sich Hugh, »ist sie intelligent und weit über die frivole Phase hinaus, die jungen Frauen anhaftet.«

»Allerdings und zweifelsohne ist sie auch über ein paar andere Dinge längst hinaus.«

Hugh betrachtete ihn aus zusammengekniffenen Augen. »Wollt Ihr damit etwa andeuten, daß sie unter Umständen keine Jungfrau mehr ist?«

»Ich möchte Euch nur an Lady Alices große Kühnheit erinnern«, bemerkte Dunstan. »Nicht unbedingt das, was man als schüchterne, errötende, ungeöffnete Rosenknospe bezeichnen würde, Mylord.«

Hugh runzelte angestrengt die Stirn.

»Rotes Haar und grüne Augen sind Zeichen starker Leidenschaft, Sir. Gestern abend habt Ihr selbst festgestellt, was für ein Temperament sie hat. Und zweifellos hat sie schon vorher hin und wieder andere starke Gefühle ausgelebt. Schließlich ist sie bereits dreiundzwanzig Jahre alt.«

»Hmm.« Hugh dachte über Dunstans Worte nach. »Ganz offensichtlich ist sie ein wißbegieriger Mensch und hegt für viele Dinge eine natürliche Neugierde. Zumindest ist sie bestimmt diskret.«

»Das kann man nur hoffen.«

Hugh schüttelte die Vorbehalte ab, die Dunstans Bemerkungen in ihm geweckt hatten. »Ich bin sicher, daß sie und ich gut genug miteinander auskommen könnten.«

Dunstan stöhnte: »Wie in aller Welt kommt Ihr nur auf die Idee?«

»Wie gesagt, sie ist eine intelligente Frau.«

»Wenn Ihr mich fragt, dann machen allzuviel Intelligenz und Bildung eine Frau nur widerspenstig.«

»Ich glaube, daß wir uns einigen könnten«, sagte Hugh. »Mit ihrer Auffassungsgabe wird sie schnell lernen.«

»Und was, bitte, wird sie lernen?«

»Daß auch ich nicht ganz dumm bin.« Hugh lächelte. »Und daß ich zweifellos zu selbstbewußt und willensstark bin, um mich von ihr herumkommandieren zu lassen.«

»Wenn Ihr es wirklich mit Lady Alice aufnehmen wollt, dann kann ich Euch nur raten, ihr vorerst zu zeigen, daß Ihr wesentlich gefährlicher seid, als sie es augenblicklich noch denkt.«

»Seid versichert, daß ich jede erforderliche Kriegslist anwenden werde.«

»Die Sache gefällt mir nicht, Mylord.«

»Das merke ich.«

Dunstan spuckte erneut über die Mauer. »Ich sehe, daß es sinnlos ist, Euch zur Vernunft zu bringen. Die Übernahme Eurer neuen Ländereien ist erheblich problematischer, als Ihr es erwartet habt, nicht wahr?«

»Allerdings«, gab Hugh zu. »Aber das ist mein Los, ich habe mich bereits daran gewöhnt.«

»Wie wahr. Unsereinem wird wahrlich nichts geschenkt. Man sollte meinen, die Heiligen erbarmten sich unser wenigstens hin und wieder.«

»Ich werde tun, was ich tun muß, um Scarcliffe zu halten, Dunstan.«

»Das bezweifle ich nicht. Ich bitte Euch nur im Umgang mit Lady Alice ein wenig vorsichtig zu sein, Mylord. Ich habe den Verdacht, daß selbst der mannhafteste Ritter bei ihr ein schlimmes Ende nähme.«

Hugh nickte zum Zeichen, daß er die Warnung vernommen hatte, aber verbannte sie dann irgendwo in der hintersten Ecke seines Hirns. Noch heute morgen würde er die Angelegenheit mit der geheimnisvollen und unberechenbaren Lady Alice klären. Und dann würde die Lady mit all ihrer Intelligenz und Erhabenheit erkennen, daß sie mehr bekäme, als sie je erwartet hätte.

Als er gestern abend spürte, daß er es mit einer Gegnerin zu tun hatte, die wesentlich listiger als erwartet war, hatte er lautstark verkündet, daß er seine Geschäfte nicht in aller Öffentlichkeit tätige. Alice erklärte er, daß er heute mit ihr unter vier Augen über die Sache reden wolle.

In Wahrheit hatte er die Verhandlungen vertagt, weil er über die neue Wendung des zunehmenden Durcheinanders hatte nachdenken müssen.

Seit Beginn des Abenteuers hatte er zahlreiche Warnungen erhalten, aber niemand hatte ihn vor Alice gewarnt.

Den ersten Hinweis auf ihre Natur hatte er bereits am frühen Abend erhalten, als ihr Onkel mit einem leidvollen Seufzer auf die Erwähnung ihres Namens geantwortet hatte. Die Dame, so schien es, war eine große Last für Ralf.

Aufgrund der wenigen Dinge, die Hugh über sie gehört hatte, war in ihm das Bild einer verbitterten, verdrießlichen alten Jungfer entstanden, mit einer Zunge schärfer als jeder Dolch. Das einzige, was sich von dieser Vorstellung bewahrheitet hatte, war die Beschreibung ihrer Schlagfertigkeit. Alice hielt offensichtlich nicht viel von Zurückhaltung und Bescheidenheit.

Abgesehen von ihrem Mundwerk hatte die Frau, die ihm gestern abend gegenübergetreten war, auch keine Ähnlichkeit mit der von Dunstan beschriebenen Londonerin.

Alice war nicht verbittert, sondern willensstark. Diesen Unterschied hatte er sofort erkannt. Sie war nicht verdrießlich, sondern offen und selbstbewußt und zweifellos wesentlich intelligenter als all die anderen Bewohner der Burg. Eine schwierige Frau, vielleicht, aber auf jeden Fall interessant!

Ralfs Beschreibung seiner Nichte zufolge hatte Hugh eine Person von der Gestalt seines Schlachtrosses erwartet, aber auch in diesem Punkt hatte Lady Alice ihn überrascht.

Sie war sehr schlank, elegant, gar graziös. Nichts an ihr erinnerte an ein Schlachtroß. Ihr langes grünes Kleid hatte die

Rundungen ihres geschmeidigen Leibs angenehm betont – Brüste in der Größe reifer Pfirsiche, eine schmale Taille und Hüften mit einem üppigen Schwung.

In einem Punkt hatte jedenfalls Dunstan recht, mußte Hugh sich eingestehen. Alice hatte gewiß genug Feuer, um einen Mann bei lebendigem Leib verschmachten zu lassen, das verriet bereits die Farbe ihres Haars. Die flammenfarbenen Locken hatten unter einem glitzernden, goldenen Netz gelegen, das in der Glut des Kamins verführerisch schimmerte.

Ihr Gesicht war zart mit einer festen Nase, einem kraftvollen, kleinen Kinn und einem ausdrucksvollen Mund. Ihre großen Augen standen leicht schräg und wurden von köstlich geschwungenen rötlichen Brauen gerahmt; ihre Schultern und der gereckte Kopf verrieten Kampfgeist und Stolz. Sie war eine Frau, die die Blicke der Männer, auch wenn sie alles andere als häßlich war, nicht wegen ihrer Schönheit, sondern wegen ihrer Persönlichkeit auf sich zog.

Alice konnte man keinesfalls ignorieren.

Sollte es sie, wie Ralf gesagt hatte, verbittern, daß sie mit dreiundzwanzig Jahren noch nicht verheiratet war, so zeigte sie es nicht. In der Tat hatte Hugh den starken Verdacht, daß es ihr sogar gefiel, keinem Gatten untergeordnet zu sein, eine Tatsache, die ihm vielleicht ein paar Schwierigkeiten bereiten würde. Aber bisher hatte er noch immer Lösungen gefunden.

»Lady Alice will mit Euch verhandeln«, ließ Dunstan sich vernehmen. »Was will sie Eurer Meinung nach für ihre Hilfe bei der Suche nach dem grünen Stein haben?«

»Vielleicht ein paar Bücher«, sagte Hugh geistesabwesend. »Ihrem Onkel zufolge hegt sie eine große Vorliebe für Literatur.«

Dunstan schlug die Augen gen Himmel. »Und, werdet Ihr ihr ein oder zwei geben?«

Hugh lächelte. »Vielleicht erlaube ich ihr, sie von Zeit zu Zeit auszuleihen.«

Er gab sich erneut der Betrachtung der morgendlichen Landschaft hin. Die Bauernhöfe und Felder von Lingwood Manor lagen ruhig unter dem bleiernen Himmel. Der Herbst hatte gerade angefangen. Die Ernte war fast eingefahren, und ein Großteil des Landes lag in Erwartung der Winterkälte nackt und kahl da. Hugh wollte so schnell wie möglich nach Scarcliffe zurück. Es gab so vieles zu tun.

Lady Alice war der Schlüssel dazu, er spürte es in seinem Inneren. Mit ihrer Hilfe fände er vielleicht den grünen Stein und somit das Tor zu seiner Zukunft. Er war zu weit gereist, hatte zu lange gewartet und sich allzu sehr nach einem Zuhause verzehrt, um jetzt aufzugeben.

Er war dreißig Jahre alt, aber an kalten Vormittagen wie diesem fühlte er sich eher wie vierzig. Die inneren Stürme tobten und erfüllten ihn mit schmerzlicher Rastlosigkeit, mit einer zaghaften Sehnsucht, die er nicht ganz verstand.

Die Unruhe, die permanent an seiner Seele nagte, war ihm bewußt, aber nur in den tiefsten Stunden der Nacht oder in den grauen Nebeln der Dämmerung erkannte er hin und wieder tatsächlich die dunklen Unwetter, deren Gefangener er war. So gut es ging, wich er derartigen Tumulten aus. Es gefiel ihm nicht, allzu tief in das Auge des Sturms zu sehen.

Er konzentrierte sich lieber auf die Aufgabe, die vor ihm lag: Er besaß eigene Ländereien und wollte sie behalten. Doch das würde nicht leicht werden.

Während der letzten paar Wochen war Hugh allmählich dahinter gekommen, warum Scarcliffe in den vergangenen Jahren so oft den Besitzer gewechselt hatte.

Vor ihm war es keinem Mann gelungen, Scarcliffe länger als ein paar Jahre zu halten, ehe er es durch Tod oder ein anderes Unglück wieder verlor. Es hieß, Scarcliffe wäre von bösen Geistern und vom Pech verfolgt und obendrein mit einem alten Fluch belegt.

Wer da findet die Steine,
der besitzet das Land,
doch bewahr er den grünen Kristall
mit eiserner Hand.

Hugh glaubte nicht an die Macht alter Flüche. Er glaubte an kaum etwas anderes als an seine eigenen Fähigkeiten als Ritter und an den eisernen Willen, der ihn so weit gebracht hatte. Aber er hatte einen gesunden Respekt vor der Macht, die derartiger Unsinn oft über die Gedanken anderer Menschen besaß.

Ungeachtet seiner eigenen Meinung bezüglich dieser im Wege stehenden Prophezeiung wußte er, daß die entmutigte Bevölkerung von Scarcliffe an die alte Wahrsagung glaubte. Demnach war es unbedingt erforderlich, daß ihr neuer Herr sich ihnen durch den grünen Kristall zu erkennen gab.

Bei seiner Ankunft auf der Burg vor weniger als einem Monat hatte Hugh sich dort einem Häuflein überraschend dumpfer, verdrossener Menschen gegenübergesehen. Die guten Leute von Scarcliffe gehorchten ihm aus Furcht, aber er hatte in ihnen keine Hoffnung auf die Zukunft zu wecken vermocht. Ihr Trübsinn zeigte sich bei allen Verrichtungen, von der lustlosen Art, die magere Ernte einzufahren, bis hin zum halbherzigen Mahlen des Korns.

Hugh war es gewohnt zu befehlen, man hatte ihn dazu erzogen. Zeit seines Erwachsenenlebens war er der natürliche Anführer anderer gewesen. Er wußte, daß er die Menschen zu einem Mindestmaß an Zusammenarbeit zwingen konnte, aber zugleich wußte er, daß das nicht ausreichte. Damit Scarcliffe für sie alle Gewinne abwarf, brauchte er ihre willige Loyalität.

Die Wurzel des Übels lag in der Ungläubigkeit der Bewohner des Dorfes, daß Hugh lange ihr Lehnsherr blieb. Keiner der anderen Herren hatte hier länger als ein, zwei Jahre überlebt.

Bereits wenige Stunden nach seiner Ankunft hatte Hugh Murmeln über drohendes Unglück vernommen. Eine Bande

Gesetzloser hatte die Ernte niedergemacht, ein heftiges Gewitter der Kirche schweren Schaden zugefügt. Ein Wandermönch war in der Nähe aufgetaucht und predigte vom Jüngsten Gericht.

Für die Menschen von Scarcliffe war der Diebstahl des grünen Kristalls aus dem Gewölbe des ortsansässigen Klosters ein eindeutiges Zeichen gewesen. Hugh wußte, daß er in ihren Augen der Beweis für seine unrechtmäßige Lehnsherrschaft war.

Der schnellste Weg, um sich das Vertrauen der Menschen zu erwerben, wäre die Wiederbeschaffung des grünen Steins, und genau das hatte er vor.

»Seid vorsichtig, Mylord«, riet Dunstan ihm. »Lady Alice ist kein aufgeregtes junges Mädchen, das sich allein durch Euren Ruf einschüchtern läßt. Sie wird bestimmt versuchen, mit Euch zu handeln, als wäre sie eine Londoner Krämerin.«

»Das wird bestimmt eine interessante Erfahrung für mich.«

»Vergeßt nicht, daß sie gestern abend sogar bereit zu sein schien, ihre Seele für das zu geben, was auch immer sie von Euch bekommen will.«

»Das vergesse ich nicht.« Hugh lächelte beinahe. »Und vielleicht ist ihre Seele genau das, was ich bekommen will.«

»Seht zu, dabei nicht Eure eigene zu verlieren«, riet Dunstan trocken.

»Man kann nur verlieren, was man besitzt«, lautete die ebenso trockene Erwiderung.

Wegen seines krummen Beins konnte Benedict nicht durch die Tür von Alices Studierzimmer stürmen, aber seinem geröteten Gesicht und aus seinen blitzenden grünen Augen waren Zorn und Empörung deutlich abzulesen.

»Alice, das ist vollkommener Wahnsinn.« Er blieb vor dem Schreibtisch seiner Schwester stehen und klemmte den Stock unter einen Arm. »Es ist doch wohl nicht dein Ernst, mit Hugh dem Unerbittlichen Geschäfte zu planen.«

»Er heißt jetzt Hugh von Scarcliffe«, Alice betrachtete die Sache nüchterner.

»Nach allem, was ich gehört habe, paßt der *Unerbittliche* hervorragend zu ihm. Was tust du da eigentlich? Er ist doch ein hochgefährlicher Mann.«

»Gleichwohl ein ehrlicher. Es heißt, wenn er ein Abkommen trifft, hält er sich auch daran.«

»Ich möchte schwören, daß man ein Abkommen mit Sir Hugh nur zu seinen Bedingungen trifft«, erwiderte Benedict. »Alice, es heißt, er sei sehr gerissen und habe eine Vorliebe für Kriegslisten.«

»So? Ich selbst bin auch nicht gerade auf den Kopf gefallen.«

»Ich weiß, daß du dir einbildest, du könntest mit ihm umspringen wie mit Onkel Ralf. Aber Männer wie Hugh lassen sich von niemandem herumkommandieren, schon gar nicht von einer Frau.«

Alice legte ihre Schreibfeder zur Seite und sah ihren Bruder prüfend an. Benedict war sechzehn Jahre alt, und sie trug seit dem Tod ihrer Eltern die Verantwortung für ihn. Sie wußte durchaus, daß sie versagt hatte, aber tat alles in ihrer Macht stehende, um ihn dafür zu entschädigen, daß sein Erbe in Ralfs Hände gefallen war.

Ihre Mutter Helen war vor drei Jahren gestorben und ein Jahr später war ihr Vater, Sir Bernard, vor einem Londoner Bordell einem Straßendieb zum Opfer gefallen.

Sobald Ralf von Bernards Tod erfahren hatte, war er aufgetaucht und hatte Alice in einen hoffnungslosen Rechtsstreit verwickelt, in dessen Verlauf sie Benedicts Erbe, die kleine Burg, verloren hatte. Sie hatte um die bescheidene Besitzung wirklich gekämpft, aber auch wenn Ralf über das Hirn eines Ochsen verfügte, hatte er sie in diesem Fall ausgestochen. Nach langem Hin und Her war es ihm gelungen, Fulbert von Middleton, Alices sowie seinen Lehnsherrn, davon zu überzeugen, daß die Burg eines erfahrenen Ritters als Hausherrn bedurfte. Er hatte behauptet, daß eine Frau wie Alice unfähig sei, die Ländereien vernünftig zu verwalten und daß Benedict mit seinem kranken Bein niemals ein Ritter würde; schließlich war Fulbert tatsächlich zu dem Schluß gekommen, daß er einen Kämpfer brauchte als Wächter der winzigen Burg, die Lord Bernards Eigentum gewesen war.

Ohnmächtig vor Zorn hatte Alice mit ansehen müssen, wie Fulbert das Haus ihres Vaters an Ralf weitergab, der es seinerseits seinem ältesten Sohn Lloyd vermachte.

Alice und Benedict waren gezwungen gewesen, kurze Zeit später nach Lingwood zu ziehen, denn sobald Lloyd die Herrschaft über die Ländereien angetreten hatte, ehelichte er die Tochter des Nachbarritters, die ihm vor sechs Monaten seinen ersten Sohn gebar.

Alice war praktisch genug veranlagt, um zu erkennen, daß sie Benedicts Erbe wohl niemals zurückbekäme, egal, wie gut sie die Sache ihres Bruders vor Gericht verteidigte. Das Wissen, daß es ihr nicht gelungen war, ihrer Verantwortung für Benedict gerecht zu werden, lastete schwer auf ihr. Mißerfolge kannte sie nicht, vor allem nicht bei Angelegenheiten von derartiger Bedeutung.

Fest entschlossen, diese Katastrophe auf die einzig mögliche Art wiedergutzumachen, hatte Alice sich vorgenommen, Benedict die bestmöglichen Chancen für sein Fortkommen zu bieten. Sie hatte es sich in den Kopf gesetzt, ihn in die großen Schulen nach Paris und Bologna zu schicken, wo er die Rechte studieren sollte.

Nichts konnte ihm die verlorenen Ländereien ersetzen, aber Alice hatte die Absicht, ihr Möglichstes zu tun. Und wenn sie erst wüßte, daß Benedict sicher auf sein eigenes Leben zusteuerte, würde sie sich ihre eigenen Träume erfüllen. Sie würde in ein Kloster eintreten, das eine wohlsortierte Bibliothek besaß, und dort gäbe sie sich dann ganz den Studien der Naturphilosophie hin.

Noch vor ein paar Tagen war es ihr so erschienen, als erreiche sie keines dieser beiden Ziele jemals, doch die Ankunft von Hugh dem Unerbittlichen hatte ihr eine neue Tür geöffnet, und sie würde die Gelegenheit nicht ungenutzt verstreichen lassen.

»Mach dir keine Sorgen, Benedict«, sagte sie. »Ich habe vollstes Vertrauen, daß Sir Hugh sich als vernunftbegabter Mensch erweisen wird.«

»Vernunftbegabt?« Benedict fuchtelte mit seiner freien Hand herum. »Alice, dieser Mann ist eine Legende. Und Legenden sind nicht vernunftbegabt.«

»Also bitte, man kann nie wissen. Gestern abend hatte ich durchaus den Eindruck, daß man mit ihm reden kann.«

»Gestern abend hat er mit dir gespielt wie die Katze mit der Maus. Alice, hör mir zu, Sir Hughs Lehnsherr ist Erasmus von Thornewood. Weiß du, was das heißt?«

Alice griff erneut zu ihrer Feder und kaute verbissen auf ihr herum. »Ich habe schon von Erasmus gehört. Er steht in dem Ruf, ein sehr mächtiger Mann zu sein.«

»Allerdings, und das heißt, daß sein Gefolgsmann, Sir Hugh, ebenfalls mächtig ist. Du mußt vorsichtig sein. Bilde dir ja nicht ein, Sir Hugh würde auf einen Kuhhandel eingehen. Das wäre reinste Tollheit.«

»Unsinn.« Alice setzte ein beruhigendes Lächeln auf. »Du machst dir einfach zu viele Gedanken, Benedict. Das habe ich in letzter Zeit schon öfter festgestellt.«

»Ich habe allen Grund, mir Gedanken zu machen.«

»Nein, das hast du nicht. Merk dir meine Worte, Sir Hugh und ich werden bestimmt miteinander zurechtkommen.«

Plötzlich trat eine große Gestalt in die Tür, die einen breiten, dunklen Schatten auf den Teppich warf. Alice hatte das Gefühl, als wehte plötzlich ein kalter Zug durch den Raum. Sie sah auf und erblickte Hugh.

»Ihr sprecht meine eigenen Gedanken aus, Lady Alice«,

sagte er. »Es freut mich, daß wir uns in dieser Sache einig sind.«

Als seine tiefe, volltönende Stimme vom anderen Ende des Raums erklang, rann Alice ein eisiger Schauder über die Haut. Er sprach sehr ruhig, aber neben seinen Worten erstarb jedes andere Geräusch. Das Tschilpen des Vogels auf dem Fenstersims verstummte, und selbst das Echo der Pferdehufe auf dem Hof erstarb.

Alices Herz zog sich vor Erregung zusammen, und einen Augenblick starrte sie Hugh schweigend an. Seit der Auseinandersetzung gestern abend in der flammenerleuchteten Halle hatte sie ihn nicht mehr gesehen, und es interessierte sie zu erfahren, ob seine Nähe heute morgen dieselbe eigenartige Wirkung auf sie haben würde wie bei jener ersten Begegnung.

So war es.

Wider jede Vernunft und obgleich ihre Augen ihr etwas ganz anderes vermittelten, fand sie, daß Hugh der Unerbittliche der attraktivste Mann war, den sie je gesehen hatte. Bei Tageslicht war er keineswegs hübscher als im Feuerschein, aber auf merkwürdige Weise zog er sie magisch an.

Ihr war, als hätte sie einen zusätzlichen Sinn entwickelt, ein Empfinden, das weiter ging als ihr Gehör, ihre Sicht, ihr Gespür, ihr Geschmack und ihr Geruchsvermögen. Alles in allem war es ein aufregendes naturphilosophisches Phänomen.

Benedict fuhr auf dem Absatz herum, wobei sein Stock gegen Alices Schreibtisch schlug. »Mylord.« Er reckte trotzig das Kinn. »Meine Schwester und ich hatten ein Privatgespräch. Wir haben Euch nicht kommen sehen.«

»Man sagte mir, daß ich nicht leicht zu übersehen bin«, meinte Hugh. »Du bist also Benedict?«

»Ja, Mylord.« Benedict straffte die Schultern. »Ich bin Alices Bruder und ich glaube nicht, daß Ihr sie allein sprechen solltet. Das wäre unziemlich.«

Alice verdrehte die Augen. »Benedict, bitte, mach dich nicht lächerlich. Ich bin kein junges Mädchen mehr, dessen Ruf geschützt werden muß. Sir Hugh und ich haben lediglich die Absicht, über Geschäfte zu sprechen.«

»Es ist nicht schicklich«, beharrte Benedict auf seiner Meinung.

Hugh lehnte eine seiner breiten Schultern gegen den Türrahmen und kreuzte die Arme vor der Brust. »Was glaubst du, was ich mit ihr machen werde?«

»Da bin ich leider überfragt«, murmelte Benedict. »Aber ich werde es nicht zulassen.«

Allmählich verlor Alice die Geduld. »Benedict, es reicht. Laß uns allein. Sir Hugh und ich müssen über Geschäfte sprechen.«

»Aber, Alice –«

»Ich werde dir später alles erklären, Benedict.«

Benedict wurde dunkelrot. Er bedachte Hugh mit einem vernichtenden Blick, doch der Hüne richtete sich mit einem Schulterzucken auf und trat zur Seite, um ihn an sich vorbei zu lassen.

»Keine Angst«, sagte Hugh freundlich. »Ich gebe dir mein Wort, daß ich deine Schwester während unserer Unterredung nicht verführen werde.«

Benedict wurde noch röter, und mit einem letzten zornigen Blick auf Alice humpelte er an Hugh vorbei in den Gang hinaus.

Hugh wartete, bis der Junge außer Hörweite war, dann sah er Alice an. »Der Stolz eines jungen Mannes ist eine komplizierte Sache. Man sollte vorsichtig damit umgehen.«

»Macht Euch um meinen Bruder keine Sorgen, Sir. Für ihn bin einzig und allein ich verantwortlich.« Alice wies auf einen Hocker. »Bitte nehmt Platz. Wir haben viel zu besprechen.«

»Ja.« Hugh blickte sich um, aber statt sich zu setzen, ging er zur Kohlenpfanne hinüber und streckte die Hände über die warme Glut. »Das haben wir. Was für ein Abkommen möchtet Ihr mit mir treffen, Mylady?«

Alice musterte ihn mit unverhohlenem Wohlgefallen. Er wirkte durchaus umgänglich, und es gab nicht das geringste Anzeichen für etwaige Schwierigkeiten. Ein vernünftiger, logisch denkender Mann, genau wie sie ihn eingeschätzt hatte.

»Mylord, ich will ganz offen sein.«

»Bitte. Auch ich bevorzuge das direkte Gespräch. Spart eine Menge Zeit, nicht wahr?«

»Allerdings.« Alice faltete die Hände auf dem Schreibtisch. »Ich bin bereit, Euch genau zu erklären, wo der Dieb meiner Meinung nach meinen grünen Kristall hingebracht hat.«

»Es ist mein Kristall, Lady Alice. Diese Tatsache scheint Ihr gerne zu vergessen.«

»Über die Nebensächlichkeiten könnten wir vielleicht später streiten, Mylord.«

Hugh amüsierte sich ein wenig. »Es wird keinen Streit geben.«

»Sehr gut. Es freut mich, daß Ihr so vernünftig seid, Sir.«

»Ich gebe mir alle Mühe.«

Alice lächelte zustimmend. »Nun, wie gesagt, ich werde Euch erklären, wo sich der Kristall meiner Meinung nach im Augenblick befindet. Darüber hinaus bin ich sogar bereit, Euch dorthin zu begleiten und Euch den Dieb zu zeigen.«

Hugh dachte darüber nach. »Sehr hilfreich.«

»Es freut mich, daß Ihr mein Entgegenkommen zu schätzen wißt, Mylord. Aber ich werde noch mehr für Euch tun.«

»Ich kann es kaum erwarten, den Rest zu hören«, er verschränkte die Arme.

»Ich werde Euch nicht nur helfen, den Kristall zu finden, Sir, ich werde sogar einen Schritt weiter gehen.« Um ihren Worten Nachdruck zu verleihen, beugte sie sich vor. »Ich werde mich bereit erklären, meinen Besitzanspruch an dem Stein an Euch abzutreten.«

»Einen Besitzanspruch, den ich sowieso nie akzeptiert habe.«

Alice runzelte die Stirn. »Mylord –«

»Und was erwartet Ihr als Gegenleistung für dieses großherzige Angebot?« unterbrach er sie. »Was für einen Gefallen soll ich Euch erweisen, Lady Alice?«

Alice holte tief Luft. »Als Gegenleistung erbitte ich zwei Dinge von Euch. Das eine ist Eure Unterstützung, daß mein Bruder in ungefähr zwei Jahren nach Paris und vielleicht nach Bologna reisen kann, um sich dort die Kollegien der Gelehrten anzuhören. Ich möchte, daß er die Künste und vor allem die Rechte studiert, um schließlich vielleicht am Hof oder im Haus eines reichen Prinzen oder Edelmannes eine Anstellung zu finden.«

»Euer Bruder möchte Sekretär oder Schreiber werden?«

»Er hat keine andere Wahl, Mylord.« Alice richtete sich auf. »Es ist mir nicht gelungen, sein rechtmäßiges Erbe zu schützen, das an unseren Onkel fiel, und so bleibt ihm nichts anderes übrig.«

Hugh sah sie nachdenklich an. »Also gut, ich nehme an, das ist Eure Sache. Ich bin bereit, seine Studien zu finanzieren, wenn Ihr mir den Kristall dafür gebt.«

Alice entspannte sich. Das Schlimmste war vorbei. »Danke, Mylord, das freut mich zu hören.«

»Und was ist die zweite Sache, die Ihr von mir verlangt?«

»Nur eine bescheidene Bitte, Mylord, kaum der Rede wert für einen Mann in Eurer Position«, sagte sie. »In der Tat wage ich zu behaupten, daß Ihr es wohl kaum bemerken dürftet.«

»Was genau wünscht Ihr?«

»Ich bitte Euch, mich mit einer Aussteuer zu versehen.«

Hugh starrte in die Kohlenpfanne, als gäbe es dort etwas Interessantes zu erforschen. »Eine Aussteuer? Habt Ihr den Wunsch zu heiraten?«

Alice kicherte. »Bei allen Heiligen, wie kommt Ihr denn auf die Idee, Mylord? Natürlich habe ich nicht den Wunsch zu heiraten. Warum in aller Welt sollte ich einen Ehemann haben wollen? Ich werde in ein Kloster eintreten.«

Hugh drehte sich langsam zu ihr um, und seine Augen verströmten eine unheimliche innere Glut. »Dürfte ich fragen, warum?«

»Damit ich meine Studien der Naturphilosophie fortführen kann. Dafür brauche ich eine große Bibliothek, und so etwas gibt es nur in einem reichen Kloster.« Alice räusperte sich. »Und um von einem guten Konvent genommen zu werden, brauche ich natürlich eine Mitgift.«

»Ich verstehe.« Hugh musterte sie wie ein Raubvogel sein Beutetier. »Das ist Pech.«

Alice sank das Herz in die Knie. Einen Augenblick lang starrte sie ihn mit unverhohlener Enttäuschung an. Sie war sich so sicher gewesen, daß er ihrer Bitte entspräche.

Flehentlich suchte sie ihn umzustimmen. »Mylord, bitte denkt noch einmal darüber nach. Der grüne Kristall ist offenbar sehr wichtig für Euch, und ich kann dafür sorgen, daß Ihr ihn bekommt. Das ist Euch doch sicher eine Aussteuer für mich wert.«

»Ihr habt mich falsch verstanden, Mylady. Ich bin durchaus bereit, Euch einen angemessenen Brautpreis zu bezahlen.«

Ihre Miene hellte sich auf. »Ja?«

»Ja, aber ich will auch die Braut.«

»*Was?*«

»Oder zumindest das Eheversprechen dieser Braut.«

Alice war zu verblüfft, um klar denken zu können. »Ich verstehe nicht, Mylord.«

»Nein? Das ist doch ganz einfach. Ich werde meinen Teil des Abkommens erfüllen, Lady Alice. Aber als Gegenleistung erwarte ich, daß wir beide uns verloben, ehe die Suche nach dem grünen Kristall beginnt.«

3

Es hätte Hugh nicht überrascht, hätte man ihn aufgeklärt, Alice sei an dieser Stelle das erste Mal in ihrem Leben sprachlos geblieben.

Zwinkernd und zufrieden mit sich betrachtete er ihre großen grünen Augen, ihren halb geöffneten Mund und ihr verwundertes Gesicht. Er bezweifelte, daß es vielen Männern gelang, die junge Lady zu verwirren.

Er schritt im Zimmer auf und ab und wartete darauf, daß Alice die Sprache wiederfand. Was er sah, überraschte ihn nicht. Anders als in den meisten anderen Räumlichkeiten auf Lingwood Hall war hier staubgewischt, der Boden gefegt, und der Duft frischer Kräuter hing in der Luft. Genau, was er erwartet hatte.

Gestern abend beim Genuß von Stör in würziger grüner Sauce und fein angemachter Lauchtorte hatte Alices Talent für Haushaltsführung großen Eindruck auf ihn gemacht. Heute morgen hatte er festgestellt, daß die Magie, die sie auf die Vorbereitung des Banketts verwendet hatte, zu versagen schien bei den anderen Dingen in Sir Ralfs Haushalt. Nur die Zimmer in diesem Flügel waren sauber und rein. Offensichtlich hatte Alice diesen Bereich für sich und ihren Bruder erkoren.

Hier war alles tadellos. Die blitzenden Räume zeugten von Ordnung und Wirtschaftlichkeit, was nicht zuletzt an den sorgsam plazierten, vor Zugluft schützenden Wandbehängen auszumachen war.

Der Rest der Burg schaute bei Tageslicht weit weniger beeindruckend aus. Muffige Schlafzimmer, ungefegte Fußböden, zerrissene Teppiche und Schimmel an den Wänden zeigten, daß Alice sich nicht die Mühe zu machen schien, ihr Können außerhalb ihrer kleinen Welt zur Geltung zu bringen.

Hier in ihrem Arbeitszimmer jedoch entdeckte Hugh nicht nur die erwartete Sauberkeit, sondern noch eine ganze Reihe interessanter Gegenstände. Der Raum war angefüllt mit seltsamen, fremden Dingen.

Auf einem Regal standen ein paar abgewetzte Handbücher sowie zwei prächtige Werke in Leder. In einem Holzkasten fand sich eine Sammlung toter Insekten. Auf einem Tisch lagen Teile, die wie Fischknochen aussahen, und diverse Muscheln herum. In einer Ecke über einer Kerze hing eine Metallschüssel, in der ein kalkartiger Rückstand den Beweis für Experimentierfreude lieferte.

Hugh war recht angetan, zeugte doch die Sammlung vom lebhaften Geist und von dem gesunden Forschungsdrang der Besitzerin.

»Mylord«, setzte Alice schließlich an. »Was im Namen des Heiligen Kreuzes meint Ihr damit?«

Sie reagierte nicht besonders begeistert auf seinen Heiratsantrag, also müßte er einen Umweg nehmen. Schließlich war er ein Experte für Kriegslisten und weshalb sollte er dieses Talent nicht anwenden, wenn es um die Jagd nach einer Gefährtin ging?

»Genau, was ich gesagt habe: Ich brauche eine Frau.«

»Aber –«

»Übergangsweise.«

»Nun, für diese Zwecke stehe ich Euch nicht zur Verfügung, Sir. Sucht Euch eine andere. Ich bin sicher, daß sich genug Bewerberinnen finden.«

Ja, aber keine wie Euch, dachte Hugh. *Ich zweifle, ob es auf der Welt eine einzige gibt, die Euch gleicht.*

»Aber Euch zu nehmen, wäre wesentlich bequemer für mich, Lady Alice.«

Sie starrte ihn zornig an. »Ich bin für keinen Mann *bequem,*

Sir. Fragt nur meinen Onkel, wie *bequem* ich bin. Ich glaube, er wird Euch erzählen, wie unbequem ich bin. Er betrachtet mich als große Last.«

»Das liegt zweifellos daran, daß Ihr Euch die größte Mühe gebt, eine Last für ihn zu sein. Ich hoffe jedoch, daß wir beide als Kollegen miteinander zurechtkommen werden und nicht als Gegner.«

»Kollegen«, wiederholte sie argwöhnisch.

»Partner«, erklärte er hilfreich.

»Partner.«

»Ja, Geschäftspartner, wie Ihr selbst gestern abend vorgeschlagen habt.«

»Das hatte ich dabei allerdings nicht im Sinn. Vielleicht erklärt Ihr mir ein wenig genauer, was Ihr meint, Mylord.«

»Das ist ein guter Vorschlag.« Hugh blieb neben einem komplizierten Apparat stehen, der aus einer Reihe runder Messingplatten und einem Richtscheit bestand. »Woher habt Ihr dieses wunderbare Astrolabium? So etwas habe ich nicht mehr gesehen, seit ich in Italien war.«

Sie runzelte die Stirn. »Mein Vater hat es mir geschickt. Er fand es vor ein paar Jahren in einem Laden in London. Euch sind derartige Instrumente vertraut?«

Hugh beugte sich dichter über das Astrolabium. »Ich habe zwar meinen Lebensunterhalt mit dem Schwert verdient, Mylady, aber es wäre ein Fehler anzunehmen, ich sei deswegen ein unwissender Narr.« Vorsichtig schob er das Richtscheit über die Metallplatten, wodurch sich die Position der Sterne im Verhältnis zur Erde veränderte. »Die Menschen, die diesen Irrtum in der Vergangenheit anheimfielen, haben einen hohen Preis dafür bezahlt.«

Alice sprang auf und stürzte um ihren Schreibtisch herum. »Ich habe bestimmt nicht gedacht, Ihr wärt ein Narr. Ganz im Gegenteil.« Sie blieb neben dem Astrolabium stehen und runzelte abermals die Stirn. »Die Sache ist die – bisher ist es mir nicht gelungen, den Apparat richtig in Gang zu setzen und ich kenne niemanden, der sich mit Astrologie auskennt. Könntet Ihr mir vielleicht beibringen, dieses Gerät zu benutzen?«

Hugh überlegte kurz. »Ja. Wenn wir noch heute unser Abkommen besiegeln, werde ich Euch beibringen, wie man dieses Instrument bedient.«

Ihre blitzenden Augen verrieten eine Begeisterung, die bei einer anderen Frau leicht als Leidenschaft hätte gedeutet werden können. Sie errötete. »Das ist sehr großzügig von Euch, Mylord. In der kleinen Bibliothek unseres Klosters habe ich ein Buch entdeckt, in dem das Gerät beschrieben wird, aber ärgerlicherweise war keine Bedienungsanleitung dabei.«

»Betrachtet die Unterweisung als Verlobungsgeschenk.«

Die Glut in ihrem Blick machte wieder dem Argwohn Platz. »Was diese Verlobung betrifft, Mylord, wünsche ich, wie gesagt, eine Erklärung.«

»Gerne.« Hugh spazierte zu einem Tisch, auf dem eine große Sammlung von Steinen und Kristallen lag. Er nahm einen rötlichen Stein und sah ihn sich näher an. »Es tut mir leid, sagen zu müssen, daß ich das Opfer eines höchst lästigen Fluchs geworden bin, Mylady.«

»Das ist zweifellos Eure eigene Schuld, Mylord.«

Er blickte von dem Stein auf, überrascht von der Schärfe ihres Tons. »Meine Schuld?«

»Ja. Meine Mutter hat immer gesagt, daß solche Krankheiten von häufigen Bordellbesuchen kommen, Sir. Zweifellos werdet Ihr ein Gegengift nehmen und einen Aderlaß über Euch ergehen lassen müssen. Vielleicht solltet Ihr auch noch entschlacken. Meiner Meinung nach habt Ihr es nicht besser verdient, wenn Ihr Euch an solchen Orten herumtreibt.«

Hugh setzte eine reuige Miene auf. »Ihr seid eine Meisterin auf diesem Gebiet?«

»Meine Mutter kannte sich sehr gut mit Kräutern aus. Sie hat mir eine Menge darüber beigebracht.« Alice starrte ihn vorwurfsvoll an. »Außerdem hat sie immer gesagt, daß es wesentlich vernünftiger wäre, gewisse Dinge von vornherein zu vermeiden, statt sich, wenn der Schaden da ist, heilen zu lassen.«

»Da hat sie wohl recht.« Hugh sah sie an. »Was ist mit Eurer Mutter geschehen?«

Ein Schatten legte sich auf Alices Gesicht. »Sie starb vor drei Jahren.«

»Ein großer Verlust für Euch.«

Alice seufzte leise. »Sie hatte eine Lieferung seltener, ungewöhnlicher Kräuter bekommen und war ganz versessen darauf, mit ihnen herumzuexperimentieren.«

»Herumzuexperimentieren?«

»Ja, sie hat beständig neue Heilmittel entwickelt. Auf jeden Fall mischte sie irgendein neues Kraut in eins ihrer Rezepte. Es sollte gut sein gegen heftigen Magenschmerz. Leider trank sie zuviel davon und ging daran zugrunde.«

Hugh wurde kalt ums Herz. »Eure Mutter hat Gift getrunken?«

»Es war ein Unfall«, stellte Alice umgehend klar. »Wie gesagt, sie führte damals Experimente durch.«

»An sich selbst?« Er starrte sie ungläubig an.

»Sie hat neue Medikamente meistens an sich selbst ausprobiert, ehe sie sie den Kranken gab.«

»Meine eigene Mutter starb auf dieselbe Art«, hörte Hugh sich sagen, ehe er wußte, ob es vernünftig war, sich Alice anzuvertrauen. »Sie trank Gift.«

Alice sah ihn mitfühlend an. »Das tut mir sehr leid, Mylord. Hat Eure Mutter auch mit seltenen Kräutern Versuche gemacht?«

»Nein.« Hugh legte den rötlichen Stein beiseite, wütend über seine Vertrauensseligkeit. Er sprach *nie* über den Selbstmord seiner Mutter oder über die Tatsache, daß sie seinen Vater vergiftet hatte, ehe sie sich selbst das Leben nahm. »Das ist eine zu lange Geschichte.«

»Ja, Mylord. Solche Dinge können sehr schmerzhaft sein.«

Ihr Mitgefühl störte ihn. Er war derartige Gefühle nicht gewöhnt und er hegte nicht den Wunsch, Alice noch darin zu bestärken. Mitgefühl zu erwecken war ein Zeichen von Schwäche. »Ihr habt mich falsch verstanden, Mylady. Als ich sagte, ich sei Opfer eines Fluchs, meinte ich nicht eine Krankheit des Körpers.«

Sie sah ihn fragend an. »Ihr meint doch sicher keinen magischen Fluch?«

»Doch.«

»Aber das ist völliger Unsinn«, schalt sie ihn. »Bei allen Heiligen, ich habe einfach kein Verständnis für Menschen, die an Magie und Flüche glauben.«

»Ich auch nicht.«

Sie schien ihn nicht gehört zu haben, denn sie fuhr fort mit ihrer Predigt. »Mir ist durchaus bewußt, daß es heutzutage gepriesen wird, wenn gelehrte Männer nach Toledo reisen, um dort alte Geheimnisse der Magie zu entdecken, aber ich bin überzeugt, daß sie damit nur ihre Zeit vergeuden. So etwas wie Magie gibt es nicht.«

»Da stimme ich Euch durchaus zu«, sagte Hugh. »Aber zugleich bin ich ein praktisch denkender Mann.«

»So?«

»In der Tat. Und in diesem Fall bin ich zu dem Schluß gekommen, daß der schnellste Weg mein Ziel zu erreichen der ist, auf dem ich den Ansprüchen einer alten Legende Genüge tue, die zum Teil auf einem Fluch beruht.«

»Einer Legende?«

»Ja.« Hugh griff nach einem rauchigen rosafarbenen Kristall und hielt ihn gegen das Licht. »Die guten Leute von Scarcliffe hatten in den letzten Jahren eine ganze Reihe von Herren zu ertragen. Keinem von ihnen gelang es, die Herzen der Dorfbewohner zu erobern, und keiner von ihnen hielt es lange dort aus.«

»Ihr indessen habt die Absicht, die Ausnahme zu sein?«

»Jawohl, Mylady.« Hugh legte den rosafarbenen Kristall zurück, lehnte sich an den Tisch und schob eine Hand an den Griff seines Schwerts. »Scarcliffe gehört mir, und ich werde solange daran festhalten, wie ich lebe.«

Sie sah ihn fragend an. »Das bezweifle ich nicht, Mylord. Worum genau geht es in dieser Legende?«

»Es heißt, daß der wahre Herr von Scarcliffe zwei Dinge tun muß. Erstens muß er den letzten verbleibenden Stein eines alten Schatzes bewahren und zweitens muß er die restlichen Steine von Scarcliffe finden.«

Alice blinzelte. »Dann ist der grüne Stein also tatsächlich wertvoll?«

Hugh zuckte mit den Schultern. »In den Augen meiner Leute, ja. Sie glauben, daß er Teil dieses Schatzes ist. Außer dem grünen Stein sind alle Edelsteine bereits vor langer Zeit verschwunden, und der Kristall befand sich in der Obhut des örtlichen Konvent, bis irgend jemand ihn vor einer Woche stahl.«

»Stahl?«

»Ja. Und zwar in einem höchst ungünstigen Augenblick.«

Sie sah ihn scharf an. »Kurz nachdem Ihr auf Scarcliffe ankamt, um es zu Eurem Eigentum zu erklären.«

»Ja.« Die Frau ist wirklich nicht dumm, dachte Hugh. »Ich will den Stein zurückhaben, weil er meinen Leuten ihre Ängste und Unsicherheiten nehmen wird.«

»Ich verstehe.«

»Wenn ich mit dem Stein und noch einer passenden Braut wiederkehre, werden die Menschen mich als ihren rechtmäßigen Herren anerkennen.«

Alice sah ihn beklommen an. »Ihr wollt mich heiraten?«

»Ich will mich mit Euch *verloben.*« Alles zu seiner Zeit, dachte er, denn schließlich wollte er sie nicht vollkommen verschrecken. Nun, da er einen Plan gefaßt hatte, glaubte er an ihn, aber er brauchte Alices Mitwirken. Er hatte keine Zeit, um sich eine andere Braut zu suchen. »Für kurze Zeit.«

»Aber eine Verlobung ist fast ebenso bindend wie ein eheliches Treuegelübde«, protestierte Alice. »In der Tat behaupten einige Kirchengelehrte sogar, daß es nicht weniger bindend ist und daß es im Grunde keinen Unterschied gibt.«

»Ihr wißt so gut wie ich, daß diese Gelehrten in der Minderheit sind. In Wahrheit werden Verlobungen regelmäßig gelöst, vor allem, wenn sich beide Beteiligten einig sind so wie wir.«

»Hmm.«

Alice schwieg und runzelte nachdenklich die Stirn. Hugh sah, daß sie seinen Vorschlag genauestens überdachte, um rechtzeitig mögliche Haken zu erkennen. Eingehend beobachtete er sie, und plötzlich wurde ihm klar, daß sie ihn an ihn selbst erinnerte, wenn er eine seiner Kriegslisten schmiedete. Er wußte genau, was sie dachte, und es war ein eigenartiges Gefühl, ihr direkt ins Hirn zu blicken, als kenne er Alice bereits seit einer Ewigkeit, und er fühlte sich ihr ungewöhnlich nahe.

Die Erkenntnis, daß ihr Verstand ebenso scharf wie der seine und daß er vielleicht auf ganz ähnliche Weise arbeitete, beunruhigte ihn. Hugh war es nicht gewohnt, etwas Persönliches mit einem anderen Menschen gemeinsam zu haben, und schon gar nicht mit einer Frau.

Plötzlich erkannte er, daß er immer angenommen hatte, sich von allen anderen zu unterscheiden, daß er ein gänzlich anderes Leben führe, losgelöst und distanziert von ihnen, selbst wenn er mit ihnen zusammen war. Er hatte, seit er denken konnte, das Gefühl gehabt, auf einer Insel zu leben, aber in diesem Augenblick hatte er den Eindruck, daß Alice diese Insel mit ihm teile.

Sie wiederholte: »Ich hatte eigentlich vor, in ein Kloster einzutreten, sobald mein Bruder seine Studien aufnimmt.«

Hugh schüttelte die eigenartigen Gedanken ab und zwang sich, auf den Einwand zu reagieren. »Es ist nicht ungewöhnlich, daß eine Lady, deren Verlobung in die Brüche geht, in ein Kloster eintritt.«

»Ja.« Mehr sagte Alice nicht, denn offensichtlich dachte sie immer noch eingehend über die ganze Sache nach.

Es fuhr ihm durch den Sinn, ob sie ebenso strahlend und leidenschaftlich aussähe, wenn sie mit einem Mann das Nachtlager teilte, und dieser Gedanke brachte ihn auf die Frage, ob sie wohl schon bei einem Mann gelegen hatte. Schließlich zählte Alice bereits dreiundzwanzig Jahre, und Dunstans Überlegungen waren nicht dumm. Man konnte sie nicht gerade als scheue, ungeöffnete Rosenknospe bezeichnen.

Andererseits war sie alles andere als kokett. Berücksichtigte man ihre Mineralien- und Käfersammlungen und die wissenschaftlichen Geräte in ihrem Arbeitszimmer, erhielt man den Eindruck, daß sie sich eher für Fragen der Naturphilosophie begeisterte als für körperliche Leidenschaft und Lust.

Alice kreuzte die Arme vor der Brust und klopfte mit ihren Fingern auf den Oberarmen herum. »Wie lange müßten wir verlobt sein, damit Ihr Eure Ziele erreicht, Mylord?«

»Dazu kann ich keine genaue Angabe machen, aber ich denke, ein paar Monate müßten genügen.«

»*Ein paar Monate.*«

»Das ist nicht besonders lange«, beruhigte er sie. »Bis zum Frühjahr müßte ich in Scarcliffe alles unter Kontrolle haben.« *Bis zum Frühjahr werden wir längst ordnungsgemäß verheiratet sein.* »Ihr habt doch nicht schon etwas anderes vor?«

»Nein, aber –«

»Da könntet Ihr doch ebensogut den Winter auf Scarcliffe verbringen. Und Euer Bruder wird mir natürlich ebenfalls willkommen sein.«

»Und was ist, wenn Ihr Euch mit einer Frau verloben wollt, die Ihr ehrlich zu ehelichen wünscht, während ich unter Eurem Dach lebe, Sir?«

»Über diese Lage werde ich mir Gedanken machen, wenn sie sich einstellt.«

»Ich bin mir nicht sicher. Das paßt so gar nicht in die Pläne, die ich mir für meine Zukunft vorgestellt hatte.«

Da er immer mehr Boden unter den Füßen gewann, sprach Hugh zuversichtlich weiter. »Ehe Ihr Euch's verseht, ist der Frühling da. Und wenn es Euch auf Scarcliffe nicht gefällt, finden wir bestimmt einen passenderen Aufenthaltsort.«

Alice fuhr herum. Sie faltete die Hände hinter dem Rücken und begann auf und ab zu gehen. »Ihr braucht die Erlaubnis meines Onkels, wenn Ihr Euch mit mir verloben wollt.«

»Von der Seite erwarte ich keinen Widerstand.«

»Ja.« Alice verzog das Gesicht. »Er ist ziemlich versessen darauf, mich loszuwerden.«

»Und seine Freude wird sich noch steigern, wenn er als Brautgeschenk von mir ein paar Gewürze erhält.«

Alice sah ihn abermals scharf an. »Ihr verfügt über einen Gewürzvorrat?«

»Ja.«

»Sprechen wir von wertvollen Gewürzen, Mylord, oder lediglich von minderwertigem Salz?«

Ein Lächeln huschte über sein Gesicht. »Nur das Allerbeste.«

»Zimt? Safran? Pfeffer? Feines weißes Salz?«

»Das alles und noch mehr.« Hugh zögerte, da er nicht wußte, wieviel er ihr von seiner finanziellen Situation verraten sollte.

Die meisten erfolgreichen Ritter, die nicht das Erbe ihrer Väter angetreten hatten, machten ein Vermögen mit Geiselnahmen und Raub. Sie wurden reich, indem sie sich auf Turnieren miteinander maßen oder ihre Schwerter an großzügige Herren verkauften, die sie für ihre Dienste gut belohnten. Nur wenige ließen sich dazu herab, schlichten Handel zu treiben.

Hugh hatte selbst häufig genug Lösegeld für Geiseln gefordert und wertvolle Rüstungen und gute Schlachtrösser auf diversen Turnieren gewonnen, auch bei der Wahl seiner Herren hatte er immer eine glückliche Hand gehabt. Aber die Hauptquelle seines sich ständig vermehrenden Reichtums war der Gewürzhandel.

Bisher hatte es ihm wenig bedeutet, was andere von seiner Betätigung hielten, doch plötzlich merkte er, daß er von Alice wegen seiner Arbeit nicht verachtet werden wollte.

Andererseits war sie eine praktisch veranlagte Frau, und vielleicht hätte sie nichts dagegen. Das Wissen, daß er eine solide Einnahmequelle besaß, gäbe ihr vielleicht sogar eine gewisse Sicherheit.

Geschwind wog Hugh diese verschiedenen Möglichkeiten gegeneinander ab und beschloß, es mit der Wahrheit zu versuchen.

»Im allgemeinen spreche ich nicht darüber«, begann er, »aber ich verlasse mich nicht nur auf mein Schwert, was meine Einnahmen betrifft.«

Sie sah ihn überrascht an. »Ihr handelt mit Gewürzen, Sir?«

»Ja. In den letzten Jahren treibe ich regelmäßig Handel mit verschiedenen Kaufleuten aus dem Osten. Falls Ihr also in ein Kloster eintreten wollt, werde ich in der Lage sein, Euch mit einer mehr als respektablen Aussteuer zu versehen, Mylady.«

»Ich verstehe.« Diese Neuigkeit überwältigte sie. »Wenn mich eins der großen Klöster nimmt, werde ich auch eine große Aussteuer benötigen.«

»Natürlich. Klöster sind mindestens so wählerisch wie die heiratsfähigen Männer reicher Adelsfamilien, nicht wahr?«

»Vor allem, wenn sie einen halbwegs schlechten Ruf der Bewerberin ignorieren sollen«, murmelte Alice. »Wenn ich als Eure Verlobte bei Euch lebe, ohne daß wir im Anschluß an die Verlobungszeit heiraten, ist mein Ruf auf jeden Fall dahin.«

Hugh nickte. »Man wird allgemein annehmen, daß wir wie Mann und Frau gelebt haben. Aber, wie Ihr schon sagtet, eine angemessene Aussteuer wird jedes Kloster dazu bewegen, solche Nebensächlichkeiten zu übersehen.«

Alice knetete immer noch ihre Arme. »Aber ich rate Euch, Sir Ralf zu verschweigen, daß Ihr für mich eine Aussteuer bereitstellen wollt, Sir, denn dann versucht er bestimmt, Euch irgendwie das Fell über die Ohren zu ziehen.«

Nur mit Mühe unterdrückte Hugh ein Grinsen der Erheiterung. »Ich habe nicht vor, mir das Fell über die Ohren ziehen zu lassen, Mylady. Keine Angst, ich bin kein Neuling in Geschäftsverhandlungen und verspreche Euch, daß ich nicht zuviel für Euch bezahlen werde.«

Sie runzelte die Stirn, immer noch nicht überzeugt. »Sir Ralf kennt nicht die geringsten Skrupel, wenn es um Geschäfte geht. Er hat sogar die Erbschaft meines Bruders gestohlen.«

»Vielleicht räche ich diesen Diebstahl an ihm, indem ich ihn Euch für einen Hungerlohn abnehme.«

Wieder verfiel Alice in grüblerisches Schweigen und diesmal war sie es, die im Zimmer auf- und abstapfte. »All das würdet Ihr tun, wenn ich Euch bei der Suche nach dem grünen Stein behilflich bin und mich kurzfristig mit Euch verlobe?«

»Ja.«

»Dann liegen Euch diese beiden Dinge sehr am Herzen.«

»Es ist der kürzeste und bequemste Weg zu meinem Ziel.«

»Und deshalb ist es natürlich der Weg, den Ihr wählt«, murmelte sie.

»Ich habe nichts für Zeitvergeudung übrig.«

»Ihr seid ein kühner Mann, Sir.«

»Dann passen wir ja zusammen«, Hugh klang milde.

Alice blieb stehen und sah ihn an. Ihr Gesicht verriet neuerliche Begeisterung. »Also gut, Mylord, ich bin einverstanden. Ich werde den Winter als Eure Verlobte auf Scarcliffe verbringen, und im Frühjahr werden wir die Situation neu überdenken.«

Hugh war überrascht von der Freude, die ihr Einverständnis in ihm weckte. Es war schließlich nur ein Geschäft. Sonst nichts. Er versuchte, die Gefühlsaufwallung zu unterdrücken.

»Ausgezeichnet, dann ist es also abgemacht.«

»Ich sehe allerdings noch ein Hindernis.«

»Welches denn, bitte?«

Alice blieb neben dem Astrolabium stehen. »Mein Onkel wird zwar froh sein, mich loszuwerden, aber an so viel Glück wird er kaum glauben.«

»Macht Euch deswegen keine Gedanken, Lady Alice.« Hugh hatte es eilig, die Sache voranzutreiben, nun, da das Abkommen tatsächlich zustande gekommen war. »Wie gesagt, mit Eurem Onkel werde ich mich schon einigen.«

»Aber Euer plötzlicher Wunsch, mich zu heiraten, wird ihm verdächtig vorkommen«, wiederholte sie.

Hugh runzelte die Stirn. »Und warum?«

»Falls Ihr es noch nicht bemerkt haben solltet«, stellte sie trocken fest, »bin ich bereits weit über das normale Brautalter hinaus.«

Hugh lächelte. »Einer der Gründe, weshalb Ihr so ungemein passend seid, Lady Alice, ist, daß Ihr kein frivoles, unschuldiges, junges Mädchen mehr seid.«

Sie rümpfte die Nase. »Ja, nicht wahr? Ich kann mir gut vorstellen, daß Ihr dieses Geschäft wohl kaum einer Frau vorgeschlagen hättet, die noch nicht erwachsen ist und die keinerlei Erfahrung hat.«

»Genau.« Abermals rechnete Hugh nach, wieviel Erfahrung Alice wohl besaß. »Ich brauche eine Geschäftspartnerin und keine anspruchsvolle Braut, die schmollt und beleidigt ist, wenn ich keine Zeit habe, sie zu unterhalten. Ich brauche eine reife, praktisch veranlagte Frau.«

Ein wehmütiger Schatten legte sich auf Alices Gesicht. »Eine reife, praktisch veranlagte Frau. Ja, das ist wohl eine passende Beschreibung für mich, Mylord.«

»Dann gibt es keinen Grund mehr, weshalb unser Arrangement nicht erfolgreich sein sollte.«

Alice zögerte. »Ich bezweifle trotzdem, daß es Euch gelingen wird, meinen Onkel davon zu überzeugen, daß Ihr mich ohne Hintergedanken heiraten wollt.«

»Wie gesagt, überlaßt diese Angelegenheit ruhig mir.«

»Ich fürchte, es wird nicht so einfach werden, wie Ihr meint«, sie sah besorgt aus. »Nachdem Sir Ralf meinen Bruder und mich hierher nach Lingwood Manor geholt hat, hat er mehrere Male versucht, mich zu verheiraten.«

»Was ihm, wie ich sehe, nicht gelungen ist.«

»Nein. Schließlich war er so verzweifelt, daß er sogar eine kleine Aussteuer geboten hat, aber selbst davon ließ sich keiner der Nachbarn dazu bewegen, mich zu ehelichen.«

»Es gab kein einziges Angebot?« Das überraschte Hugh. Schließlich war eine Aussteuer eine Aussteuer, und es gab immer ein paar arme Männer, die dringend auf der Suche nach einem kleinen Vermögen waren.

»Ein oder zwei Ritter mit kleinen Burgen in der Nähe gingen so weit, mich zumindest persönlich in Augenschein zu nehmen. Aber nachdem sie mich erst einmal kennengelernt hatten, verloren sie bald das Interesse.«

»Woran Ihr sicher nicht ganz unbeteiligt wart«, ergänzte Hugh.

Alice errötete zart. »Tja, nun, ich habe keinen der beiden länger als ein paar Minuten ertragen. Der Gedanke, einen von ihnen zu heiraten, reichte aus, um mich völlig hysterisch zu machen.«

»Hysterisch? Ihr wirkt eigentlich nicht wie eine Frau, die zu hysterischen Anfällen neigt.«

Ihre Augen blitzten fröhlich auf. »Ich versichere Euch, in Gegenwart der beiden Bewerber bekam ich sehr schwere Anfälle dieser Krankheit. Danach hat sich das Fieber sofort wieder gelegt.«

»Und der Gedanke, weiterhin auf der Burg Eures Onkels leben zu müssen, war weniger unerträglich als die Vorstellung zu heiraten?«

Alice zuckte die Schultern. »Bisher war es immer das geringere Übel. Solange ich nicht verheiratet bin, habe ich zumindest noch die Chance, mein Ziel zu erreichen. Nach einer Trauung ist alles vorbei.«

»Wäre eine Ehe denn so schrecklich?«

»Eine Ehe mit einem der Kerle, die mein Onkel ausgesucht hatte, wäre unerträglich gewesen«, sagte Alice bestimmt. »Nicht nur, weil ich unglücklich gewesen wäre, sondern weil keiner von ihnen meinen Bruder geduldet hätte. Waffenträger sind im allgemeinen grausam und unfreundlich zu Jungen, die zum Kriegshandwerk nicht taugen.«

»Ich verstehe, was Ihr meint«, Hugh nickte. Ihm wurde klar, daß die Sorge um ihren Bruder der wichtigste Faktor bei all ihren Entscheidungen war.

Alice preßte die Lippen aufeinander. »Mein Vater hatte für Benedict keine Verwendung mehr, nachdem er von einem Pony gefallen war und sich das Bein gebrochen hatte. Er sagte, Benedict könnte niemals zum Ritter ausgebildet werden und wäre deshalb überflüssig. Nach dem Unfall hat er seinen Sohn vollkommen ignoriert.«

»Es ist durchaus verständlich, daß Ihr Benedict nicht einem weiteren unfreundlichen Menschen aussetzen wollt.«

»Allerdings. Mein Bruder hat genug darunter gelitten, daß unser Vater ihn nicht zur Kenntnis nahm. Ich tat, was ich konnte, um die schlechte Behandlung wieder wett zu machen, aber es hat nicht gereicht. Wie übernimmt man die Vaterrolle im Leben eines Jungen?«

Hugh fiel unwillkürlich Erasmus ein. »Es ist nicht leicht, aber möglich.«

Alice schüttelte sich, als versuche sie die unglücklichen Erinnerungen loszuwerden. »Nun, damit habt Ihr nichts zu schaffen. Ich werde mich weiterhin um Benedict kümmern.«

»Sehr gut. Ich gehe sofort zu Sir Ralf und spreche mit ihm.«

Hugh wandte sich zum Gehen, das Ergebnis der Verhandlungen beflügelte ihn. Gut, er hatte Alice nur dazu bewegen können, in die Verlobung einzuwilligen, aber eine Verlobung war der erste Schritt zum Ehebund. Sobald sie unter seinem Dach auf Scarcliffe lebte, würde er sich über die Fortsetzung des Abkommens Gedanken machen.

Alice hob gebieterisch die Hand. »Einen Augenblick noch, Sir Hugh. Ich habe Euch davor gewarnt, Sir Ralfs Argwohn zu wecken, da er sonst einen königlichen Brautpreis verlangen wird. Wir brauchen also eine vernünftige Erklärung, weshalb Ihr mich heiraten wollt. Schließlich sind wir uns erst gestern abend begegnet, und ich habe noch nicht einmal eine Aussteuer.«

»Mir wird schon etwas einfallen.«

»Aber was?«

Hugh starrte sie einen Augenblick lang an. Im Licht der Morgensonne schimmerte ihr Haar feuerrot. Ihr offener, klarer Blick zog ihn magisch an, und auch die Rundungen ihrer Brüste unter dem blauen Kleid waren durchaus annehmbar.

Er trat einen Schritt auf sie zu. Plötzlich war sein Mund wie ausgetrocknet, und er spürte ein wohlbekanntes Ziehen in seinem Schoß. »Es ist offensichtlich, daß es unter den gegebenen Umständen nur eine vernünftige Erklärung für eine Heirat gibt.«

»Und die wäre, Sir?«

»Leidenschaft.«

Sie starrte ihn an, als hätte er in einer fremden, unverständlichen Sprache gesprochen. »Leidenschaft?«

»Ja.« Er trat weiter zwei Schritte auf sie zu, bis er direkt vor ihr stand.

Alice riß den Mund auf und klappte ihn wieder zu. »Unsinn. Ihr werdet meinen Onkel niemals davon überzeugen, daß ein legendärer Ritter wie Ihr hirnlos genug sein kann, sich aus einem solchen trivialen Grund zu verloben, Mylord.«

Er legte seine Hände auf ihre zarten Schultern und stellte überrascht fest, wie angenehm diese Berührung war. Sie hatte feine Knochen, war aber dennoch kräftig gebaut. Sie strömte eine elastische weibliche Stärke aus, die ihn eindeutig erregte, und war wunderbar *lebendig* unter seinem Griff; obendrein stieg ihm der Kräuterduft ihres Haars in die Nase.

»Ihr irrt Euch, Madam.« Seine Zunge lag wie geschwollen in seinem Mund. »Hirnlose Leidenschaft ist der einzige Grund, der stark genug ist, um einen Mann alle Vernunft vergessen zu lassen.«

Ehe sie begriff, was er im Schilde führte, zog Hugh sie an seine Brust und preßte seine Lippen auf ihren Mund.

In diesem Augenblick fiel es ihm wie Schuppen von den Augen, daß der Wunsch, sie zu küssen, bereits seit ihrer ersten Begegnung in der flammenerleuchteten Halle in ihm keimte.

Sie war ein Geschöpf schimmernder Magie. Nie zuvor hatte er eine Frau wie sie berührt.

Er durfte unter gar keinen Umständen zulassen, daß eine Frau ihn derart verzauberte, und er wußte, daß der einzige Weg, um ihn von dieser gefährlichen sinnlichen Neugierde zu befreien, darin bestand, sich dem Impuls zu ergeben. Doch nun, da er den zarten Schauder spürte, der Alice durchrann, überlegte er, ob er vielleicht eine Kraft freigesetzt hatte, die schwerer zu bezähmen wäre als erwartet.

Sie stand vollkommen reglos da, als wisse sie nicht, wohin mit sich, und Hugh nutzte ihre Unsicherheit schamlos aus.

Ihr Mund war so warm und feucht wie Feigen in köstlichem Honig-Ingwer-Sirup.

Ihr Geschmack verzauberte ihn.

Alice zu küssen war berauschender als ein Spaziergang durch ein exotisches Gewürzarsenal. Süß, weich und duftend. Sie strömte eine Hitze aus, bei der sämtliche Sinne eines Mannes dahinschmelzen mußten.

Hugh vertiefte den Kuß in Erwartung einer Reaktion.

Alices leises Stöhnen verriet weder Empörung noch Furcht. Sie war einfach völlig überrascht.

Er zog sie enger an sich, bis er ihre weichen Brüste unter dem Kleid zu spüren bekam. Ihre Hüften lagen an seinen Schenkeln, und sein Glied stellte sich begierig auf.

Alice seufzte, und als wäre plötzlich der Bann gebrochen, der jede Bewegung verhindert hatte, packte sie die Ärmel seiner Tunika, stellte sich auf Zehenspitzen und klammerte sich wie eine Ertrinkende an ihn. Hughs Herz begann schneller zu schlagen.

Dann öffneten sich ihre Lippen für ihn. Er nutzte die Gelegenheit und plünderte die üppige Höhle, die er fand. Plötzlich überwältigte ihn das Verlangen, sie ganz zu besitzen, als wäre sie ein namenloses Gewürz, exotischer und tausendmal edler als alles, was es bisher für ihn gab.

Hugh war sich der Wirkung einzigartiger Weiblichkeit auf die Sinne der Männer durchaus bewußt. Bereits vor langer Zeit hatte er gelernt, sein Verlangen danach zu mäßigen. Er wußte, daß ein Mann, der seine Erregbarkeit nicht zu zügeln verstand, dazu verdammt war, der Sklave seiner Gelüste zu sein.

Aber plötzlich galt dieses Wissen nichts mehr. Alice war eine allzu betörende Essenz, ihr Geschmack und ihr Duft waren verlockender als alles zuvor Erlebte.

Er wollte mehr. Viel mehr.

»Sir Hugh.« Alice rang nach Luft. Sie löste ihre Lippen von seinem Mund und sah mit großen, überraschten Augen zu ihm auf.

Einen Augenblick lang konnte Hugh nur daran denken, sich ihren Mund wiederzuholen. Er senkte erneut den Kopf, doch Alice trat einen Schritt zurück und sah ihn mit zusammengezogenen Brauen an. »Einen Augenblick bitte, Sir.«

Hugh zwang sich, tief durchzuatmen. Die Erkenntnis, daß er die eiserne, lebenslang geübte Selbstbeherrschung fast geopfert hätte, traf ihn wie ein Schlag.

Es durfte nicht sein, daß Alice ihn mit der Macht einer Frau zu beherrschen verstand. Es war einfach unmöglich. Seit seiner frühesten Jugend war er immun gewesen gegen weibliche Lockungen, und er hatte gewiß nicht die Absicht zuzulassen, daß ausgerechnet diese Frau seinen Schutzpanzer durchbrach.

Jeder seiner Schritte gehörte zu dem Plan, sagte er sich. Alice zu küssen war lediglich Teil des Spiels, und ihre geröteten Wangen verrieten ihm, daß die Taktik richtig gewesen war. Die Dame besaß ein gewisses Talent für Leidenschaft – zweifellos ein Vorteil!

»Wie gesagt«, murmelte Hugh. »Ich glaube, daß es mir gelingen wird, Euren Onkel davon zu überzeugen, daß ich von Euch tief ergriffen bin.«

»Die Verhandlungen mit meinem Onkel solltet wirklich Ihr übernehmen, Mylord.« Ihre Wangen glühten. »Ihr scheint Euch mit diesen Dingen auszukennen.«

»Oh, ja, das kann ich versichern.« Hugh atmete erneut tief durch und ging zur Tür. »Fangt schon mal an zu packen. Gegen mittag machen wir uns auf den Weg.«

»Sehr wohl, Mylord.« Als sie ihn ansah, entdeckte er freudiges Strahlen in ihrem Blick.

»Vor unserer Abreise müssen wir nur noch eine Kleinigkeit klären«, sagte Hugh.

Alice sah ihn fragend an. »Und das wäre, Sir?«

»Ihr habt mir bisher noch nicht verraten, in welche Richtung die Reise geht. Es ist an der Zeit, daß Ihr Euren Teil des Abkommens erfüllt, Alice. Wo ist der grüne Stein?«

»Oh, der Stein.« Sie kicherte. »Bei allen Heiligen, bei all der Aufregung hätte ich diesen Teil unserer Abmachung fast vergessen.«

»Der grüne Stein ist immerhin die Hauptsache«, erwiderte Hugh kühl.

Der Schimmer in Alices Augen erlosch. »Natürlich, Mylord. Ich werde Euch zu ihm führen.«

4

Sir Ralf wäre fast an seinem morgendlichen Bier erstickt. »Ihr wollt Euch mit meiner Nichte verloben?« Sein rundes Speckgesicht verzog sich zu einer Grimasse, als er sich nochmals verschluckte und zu husten begann. »Verzeihung, Sir«, keuchte er. »Aber habe ich Euch richtig verstanden? Ihr wollt *Alice* heiraten?«

»Eure Nichte erfüllt sämtliche Anforderungen, die ich an eine Ehefrau stelle.« Hugh nahm sich ein Stück altes Brot. Das unappetitliche Frühstück, das aus der Küche gekommen war, hatte gezeigt, daß Alice offenbar nach den Vorbereitungen für das abendliche Bankett das Interesse an kulinarischen Dingen verloren hatte. Die Dame hatte ihr Ziel erreicht und ihrer Magie sofort ein Ende gesetzt.

Mit einem Anflug von Sarkasmus überlegte Hugh, ob sie es wohl vorgezogen hatte, in ihren Privatgemächern zu frühstücken. Ganz sicher und bestimmt etwas Interessanteres als wäßriges Bier und Brotkanten.

Ralf fiel vor Überraschung die Kinnlade auf die Brust. »Sie erfüllt Eure Anforderungen? Ihr glaubt allen Ernstes, daß Alice die passende Frau für Euch ist?«

»Ja.«

Hugh konnte Ralf sein ungläubiges Erstaunen nicht übelnehmen, denn schließlich schien er von Alices Kunst der Haushaltsführung nicht gerade häufig zu profitieren.

Außer Hugh und Ralf war niemand in der großen Halle. Sie saßen an einem kleinen Tisch vor dem Kamin, und ein Trupp mürrischer Bediensteter lief ziellos umher in dem halbherzigen Versuch, eine gewisse Ordnung in den Verhau zu bringen, den die Gesellschaft gestern abend hinterlassen hatte. Es war offensichtlich, daß sie dieser Aufgabe kaum gewachsen waren. Einer von ihnen wischte hier und da mit einem Staubtuch über die Tische und ein anderer unternahm den sinnlosen Versuch, die Holzbänke zu reinigen. Nirgends war Wasser oder Seife zu sehen.

Die Binsen, die gestern abend den Fußboden bedeckt hatte, lagen an denselben Stellen – biergetränkt und voll herabgefallener Essensreste. Man hätte noch so viele duftende Kräutersträuße verteilen können, nichts hätte den Gestank verrottenden Fleischs und sauren Weins überdeckt; es machte sich auch niemand die Mühe, erst einmal den modernden Haufen zu beseitigen.

»Die Hochzeit soll irgendwann im Frühjahr stattfinden.« Hugh starrte auf das trockene Brot. Er war hungrig, aber nicht hungrig genug, um eine weitere Scheibe herunterzuwürgen. »Im Augenblick habe ich keine Zeit zum Feiern.«

»Ich verstehe.«

»Und dann darf man auch die geschäftliche Seite der Angelegenheit nicht übersehen.«

Ralf räusperte sich. »Oh, sicher. Die geschäftliche Seite.«

»Ich denke, es wäre das beste, wenn Alice und ihr Bruder gleich mit mir nach Scarcliffe kämen, damit ich mir die zusätzliche Mühe erspare, noch einmal zu kommen, um sie abzuholen.«

»Ihr nehmt sie gleich heute mit?« Ralfs trübe Augen spiegelten unverhohlenen Unglauben wider.

»Ja. Ich habe sie angewiesen, dafür zu sorgen, daß sie und der junge Benedict bis mittags gepackt haben und reisefertig sind.«

Ralf blinzelte. »Ich verstehe Euch nicht ganz, Sir. Verzeiht mir, ich will mich gewiß nicht in Eure persönlichen Angelegenheiten einmischen, aber diese Wendung der Dinge überrascht mich zu sehr. Zugegeben, Alice wirkt noch jung, aber ist Euch klar, daß sie bereits dreiundzwanzig ist?«

»Durchaus.«

»Aber es ist allgemein bekannt, daß eine junge Braut viel leichter handzuhaben ist als eine ältere. Die jüngeren Frauen sind zahmer, leichter zu bändigen. Meine eigene Frau war erst fünfzehn, als wir heirateten, und ich hatte nie auch nur die geringsten Schwierigkeiten mit ihr.«

Hugh sah ihn an. »Ich erwarte keinerlei Schwierigkeiten im Umgang mit Lady Alice.«

Ralf zuckte zusammen. »Nein, nein, natürlich nicht. Ich wette, daß sie es nicht wagen würde, Euch zu widersprechen, Mylord.« Er seufzte. »Zumindest nicht so, wie sie mir zu widersprechen pflegt. Wißt Ihr, Alice ist eine große Last für mich.«

»Ach ja?«

»Ja. Und das nach allem, was ich für sie und ihren lahmen Bruder getan habe.« Ralfs schwabbelige Wangen zitterten vor Empörung. »Ich habe ihr ein Dach über dem Kopf und zu essen gegeben, nachdem ihr Vater starb. Und was ist der Dank dafür, daß ich den Kindern meines Bruders gegenüber meine christliche Pflicht tat? Nichts als ständiger Streit und lästige Forderungen.«

Hugh blieb ernst. »Wirklich ärgerlich.«

»Bei Gott, verdammt ärgerlich.« Ralf runzelte zornig die Stirn. »Ich sage Euch, Sir, wenn es ihr nicht in den Kram paßt so wie gestern abend, läßt sich Alice noch nicht einmal dazu herab, mir den Haushalt zu führen. Im Gegensatz dazu werdet Ihr sicher festgestellt haben, daß ihre eigenen Räumlichkeiten nur so blitzen.«

»Ja.« Hugh lächelte innerlich. »Das habe ich festgestellt.«

»Es ist, als lebe sie dort oben im Ostturm in einem ganz anderen Haus. Man käme nie auf den Gedanken, daß der Wohntrakt dort mit Lingwood Hall verbunden ist.

»Das war nicht zu übersehen«, murmelte Hugh.

»Nicht nur, daß sie zusammen mit dem jungen Benedict die Mahlzeiten bei sich einnimmt, sie erteilt der Köchin auch noch Anweisungen, was ihre Speisen betrifft. Und das ist etwas ganz anderers als das, was wir anderen serviert bekommen, das versichere ich Euch.«

»Das überrascht mich nicht.«

Ralf schien diese Bemerkung nicht gehört zu haben. Er ging ganz in seiner gerechten Erbitterung auf. »Gestern abend habe ich die erste anständige Mahlzeit bekommen, seit meine Frau vor sieben Jahren starb. Ich dachte, die Dinge würden sich ändern, als ich Alice hierher brachte. Dachte, sie würde ihre naturgewollten weiblichen Pflichten übernehmen. Dachte, sie würde die Haushaltsführung so überwachen, wie sie es auf der Burg ihres Vaters tat.«

»Ich nehme an, es hat nicht geklappt?« Hugh ging auf, daß Alice eine eigene Art der Rache an ihrem Onkel vorgenommen hatte.

Ralf seufzte abermals. »Sie nimmt es mir übel, daß ich sie und ihren Bruder von ihrer Burg geholt habe, aber ich frage Euch, was hätte ich denn anderes tun sollen? Benedict war damals erst fünfzehn Jahre alt. Und Ihr habt ihn gesehen, der Junge ist ein Krüppel. Kein noch so gutes Exerzieren wird ihn je zu einem anständigen Kämpfer machen. Er könnte seine Ländereien niemals verteidigen. Mein Lehnsherr, Fulbert von Middleton, erwartet von mir, daß ich mich auch um die Güter meines Bruders kümmere.«

»Was Ihr tut, indem Ihr Euren Sohn dort zum Hausherrn macht«, Hugh gab sich verständnisvoll.

»Es war die einzig vernünftige Lösung, aber meine zänkische Nichte hat es einfach nicht eingesehen.« Ralf nahm einen Schluck von seinem Bier und knallte den Krug auf den Tisch. »Ich habe mein möglichstes getan, um ihre Zukunft zu sichern. Ich habe sogar versucht, einen Ehemann für sie zu finden.«

»Nachdem Euch klar wurde, daß sie nicht bereit war, Euch den Haushalt zu führen?« fragte Hugh mit mildem Interesse.

»War es etwa meine Schuld, daß keiner meiner Nachbarn sie nehmen wollte?«

Hugh erinnerte sich an Alices Beschreibung ihrer so unverhofften Anfälle von Hysterie. »Nein, das war bestimmt nicht Eure Schuld.«

»Und sie hat mir kein einziges Mal für meine Mühen gedankt. Ich schwöre Euch, sie hat nichts unversucht gelassen, um es mir zu erschweren, meine Pflicht ihr gegenüber zu erfüllen. Ich habe keinen Beweis dafür, aber ich bin überzeugt, daß sie sämtliche Bewerber absichtlich verscheucht hat.«

Hugh beschloß zögernd, noch eine Scheibe Brot zu nehmen. »Diese Schwierigkeiten sind vorbei, Sir Ralf. Ihr braucht Euch um Eure Nichte keine Sorgen mehr zu machen.«

»Bah. Das sagt Ihr jetzt, aber Ihr kennt Alice noch nicht.« Ralf kniff die Augen zusammen. »Ihr habt keine Vorstellung. Ihr wißt nicht, wie sie sein kann, Sir.«

»Vielleicht gibt es Mittel und Wege …

»Ach ja? Und was ist, wenn Ihr es Euch anders überlegt? Höchstwahrscheinlich bringt Ihr sie mir in ein paar Wochen zurück, wenn Ihr erst einmal ihre scharfe Zunge und ihr forderndes Wesen erlebt habt. Und was mache ich dann?«

»Ich werde es mir nicht anders überlegen. Das verspreche ich Euch.«

Ralf sah ihn immer noch skeptisch an. »Dürfte ich fragen, warum Ihr darauf besteht, daß sie die Richtige für Euch ist?«

»Sie ist intelligent, gesund und praktisch veranlagt. Obgleich sie sie nicht immer zur Anwendung bringt, beherrscht sie die Künste einer Ehefrau offensichtlich perfekt. Außerdem hat sie das Benehmen einer feinen Dame. Was braucht ein Mann sonst? Die ganze Sache erscheint mir sowohl praktisch als auch wirtschaftlich.«

Trotz dessen, was er zu Alice gesagt hatte, hatte Hugh nicht die Absicht, seine überstürzten Heiratsabsichten mit Leidenschaft zu erklären. Er und Ralf waren beide Männer von Welt. Sie wußten, daß Sehnsucht ein lächerlicher Grund für etwas so Gravierendes wie eine Eheschließung war.

Wenn er an den Zwischenfall in Alices Arbeitszimmer zurückdachte, war er sich nicht einmal sicher, weshalb er überhaupt die Möglichkeit in Erwägung gezogen hatte, Leidenschaft als Vorwand zu benutzen. Stirnrunzelnd überlegte er, wie er nur auf diese Idee gekommen war, er ließ sich niemals von Leidenschaft beeinflussen.

Bei Ralf zeichnete sich Unbehagen ab. »Ihr glaubt, es sei *wirtschaftlich*, Alice zu heiraten, Mylord?«

Hugh nickte. »Ich brauche eine Frau, die mir den Haushalt führt, aber ich sehe keine Möglichkeit, viel Zeit und Mühe auf die Suche nach einer Frau zu verwenden. Ihr wißt, wie kompliziert ein solches Unterfangen werden kann. Die Verhandlungen können sich über Monate, ja sogar Jahre hinziehen.«

»Das stimmt, aber trotzdem ist Alice eine recht ungewöhnliche Frau, und das nicht nur wegen ihres hohen Alters.«

»Das spielt keine Rolle. Ich fühle es, daß sie meinen Ansprüchen genügen wird, und außerdem erwarten mich zu viele andere Aufgaben, die meine sofortige Aufmerksamkeit verlangen, um mich lange auf Brautschau zu begeben.«

»Ich verstehe, Sir. Oh ja. Ein Mann in Eurer Position hat sicher nicht das Verlangen, sich bei der Hausstandsgründung aufzuhalten.«

»Genau.«

»Aber trotzdem braucht ein Mann eine Frau. Je eher, desto besser, will ich meinen. Man braucht schließlich Erben, die einmal die eigenen Ländereien übernehmen.«

»Ja«, pflichtete Hugh ihm bei. »Erben, die die Ländereien übernehmen.«

»So. Ihr findet also, Alice sei die passende Frau.«

»Ja.«

Ralf spielte mit einem Stück Brot. »Ach bitte verzeiht mir, Sir, aber ich muß Euch leider fragen, ob Ihr schon mit Alice selbst über die Sache gesprochen habt.«

Hugh zog eine Braue hoch. »Macht Ihr Euch Gedanken wegen ihrer Gefühle?«

»Nein, nein, das ist es nicht«, versicherte ihm Ralf umgehendst. »Es ist nur so, daß ich es äußerst schwierig finde, Alice zur Zusammenarbeit zu bewegen, wenn sie keine Lust dazu hat. Ihr versteht sicher, was ich meine. Die Frau scheint immer nur zu tun, was sie will.«

»Keine Angst. Eure Nichte und ich sind uns bereits einig.«

»Ach ja?« Ralf konnte es gar nicht fassen.

»Ja.«

»Verblüffend. Wirklich verblüffend.« Zum ersten Mal flackerte so etwas wie Hoffnung in Ralfs Augen auf.

Hugh ließ ab von dem Versuch, die harte Kruste zu zermalmen. Er legte sie beiseite. »Also, laßt uns zum Geschäft kommen.«

Sofort wurde Ralfs Miene verschlagen. »Also gut. Welchen Preis fordert Ihr? Ich warne Euch, ich kann es mir nicht leisten, Alice eine große Aussteuer mitzugeben. Die Ernte war alles andere als zufriedenstellend in diesem Jahr.«

»Kümmerlich?«

»Ja. Miserabel. Und dann waren da noch all die Ausgaben, die mir Alice und ihr Bruder verursachten. Zugegeben, Benedict war kein großes Problem, aber Alice ist, ich bedauere es sagen zu müssen, sehr teuer im Unterhalt.«

»Ich bin bereit, Euch eine Truhe Pfeffer und eine Truhe guten Ingwer als Verlobungsgeschenk zu überreichen.«

»Sie fordert immer wieder Geld für ihre Bücher, ihre Steinsammlung und anderen Unsinn –« Ralf unterbrach sich, als die Bedeutung von Hughs Worten in sein Bewußtsein drang. »Eine Truhe Pfeffer und eine Truhe Ingwer?«

»Ja.«

»Sir, ich weiß gar nicht, was ich sagen soll.«

»Sagt, daß Ihr das Brautgeschenk annehmt, damit ich diese Sache hinter mich bringe. Es wird spät.«

»*Ihr* wollt *mir* einen Brautpreis für Alice bezahlen?«

»Das ist doch wohl so üblich, ober nicht?«

»Nicht, wenn die Braut mit leeren Händen zu ihrem Herrn kommt. Sie besitzt wenig mehr als die Kleider, die sie am Leibe trägt«, erwiderte Ralf. »Ihr wißt doch, daß sie über keinerlei Land verfügt, Sir?«

»Ich habe eigene Ländereien.«

»Nun, ich wünsche nur, daß Ihr die Situation richtig erfaßt.« Ralf wirkte immer verwirrter. »Offen gestanden, Sir, hatte ich erwartet, daß Ihr eine große Aussteuer verlangt dafür, daß Ihr mich von ihr befreit.«

»Ich bin bereit, Alice zu nehmen, wie sie ist.« Hugh ließ eine gewisse Ungeduld durchklingen. »Also ist es abgemacht?«

»Ja«, versicherte Ralf eilends. »Auf jeden Fall. Ihr gebt mir den Pfeffer und den Ingwer, und ich gebe Euch Alice dafür.«

»Dann ruft den Dorfpriester, damit er den Verlobungsschwur bezeugt. Ich möchte so schnell wie möglich aufbrechen.«

»Ich werde mich sofort darum kümmern.« Ralf machte Anstalten, sich vom Stuhl zu hieven, aber auf halber Höhe zögerte er. »Ah, Verzeihung, Sir Hugh, aber es gibt da noch eine letzte Frage, die ich klarstellen möchte, ehe es zu dieser Verlobung kommt.«

»Und die wäre?«

Ralf leckte sich über die Lippen und sah sich in der Halle um, als wolle er sichergehen, daß keiner der Bediensteten lausche. Dann senkte er die Stimme auf ein vertrauliches Flüstern herab: »Wollt Ihr den Pfeffer und den Ingwer zurück, falls Ihr Euch entschließt, Alice nicht zu heiraten?«

»Nein. Der Pfeffer und der Ingwer gehören Euch, was auch immer aus der Sache wird.«

»Versprecht Ihr mir das?«

»Ja. Ich gebe Euch das Versprechen Hughs des Unerbittlichen.«

Ralf grinste erleichtert und rieb sich die fetten Hände. »Ausgezeichnet, bringen wir die Sache hinter uns. Es gibt ja keinen Grund, die Verlobung noch länger hinauszuzögern, nicht wahr? Ich schicke sofort nach dem Priester.«

Er drehte sich um und watschelte davon, fröhlicher, als er seit Hughs Ankunft je gewesen war.

Eine Bewegung an der Tür weckte Hughs Aufmerksamkeit.

Dunstan kam herein und seine Miene verriet grimmige Entschlossenheit. Vor Hughs Tisch blieb er stehen.

»Es gibt etwas zu besprechen, Mylord.«

Hugh sah ihn aufmerksam an. »Eurem Gesichtsausdruck nach zu urteilen, könnte man meinen, der Tag des Jüngsten Gerichts sei gekommen. Was ist los, Dunstan? Werden wir belagert?«

Dunstan ignorierte den Kommentar. »Vor ein paar Minuten hat Lady Alice zwei Männer auf ihr Zimmer bestellt, daß sie ihre Sachen zu den Gepäckwagen bringen.«

»Hervorragend. Es freut mich, daß sie keine dieser Frauen ist, die ewig mit der Packerei herumtrödeln.«

»Ich glaube nicht, daß Ihr immer noch so zufrieden sein werdet, wenn Ihr erfahrt, was sie alles mitnehmen will, Sir.«

»Nun? Spannt mich nicht auf die Folter, Dunstan. Was hat sie eingepackt, was Euch so verstimmt?«

»Steine, Mylord.« Dunstans Miene spannte sich an. »Zwei Truhen voll. Und nicht nur, daß wir genügend Steine mitschleppen sollen, um eine Gartenmauer zu bauen. Sie hat deutlich gemacht, daß wir darüber hinaus noch eine ganze Kiste mit Büchern, Pergamentpapier, Federn und Tinte aufzuladen haben.«

»Ich verstehe.«

»Und eine vierte Kiste voller seltsamer alchimistischer Geräte.« Dunstans Gesicht war mittlerweile wutverzerrt. »Und dann sind da noch ihre Kleider, Schuhe und persönlichen Besitztümer.«

»Verfügt Lady Alice denn über so viel Garderobe?« fragte Hugh überrascht.

»Nein, aber das, was sie hat, erfordert zumindest eine weitere Truhe. Mylord, Ihr habt gesagt, daß wir auf einer wichtigen Mission sind. Ihr habt gesagt, Schnelligkeit sei von höchster Bedeutung, und wir dürften keine Zeit verlieren.«

»Das stimmt.«

»Verdammt, Sir, wir sind ein Trupp von Waffenträgern und keine fahrenden Gaukler.« Dunstan warf die Arme in die Luft. »Ich frage Euch, wie sollen wir schnell vorankommen, wenn wir einen Gepäckzug mitschleppen, der die Steinsammlung und alchimistischen Geräte einer Schlange enthält?«

»Diese Schlange ist meine zukünftige Ehefrau«, erklärte Hugh. »Und Ihr werdet ihren Befehlen Folge leisten, als wären es die meinen.«

Dunstan starrte ihn entgeistert an. »Aber ich dachte –«

»Sorgt dafür, daß alles baldigst bereit ist, Dunstan.«

Dunstan klappte den Mund wieder zu. »Sehr wohl, Mylord. Dürfte ich vielleicht fragen, wohin die Reise geht?«

»Das weiß ich noch nicht. Aber ich werde es nach meiner Verlobung erfahren.«

»Ich will Euch gewiß nicht zu nahe treten, aber ich habe den unangenehmen Verdacht, daß die Reise in eine ganz bestimmte Richtung führt.«

»Und die wäre?« Hugh hielt an sich.

»Wir werden unweigerlich in Schwierigkeiten geraten«, maulte Dunstan.

»Es ist doch immer beruhigend, auf vertrautem Gebiet zu sein, nicht wahr?«

Dunstan würdigte ihn keiner Antwort. Er murmelte ein paar Verwünschungen, machte auf dem Absatz kehrt und polterte zur Tür.

Hugh sah sich in der Halle um. Es gab nirgends auch nur eine einfache Sand- oder Wasseruhr, die ihm die Zeit verraten hätte. Offensichtlich hatte Ralf kein Interesse an fortgeschrittenen Gerätschaften.

Hugh wollte sich von seinem Stuhl erheben, um die Uhrzeit anhand der Position der Sonne festzustellen, als ihn das Geräusch von Schritten auf der Turmtreppe zögern ließ.

Benedict erschien in sehr aufgeregtem Zustand, aber zugleich voller Entschlossenheit. Mit gestrafften Schultern näherte er sich Hugh, der ihn eingehend musterte. Abgesehen von seinem versehrten linken Bein war Alices Bruder groß und gut gebaut. Das Fehlen von Muskeln an Schultern und Brust zeigte, daß er nie an der Waffe ausgebildet worden war.

Benedicts Haar war dunkler als die schimmernden Locken seiner Schwester, fast braun. Seine Augen wiesen jedoch dasselbe ungewöhnliche Grün auf, und ihr Leuchten verriet eine ebensolche Intelligenz.

»Mylord, ich muß sofort mit Euch sprechen.«

Hugh beugte sich vor, stützte die Ellbogen auf den Tisch und verschränkte seine Finger. »Worum geht's, Benedict?«

Benedict sah sich rasch um, und dann trat er noch einen Schritt vor, damit niemand ihn hören konnte. »Ich habe gerade mit meiner Schwester gesprochen«, zischte er. »Sie hat mir von diesem verrückten Abkommen erzählt, das sie mit Euch getroffen hat. Sie sagt, daß sie bis zum Frühjahr mit Euch verlobt sein wird und daß diese Verlobung aufgehoben werden wird, wenn es in Eure Pläne paßt.«

»Hat sie das gesagt? Wenn es in meine Pläne paßt?«

Benedict erhob entrüstet seinen Blick. »Irgend so etwas, ja. Sie sagte, Ihr wärt ein Mann, der Wirtschaftlichkeit und praktisches Handeln zu schätzen weiß.«

»Eure Schwester ist selbst recht zupackend. Eins möchte ich klarstellen, Benedict. Es war Lady Alice, die davon sprach, die Verlobung im Frühjahr zu lösen.«

Benedict runzelte die Stirn. »Was bedeutet es schon, wer davon sprach? Es ist klar, daß es keine echte Verlobung ist, wenn sie nach ein paar Monaten enden soll.«

»Vermutlich hast du etwas gegen dieses Abkommen einzuwenden?«

»Und ob.« Benedicts Augen blitzten zornig auf. »Ich glaube, daß Ihr beabsichtigt, meine Schwester auszunutzen, Sir. Offensichtlich habt ihr Euch vorgenommen, sie für die Erreichung Eurer Ziele zu mißbrauchen.«

»Ah.«

»Ihr wollt sie am liebsten verführen und die Annehmlichkeiten des Ehelebens bis zum Frühjahr genießen, nicht wahr? Danach schiebt Ihr sie einfach ab.«

»Das ist unwahrscheinlich angesicht des Preises, den ich für sie bezahlt habe«, murmelte Hugh. »Ich bin nicht der Mensch, der unnötig Geld zum Fenster hinauswirft.«

»Macht Euch nicht lustig über mich«, tobte Benedict. »Ich mag ein Krüppel sein, aber ein Narr bin ich nicht. Und ich bin Alices Bruder, der sie beschützen wird.«

Hugh sah ihn lange schweigend an. »Wenn dir unsere Abmachung nicht gefällt, dann gibt es durchaus eine Alternative.«

»Welche Alternative?« fragte Benedict.

»Überzeug deine Schwester davon, mir die Informationen zu geben, die ich brauche, ohne einen Preis dafür zu verlangen.«

Benedicts Faust krachte auf den Tisch. »Glaubt ja nicht, daß ich nicht bereits versucht hätte, sie dazu zu überreden, vernünftig zu sein.«

»Weißt du, wo der Stein ist?«

»Nein, Alice sagt, daß sie es selbst erst seit ein paar Tagen weiß. Aber sie wollte es mir nicht verraten, weil wir wußten, daß Ihr dem Stein auf der Spur seid.« Benedicts Miene verfinsterte sich. »Alice fing sofort an, sich etwas auszudenken.«

»Natürlich.«

»Wißt Ihr, sie hat ein Talent dafür. Als sie hörte, daß Ihr den Stein wollt, heckte sie sofort einen Plan aus, wie wir beide von Lingwood Manor entkommen könnten.«

»Das ist noch nicht alles, was sie gefordert hat«, sagte Hugh. »Hat sie dir gegenüber vielleicht auch erwähnt, daß ich ihr versprechen mußte, sie mit einer großen Aussteuer zu versehen, damit sie in ein Kloster ihrer Wahl gehen kann, und dich nach Paris oder Bologna zu schicken, wo du die Rechte studieren kannst?«

»Das will ich gar nicht«, erwiderte Benedict. »Das war alles ihre Idee.«

»Aber du willst doch sicher von deinem Onkel fort, nicht wahr?«

»Ja, aber nicht um den Preis, daß Alice deshalb ihren Ruf verliert.«

Hugh bekam Mitleid mit ihm. »Deine Schwester ist bei mir in Sicherheit.«

»Ich will Euch beileibe nicht zu nahe treten«, knurrte Benedict, »aber man nennt Euch bestimmt nicht umsonst Hugh den Unerbittlichen. Ich fürchte, daß Ihr etwas mit Alice im Schilde führt. Und als ihr Bruder kann ich nicht zulassen, daß ihr von Euch weh getan wird.«

Hugh war gerührt und beeindruckt. »Es gibt nicht viele Männer, die mich derart herausfordern würden.«

Benedict errötete. »Ich weiß, daß ich nicht mit der Waffe umgehen kann und daß ich kein Gegner für Euch bin, Sir Hugh. Aber ich kann unmöglich tatenlos herumstehen und mit ansehen, wie Ihr meine Schwester mißbraucht.«

»Würde es dich beruhigen zu wissen, daß ich nicht die Absicht habe, Lady Alice weh zu tun?«

»Was soll das heißen?«

»Das soll heißen, daß ich meinen Verlobungsschwur einhalte. Von dem Augenblick an, in dem sich Alice in meine Obhut begibt, werde ich all meine Verpflichtungen ihr gegenüber erfüllen.«

»Aber das würde bedeuten, sie zu heiraten«, gab Benedict zu bedenken. »Und sie will Euch nicht heiraten.«

»Damit muß sie selbst fertig werden, nicht wahr?«

Benedict war verblüfft. »Ich verstehe nicht, Sir. Ihr habt doch sicher nicht vor, sie tatsächlich zu ehelichen?«

»Deine Schwester ist mit unserer Abmachung zufrieden, und ich fürchte, daß du dich im Augenblick ebenfalls damit zufrieden geben mußt. Alles, was ich tun kann, ist, dir zu versprechen, daß ich mich um sie kümmern werde, wie es sich geziemt.«

»Aber Mylord –«

»Ich sagte, ich gebe dir mein Wort«, bekräftigte Hugh. »Und das gilt im allgemeinen als ausreichendes Pfand.«

Benedict wurde rot. »Ja, Mylord.«

»Du wirst deinem Onkel nichts von deinem Verdacht verraten, verstanden? Es würde dir auch nichts nützen, denn Sir Ralf würde dir sowieso nicht zuhören und Alice wäre außer sich.« Hugh lächelte. »Ganz zu schweigen von mir.«

Benedict zögerte, doch dann preßte er den Mund in stummer Ergebenheit zusammen. »Sehr wohl, Sir Hugh. Ich habe Euch durchaus verstanden.«

»Versuche, dir nicht allzu viele Sorgen zu machen, Benedict. Ich bin ein Meister im Austüfteln von Kriegslisten, auch diese wird erfolgreich sein.«

»Ich wünschte nur, ich wüßte, welche List Ihr anzuwenden gedenkt«, knurrte Benedict.

Drei Stunden später verspürte Alice prickelnde Aufregung, als Hugh ihr in den Sattel half. Ihr Plan hatte funktioniert, endlich waren sie und Benedict von Sir Ralf befreit.

Plötzlich schien die Zukunft durchaus vielversprechend zu sein. Eine kühle Brise drang durch die Falten ihres Reiseumhangs, und ihr graues Pferd warf die zottige Mähne zurück, als freue es sich ebenfalls auf den Ritt.

Aus dem Augenwinkel sah Alice, daß ihr Bruder ebenfalls sein Pferd bestieg. Obgleich ihn sein krankes Bein behinderte, hatte Benedict sich eine zwar eigenartige, aber überraschend wirksame Methode angeeignet, ohne Hilfe in den Sattel zu gelangen. Diejenigen, die ihn kannten, hatten seit langem gelernt, ihn gewähren zu lassen. Alice sah, daß Hugh mit heimlichen Interesse zusah, wie Benedict sein Pferd erklomm. Einen Augenblick lang fürchtete sie, er könne einem seiner Männer befehlen, ihrem Bruder behilflich zu sein, doch zu ihrer Erleichterung unterließ er es.

In diesem Augenblick wandte Hugh den Blick zu ihr und zog leicht die Brauen hoch, als wolle er ihr sein Verständnis übermitteln. Sie lächelte ihn dankbar an, er winkte und schwang sich mühelos auf sein eigenes Roß.

Hugh verstand sie. Der kleine, stumme Gedankenaustausch erzeugte ein wohliges Gefühl der Wärme in ihr.

Alice war sich der Tatsache nur allzu bewußt, daß Benedict über die plötzliche Veränderung ihrer beiden Leben nicht glücklich war. Er wollte genau wie sie nichts lieber, als Lingwood Manor hinter sich lassen, aber nun hatte er das Gefühl, vom Regen in die Traufe gelangt zu sein.

Alice sah die ganze Sache wesentlich optimistischer. Alles lief wie am Schnürchen.

Ihre weltliche Habe sowie die Besitztümer Benedicts waren sicher auf den Gepäckwagen verstaut. Sie hatte sich kurzfristig Sorgen gemacht, als Sir Dunstan sich lautstark über die Truhen mit Steinen und Geräten beschwerte, aber das war schnell vorübergegangen.

Alice war sich nicht ganz sicher, warum der halsstarrige Dunstan plötzlich nicht mehr gejammert hatte, aber dann hörte er auf, das mußte genügen.

Die Verlobung hatte wenige Minuten vor der Abreise in

Anwesenheit des Dorfpriesters stattgefunden. Alice erbebte, als Ralf ihre Hand in Hughs Hand legte, aber das war wohl ihrer Aufregung zuzuschreiben und der Tatsache, daß sie die Berührung eines Mannes noch nicht kannte.

Genau wie der Kuß eines Mannes etwas Fremdes für sie war, dachte sie. Trotz der Kühle des Tages glühte ihr Körper bei der Erinnerung an diesen Augenblick.

»Nun, Mylady?« Hugh sah sie an, als er die Zügel nahm. Die Ränder seines Umhangs waren zurückgeworfen und enthüllten den Griff seines Schwerts. Das Sonnenlicht schimmerte auf seinem Ring aus schwarzem Onyx. »Es ist an der Zeit, Euren Teil des Abkommens zu erfüllen. Wohin geht die Reise?«

Alice atmete tief ein. »Nach Ipstoke, Mylord, wo ab morgen ein großer Markt abgehalten wird.«

»Ipstoke?« Hugh runzelte die Stirn. »Das ist kaum ein Zwei-Tages-Ritt von hier.«

»Stimmt, Mylord. Ein Troubadour namens Gilbert hat mir den grünen Kristall gestohlen, und ich glaube, daß er den Markt besuchen kommt.«

»Ein Troubadour hat den Stein? Seid Ihr Euch sicher?«

»Ja, Sir. Gilbert hat eine Zeitlang auf der Burg meines Onkels gelebt.« Alice preßte die Lippen zusammen. »Er war ein Draufgänger und ein Narr. Während er bei uns lebte, hat er versucht, jede Frau zu verführen, die ihm über den Weg lief. Seine Lieder waren schlecht, und er konnte nicht einmal Schach spielen.«

»Dann war er allerdings ein jämmerlicher Troubadour.« Hugh bedachte sie mit einem durchdringenden Blick.

»Ja. Und außerdem war er ein Dieb. Er kam unter irgendeinem Vorwand in mein Arbeitszimmer, wo er den grünen Stein sah, und fragte mich danach. Kurze Zeit später verließ er Lingwood Manor, und ich bemerkte den Verlust.«

»Warum glaubt Ihr, daß er ihn mit auf den Markt in Ipstoke nimmt?«

Alice war sehr zufrieden mit ihrer Schlußfolgerung. »Eines Abends, als er ziemlich betrunken war, murmelte er etwas davon, daß er nach Ipstoke wolle, um den Rittern, die sich dort zum Turnier versammeln, seine närrischen Lieder vorzuspielen.«

»Ich verstehe.«

»Es besteht keine Veranlassung, an diesen Worten zu zweifeln, da sich ein Troubadour immer dorthin begibt, wo viele Zuhörer sind. Und es werden sicher eine Menge Ritter dort sein, was meint Ihr?«

»Ja«, sagte Hugh. »Wenn ein Turnier stattfindet, versammeln sich immer mehr als genug von unserer Zunft.«

»Genau.« Alice setzte ein selbstzufriedenes Lächeln auf. »Also wo Ritter sind, da sind auch Troubadoure, die sie zu unterhalten suchen, nicht wahr?«

»Ja.«

»Abgesehen davon, daß Gilbert versuchen wird, mit seinen Liedern ein paar Münzen zu verdienen, wird er sicher auch meinen Kristall an den Mann bringen wollen.«

Hugh schwieg einen Augenblick, dann nickte er. »Das klingt durchaus vernünftig, Mylady. Also gut, auf nach Ipstoke.«

»Höchstwahrscheinlich weiß Gilbert noch nicht, daß Ihr den Stein sucht«, bemerkte Alice. »Aber falls er merkt, daß Ihr ihm auf der Spur seid, wird er wohl kaum in Ipstoke bleiben.«

»Dann sorgen wir dafür, daß er es erst erfährt, wenn es zu spät ist für eine Flucht. Nur noch eins, Mylady.«

»Ja?«

»Ihr scheint regelmäßig zu vergessen, daß ich der Eigentümer des grünen Steins bin.«

Alice errötete. »Das ist Ansichtssache, Mylord.«

»Nein, Madam. Das ist eine Tatsache. Der Stein gehört mir. Unser Abkommen ist besiegelt.« Zum Signal für den Aufbruch hob Hugh die Hand.

Alice blickte über die Schulter zurück, als der Troß Lingwood Manor verließ. Sie sah, daß Ralf und ihre Vettern auf der Treppe standen und winkte Gervase zu, dem einzigen, für den sie eine gewisse Zuneigung empfand. Er hob ebenfalls die Hand zum Abschiedsgruß.

Ehe sie den Kopf wieder umwandte, sah sie, daß Ralf lächelte. Ihr Onkel schien sich sehr über das Geschäft zu freuen, und ihr kam ein böser Verdacht.

»Es könnte sein, daß das Gerücht über meinen Brautpreis nicht stimmt«, sagte sie zu Hugh, als dieser sein riesiges schwarzes Roß neben ihr Pferd lenkte.

»Ich persönlich gebe nicht viel auf irgendwelches Geschwätz.«

Sie sah ihn prüfend an. »Ihr werdet es kaum glauben, Sir, aber es hieß, Ihr hättet meinem Onkel tatsächlich zwei Truhen mit Gewürzen zugesagt.«

»Zwei?«

»Ja, eine mit Pfeffer und eine mit Ingwer.« Alice kicherte über diesen vollkommenen Unsinn. »Ein solches Gerücht kann unmöglich wahr sein, Mylord, trotzdem habe ich Angst, daß man Euch betrogen hat. Was genau habt Ihr Sir Ralf als Brautpreis bezahlt?«

»Zerbrecht Euch nicht den Kopf wegen Einzelheiten, Mylady. Es ist völlig unwichtig.«

»Der Gedanke, daß man Euch vielleicht betrogen hat, gefällt mir nicht, Mylord.«

Hughs Mund verzog sich zu einem unmerklichen Lächeln. »Keine Angst. Ich bin Geschäftsmann. Ich habe bereits vor langer Zeit gelernt, aus jedem Handel einen Gewinn zu ziehen.«

5

Ipstoke war ein belebter, farbenfroher Ort. Selbst Benedicts mürrische Miene hellte sich beim Anblick der leuchtenden Banner und der gestreiften Zelte auf, die vor der alten Burgmauer errichtet worden waren. Händler verschiedenster Gebrauchsgegenstände und Verkäufer köstlicher Fleischpasteten mischten sich mit Akrobaten, Jongleuren, Bauern, Rittern und Waffenträgern. Kinder rannten hin und her und jauchzten vor Glück. Mächtige Schlachtrösser überragten langohrige Esel und stämmige Ponies, die schwere Lastkarren zogen. Mit Waffen beladene Gepäckwagen rumpelten neben Karren voll Wolle und Gemüse über den Weg, Troubadoure und Minnesänger gaben sich ein Stelldichein in der Menge.

»In meinem ganzen Leben habe ich noch nie so viele Menschen beisammen gesehen«, Benedict war überwältigt. »Man könnte meinen, ganz England wäre hier.«

»Nicht ganz«, meinte Alice. Sie stand neben Benedict auf der kleinen Anhöhe, auf der Hughs dunkles Zelt errichtet wurde. Die schwarzen Banner, die bereits über ihren Köpfen wehten, standen in scharfem Kontrast zu dem leuchtenden Rot, Gelb und Grün der Nachbarschaft. »Wenn du nach Paris und Bologna reist, wirst du noch wesentlich großartigere Dinge sehen.«

Benedicts Freude legte sich. »Alice, ich wünschte, du würdest nicht so sprechen, als reiste ich ganz gewiß dorthin.«

»Warum denn nicht?« Alice lächelte. »Inzwischen steht fest, daß du es tust, Sir Hugh wird dafür sorgen. Das ist Teil unseres Abkommens, und es heißt, daß er sich immer an einmal getroffene Abmachungen hält.«

»Dieses Abkommen, das du mit ihm getroffen hast, gefällt

mir nicht. Unseren Onkel habe ich nicht besonders gemocht, aber ich zöge es vor, es mit einem Schurken zu tun zu haben, den ich kenne, als mit einem, der einen Ruf wie Hugh der Unerbittliche hat.«

Alice runzelte die Stirn. »Er heißt inzwischen Hugh von Scarcliffe. Nenn ihn lieber nicht den *Unerbittlichen*.«

»Warum nicht? So nennen ihn seine eigenen Männer schließlich auch. Ich habe mich mit Sir Dunstan über ihn unterhalten. Er sagt, daß der Name zutrifft, was besagt, daß er sich noch niemals geschlagen gegeben hat.«

»Es heißt auch, daß sein Wort so unverbrüchlich ist wie eine Kette aus spanischem Stahl, und das ist das einzige, was für mich zählt.« Alice machte eine wegwerfende Handbewegung. »Genug von diesem Geschwätz. Ich muß mich um meinen Teil der Abmachung kümmern.«

Benedict sah sie überrascht an. »Was meinst du? Du hast Sir Hugh hierher nach Ipstoke gebracht und ihm den Namen des Troubadours genannt, der den grünen Kristall gestohlen hat. Mehr brauchst du ja wohl kaum zu tun.«

»So einfach ist es nicht. Du vergißt, daß du und ich die einzigen sind, die Gilbert kennen. Niemand sonst von Hughs Gefolgschaft hat ihn je zuvor gesehen.«

Benedict zuckte die Achseln. »Sir Hugh wird sich einfach nach ihm erkundigen, und Gilbert wird dann schnell gefunden.«

»Was ist, wenn Gilbert einen anderen Namen benutzt?«

»Warum sollte er das tun?« fragte Benedict. »Er kann unmöglich wissen, daß Sir Hugh auf der Suche nach ihm ist.«

»Das entzieht sich unserer Kenntnis.« Alice dachte kurz nach. »Nein, am schnellsten finde ich Gilbert, wenn ich herumspaziere und mich nach ihm erkundige. Er muß hier sein, und ich kann nur hoffen, daß er meinen grünen Stein noch nicht verkauft hat.

Benedict starrte sie an. »Du willst Gilbert tatsächlich alleine suchen?«

»Du kannst mich ja begleiten, wenn du willst.«

»Darum geht es nicht. Hast du Sir Hugh von deinem Vorhaben erzählt?«

»Nein, aber ich glaube, das ist unnötig.« Alice unterbrach sich, als Dunstan zu ihnen herüberkam.

Erstaunlicherweise wirkte Dunstan wesentlich fröhlicher als jemals zuvor. Seine sonst finstere Miene war lebhaft und sein Gang beschwingt. Er trug sein Kettenhemd, und unter dem Arm klemmte sein frisch polierter Helm.

»Mylady«, grüßte Dunstan mit brüsker Förmlichkeit. Es war nicht zu übersehen, daß er Alice wenig Sympathie entgegenbrachte.

»Sir Dunstan«, murmelte sie. »Ihr seht aus, als zöget Ihr gerade in den Krieg.«

»Nichts dergleichen. Ich melde mich zum Turnier.«

Das war neu für Alice. »Ihr wollt an einem Turnier teilnehmen? Aber wir sind geschäftlich hier.«

»Der Plan hat sich geändert.«

»*Geändert?*« Alice starrte ihn verwundert an. »Weiß Sir Hugh darüber Bescheid?«

»Wer, meint Ihr, ist verantwortlich für die Änderung des Plans?« fragte Dunstan trocken, ehe er auf Benedict wies. »Wir könnten ein bißchen Hilfe mit den Waffen und den Pferden gebrauchen. Sir Hugh hat vorgeschlagen, daß du uns zur Hand gehen könntest.«

»Ich?« fragte Benedict verwirrt, und Alice runzelte die Stirn. »Mein Bruder hat keine Erfahrung im Umgang mit Waffen und Schlachtrössern.«

Dunstan schlug Benedict auf die Schulter. »Sir Hugh sagt, daß es für ihn an der Zeit ist, derartige Dinge zu lernen.«

Benedict schwankte, und nur sein Stock schützte ihn davor, das Gleichgewicht zu verlieren. »Waffen und Pferde interessieren mich eigentlich nicht besonders.«

Dunstan grinste. »Ich habe Neuigkeiten für dich, Benedict.

Du bist jetzt einer von Sir Hughs Männern, und dein neuer Herr glaubt, daß es nicht gut ist, Männer in seinem Haus zu haben, die im Falle einer Belagerung keine Erfahrung haben.«

»Im Falle einer Belagerung.« Alice war entsetzt. »Einen Augenblick. Ich lasse nicht zu, daß mein Bruder ein Risiko eingeht.«

Benedict starrte sie finster an. »Ich brauche kein Kindermädchen, Alice.«

»Natürlich brauchst du das nicht, Junge.« Dunstan grinste Alice an und sein Blick verriet, daß er seinen Sieg in diesem kleinen Wettstreit genoß. »Euer Bruder ist bald ein Mann, und es wird höchste Zeit, daß er sich dementsprechend zu verhalten lernt.«

»Aber er soll die Rechte studieren«, japste Alice aufgebracht.

»So? Mir scheint, daß ein Mann, der die Rechte studieren soll, sich besonders gut verteidigen können muß. Als Gelehrter wird er eine Reihe Feinde haben.«

»Jetzt hört mir einmal gut zu«, hub Alice an. »Ich werde nicht zulassen –« Doch Dunstan ignorierte sie. »Auf geht's, Benedict. Ich bringe dich zu den Schutzzelten und stelle dich den Schildknappen vor.«

Benedict schwankte zwischen Widerwillen und Erwartung. »Ich komme mit.«

»Benedict, du bleibst hier, hörst du mich?« fuhr Alice ihn an.

Dunstan grinste boshaft. »Sir Hugh hat die Absicht, selbst an dem Turnier teilzunehmen. Wer weiß, vielleicht erlaubt er dir ja, ihm behilflich zu sein.«

»Glaubt Ihr das wirklich?« fragte Benedict begierig.

»Bei allen Heiligen.« Alice traute ihren Ohren nicht. »Ihr wollt mir doch nicht erzählen, daß Sir Hugh seine Zeit mit einem dämlichen Turnier vergeuden will?«

Dunstan lächelte breit. »Ihr müßt noch ebensoviel lernen wie Euer Bruder, Lady Alice. Natürlich nimmt Sir Hugh an dem Turnier teil. Schließlich ist Vincent von Rivenhall hier.«

»Wer ist Vincent von Rivenhall?« fragte Alice. »Was hat er mit der Sache zu schaffen?«

Dunstan zog die buschigen Brauen hoch. »Ich bin sicher, daß Euer Verlobter Euch das alles bald erklären wird, Mylady. Es ist sicher nicht meine Aufgabe, das zu übernehmen. Und jetzt entschuldigt mich bitte, Benedict und ich haben zu tun.«

»Halt.« Alice kochte vor Wut. »Ich bin ganz und gar nicht zufrieden mit diesem Lauf der Dinge.«

»Mit Eurer Unzufriedenheit und Beschwerden wendet Euch bitte an Sir Hugh.« Dunstan winkte: »Komm, Benedict.«

»Wartet«, befahl Alice. »Ich brauche meinen Bruder.«

»Aber Alice –« widersprach der Junge unglücklich.

»Heute nachmittag braucht Ihr ihn bestimmt nicht«, versicherte Dunstan ihr.

Sie starrte ihn finster an. »Woher wollt Ihr das wissen?«

»Nun, da bestehen keine Zweifel.« Dunstan sah sie unschuldig an. »Weil Ihr selbst mit wichtigen Dingen beschäftigt sein werdet.«

»Welche wichtigen Dinge?« Sie bedachte Dunstan mit einem eisigen Blick.

»Das ist doch wohl klar. Wie jede frisch verlobte junge Dame werdet Ihr sicher zusehen wollen, wie Euer zukünftiger Herr sein Talent auf dem Turnierplatz zur Anwendung bringt.«

»Ich denke nicht daran, auf dem Turnierplatz zu erscheinen.«

»Unsinn«, erwiderte Dunstan. »Alle Damen lieben es, diesem Sport zuzusehen.«

Ehe Alice etwas erwidern konnte, zerrte Dunstan Benedict eilig hinter sich her zu den Schutzzelten, die an den Seiten des großen Feldes aufgeschlagen waren. Die Ritter, Knappen und Waffenträger tummelten sich dort und bereiteten sich eifrig auf die Turniere vor.

Alice war außer sich. Sie konnte einfach nicht glauben, daß Hugh seine Pläne nur wegen eines Turniers umwarf. Das ergab einfach keinen Sinn.

Nachdem Dunstan und Benedict in der Menge verschwunden waren, machte sie auf dem Absatz kehrt und marschierte in Richtung des schwarzen Zelts. Sie würde Hugh aufsuchen und ihm sagen, was sie von der Sache hielt. Es war einfach lächerlich, sich gegenseitig aufzuspießen, während es wesentlich wichtigere Dinge zu tun gab.

Plötzlich wurde ihr der Weg von einem gewaltigen Schlachtroß versperrt, das sie sofort erkannte. Die enormen Hufe, der breite Kopf, die muskulösen Schultern und die kräftige Gestalt von Hughs preisgekröntem Hengst waren unverwechselbar. Der Geruch von gut geöltem Stahl und Leder hüllte sie ein.

Alice blinzelte, als sie Hughs riesigen Fuß im Steigbügel sah, langsam wanderte ihr Blick an seinem Bein hinauf. Es war das erste Mal, daß sie ihn im Kettenhemd sah. Der fein gegliederte Panzer seiner Rüstung glänzte im nachmittäglichen Sonnenschein, den Helm hielt er unter dem Arm.

Ohne Rüstung bereits furchteinflößend, war Hugh der Unerbittliche in seinem Kriegsgeschirr eine geradezu grauenerregende Gestalt. Sie schirmte die Augen mit den Händen ab, als sie ihn musterte.

»Wie ich höre, ist es neuerdings Brauch bei den Damen, dem Ritter ihrer Wahl ein Pfand zu überreichen, das er während der Turniere trägt«, sagte Hugh.

Alice hielt den Atem an, doch dann holte sie tief Luft. Sie durfte nicht vergessen, daß sie wütend war. »Ihr seid doch sicher nicht ernsthaft gewillt, an diesen Turnieren teilzunehmen, Mylord?«

»Es würde auffallen, wenn ich es nicht täte. Und ich habe nicht den Wunsch, den Argwohn der Leute zu wecken, was den Grund meines Aufenthalts hier in Ipstoke betrifft. Falls Ihr

Euch daran erinnert, hatten wir den Plan entwickelt, uns unter das Volk zu mischen.«

»Ich sehe keinen Grund, weshalb Ihr einen Großteil Eurer Zeit mit dämlichen Spielen auf dem Rücken Eures Pferdes verschwenden solltet, während Ihr Gilbert dem Troubadour so dicht auf den Fersen seid.«

»Dämliche Spiele?«

»Etwas anderes sind diese Turniere meiner Meinung nach nicht.«

»Ich verstehe. Es gibt jedoch Damen, denen es gefällt, bei den Turnieren zuzusehen.« Hugh machte eine Pause. »Vor allem, wenn die Männer ihrer Herzen unter den Teilnehmern sind.«

»Was mich anbelangt, ich habe mich noch nie für Turniere interessiert.«

»Gebt Ihr mir wenigstens ein Pfand?«

Alice sah ihn mißtrauisch an. »Was für ein Pfand?«

»Ein Schal oder ein Band oder ein Stückchen Spitze genügt.«

»Dieser Brauch klingt ziemlich lächerlich.« Alice schüttelte verwundert den Kopf. »Stellt Euch vor, da gibt eine Frau einem Mann ein Stück sauberen Stoff oder ein feines Seidenband, das er tragen soll, während er im Schlamm herumtobt. Das Pfand, wie Ihr es nennt, ist hinterher vollkommen ruiniert.«

»Vielleicht.« Hugh sandte ihr einen unergründlichen Blick. »Trotzdem wäre es meiner Meinung nach vernünftig, wenn Ihr mir ein solches Pfand überlassen würdet, Alice.«

Auf ihrer Miene malte sich Verständnislosigkeit. »Warum, Sir?«

»Die Leute erwarten es«, erklärte Hugh. »Schließlich sind wir miteinander verlobt.«

»Ihr braucht ein Pfand von mir, um das der Welt zu beweisen?«

»Ja.«

»Aber was ist mit meinem grünen Stein?«

»Alles zu seiner Zeit«, meinte Hugh.

»Ich dachte, der Stein wäre von so großer Bedeutung für Euch.«

»Das ist er auch, und ich werde ihn noch vor Tagesende bekommen. Aber im Augenblick gibt es etwas Dringenderes zu erledigen.«

»Und das wäre?« fragte Alice.

»Vincent von Rivenhall ist hier und hat verkündet, daß er an dem Turnier teilnimmt«, Hughs Stimme klang eigenartig befremdend.

»Und das heißt?« Alice fühlte sich im Stich gelassen. »Bei allen Heiligen, Sir, man sollte meinen, Ihr wärt in der Lage, wegen des Steins auf einen albernen Wettbewerb zu verzichten.«

»Ich versichere Euch, die Möglichkeit, gegen Vincent von Rivenhall ins Feld zu ziehen, ist fast ebenso bedeutend wie die Wiedererlangung des Steins.«

»Ich hätte nicht gedacht, daß Ihr es für notwendig erachtet, Euch mit einem anderen Ritter zu messen, Mylord«, knurrte Alice erbost. »Ihr solltet über solchen Dingen stehen.«

»Es wäre vernünftig, keine voreiligen Schlüsse über mich zu ziehen, Alice.«

Alice schnürte es die Kehle zu, so daß sie sich mit einem bösen Blick begnügte. »Also gut, Mylord, von nun an werde ich mir über Euch keine weiteren Gedanken machen.«

»Seid versichert, daß ich Euch die Sache mit Sir Vincent ein andermal erkläre.« Hugh streckte die Hand aus. »Aber im Augenblick habe ich es eilig. Euer Pfand, wenn ich bitten darf.«

»Das ist wirklich eine Narretei.« Alice sah an sich herab. »Am ehesten könnt ihr mein Ärmelband haben, wenn Ihr der Meinung seid, es sei unbedingt erforderlich.«

»Das ist es.«

»Aber macht es bitte nicht schmutzig, ja? Gutes Band kostet eine Menge Geld.«

»Wenn ich es ruiniere, kaufe ich Euch wieder eins. Ich kann es mir leisten.«

Alice spürte, wie sie unter seinem spöttischen Blick errötete. Beide wußten, daß der Preis eines neuen Bandes eine Nichtigkeit für ihn war.

»Wenn es denn sein muß ...« Alice löste das Band.

»Danke.« Hugh beugte sich herab, um ihr den Streifen grünen Stoffs abzunehmen. »Ihr könnt das Turnier von dem gelbweißen Zelt am anderen Ende des Feldes aus beobachten. Dort sitzen alle Damen.«

»Keinesfalls verfolge ich das Turnier, Sir«, zeterte Alice. »Ich habe wichtigere Dinge zu tun.«

»Wichtigere Dinge?«

»Allerdings, Mylord. Ich mache mich auf die Suche nach Gilbert. Es wäre sinnlos, vergeudeten wir alle beide den Nachmittag.«

Hughs behandschuhte Hand schloß sich fest um das grüne Band. »Macht Euch keine Mühe wegen des Troubadours, Alice. Wir werden ihn immer noch schnell genug finden. Ihr seht Euch zusammen mit den anderen Damen das Turnier an.«

Ohne auf eine Antwort zu warten, drückte Hugh dem Rappen seine Schenkel in die Flanken, so daß das Tier erstaunlich behende wendete und in Richtung Turnierplatz trabte. Der Boden erbebte unter seinen mächtigen Hufen.

»Aber, Sir Hugh, ich habe Euch bereits erklärt, daß ich nicht den Wunsch habe, das Turnier –« Alice brach ergeben ab, als ihr klar wurde, daß sie mit dem Hinterteil des Pferdes sprach.

Zum ersten Mal empfand sie gewisse Bedenken angesichts des Abkommens, das sie mit Hugh getroffen hatte. Es war offensichtlich, daß ihr neuer Geschäftspartner die Bedeutung des Wortes Partnerschaft ganz anders verstand.

6

Die rundliche, rotwangige Pastetenverkäuferin reichte Alice ein warmes, knuspriges Törtchen mit Huhn im Honigsud. »Ja, hier laufen eine ganze Menge Troubadoure herum. Aber ich glaube nicht, daß ich einen mit einer gelborangenen Tunika gesehen habe.« Die Frau nahm Alices Münze und schob sie in den Beutel, der an ihrem Gürtel hing. »Nun, kann ich sonst noch etwas für Euch tun, Mylady?«

»Nein danke.«

Die Verkäuferin wischte sich ein paar Krümel von den Händen und wandte sich dem nächsten Kunden zu. »So, mein Guter, was darf's sein? Ich habe alles von köstlichen Obsttörtchen bis zu zartem Lamm. Wählt nur aus.«

Alice sah angewidert auf ihre Pastete, während sie den Stand verließ. Es war das vierte Törtchen, das sie innerhalb einer Stunde in den Händen hielt, und es schüttelte sie.

Sie hatte die Suche nach Gilbert systematisch begonnen, aber bisher ohne den geringsten Erfolg, allerdings hatte sie erst ein Viertel des Marktareals erforscht. Um in diesem Gedränge einen bestimmten Menschen zu finden, benötigte man Geduld.

An verschiedenen Ständen und in diversen Zelten hatte sie unverfängliche Gespräche begonnen, aber nach kurzer Zeit festgestellt, daß niemand bereit war, Zeit mit müßigem Geschwätz zu vertun. Nachdem ihr klar geworden war, daß die Händler, Pastetenverkäufer und Marktschreier ihre durchtriebenen Fragen wesentlich bereitwilliger beantworteten, wenn etwas dabei heraussprang, hatte Alice angefangen mit Einkäufen. Im Verlauf ihrer Nachforschungen war sie gezwungen gewesen, drei Törtchen und zwei Krüge Apfelwein zu konsumieren. Unglücklicherweise hatte sich ihr Geldbeutel inzwischen fast geleert, und sie war um nichts klüger geworden.

Am Ende einer Reihe leuchtend gestreifter Verkaufsstände blieb sie zögernd stehen und überlegte, was sie mit ihrer letzten Pastete anstellen sollte. Sie haßte den Gedanken, sie einfach fortzuwerfen. Verschwendung jeder Art tat ihr in der Seele weh.

»Pst. Schöne Dame. Hier drüben.«

Alice blickte von ihrem Törtchen auf und entdeckte einen Jungen von vielleicht sechzehn Jahren, der im Schatten eines in der Nähe befindlichen Baldachins kauerte. Er grinste frech.

»Bei mir könnt Ihr gute Geschäfte machen, Mylady. Kommt und seht.« Der junge Mann blickte eilig über seine Schulter, und dann zog er einen kleinen Dolch unter seiner schmutzigen Tunika hervor.

Alice rang nach Luft und trat einen Schritt zurück. Räuber und Taschendiebe waren auf Märkten eine ständige Gefahr. Sie raffte ihre Röcke, bereit, loszurennen.

»Nein, nein, keine Angst, schöne Dame.« Der Junge riß alarmiert seine Augen auf. »Ich will Euch nichts tun. Ich heiße Fulk und biete Euch diesen herrlichen Dolch zum Kauf. Seht Ihr? Er ist aus bestem spanischem Stahl gefertigt.«

Alice blieb stehen. »Ja, ein hübsches kleines Ding, aber ich brauche so etwas nicht.«

»Vielleicht könntet Ihr ihn Eurem Herrn als Geschenk überreichen?« schlug Fulk blinzelnd vor. »Ein Mann kann einen guten Dolch stets gebrauchen.«

»Sir Hugh hat bereits Waffen genug«, erwiderte Alice. Sie war immer noch wütend, weil Hugh sich entschieden hatte, sich den Nachmittag auf dem Turnierplatz herumzutreiben.

»Kein Mann hat je genug Stahl. Kommt näher, Mylady, und seht Euch das Kunstwerk genauer an.«

Alice betrachtete den Dolch ohne großes Interesse. »Woher habt Ihr ihn?«

»Mein Vater verkauft Dolche und Messer an einem Stand am anderen Ende des Marktes«, erklärte Fulk. »Ich helfe ihm, indem ich mich unter die Leute mische und Kunden suche.«

»Versuch es lieber mit einer anderen Geschichte, Junge.«

»Ihr habt recht.« Fulk stöhnte. »Wenn Ihr es unbedingt wissen wollt, ich habe ihn am Straßenrand gefunden. Eine Schande, nicht wahr? Ich schätze, er hat irgendeinem Reisenden gehört und er hat ihn unterwegs verloren.«

»Ich halte es für wahrscheinlicher, daß du ihn an einem der Stände gestohlen hast.«

»Nein, nein, Mylady. Ich schwöre Euch, ich habe dieses Messer auf ehrliche Weise in meinen Besitz gebracht.« Fulk drehte den Dolch um, um ihr den mit Einlegearbeiten verzierten Griff zu zeigen. »Seht nur, wie schön er ist. Ich wette, das sind seltene und wertvolle Edelsteine.«

Alice lächelte. »Es ist sinnlos, deine Tricks an mir auszuprobieren, Junge. Ich habe nur noch wenige Münzen in meinem Geldbeutel und möchte sie für etwas Sinnvolleres als einen Dolch ausgeben.«

Fulk spielte den Unschuldsengel. »Was wollt Ihr denn kaufen, schöne Dame? Laßt mich nur wissen, was Ihr braucht, und ich besorge es Euch. Dann könnt Ihr mich dafür bezahlen. Auf diese Weise erspart Ihr es Euch, zwischen diesen verdreckten Ständen herumzulaufen.«

Alice sah ihn nachdenklich an. »Das ist sehr hilfsbereit von dir.«

Er verbeugte sich. »Es ist mir eine große Ehre, Euch zu dienen, Mylady.«

Alice kam der Gedanke, daß er ihr vielleicht tatsächlich helfen könnte. »Was ich brauche, sind Informationen.«

»Informationen?« Mit einem geschäftsmäßigen Schütteln des Handgelenks ließ Fulk das Messer wieder in den Ärmel seiner Tunika gleiten. »Das trifft sich gut. Ich verkaufe oft Informationen. Ihr würdet überrascht sein, wenn Ihr wüßtet, wie viele Menschen Informationen zu kaufen wünschen. Welche sucht Ihr?«

Alice erzählte ihm die Geschichte, die sie auch den Pastetenverkäufern und Händlern aufgetischt hatte. »Ich suche einen hübschen Troubadour, der lange braune Haare, einen kleinen Bart und blaßblaue Augen hat. Er trägt meistens eine gelborangene Tunika. Ich habe ihn andernorts singen hören, und ich schätze seine Lieder über die Maßen, aber finde ihn in diesem Gedränge einfach nicht. Hast du ihn vielleicht irgendwo gesehen?«

Fulk legte den Kopf schräg und sah sie mit blitzenden Augen an: »Seid Ihr in diesen Troubadour verliebt?«

Alice wollte schon aufbegehren, doch dann hielt sie sich zurück. Statt dessen stieß sie einen, wie sie hoffte, abgrundtiefen Seufzer aus. »Er ist einfach ein schöner Mann.«

Fulk schnaubte verächtlich. »Ihr seid sicher nicht die einzige Lady, die das denkt. Bei den Zähnen des Heiligen Anselm, ich weiß einfach nicht, was das Besondere an Troubadouren ist. Aber sie alle haben das Talent, die schönen Frauen vor Begeisterung in Ohnmacht sinken zu lassen.«

Alice sah ihn an. »Dann hast du ihn also gesehen?«

»Ja. Ich habe euren herrlichen Poeten gesehen.« Fulk zuckte gleichgültig die Schultern. »Seine Tunika ist wirklich sehr hübsch, genau wie Ihr sagt. Ich selbst habe schon immer eine Vorliebe für Gelb und Orange gehabt.«

»Wo hast du ihn gesehen?« drängte Alice.

»Gestern abend hat er eine Gruppe von Rittern am Lagerfeuer unterhalten. Ich, äh, war zufällig in der Nähe und habe ihn gehört.«

»Bist du dort auch über den verlorenen Dolch gestolpert?«

»Zufällig ja.« Fulk schien dieses Geständnis nicht im mindesten peinlich zu sein. »Ritter sind achtlose Burschen, vor allem, wenn sie zuviel getrunken haben. Sie verlieren ständig Dolche, ihre Börsen und andere Dinge. Nun, wieviel bezahlt

Ihr mir dafür, daß ich Euren hübschen Troubadour für Euch finde?«

Alice tastete in ihrem fast leeren Geldbeutel herum. »Ich habe nur mehr wenige Münzen. Aber nichts für ungut, die Information ist eine dieser Münzen wert. Vielleicht zwei, wenn du dich beeilst.«

»In Ordnung.« Fulk gab sich zufrieden. »Kommt mit, Mylady. Ich weiß, wo Euer Troubadour zu finden ist.«

»Woher?«

»Wie gesagt, Ihr seid nicht die einzige Dame, die verliebt in ihn ist. Gestern abend hörte ich, wie er einer blonden Dame sagte, er würde sie heute treffen, während ihr Herr sich auf dem Turnierplatz vergnügt.«

»Bei allen Heiligen«, murmelte Alice. »Du bist tatsächlich ein ergiebiger Quell, Fulk.«

»Wie gesagt, Informationen verkaufen sich ebenso gut wie alles andere und es ist kaum ein Risiko dabei.« Fulk machte kehrt und bahnte sich seinen Weg zwischen den Ständen hindurch.

Alice warf ihre Pastete fort und eilte hinterher.

Fünfzehn Minuten später fand sie sich am Rande des Marktes wieder. Sie blickte unsicher in die Runde, als Fulk sie um den alten Wall führte, der die Burg von Ipstoke einfriedete. Sie hatten die Menge weit hinter sich gelassen, und sie war allein mit ihm.

Es ging eine sanfte Anhöhe hinauf, und als sie die Kuppe erreichte, sah sie sich abermals um. Von hier aus konnte sie über die Dächer der Zelte und die Banner hinweg bis hin zu dem entfernten Turnierplatz sehen. Zahlreiche Zuschauer hatten sich am Rand des Feldes eingefunden, um sich die Wettkämpfe anzuschauen. Als Alice hinüberblickte, brach die Menge gerade in lautstarken Jubel aus, der von der Brise zu ihr herübergetragen wurde.

Zwei Gruppen von Rittern stürmten von entgegengesetzten Enden des Platzes aufeinander zu, und Alice zuckte empfindlich zusammen, als die Männer einander gnadenlos umpflügten. Mehrere Pferde und Reiter stürzten in gefährlichem Tumult zu Boden. Rüstungen schimmerten im Sonnenschein und Rösser warfen die Hufe in die Luft. Alice merkte, daß sie ein vertrautes schwarzes Banner suchte, aber es war unmöglich, aus dieser Entfernung zu erkennen, ob Hugh oder einer seiner Männer beteiligt war.

»Hier entlang, M'lady«, flüsterte Fulk. Er umrundete eine der halb verfallenen Hütten. »Schneller.«

Alice sagte sich, daß Hugh viel zu clever und zu geübt war, um irgendeine Verletzung davonzutragen. Ritter seines Kalibers waren die Helden jeden Turniers. Sie erschauderte. Ihr Vater, Sir Bernard, hatte desgleichen einen Großteil seines Lebens damit verbracht, in Nordfrankreich den Ruhm und den Reichtum zu suchen, den der endlose Reigen von Ritterspielen versprach. Und noch etwas anderes hatte er auf diesen Reisen gesucht, gestand sich Alice wehmütig ein: die Flucht vor seiner Verantwortung als Ehemann und Vater.

Alice bewahrte nur noch bruchstückhafte Erinnerungen an ihn, und diese Erinnerungen verteilten sich über die Jahre wie leuchtende Perlen einer Kette, die zerrissen war.

Bernard war ein schöner Mann gewesen mit einem herzlichen Lachen, einem lockigen roten Bart und leuchtend grünen Augen. Er hatte einen lärmigen Charakter besessen, voller Begeisterung für die Jagd, für Turniere und Helen, Alices Mutter, zufolge, für die Bordelle, die es in London gab.

Bernard war meistens unterwegs gewesen, aber seine Besuche auf der heimischen Burg hatten für Alice die Höhepunkte ihrer Kindheit dargestellt. Er hatte die Hausleute immer mit Geschenken und Geschichten überhäuft, hatte seine Tochter in die Arme genommen und war mit ihr durch die großartige Halle spaziert. Wenn Bernard zu Hause weilte, hatte Alice immer das Gefühl gehabt, daß jedermann, selbst ihre Mutter, vor Freude zu strahlen begann.

Aber regelmäßig hatte er sich allzu schnell wieder auf den Weg zu irgendeinem Turnier oder zu einer ausgedehnten Reise nach London gemacht. Alice erinnerte sich an zahllose Szenen, in denen ihre Mutter nach Bernards Abreise weinend auf ihrem Zimmer saß.

Nach der Geburt seines Sohnes und Erben war Bernard öfter zu Hause gewesen, und Helen hatte sich über seine Anwesenheit sehr glücklich gezeigt. Aber nach Benedicts Sturz und seiner Verkrüppelung hatte sich Bernard wieder in die alten Vergnügungen gestürzt. Abermals war er für lange Zeiten nach London gefahren oder in Nordfrankreich herumgezogen.

Helen hatte sich über die langen Abwesenheiten ihres Mannes mit ihrem Handbuch oder mit dem Mischen von Kräutern und Arzneien hinweggetröstet. Ihre Studien waren zur Besessenheit geworden, und für ihre Kinder brachte sie immer weniger Zeit und Interesse auf.

Ihres Gatten Stippvisiten vermochten kein glückliches Lächeln mehr auf ihr Gesicht zu zaubern, aber zumindest weinte sie nach seiner Abreise auch nie mehr stundenlang.

Während ihre Mutter sich länger und länger in ihrem Arbeitszimmer vergrub, hatte Alice die zahllosen Pflichten übernommen, die die Führung eines Haushalts mit sich brachte, und obendrein die Sorge für Benedict. Sie fürchtete, daß sie mit ihren Bemühungen, ihm gleichzeitig Mutter und Vater zu sein, gescheitert war. Sie hatte es nicht geschafft, ihn von dem Schmerz zu befreien, den Bernards unbedachte Ablehnung hervorgerufen hatte. Der stumme Haß, mit dem Benedict auf die Nennung seines Namens reagierte, tat Alice in der Seele weh.

Aber den vollen Umfang ihres Versagens hatte sie erst erkannt, als Benedicts Erbe verlorenging.

»M'lady?«

Alice schob die melancholischen Erinnerungen fort. »Wohin gehen wir, Fulk?«

»Pst.« Er legte den Finger an die Lippen. »Wollt Ihr etwa, daß sie uns hören?«

»Ich will wissen, wohin du mich bringst.« Sie schlich um einen halbverfallenen Lagerschuppen und sah, daß ihr Führer hinter einem Busch mit dichtem Blattwerk kauerte.

»Gestern abend habe ich gehört, wie der Troubadour zu der blonden Lady gesagt hat, er wolle sie hier unten bei den Büschen am Bach treffen.«

»Bist du sicher?«

»Wenn er nicht kommt, braucht Ihr mich nicht zu bezahlen«, zischelte Fulk großmütig.

»Gehen wir weiter«, sie duckte sich.

Fulk schob sich durch die Büsche, hinter denen der Bach verborgen war. Alice raffte ihre Röcke und folgte ihm vorsichtig. Ihre weichen Lederstiefel wären nach diesem Abenteuer bestimmt ruiniert, dachte sie.

Einen Augenblick später ertönte ein hoher, spitzer Schrei. Sie blieb wie vom Donner gerührt stehen und packte Fulk am Arm.

»Was war das?« flüsterte sie entsetzt.

»Wahrscheinlich die blonde Dame«, murmelte Fulk ohne die geringste Überraschung.

»Jemand greift sie an. Wir müssen ihr helfen.«

Fulk starrte sie an, als sei sie vollkommen übergeschnappt. »Ich glaube nicht, daß sie unsere Hilfe will.«

»Warum nicht?«

»Den Geräuschen nach zu urteilen, scheint es ihr zu gefallen, wie Euer hübscher Troubadour die Saiten ihrer Harfe zupft.«

Abermals ertönte in einiger Entfernung ein hoher, weiblicher Schrei.

»Er zupft die Saiten ihrer Harfe? Das verstehe ich nicht. Jemand tut dieser Frau weh. Wir müssen sie retten.«

Fulk rollte mit den Augen. »Der Troubadour wälzt sich mit ihr im hohen Gras, M'lady.«

»Er wälzt sich mit ihr im hohen Gras? Wie mit einem jungen Hund? Warum in aller Welt sollte er das tun?«

Fulk stöhnte leise. »Versteht Ihr denn nicht, M'lady? Er liebt sie.«

»Hier? Im Gebüsch?« Alice war so schockiert, daß sie über einen Zweig stolperte und beinahe fiel.

»Wo sonst?« Fulk fing sie auf. »Sie können ja wohl kaum das Zelt ihres Herrn benutzen, oder? Und der Troubadour hat kein eigenes.«

Alice spürte, wie ihr heiß wurde. Es war höchst beunruhigend. Dieser Junge war nicht älter als Benedict und wußte wesentlich mehr über diese Dinge als sie.

»Ich verstehe«, sie bemühte sich um eine möglichst neutrale Stimme.

Fulk tat ihre offensichtliche Verlegenheit leid. »Wollt Ihr hier warten, bis sie fertig sind?«

»Ich denke schon. Auf keinen Fall möchte ich stören.«

»Wie Ihr wünscht.« Fulk öffnete die Hand. »Ich habe meinen Teil des Abkommens erfüllt. Wenn Ihr nun vielleicht so freundlich wärt, mich zu bezahlen, dann mache ich mich wieder auf den Weg.«

Alice runzelte die Stirn. »Und du bist ganz sicher, daß es Gilbert der Troubadour ist, der sich mit dieser Dame vergnügt?«

»Ihr braucht nur da drüben hinzusehen.« Fulk nickte in Richtung eines leuchtend gelborangenen Stück Stoffs, das unter den herabhängenden Zweigen eines Baumes lag.

Alice folgte seinem Blick. »Das sieht tatsächlich wie Gilberts Tunika aus. Und ich glaube, daneben steht seine Laute.«

Ein heiseres, männliches Stöhnen drang durch das Grün, als Alice Fulk ihre letzten Münzen gab.

»Den Geräuschen nach zu urteilen, spielt Euer Troubadour jetzt sein eigenes Instrument. Ich glaube, es ist ein Horn.« Fulks Finger schlossen sich fest um das Geld. »Aber keine

Angst, gnädige Dame. Ich habe gehört, wie er der blonden Lady erklärt hat, daß er mehr als nur ein Lied zu spielen versteht.«

Alice runzelte abermals die Stirn. »Mehr als ein Lied ...?«

Aber Fulk war ebenso rasch verschwunden, wie er zuvor aufgetaucht war.

Alice zögerte, unsicher, wie nun weiter vorzugehen sei. Sie hatte die Absicht gehabt, Gilbert gegenüberzutreten und die Herausgabe des grünen Steins zu fordern. Nun aber fragte sie sich zum ersten Mal, ob er überhaupt zugeben würde, der Dieb gewesen zu sein. Was sollte sie tun, wenn er jedes Wissen von dem Stein einfach abstritt?

Diese blonde Frau spielte ebenfalls eine fragwürdige Rolle. Was sagte man zu einem Mann und einer Frau, die sich gerade erst geliebt hatten, überlegte sie. Vor allem, wenn es eindeutiger Ehebruch war?

Sie mußte sich eingestehen, daß Gilbert wesentlich kühner als erwartet war. Indem er eine verheiratete Frau verführt hatte, war er das Risiko eingegangen, von ihrem Ehemann kastriert oder gar getötet zu werden. Ein Mann, der aus Leidenschaft ein solches Wagnis einging, würde wahrscheinlich nur lachen, wenn sie die Rückgabe des grünen Steins forderte.

Die ganze Sache wäre viel einfacher, wenn Hugh sie begleitet hätte. *Er* hätte sicher keine Skrupel, Gilbert herauszufordern.

Es war immer dasselbe – wenn es etwas Wichtiges zu erledigen gab, trieben sich die Männer auf dem Turnierplatz herum, dachte sie voller Zorn.

Ein erneutes heiseres Stöhnen ließ sie zusammenfahren. Es war lauter als beim ersten Mal, als näherte es sich irgendeinem Höhepunkt oder irgendeinem Hindernis. Sie hatte keine Ahnung, wie lange es dauerte, einen Menschen zu lieben. Vielleicht träten Gilbert und die Dame seines Herzens jeden Augenblick hinter den Büschen hervor. Dann stünde sie hier und sähe ziemlich dämlich aus.

Wenn sie handeln wollte, dann müßte es sofort sein.

Alice atmete ganz tief ein und wandte sich dem Kleiderhaufen zu. Als sie ihn erreichte, sah sie, daß Gilbert nicht nur seine Laute, sondern auch einen kleinen Leinenbeutel zurückgelassen hatte.

Dieser paßte der Größe nach genau für den Stein.

Sie zögerte kurz, doch dann sagte sie sich, daß Gilbert ihr den Kristall schließlich gestohlen hatte. Also stand es ihr zu, ihn ihm wieder abzunehmen.

Heimlich öffnete sie den Sack. In seinem Inneren entdeckte sie einen Gegenstand von der Größe des Steins, der in einen alten Lumpen gewickelt war.

Mit zitternden Fingern nahm sie das schwere Ding heraus, lüpfte eine Ecke des schmutzigen Tuchs und erkannte den vertrauten matten Schein des seltsam rauchigen Minerals. Seine flachen, breiten Seiten fingen das Licht, aber reflektierten es kaum.

Es gab keinen Zweifel – dies war ihr grüner Stein. Eine Woge der Zufriedenheit wallte in Alice auf. Es war kein sonderlich schöner Kristall, aber er zog sie unwiderstehlich an, nie zuvor hatte sie ähnliches gesehen. Sie spürte, daß er Geheimnisse in sich barg, obgleich sie diese in der kurzen Zeit, in der sie ihn besessen hatte, nicht hatte lüften können.

Ein heiserer Ruf ließ Alice zusammenfahren. Den Stein in der Hand, sprang sie auf.

Gilberts Stimme wurde laut. »Wenn ich heute abend am Lagerfeuer für die Männer deines Herrn singe, meine Süße, dann wirst du wissen, daß du die Dame in meinen Liedern bist. Wirst du erröten?«

»Ei freilich, aber wer sieht das in der Dunkelheit schon?« Die Frau lachte. »Ihr seid in der Tat ein Draufgänger, Sir Troubadour.«

»Danke, Madam.« Gilbert lachte ebenfalls. »Ich werde von Euren Alabasterbrüsten und Euren milchweißen Schenkeln singen und von dem Honig und dem Tau, den ich heute zwischen diesen wunderbaren Schenkeln fand. Euer Herr wird niemals erraten, daß er der Gehörnte ist.«

»Ihr könnt nur hoffen, daß mein Mann mich nicht in Eurem Gedicht erkennt«, dämpfte die Frau seinen Übermut. »Sonst seid Ihr Eure feine Laute bald los.«

Gilbert brach in dröhnendes Gelächter aus. »Die Jagd wäre reizlos ohne ein gewisses Risiko. Manche Männer finden Gefallen an einem wüsten Turnier, ich jedoch ziehe den Sport vor, der zwischen den weichen Schenkeln ihrer Frauen ausgeübt wird.«

Alice zögerte keine Sekunde mehr. Den in den Lumpen gehüllten Stein an die Brust gedrückt, stürzte sie los. Sie konnte nur beten, daß Gilbert ihre Schritte auf dem weichen Boden nicht vernahm.

Sie war noch nicht weit gekommen, als sein wütender Schrei erklang. Offensichtlich hatte er gerade den Diebstahl entdeckt.

Alice rannte schneller. Zumindest hatte Gilbert sie wohl kaum gesehen.

Keuchend erreichte sie den Wall der alten Burg. Sie duckte sich hinter dem kleinen Schuppen und rang nach Luft.

Noch ein paar Minuten und sie wäre in Sicherheit, sagte sie sich. In der Menge der Marktbesucher fände Gilbert sie nie.

Mit klopfendem Herzen kroch sie aus ihrem Versteck und hastete über das offene Feld auf die erste Reihe von Zelten zu.

Da traten ihr zwei mit Dolchen bewaffnete Männer in den Weg. Der eine bedachte sie mit einem zahnlosen Grinsen, der andere sah sie mit dem linken Auge böse an – das rechte war hinter einer schmuddeligen Klappe verborgen.

Ruckartig blieb Alice stehen.

»Hollahe, was ham wir denn da? Eine feine Dame mit einem interessanten Bündel in der Hand. Anscheinend hat die Information des Jungen gestimmt, Hubert.«

Der Mann mit der Augenklappe lachte hämisch auf. »Allerdings, das hat sie wohl. Vielleicht hätten wir ihn doch für seine Dienste bezahlen sollen.«

»Ich sage immer, bezahle nie etwas, das du auch umsonst haben kannst.« Der Zahnlose trat einen Schritt auf Alice zu und winkte mit seiner freien Hand. »Gebt uns den Stein, Lady, dann könnt Ihr ohne Schwierigkeiten gehn.«

Alice richtete sich zu ihrer ganzen Größe auf und blitzte den Widerling an: »Dieser Stein gehört mir. Tretet sofort zur Seite.«

Augenklappe kicherte boshaft. »Klingt ganz nach einer noblen, anständigen Lady, was? So eine habe ich mir immer schon mal gewünscht.«

»Du kannst sie haben«, murmelte der Zahnlose. »Sobald wir mit ihr fertig sind.«

Alice umklammerte den Stein und öffnete den Mund, um nach Hilfe zu schreien, doch panikartig wurde ihr klar, daß niemand in der Nähe war.

»Ist Benedict noch nicht zurück?« Hugh blickte an das andere Ende des Turnierplatzes, wo er Vincents Banner in der Brise flattern sah. Die Erwartung auf das Kommende erfüllte ihn eiskalt und belebend zugleich.

Ich werde es nicht vergessen, Großvater.

»Nein, Mylord.« Dunstan folgte Hughs Blick, und seine Augen funkelten. »So, so, so. Wie ich sehe, bereitet sich Vincent von Rivenhall endlich darauf vor, ins Turnier zu ziehen.«

»Seine Stunde hat schon längst geschlagen.« Hugh blickte suchend um sich: »Verdammt, wo ist dieser Knabe? Er müßte längst mit einer Nachricht von seiner Schwester zurück sein.«

Hugh hatte Benedict losgeschickt, um Alice zu holen, als er sie nicht unter den Zuschauern ausmachen konnte. Aus irgendeinem Grund war er zunächst enttäuscht und dann wütend gewesen, weil sie nicht bei den anderen Damen saß. Schließlich hatte er auch das Recht, wütend zu sein, nach den eindeutig erteilten Anweisungen, die sie einfach ignoriert hatte. Zugleich beschlich ihn eine unangenehme Vorahnung.

Zweifellos hatte sie ihm nicht gehorcht, weil sie ihn nicht als ihren rechtmäßigen Herrn anerkannte.

»Vielleicht interessiert sie sich einfach nicht für diesen Sport.« Dunstan spuckte auf den Boden und blickte zu den farbenfroh gekleideten, aufreizend mit den Wimpern klappernden Damen, die unter dem leuchtend gelben Baldachin am Rand des Feldes saßen. »Schließlich ist es ein Männersport.«

»Ja.« Hughs Blick schweifte noch einmal zu den Zelten, doch Benedict war wie vom Erdboden verschluckt.

»Ich erinnere mich noch gut an die Zeiten, als keine der Damen je zu einem Turnier erschien«, murmelte Dunstan. »Inzwischen betrachten sie unsere edlen Kämpfe als Zeitvertreib. Das reicht aus, um einem gestandenen Ritter die Tränen in die Augen zu treiben.«

»Ich kann nicht länger warten«, verkündete Hugh. »Vincent ist fast fertig. Gebt Befehl, daß mein Pferd gebracht wird.«

»Sehr wohl, Mylord.« Dunstan winkte dem Knappen, der die Zügel von Hughs schwarzem Schlachtroß hielt.

Hugh wandte sich ein letztes Mal den Zuschauerrängen zu, doch Alice war immer noch nicht aufgetaucht. »Himmel. Die Lady muß noch eine Menge lernen.«

Ein breitschultriger, bärtiger Mann mit einem stechenden Blick trat aus einem der Zelte. »Sir Hugh. Ich hörte bereits, daß Ihr hier seid. Ihr konntet wohl der Versuchung nicht widerstehen, Vincent von Rivenhall vom Pferd zu stoßen, he?«

Hugh sah den Neuankömmling ohne große Begeisterung an. »Wie man mir berichtete, habt Ihr Euch heute bereits recht tapfer geschlagen, Eduard.«

»Ich habe Alden von Granthorpe ein gutes Schlachtroß und etliche Waffen abgeknöpft.« Eduard grinste breit. »Sir Alden landete mit einem gebrochenen Bein im Dreck, richtig lustig, er sah aus wie eine auf dem Rücken gelandete Schildkröte.«

Hugh schwieg. Er mochte Eduard nicht. Der Mann war ein paar Jahre älter als er, ein unerbittlicher Söldner, der sein Schwert jedem verkaufte, der zahlungsbereit war. Das allein war noch kein Verbrechen; Hugh wußte sehr wohl, daß er selbst eine ähnliche Karriere angestrebt hätte, hätte das Schicksal ihn nicht in Erasmus von Thornewoods Haus geschickt.

Seine Abneigung gegen Eduard hatte einen anderen Grund. Der Söldner war ein erfahrener Krieger, aber brutal und mehr als einfach ein ungehobelter Klotz. Es kursierten unangenehme Gerüchte, denen zufolge der Mann allzu großen Gefallen an sehr jungen Frauen fand. Unter anderem hieß es, er hätte vor ein paar Monaten ein zwölfjähriges Schankmädchen derart unsanft behandelt, daß sie an den Folgen seiner Lust gestorben sei. Hugh wußte nicht, ob dieses Gerücht stimmte, aber glaubhaft war es.

»Fertig, Mylord.« Ein Knappe beruhigte das tänzelnde Pferd.

»Hervorragend.« Hugh wandte Eduard den Rücken zu.

»Mylord, Hugh.« Gerade, als Hugh einen Fuß in den Steigbügel schob, hinkte Benedict keuchend herbei.

»Mylord. Ich finde sie nicht.«

Hugh sah ihn an. »Sie ist nicht in ihrem Zelt?«

»Nein, Mylord.« Benedict blieb stehen und stützte sich schwer auf seinen Stock. »Vielleicht sieht sie sich die Stände der Händler an. Sie interessiert sich nicht besonders für Turniere.«

»Ich habe ihr Anweisung gegeben, die Kämpfe in Gesellschaft der anderen Damen anzusehen.«

»Ich weiß, Mylord.« Benedict sah ihn ängstlich an. »Ihr müßt nachsichtig mit ihr sein, Sir. Alice ist es nicht gewohnt, Befehle anderer Menschen zu befolgen. Sie zieht es vor zu tun, was sie will.«

»Den Eindruck habe ich auch.« Hugh setzte sich in den Sattel und nahm einem seiner Männer die Lanze ab, an dessen Spitze das leuchtend grüne Band von Alices Kleid flatterte.

»Mylord, bitte seid nicht allzu streng mit ihr«, bat Benedict. »Sie hat sich noch nie etwas sagen lassen. Vor allem nicht von einem Mann.«

»Dann wird es höchste Zeit, daß sie es lernt.« Hugh blickte über das Feld zu Vincent von Rivenhall, der unter einem roten Banner ebenfalls sein Pferd bestieg.

Außer seinem Zorn auf Alice beschlich Hugh Unbehagen, und das Prickeln in seinem Nacken rührte nicht von dem drohenden Zustammenstoß mit Vincent her.

Etwas stimmte nicht.

Er hatte angenommen, daß Alice in ihrem Zelt geblieben war, aus reinem Groll über den Befehl, zum Turnier zu erscheinen, der ganz und gar nicht ihrem Sinne entsprach.

Er beruhigte sich mit dem Gedanken, daß sie wahrscheinlich schmollend in irgendeiner Ecke saß, und beschloß, sich später mit ihr auseinanderzusetzen, nachdem er mit Vincent von Rivenhall fertig war.

Es war Hugh und Vincent nicht erlaubt, sich offen aufeinander zu stürzen. Sie waren beide Gefolgsleute Erasmus von Thornewoods, und als ihr Lehnsherr duldete er es nicht, daß seine besten Ritter ihre Energie und ihr Vermögen mit unnötigen Fehden vergeudeten. Also beschränkten sich die Auseinandersetzungen auf Turnierbegegnungen, wo sie ihre Feindschaft unter dem Deckmantel des Sports weiterführen konnten.

Als sie einander zum letzten Mal begegnet waren, hatte Hugh Vincent mit einem einzigen Lanzenhieb niedergestreckt. Da das Turnier von zwei großen Baronen veranstaltet worden war, hatte es keine Beschränkungen hinsichtlich des Lösegeldes gegeben.

Der siegreiche Ritter hatte von seinem Opfer alles fordern dürfen und alle Welt hatte erwartet, daß Hugh einen hohen Preis auf Vincent von Rivenhall ansetzen würde. Zumindest sein teures Schlachtroß und die Rüstung hätte es sich zu fordern gelohnt.

Doch Hugh hatte nichts genommen, den Kampfplatz verlassen, wo Vincent auf dem Boden lag, als wäre er völlig bedeutungslos. Eine größere Beleidigung konnte es gar nicht geben, Balladen waren darüber gedichtet worden und hatten den inzwischen unermeßlichen Ruhm Hughs des Unerbittlichen noch vermehrt.

Niemand außer Hugh und seinem einzigen Vertrauten, Dunstan, hatte die Wahrheit gekannt. Es war unnötig gewesen, Vincent seine kostbare Rüstung und das Pferd zu nehmen. Hugh hatte sich eine wesentlich subtilere Form der Rache ausgedacht, die sich erst später zur Gänze entfalten würde.

In sechs Monaten, spätestens in einem Jahr wäre das Ziel des endgültigen Triumphes erreicht, und Hugh war der festen Überzeugung, daß dieser die Stürme beruhigen würde, die in seiner Seele brausten. Endlich fände er den heiß ersehnten Frieden.

Die Zusammenstöße auf dem Turnierplatz dienten lediglich dazu, den *Boten der Stürme* nicht rosten zu lassen.

Hugh schob seinen Helm unter den Arm und sah zu Benedict hinab. »Nimm zwei der Stallburschen und suche mit ihnen den Markt nach deiner Schwester ab.«

»Sehr wohl, Mylord.« Benedict wandte sich zum Gehen, doch dann zögerte er. »Sir, ich muß Euch fragen, was Ihr mit Alice zu tun gedenkt, wenn sie gefunden ist.«

»Das betrifft nur Alice, nicht dich.«

»Aber, Mylord –«

»Ich sagte, das geht nur Alice und mich etwas an. Dein Platz ist dort drüben, Benedict. Du hast eine Aufgabe zu erfüllen.«

»Sehr wohl, Mylord.« Langsam kehrte Benedict zu den Männern zurück, die in der Nähe der Zelte herumlungerten.

Hugh richtete sich zu seiner ganzen Größe auf und wandte sich an die Männer, die unter seinem schwarzen Banner reiten würden. Sie sahen ihn erwartungsvoll an; wenn sie mit Hugh dem Unerbittlichen ins Feld zogen, bedeutete das immer viel Geld für sie.

Hugh hatte bereits früh herausgefunden, wie man Turniere und auch Schlachten gewann. Das Geheimnis hieß Disziplin und Strategie.

Es erstaunte ihn immer wieder, wie wenige Männer diese Künste zur Anwendung brachten. Ritter waren von Natur aus unbesonnene, begeisterungsfähige Kerle, die sich ins Gefecht stürzten, ohne an etwas anderes zu denken als an Beute und Ruhm. Die Kampfgenossen, die dieselbe Ehre und denselben Reichtum anstrebten, bestärkten sie noch darin, ebenso wie die Troubadoure, die Heldenmut in ihren Balladen verewigten. Nicht zuletzt waren da noch die Damen. Sie bedachten vorzugsweise die Helden dieser Lieder mit ihrer Gunst.

Hughs Meinung nach gab derartiges Geplänkel herrlichen Stoff für amüsante Balladen ab, aber zugleich machte es den Sieg im Turnier wie im wahren Gefecht zu einem Zufallsprodukt.

Er hingegen zog es vor, seine Siege vorauszukalkulieren. Diszplin und das Befolgen eines genauen Plans waren die Schlüssel zu dieser Vorhersehbarkeit. Sie waren die Ecksteine der Ausbildung, die er seinen Männern angedeihen ließ. Waffenträger und Ritter, deren Gier nach Ruhm und Beute größer war als die Bereitschaft, Hughs Befehlen Folge zu leisten, blieben nicht lange in seinem Zug.

»Ihr werdet in einer geordneten Reihe antreten und die Strategie verfolgen, die wir vorhin besprochen haben«, sagte er jetzt zu seinen Männern. »Haben das alle verstanden?«

Dunstan griff grinsend an seinen Helm. »Klar, Mylord. Keine Angst, wir sind bereit, Eure Strategie zu befolgen.«

Die anderen grinsten ebenfalls.

»Und denkt dran«, warnte Hugh. »Vincent von Rivenhall gehört allein mir. Ihr werdet Euch einzig mit seinen Männern beschäftigen.«

Die Umstehenden nickten zustimmend. Sie alle wußten von der Abneigung ihres Herrn gegen Vincent von Rivenhall, die Fehde war kein Geheimnis.

Zufrieden wendete Hugh sein Pferd. Um Alice würde er sich später kümmern.

»Mylord, wartet«, schrie da Benedict, und Hugh sah sich ungeduldig um.

Das Gesicht des Jungen war vor Entsetzen kreidebleich. »Was ist los?«

»Dieser Junge. Fulk, sagt, daß er weiß, wo Alice ist.« Benedict wies mit der Hand auf einen schmutzigen Jungen an seiner Seite. »Er sagt, daß zwei Männer mit Dolchen hinter ihr her sind. Er sagt, daß er uns verrät, wo wir sie finden. Gegen ein entsprechendes Entgelt.«

Etwas spät kam Hugh die Erleuchtung, daß Alice vielleicht deshalb nicht unter den Zuschauern war, weil sie nach Gilbert dem Troubadour fahndete.

Aber so verwegen konnte sie unmöglich sein.

Doch noch während Hugh versuchte, sich zu beruhigen, lief es ihm eiskalt den Rücken hinab.

Vor seinem geistigen Auge sah er den unglückseligen Straßenhändler aus Clydemere, wie er mit aufgeschlitzter Kehle in seinem Blute am Straßenrand lag.

Er wandte sich an den grinsenden Fulk. »Ist das wahr?«

»Ja, gnädiger Herr.« Fulks Grinsen wurde breiter. »Wißt Ihr, ich bin Händler. Ich handele mit Informationen. Un' ich erzähle Euch gern, wo die rothaarige Lady is'. Aber beeilt Euch lieber, wenn Ihr sie retten wollt, ehe die beiden Kerle sie erwischen.«

Hugh unterdrückte Zorn und Angst, und herrschte den Jungen an: »Sprich.«

»Äh, was das betrifft, M'lord, müssen wir uns erst über den Preis einigen.«

»Der Preis«, sagte Hugh sanft, »ist dein Leben. Sag die Wahrheit oder mach dich zum Bezahlen bereit.«

Fulks Grinsen erstarb.

7

Alice rannte zu dem Lagerschuppen zurück. Ihre einzige Hoffnung bestand darin, ihn zu erreichen, ehe die beiden dolchschwingenden Diebe sie zu fassen kriegten. Wenn sie durch die Tür käme, könnte sie sich vielleicht im Innern des Gebäudes verbarrikadieren.

»Halt sie auf«, schrie Augenklappe seinen Kumpanen an. »Wenn wir den verdammten Stein wieder nich' erwischen, sehen wir nie unser Geld.«

»Das Weib rennt wie 'ne Hirschkuh«, keuchte der andere. »Aber trotzdem wird sie nich' entkommen.«

Das *Tapp-tapp-tapp* der schweren Stiefel ihrer Verfolger kam Alice wie bedrohliches Trommeln vor, der Weg bis zum Schuppen schien endlos, und außerdem waren das Gewicht des schweren Steins und die Röcke eine zusätzliche Behinderung.

Die beiden Halunken holten eindeutig auf.

Alice war noch mindestens zehn Schritte von dem kleinen Gebäude entfernt, als sie plötzlich lauten Donner vernahm, der den Boden unter ihren Füßen vibrieren ließ.

Ein Teil ihres Hirns nahm wahr, daß die Sonne noch schien, nirgends gab es Zeichen eines Sturms.

Der Donner rührte von dem bedrohlichen Trommelschlag in ihrem Rücken her

Und dann hörte sie, daß einer ihrer Verfolger aufschrie.

Der gräßliche Schrei brachte Alice zitternd zum Stehen. Sie fuhr gerade noch rechtzeitig herum, um zu sehen, wie der Kerl mit dem zahnlosen Grinsen unter die Hufe eines schwarzen Schlachtrosses geriet, wobei das Ungetüm das Hindernis gar nicht zu bemerken schien. Es stürzte weiter auf der Suche nach einem weiteren Opfer, das es niederzutrampeln galt.

Alice erkannte das Pferd und den unbehelmten Reiter sofort. Die schwarzen Mähnen von Tier und Mensch flatterten im Wind, und in der Sonne blitzte gefährlicher Stahl.

Alice umklammerte den Stein und erstarrte angesichts des furchtbaren Anblicks. Sie hatte in ihrem Leben schon zahllose Ritter und Schlachtpferde gesehen, aber niemals etwas so Gewaltiges wie dieses Paar.

Hugh der Unerbittliche und das schwarze Monstrum, das er ritt, wirkten wie ein massiges Kriegsgerät, das sich durch nichts und niemanden aufhalten ließ.

Der Einäugige schrie und machte einen plötzlichen Schwenk, um in die Büsche am Rande des Baches zu entfliehen. Es gab jedoch keinen Ausweg, dem Hengst zu entgehen, und als ihm klar wurde, daß er verloren war, blieb er hilflos stehen.

Alice wollte gerade die Augen vor dem unvermeidlichen Ablauf von Tod und Zerstörung verschließen, doch im letzten Moment änderte das gut trainierte Tier dem stummen Befehl seines Reiters folgend seinen Kurs und donnerte an dem Dieb vorbei, ohne daß ihm etwas zustieß.

Zitternd blieb das Riesenroß stehen, schwenkte herum und trabte zurück zu der Stelle, wo der Einäugige kauerte. Der Hengst hob den Kopf, blähte die Nüstern und stampfe wie zum Protest gegen das Ende der Hatz mit den Hufen auf.

Der Einäugige fiel bebend auf die Knie, doch Hugh sah nicht ihn, sondern Alice an. »Seid Ihr wohlauf?«

Da ihr die Stimme versagte, nickte sie nur stumm. Mehr brauchte Hugh nicht, nun wandte er sich an den Dieb. Die bedrohliche Sanftmut seines Tons war grausiger als jedes Geschrei: »So, so, da seid Ihr beide also hinter der Dame hergerannt wie die Hunde auf der Kaninchenjagd.«

»Tötet mich nicht, M'lord«, flehte der Einäugige. »Wir hatten nichts Böses im Sinn. Wir ham nur ein bißchen Spaß gemacht. Wir wollten nichts weiter als das Mädchen flachlegen, was is' denn daran so schlimm?«

»Dieses Mädchen«, sagte Hugh mit betonter Freundlichkeit, »ist meine zukünftige Frau.«

Der Dieb riß die Augen auf, das bedeutete sein Ende. In der Hölle wartete man sicher bereits auf ihn, doch in seiner Not unternahm er einen letzten Verteidigungsversuch.

»Aber woher hätten wir das wissen soll'n, M'lord? Sie sieht wie jedes andere Frauenzimmer aus. Wir ham gesehn, wie sie aus den Büschen kam, un' da dachten wir natürlich, daß sie gegen 'n bißchen Spaß nichts einzuwenden hätte.«

»Schweig«, befahl Hugh. »Du bist nur deshalb noch am Leben, weil ich dir ein paar Fragen stellen will. Aber wenn du nicht aufpaßt, was du sagst, komme ich vielleicht zu dem Schluß, daß deine Antworten nicht so wichtig für mich sind.«

Der Dieb erschauderte. »Sehr wohl, M'lord.«

In diesem Augenblick kam Dunstan hinter dem Wall hervorgeschossen, dicht gefolgt von Benedict, der sich mit Hilfe seines Stocks überraschend flink zu bewegen verstand. Beide Männer waren vollkommen atemlos und krebsrot im Gesicht.

»Alice«, brüllte Benedict. »Bist du verletzt?«

»Nein.« Alice merkte, daß sie zitterte. Sie wagte nicht zu dem Mann zu blicken, der den Hufen des Schlachtrosses zum Opfer gefallen war.

Hugh sah Dunstan an. »Kümmert Euch um den Kerl da am Boden. *Sturm* ist über ihn hinweggerannt. Wahrscheinlich ist er tot.«

»Sehr wohl, Mylord.« Dunstan schlenderte gemächlich zu dem Zahnlosen. Er stieß mit der Stiefelspitze gegen den reglos Daliegenden und spuckte verächtlich ins Gras. »Ich glaube, Ihr habt recht, Sir.« Dann bückte er sich, um den Gegenstand näher zu betrachten, der neben dem Kerl lag. »Er hatte einen netten kleinen Dolch bei sich.«

»Er gehört Euch, wenn Ihr Wert darauf legt«, sagte Hugh, während er aus dem Sattel stieg. »Genau wie alles andere, was er bei sich trägt.«

Aus einiger Entfernung hörte man eine Menschenmenge aufschreien, gefolgt von den Geräuschen des jüngsten Gefechts zwischen den Teilnehmern des Turniers. Dunstan und Benedict blickten beide in Richtung Kampfplatz, und Alice spürte die plötzliche Anspannung der Umstehenden.

»Vincent von Rivenhall muß angetreten sein«, stellte Hugh nach kurzem Schweigen fest.

»Ja, Sir.« Dunstan stieß einen Seufzer des Bedauerns aus. »Das ist er. Ich glaube, er tritt gegen Harold von Ardmore an. Es wird keinen langen Kampf geben, Vincent braucht den jungen Harold bloß umzublasen.«

Hughs Miene wurde eine Maske, seine Stimme blieb so ruhig, als hätten sie sich über Landwirtschaft unterhalten und nicht über seinen ärgsten Feind. »Es tut mir leid, aber für heute werdet Ihr Euch mit dem als Beute begnügen müssen, was diese beiden Kerle bei sich haben, Dunstan. Es ist offensichtlich, daß wir aufgrund der jüngsten Ereignisse keine Möglichkeit mehr haben werden, lukrativere Siege zu erringen.«

Dunstan bedachte Alice mit einem gehässigen Blick. »Sehr wohl, Mylord.«

Hugh warf Benedict die Zügel seines Pferdes zu. »Ruf den Wachsoldaten und sage ihm, daß ich diesen Mann hier später zu befragen wünsche.«

»Sehr wohl, Sir.« Benedict fing die Zügel geschickt auf und ignorierte das Schnauben des Tieres.

Hughs Miene war so unergründlich wie zuvor. »Alice, seid Ihr sicher, daß Euch nichts geschehen ist?«

»Ja«, flüsterte sie. Idiotischerweise hatte sie das Gefühl, jeden Augenblick in Tränen auszubrechen, und verspürte den lächerlichen Wunsch, sich Hugh in die Arme zu werfen. »Ihr habt mir das Leben gerettet, Mylord.«

»Das wäre nicht notwendig gewesen, wenn Ihr meinen Anweisungen Folge geleistet hättet und zum Turnier erschienen wärt.« Hughs Stimme war ebenso reglos wie sein Blick.

Alice wurde es eiskalt. Vielleicht entsprach es der Wahrheit, was man von ihm sagte, dachte sie. Vielleicht besaß Hugh der Unerbittliche wirklich keinerlei Herz. Das Gewicht des lumpenumhüllten Steins wog plötzlich zentnerschwer in ihrer Hand. Erst jetzt fiel ihr auf, daß sie ihn immer noch trug.

»Ich habe den grünen Stein gefunden, Mylord«, sagte sie in der Hoffnung, daß diese Erklärung durch die unsichtbare Rüstung drang, hinter der er seine Seele verbarg.

»Ach?« Er bedachte den Gegenstand in ihrer Hand mit einem achtlosen, flüchtigen Blick. »Der Preis, den Ihr beinahe hättet dafür zahlen müssen, gefällt mir nicht.«

»Aber –«

»Ich hatte mich bereits nach Gilbert dem Troubadour umgehört. Heute abend sollte er für ein paar Ritter und ihre Damen singen, so daß ich den Stein noch vor morgen früh in Händen gehabt hätte. Es bestand keinerlei Notwendigkeit, dafür Euren Hals zu riskieren.«

Alices Gefühle machten einen plötzlichen Wandel durch, und ihre kalte Furcht wich heißem Zorn. »Ihr hättet mich von Eurem Plan unterrichten sollen, ehe Ihr Euch auf das Turnier vorbereitet habt, Mylord. Falls Ihr Euch daran erinnert, sind wir Partner. Wir haben ein Abkommen getroffen.«

»Unser Abkommen, wie Ihr es nennt, hat nichts damit zu tun, daß ich die Befolgung meiner Befehle erwarte.«

»Bei allen Heiligen, Sir, das ist nicht fair.«

»Nicht fair?« Er trat einen Schritt auf sie zu. »Ihr nennt mich allen Ernstes unfair, nur weil ich etwas dagegen habe, daß Ihr unnötige Risiken eingeht?«

Alice starrte ihn verwundert an. »Ihr seid ja richtig wütend auf mich.«

»Allerdings, Madam.«

»Ich meine, wirklich *wütend*«, sagte sie. »Und das nur wegen eines kleinen Risikos.«

»Ein Risiko, das wohl kaum klein zu nennen ist, Mylady.«

Hughs finstere Miene hätte Alice eine Warnung sein sollen, aber aus irgendeinem Grund war sie es nicht. Eine winzige Hoffnung flackerte in ihrem Inneren auf.

»Ich glaube, Ihr macht Euch tatsächlich mehr Sorgen um mich als um den grünen Stein, Mylord.«

»Schließlich seid Ihr meine zukünftige Frau«, lautete seine kühle Antwort. »Und als solche seid Ihr meinem Schutz unterstellt.«

Alice setzte ein strahlendes Lächeln auf. »Mylord, Ihr seid ein Heuchler. Ihr seid nicht annähernd so kalt, wie alle Welt mich glauben machen will. Ihr habt mir heute das Leben gerettet, und das werde ich Euch nie vergessen.«

Sie legte das Stoffbündel auf den Boden, richtete sich wieder auf und warf sich Hugh an die Brust.

Zu ihrer Überraschung legte er tatsächlich die Arme um sie.

Die Stahlmaschen seines Kettenhemdes waren kalt und hart, aber seine Stärke bot einen überraschenden Trost, Alice umschlang seinen Hals.

»Wir werden uns später ausführlicher darüber unterhalten«, sagte Hugh mit dem Gesicht in ihrem Haar.

Hugh wartete, bis das Abendessen am Lagerfeuer eingenommen worden war, ehe er sich zu Alices Zelt begab.

Es war ein sehr nettes Zelt, dachte er beim Näherkommen. Groß, geräumig und zugleich von anheimelnder Gemütlichkeit. In der Mitte wies es sogar eine Trennwand auf. Es war das einzige Zelt, das man auf die Reise mitgenommen hatte.

Es war sein Zelt.

Hugh hatte es Alice zugeteilt, ohne sie zu fragen, ob sie so großmütig wäre, es mit ihm zu teilen, denn er hatte die Antwort auf diese Frage im voraus gewußt.

Letzte Nacht hatte er bei seinen Männern am Lagerfeuer geschlafen, und heute Nacht würde er wohl dasselbe tun, während Alice den bescheidenen Luxus und die Ungestörtheit des Zeltes genoß.

Bisher hatte Alice nicht nur allein in dem Zelt geschlafen, sondern dort auch ihre Mahlzeiten eingenommen. Wie ihr Onkel bereits verdrießlich erwähnt hatte, zeigte sie keinerlei Interesse an den Gesprächen von Rittern und Waffenträgern.

Hugh dachte daran, wie sie in seine Decken gekuschelt schlief und stöhnte lautlos auf. In seinen Lenden breitete sich ein tiefes, begehrliches Ziehen aus. Er hatte zu lange keine Frau mehr gehabt. Als disziplinierter Mann hatte er sich stets geweigert, sich von Lust beherrschen zu lassen, aber dafür hatte er oft darben müssen.

Den nagenden Schmerz unerfüllten Verlangens kannte er allzu gut, denn er hatte ihn im Verlauf der Jahre oft verspürt. Doch der Gedanke, daß alles anders würde, hätte er erst einmal eine Frau, tröstete ihn.

Und beinahe hatte er eine Frau. Für die meisten Paare war eine Verlobung so eng mit der Ehe verwoben, daß niemand etwas dagegen hatte, wenn Mann und Frau sich bereits vor dem endgültigen Treuegelübde körperlich vereinigten. In der Tat garantierte eine solche Vereinigung sozusagen, daß die Hochzeit stattfand.

Es war Hughs Pech, daß er mit einer Frau verlobt war, die ihn als ihren Geschäftspartner betrachtete und nicht als ihren zukünftigen Mann. Er fragte sich, wie er Alice davon überzeugen sollte, daß die Ehe eine vorzügliche Alternative zum Leben im Kloster bot.

Seine Lage kam ihm nicht rosig vor. Zu Anfang hatte alles so leicht ausgesehen, doch inzwischen wurde er von ernsten Zweifeln geplagt.

Er besaß zahlreiche Fähigkeiten, dachte Hugh, war intelligent und gebildet. Erasmus von Thornewood hatte für seine Erziehung gesorgt, und Hugh wußte, daß er wesentlich belesener als die meisten anderen Männer war. Aber was die Kenntnis von Frauen betraf, vor allem von Frauen wie Alice, so mußte er sich unleugbare Wissenslücken eingestehen.

»Mylord?« Benedict erhob sich von seinem Platz neben dem Feuer und kam herbeigeeilt. »Dürfte ich kurz mit Euch sprechen?«

»Nicht, wenn es um deine Schwester geht«, sagte Hugh.

»Aber, Mylord, ich möchte nur, daß Ihr Nachsicht übt, wenn Ihr zu ihr geht. Sie hat es heute nachmittag nicht böse gemeint.«

Hugh blieb stehen. »Sie hätte sich heute fast die Kehle durchschneiden lassen. Willst du etwa, daß ich ein derartig leichtsinniges Verhalten noch unterstütze?«

»Nein, Sir, aber ich bin sicher, daß sie nicht noch einmal so überstürzt handeln wird. Immerhin habt Ihr bekommen, was Ihr haben wolltet. Der grüne Stein ist wieder in Eurem Besitz. Könnt Ihr die Sache nicht einfach auf sich beruhen lassen?«

»Nein.« Hugh musterte Benedicts kummervolle Miene in den zuckenden Schatten, die das Feuer warf. »Aber beruhige dich, mein Junge. Im allgemeinen schlage ich Frauen nicht. Und ich werde auch bei deiner Schwester keine Ausnahme machen.«

Benedict wirkte nicht überzeugt. »Sir Dunstan hat gesagt, daß Ihr schäumt vor Wut, weil Ihr heute nachmittag nicht gegen Vincent von Rivenhall ins Turnier ziehen konntet.«

»Und jetzt hast du Angst, daß ich meinen Zorn an Alice auslasse?«

»Ja, genau das fürchte ich. Alice hat ein Talent dafür, Männer, die ihr Befehle erteilen wollen, zu verärgern, Mylord. Mein Onkel ist vor Empörung regelmäßig geplatzt.«

Hugh fragte finster: »Hat Sir Ralf sie jemals geschlagen?«

»Nein.« Benedict lächelte. »Ich glaube, das hat er nicht gewagt. Er wußte, daß sie sich dafür in einer Weise an ihm rächen würde, die unvorhersehbar war.«

»Aha.« Hugh entspannte sich. »Ich hatte den Eindruck, daß Ralf in gewisser Weise von Alice eingeschüchtert war.«

»Ich glaube, manchmal hatte er regelrecht Angst vor ihr«,

erläuterte Benedict. »Alice dachte, das läge an dem Ruf, in dem unsere Mutter stand.«

»Eure Mutter?«

»Ja. Wißt Ihr, sie kannte sich hervorragend mit Kräutern aus. Sie war eine regelrechte Meisterin auf diesem Gebiet.« Benedict zögerte. »Sie kannte die Eigenschaften vieler seltener und ungewöhnlicher Pflanzen, solcher die heilen, aber auch solcher, die zu töten vermögen. Und sie hat Alice eine Menge darüber beigebracht.«

Hugh bekam eine Gänsehaut. »Mit anderen Worten, Sir Ralf befürchtete, daß Alice genug von Eurer Mutter gelernt haben könnte, ihn zu vergiften. Ist es das, was du mir sagen willst?«

»So etwas Gräßliches würde Alice niemals tun.« Benedict war von dieser Vorstellung tief getroffen. »Meine Mutter hat ihr beigebracht zu heilen, nicht zu töten.«

Hugh legte Benedict die Hand auf die Schulter und zwang ihn, ihn anzusehen.

»Ja, Mylord?«

»Es gibt ein paar Dinge, die ich mit Alice klären muß, unter anderem die Tatsache, daß sie mir als meine Verlobte zu gehorchen hat. Ich gebe niemals willkürlich einen Befehl, sondern immer nur aus Sorge um die Sicherheit der mir Anvertrauten.«

»Sehr wohl, Sir.«

»Alice und ich mögen uns in der heutigen Angelegenheit nicht einig sein, aber ich gebe dir mein Wort, daß ich deine Schwester niemals schlagen werde. Das muß dir genügen.«

Benedict sah Hugh lange an, doch dann nickte er. »Sehr wohl, Mylord.«

Hugh ließ den Jungen los. »Sie wird lernen müssen, daß sie mir genau wie jeder andere in meiner Obhut gehorchen muß. Unglücklicherweise gibt es hin und wieder Momente wie vorhin, in denen ihr Leben von diesem Gehorsam abhängt.«

Benedict stöhnte. »Ich wünsche Euch viel Glück, wenn Ihr versucht, sie davon zu überzeugen, Mylord.«

Hugh lächelte. »Danke. Ich werde es sicher brauchen.«

Er wandte sich ab und marschierte weiter in Richtung des schwarzen Zelts. Es war eine herrliche Nacht, dachte er. Kühl, aber nicht kalt. Lagerfeuer erhellten die dunkle Landschaft um Ipstoke herum. Betrunkene Jubelrufe, lautes Gelächter und Liedfetzen durchdrangen die Luft. Die Verlierer verhandelten über die häufig hohen Lösegelder, die die Sieger von ihnen forderten.

Mehr als ein Mann fiel bei einem solchen Turnier der Armut anheim, und zahllose Ritter und Waffenträger pflegten ihre Prellungen und Knochenbrüche.

Aber sobald der Markt in Ipstoke beendet war, würden die meisten der Sieger und auch der Verlierer frohgemut zum nächsten Kampfplatz ziehen, wo immer dieser auch lag. Turniere waren ihr Lebenselixier, und die Tatsache, daß sie in England illegal waren, dämpfte ihre Begeisterung für diesen Sport keineswegs.

Hugh war einer der wenigen, die kein besonderes Vergnügen daran fanden. Er nahm nur an Turnieren teil, um seinen Männern gewisse Kampferfahrungen zu vermitteln – oder die seltenen Male, wenn er mit Vincent von Rivenhall als Gegner rechnen konnte.

Der Lichtschein, der durch den Zelteingang drang, verriet Hugh, daß Alice im Schein einer Kerze vor der wärmenden Kohlenpfanne saß.

Er öffnete die Klappe und trat lautlos ein. Alice hörte ihn nicht. Sie saß auf einem kleinen Klapphocker, dem einzigen, den er auf die Reise mitgenommen hatte.

Sie wandte ihm den Rücken zu und beugte den Kopf über einen Gegenstand in ihrem Schoß. Ihr Rücken war schmal und unendlich feminin, das kupferfarbene Haar unter einem Netz zusammengesteckt, und sein leuchtender Schimmer übertraf noch den der Kohlenglut. Ihre Röcke umflossen sie bis auf den Boden.

Seine Verlobte. Hugh atmete tief ein, als eine Woge heftigen Verlangens über ihm zusammenschlug. Seine Finger umklammerten die Klappe des Zelts. *Er begehrte sie.*

Einen Augenblick lang dachte er an seine Überraschung, als sie sich ihm am Nachmittag in die Arme geworfen hatte. Er fühlte sich wie in der Schwebe über einem unsichtbaren Abgrund, hin- und hergerissen zwischen der Wut über das Risiko, das sie so leichtfertig eingegangen war, und der schmerzlichen Erkenntnis ihres möglichen Verlusts. Sie war nur knapp dem Tod entronnen.

Seine Hand zitterte ob der Stärke der Zuneigung, die in ihm brannte.

Als hätte sie sein Kommen gespürt, drehte sich Alice plötzlich um. Sie blinzelte und Hugh konnte die Gedanken, die in ihrem Kopf herumwirbelten, beinahe sehen. Dann lächelte sie, und Hugh mußte die Faust ballen, um ihr nicht spornstreichs über das Haar zu fahren.

»Mylord. Ich habe Euch gar nicht kommen gehört.«

»Offenbar wart Ihr mit anderen Dingen beschäftigt.« Unter Aufbietung der letzten Reste seiner Selbstbeherrschung ließ Hugh die Zeltklappe los und tat langsam auf sie zu.

»Allerdings, Mylord.«

Er ging über den Teppich und sah auf den Gegenstand in ihrem Schoß. »Wie ich sehe, studiert Ihr immer noch meinen Kristall.«

»Ich studiere immer noch *meinen* Kristall, Sir.« Sie strich mit der Fingerspitze über den grünen Stein. »Ich versuche zu verstehen, warum Gilbert der Troubadour und die beiden Halunken dachten, er wäre wertvoll.«

»Von dem Troubadour werden wir es nicht mehr erfahren. Gilbert ist verschwunden.« Die Kunde vom Untertauchen des Barden war ein weiterer Grund der Verärgerung für ihn gewesen. Nichts schien in diesem Plan zu gelingen, Hugh war sehr ungehalten.

»Das überrascht mich nicht«, setzte Alice ihm auseinander. »Gilbert war schon immer aalglatt. Ich habe weder ihn noch seine Lieder sonderlich gemocht.«

Hugh musterte ihr Gesicht im Kerzenschein. »Man sagte mir, Frauen fänden ihn attraktiv.«

Alice rümpfte das Näschen. »Ich bestimmt nicht. Als er auf der Burg meines Onkels weilte, hat er eines Abends sogar versucht, mir einen Kuß zu rauben.«

»Wie das?« fragte Hugh.

»Es war wirklich eine Belästigung. Ich habe ihm ein Bier über den Kopf gekippt. Danach hat er nicht mehr mit mir gesprochen.«

»Ich verstehe.«

Alice blickte auf. »Hat der Einäugige Euch irgend etwas erzählt?«

»Wenig.« Es war sinnlos, nach einem zweiten Hocker zu suchen. Also setzte sich Hugh auf eine der Holztruhen, in denen Alice Teile ihrer Steinsammlung aufbewahrte. »Er hat ohne zu zögern gesprochen, aber wußte nur, daß er und sein Kumpan für irgend jemanden den Kristall herbeischaffen sollten. Ich glaube, die beiden haben den Händler in Clydemere getötet.«

»Oh.« Alices Stimme zitterte leicht.

»Unglücklicherweise war der Kerl, der unter Sturms Hufe gekommen ist, derjenige, der den Handel abgeschlossen hatte. Da er tot ist, kann er uns nichts mehr mitteilen.«

»Ich verstehe.«

Hugh kniff die Augen zusammen. »Diese Männer hätten Euch ohne langes Fackeln umgebracht.«

Sie schaute begeistert auf: »Aber Ihr habt mich gerettet, Sir.«

»Darum geht es nicht.«

Alice verzog das Gesicht. »Ich weiß, worum es Euch geht, Mylord. Aber seht, wie gut es ausgegangen ist. Einer der Mörder ist tot und der andere in Gewahrsam. Wir befinden uns in Sicherheit und den Stein haben wir auch.«

»Ihr vergeßt eines.«

»Und das wäre?«

»Wer auch immer diese beiden Kerle angeheuert hat, um den Kristall zu finden, läuft immer noch frei herum, und wir haben keinerlei Hinweis auf seine Person.«

Alices Finger schlossen sich fester um den Kristall. »Aber wer auch immer es ist, muß wissen, daß seine Versuche, den Stein zu rauben, fehlgeschlagen sind. Er ist wieder in Euren Händen, Mylord, und niemand würde es wagen, ihn Euch abzunehmen.«

»Ich weiß Euer Vertrauen zu schätzen«, räumte Hugh ein, »aber wir können uns nicht in Sicherheit wiegen, daß alle potentiellen Diebe denselben Respekt vor meinen Fähigkeiten hegen.«

»Unsinn. Mein Onkel hat mir versichert, daß Ihr geradezu eine Legende seid, Sir.«

»Alice, ich bedaure, dich darüber informieren zu müssen, daß das, was an so entlegenen Orten wie Lingwood Manor oder Ipstoke eine Legende ausmacht, an anderen Orten kaum mehr als ein bescheidener Ruf ist.«

»Das glaube ich nicht eine Sekunde, Sir«, erklärte sie unumwunden. »Ich habe gesehen, wie Ihr heute mit den beiden Gaunern umgesprungen seid. Wenn diese Geschichte demjenigen zu Ohren kommt, der die Halunken angeheuert hat, wird er es sich bestimmt gründlich überlegen, Euch den Stein nochmals abzunehmen. Ich bin überzeugt, daß wir von nun an nichts mehr zu befürchten haben.«

»Alice –«

Sie trommelte mit dem Zeigefinger auf dem Kristall herum, und ihre Brauen zogen sich nachdenklich zusammen. »Wißt Ihr, Sir, ich würde zu gerne herausfinden, warum diesen Stein überhaupt jemand gestohlen hat.«

Hugh warf einen gleichgültigen Blick auf den häßlichen Kristall. »Es könnte sein, daß fälschlicherweise jemand glaubt, es handele sich um einen wertvollen Edelstein. Schließlich heißt es, er sei der letzte Gegenstand eines großen Schatzes.«

Sie sah das Mineral skeptisch an. »Dem geringen Preis nach zu urteilen, zu dem mein Vetter Gervase ihn erworben hat, hat zumindest der Händler wohl kaum seinen Wert gekannt. Er fand ihn lediglich ungewöhnlich. Nur für einen Studenten der Naturphilosophie ist er von Interesse.«

»Ich fürchte, der Dieb maß ihm einen ganz anderen Wert bei.«

Alice blickte auf. »Was für einen, Sir?«

»Wie ich bereits sagte, ist der Besitz des Kristalls durch die Legende und durch einen Fluch mit der Herrschaft über Scarcliffe verknüpft.«

»Was wollt Ihr damit sagen?«

Hugh schlug ein Bein über das andere. »Vielleicht gibt es jemanden, der nicht möchte, daß ich der neue Herr von Scarcliffe bin.«

»Wer sollte das sein, Sir?«

Geistesabwesend massierte er seine Knie. »Vielleicht sollte ich Euch jetzt von Vincent von Rivenhall erzählen.«

»Dem Mann, gegen den Ihr heute ins Turnier ziehen wolltet? Mein Bruder hat mir berichtet, daß Ihr über die Maßen verärgert wart, weil Ihr auf den Wettkampf verzichten mußtet. Natürlich war es meine Schuld, daß Ihr es als notwendig erachtetet, von der Teilnahme Abstand zu nehmen.«

»Allerdings. Das war es.«

Wieder breitete sich ein Strahlen über ihr Gesicht. »Ihr müßt zugeben, daß es allemal wichtiger war, den Stein zurückzuerobern, Mylord. Und das ist uns gelungen, nicht wahr? Deshalb können wir die unglückseligen Zwischenfälle der jüngsten Vergangenheit außer acht lassen.«

Hugh kam zu dem unumstößlichen Schluß, daß es an der Zeit für einen kleinen Vortrag zum Thema Gehorsam war. »Es liegt mir nicht, unglückselige Zwischenfälle, wie Ihr es nennt, außer acht zu lassen. In der Tat bin ich der festen Überzeugung, daß man solche Vorfälle zum Anlaß nehmen muß, den Schuldigen eine Lektion zu erteilen.«

»Keine Angst, Sir, ich habe meine Lektion gewiß gelernt«, versicherte sie ihm unbeschwert.

»Ich wünschte, das könnte ich glauben«, sagte Hugh. »Aber irgend etwas sagt mir –«

»Pst.« Alice gebot ihm mit erhobener Hand zu schweigen. »Was ist das?«

Hugh runzelte die Stirn. »Was ist was?«

»Irgendein Troubadour singt eine Ballade. Hört. Ich glaube, es geht um Euch, Mylord.«

Die Worte des geschmetterten Liedes drangen durch die Zeltwände.

Es hieß, er sei tapfer, unerbittlich und roh,
doch heut war er so furchtsam,
daß vor Sir Vincent er floh.

»Allerdings, es geht um mich«, sagte Hugh zwischen den Zähnen. Also hatte Vincent einen Weg der Rache gefunden, dachte er. Das war der Preis, den man dafür bezahlte, wenn man mit einer Frau wie Alice liiert war.

Sie legte den Stein zur Seite und sprang auf. »Irgendein betrunkener Barde verleumdet Euch da, Mylord.«

»Wiederum ein Beweis für das, was ich vorhin sagte! Was mancherorts eine nette kleine Legende ist, ist anderswo nichts weiter als ein schlechter Witz.«

Einst hat er jeden das Fürchten gelehrt,
doch heut ist sein Ruf
keinen Penny mehr wert.

»Das ist eine Unverschämtheit.« Alice schoß zum Eingang. »Das lasse ich nicht zu. Ihr habt dieses dämliche Turnier nur deshalb verpaßt, weil Ihr damit beschäftigt wart, ein wahrer Retter zu sein.«

Zu spät erkannte Hugh, daß Alice umgehend den Troubadour zur Rede stellen wollte. »O je, Alice, wartet. Kommt zurück.«

»Ich bin gleich wieder da, Mylord. Aber zunächst muß ich die lächerlichen Verse dieses Barden verbessern.« Alice schlüpfte hinaus.

»Himmel.« Hugh erhob sich von der Truhe und stürzte ihr nach.

Als er die Klappe aufriß, sah er Alice im Schein des Lagerfeuers. Sie hatte die Röcke gerafft und marschierte auf das Nachbarlager zu. Ihr gerecktes Kinn verriet feste Entschlossenheit, und seine Männer starrten ihr entgeistert nach.

Der Troubadour, der von den drohenden Schwierigkeiten nichts ahnen konnte, fuhr unbekümmert fort.

Bald sucht sich seine Lady einen Mann,
der ihr mehr gibt,
als der Boote der Stürme es kann.
Einst war er feurig und geschwind,
doch jetzt ist er schlaff wie der Sommerwind.

»Ihr da, Sir Troubadour«, rief Alice ihm zu. »Schluß jetzt mit Eurem Gewimmer. Habt Ihr mich verstanden?«

Der Sänger, der zwischen den verschiedenen Lagern umhergewandert war und überall seine neuesten Verse zum Besten gegeben hatte, verstummte sofort.

Hugh hatte den Eindruck, als breite sich eine unnatürliche Ruhe aus. Seine eigenen Männer waren nicht die einzigen, die Alice überrascht ansahen. Sie besaß die Aufmerksamkeit aller, die sich um die Feuer scharten.

Der Troubadour verbeugte sich tief, als Alice vor ihm zum Stehen kam.

»Verzeiht mir, Mylady«, mimte er Höflichkeit. »Es tut mir leid, wenn Euch mein Lied nicht gefällt. Ich habe es erst heute nachmittag im Auftrag eines sehr noblen und tapferen Ritters komponiert.«

»Ich nehme an, dieser noble und tapfere Ritter ist Vincent von Rivenhall?«

»Allerdings.« Der Barde lachte laut. »In der Tat war es Sir Vincent, der ein Lied in Auftrag gab, in dem sein großer Sieg auf dem Turnierplatz besungen werden sollte. Wollt Ihr ihm etwa eine seinem Heldenmut angemessene Ballade verwehren?«

»Ja, das will ich. Vor allem, da er nicht der Held des Tages war. Der wahre Held war Sir Hugh.«

»Indem er sich weigerte, gegen Sir Vincent ins Feld zu ziehen?« Der Troubadour grinste. »Verzeiht mir, aber das ist ein seltsamer Fall von Heldenmut.«

»Offensichtlich kennt weder Ihr noch Sir Vincent die Wahrheit über die Geschehnisse des heutigen Nachmittags.« Alice machte eine kurze Pause und starrte ihre Zuhörer böse an. »Hört mir alle zu und merkt gut auf, denn ich werde Euch sagen, was wirklich geschehen ist. Sir Hugh war gezwungen, auf das Turnier zu verzichten, weil es eine heldenhaftere Aufgabe zu bewältigen galt.«

Ein großer Mann in einer roten Tunika trat neben das Feuer, und die Flammen fielen auf sein Adlergesicht.

Hugh stöhnte, als er den Neuankömmling sah.

»Welche heldenhafte Aufgabe hielt Sir Hugh dem Feld der Ehre fern, Mylady?« fragte der Hüne entgegenkommend.

Alice fuhr herum. »Ich möchte Euch wissen lassen, daß Sir Hugh mich heute nachmittag vor zwei bösartigen Dieben gerettet hat, während Sir Vincent sich mit lächerlichen Spielen vergnügte. Wäre Sir Hugh nicht gewesen, hätten mich die Kerle kaltblütig umgebracht, Sir.«

»Und wer seid Ihr?« Der große Mann sah auf sie herab.

»Ich bin Alice, Sir Hughs Verlobte und zukünftige Ehefrau.«

Bei dieser Erklärung brachen die Umstehenden in beifälliges Gemurmel aus, doch sie achtete nicht darauf.

»Ist das wahr? Wie interessant.«

Alice fuhr mit unbeirrter Strenge fort: »Ihr werdet mir doch sicher recht geben, wenn ich sage, daß die Rettung meines Lebens eine wesentlich heroischere Tat war als die Teilnahme an einem Scheingefecht.«

Der Blick des großen Mannes wanderte an Alice vorbei zu Hugh, der hinter ihr stand. Hugh lächelte schwach, als er in die Augen sah, deren Farbe der seiner eigenen so ähnlich war.

Dann wandte sich der Hüne abermals Alice zu und verbeugte sich vor ihr. »Ich bitte um Verzeihung, Madam. Es tut mir leid, wenn Euch das Lied des Barden beleidigt hat. Und es freut mich, daß Ihr die Begegnung mit den Schurken schadlos überstanden habt.«

»Danke«, Alice blieb eisig.

»Ihr seid offensichtlich eine recht unerfahrene junge Frau, Madam.« Der große Mann trat einen Schritt zurück. »Wir werden gerne beobachten, wie lange Hugh der Unerbittliche in Euren Augen ein wahrer Held bleibt.«

Ohne auf eine Antwort zu warten, schritt er davon.

Alice starrte ihm zornig nach, dann nickte sie dem Troubadour zu: »Singt etwas anderes.«

»Zu Diensten, Mylady.« Mit einem kaum verhohlenen Grinsen verbeugte sich der Sänger abermals vor ihr.

Alice machte auf dem Absatz kehrt und eilte zu Hughs Lager zurück. Als sie ihn entdeckte, blieb sie stehen.

»Ah, da seid Ihr ja, Mylord. Es freut mich sagen zu können, daß ich glaube, wir werden diese lächerliche, von Sir Vincent von Rivenhall ausgeheckte Ballade nicht noch einmal hören.«

»Danke, Mylady.« Hugh nahm ihren Arm und führte sie zurück ins Zelt. »Ich weiß Eure Sorge um mich zu schätzen.«

»Das ist doch nicht der Rede wert. Ich konnte ja wohl kaum

zulassen, daß dieser Narr weiterhin derartig verlogene Lieder über Euch singt, Sir. Es stand ihm nicht zu, Sir Vincent von Rivenhall zum Helden zu machen, während Euch dieser Ruhm gebührte.«

»Troubadoure verdienen damit ihren Lebensunterhalt. Ich glaube, daß Sir Vincent sich das Lied eine Menge kosten ließ.«

»Ja.« Alices Miene hellte sich plötzlich auf. »Da kommt mir ein Gedanke, Sir. Wir sollten den Troubadour dafür bezahlen, daß er ein Lied über Eure Taten schreibt, Mylord.«

»Es wäre mir lieber, davon Abstand zu nehmen«, zog Hugh sich zurück. »Ich kann mein Geld für bessere Dinge ausgeben als für eine Ballade, in der ich bejubelt werde.«

»Wie Ihr meint.« Alice seufzte. »Vermutlich ist so etwas ziemlich teuer.«

»Ziemlich.«

»Trotzdem. Ich wette, es würde ein wundervolles Lied und wäre sein Geld bestimmt wert.«

»Es lohnt sich nicht, Alice.«

Sie schnitt eine Grimasse. »Wißt Ihr, wer der große Mann war, der mit mir gesprochen hat?«

»Ja«, sagte Hugh. »Das war Vincent von Rivenhall.«

»Sir Vincent?« Alice war wie vom Donner gerührt. »Wißt Ihr, Sir, irgend etwas an ihm hat mich an Euch erinnert.«

»Er ist mein Vetter«, erklärte Hugh. »Sein Onkel, Sir Matthew, war mein Vater.«

»Euer Vetter«, stotterte Alice.

»Mein Vater war der Erbe von Rivenhall.« Hugh setzte das freudlose Lächeln auf, das er bei diesem Thema immer zur Schau stellte. »Hätte Sir Matthew meine Mutter geheiratet, ehe er sie schwängerte, dann hätte nicht Sir Vincent, sondern ich die Rivenhallschen Ländereien geerbt.«

8

Alice nahm die feixenden Blicke von Hughs Männern durchaus wahr, trotzdem marschierte sie entschlossen zum Zelt zurück und gab sich Mühe, das kaum verhohlene Grinsen der Umsitzenden zu ignorieren. Selbst Benedict sah sie eigenartig an, als fiele es ihm schwer, nicht in fröhliches Gelächter auszubrechen.

»Wenn mich meine Ohren nicht täuschen«, erhob Dunstan seine Stimme, »dann hat Euer Barde ein neues Lied erfunden.«

Ach, Hugh, du Unerbittlicher, leg doch fort dein Schwert,
denn die Zunge deiner Lady
ist das Tausendfache wert.

»Allerdings« warf ein anderer ein, »ihr zuzuhören ist wesentlich unterhaltsamer, als einem Schwertkampf beizuwohnen.«

Gelächter erfüllte die Luft und Alice blickte sich grimmig um. Der Troubadour, den Vincent für die gehässige Ballade über Hugh bezahlt hatte, sang tatsächlich ein anderes Lied. Er wanderte erneut zwischen den verschiedenen Lagerfeuern herum und bot den Anwesenden neue Verse dar.

Diese Mitgift ist mehr wert als jedes Land,
und Sir Hughs Ehre bei ihr in bester Hand.

Einstimmiger Applaus brandete auf, und Alice errötete. Jetzt war sie der Gegenstand seines Spotts. Unsicher lugte sie zu Hugh hinüber, ob er ebenfalls verlegen war.

»Wilfred hat recht«, meinte dieser gelassen. »Das neue Lied des Barden ist wesentlich treffender als das alte.«

Benedict, Dunstan und die anderen schlugen sich vor Vergnügen auf die Schenkel.

»Sir Vincent mag beim Turnier erfolgreich gewesen sein«, erklärte einer der Umsitzenden, »aber heute abend muß er sich wohl geschlagen geben.«

Alice war äußerst dankbar für die Dunkelheit, die das Glühen ihrer Wangen verbarg. Dann wandte sie sich entschlossen an einen der Knappen: »Würdet Ihr mir bitte etwas Wein in mein Zelt bringen?«

»Sehr wohl, M'lady.« Der Mann unterdrückte mühsam seine Heiterkeit und sprang auf. Dann begab er sich zu dem Vorratswagen, der etwas abseits stand.

»Wenn Ihr schon dabei seid, dann bringt doch auch mir bitte einen Kelch«, rief Hugh ihm nach. »Und bringt ihn in *mein* Zelt.«

»Sehr wohl, M'lord.«

Als Hugh die Zeltklappe öffnete, fiel der Schein des Feuers kurz auf seine zufriedende Miene. »Ich habe nicht oft eine Gelegenheit, auf Sir Vincents Niederlage anzustoßen.«

»Also wirklich, Sir, Ihr übertreibt.« Alice eilte durch die Öffnung in die größere Ungestörtheit des Zelts. »Ich habe Sir Vincent keine Niederlage beigebracht, sondern ihn lediglich über die Ereignisse des heutigen Tages aufgeklärt.«

»Nein, Madam.« Hugh ließ die Klappe zufallen. »Da irrt Ihr Euch. Es war eine Niederlage für ihn. Und zwar eine entscheidende. Das neue Lied des Troubadours wird dafür sorgen, daß eine Menge Leute davon erfahren. Ich schwöre, das ist fast so befriedigend für mich wie ein Sieg im Turnier.«

Sie fuhr herum. »Das ist kein guter Scherz, Sir.«

Hugh zuckte mit den Schultern. »Vielleicht übertreibe ich ein wenig. Meinen Vetter beim Turnier vom Pferd zu stoßen wäre schon ein wenig befriedigender gewesen, das gestehe ich.

Aber nicht viel.« Ein kühles Lächeln blitzte in seinen Augen auf, »nicht viel«.

»M'lord?« Thomas erschien am Eingang. »Hier ist der Wein für Euch und Mylady.« Er hielt ihm ein Tablett mit zwei Kelchen und einem Krug hin.

»So ist es recht.« Hugh nahm seinem Untergebenen das Tablett aus der Hand. »Mehr benötigen wir nicht. Laßt uns allein, damit ich meiner edlen Retterin angemessen danken kann.«

»Sehr wohl, M'lord.« Mit einem letzten neugierigen Blick auf Alice zog sich Thomas unter einer Verbeugung aus dem Zelt zurück.

Alice runzelte die Stirn, als Hugh die Kelche füllte. »Ich wünschte, Ihr würdet aufhören, Euch über diesen unglückseligen Zwischenfall zu amüsieren, Mylord.«

»Ihr wißt ja gar nicht, wie wohl er mir tut.« Hugh reichte ihr einen der Kelche und prostete ihr mit dem anderen zu.

»Ist es so wichtig für Euch, daß Sir Vincent erniedrigt wird?«

»Eine gelegentliche Erniedrigung Vincents ist alles, was mir mein Lehnsherr erlaubt.«

»Ich verstehe nicht, was das heißen soll, Sir.«

»Erasmus von Thornewood hat Vincent und mir Auseinandersetzungen außerhalb des Turnierplatzes verboten. Er behauptet, es wäre eine Verschwendung von guten Männern, die er sich nicht leisten kann.«

»Erasmus von Thornewood scheint ein sehr intelligenter Mann zu sein.«

»Das ist er«, gab Hugh zu. »Aber seine Vorstellungen von Sparsamkeit führen dazu, daß es mich immer noch nach Rache verlangt. Ihr habt mir heute abend ein delikat gewürztes Mahl serviert, Madam, da müßt Ihr mir schon gestatten, es auch zu genießen. Eure hervorragenden Kochkünste sind es übrigens nicht, die mich derart amüsieren.«

Allmählich verlor Alice die Geduld. »Was bereitet Euch denn soviel Vergnügen, Mylord?«

Hugh lächelte ihr über den Rand seines Kelchs hinweg zu. Seine bernsteinfarbenen Augen schimmerten wie die eines Falken, der sich erst vor kurzem an einer fetten Taube gelabt hat. »Ich glaube, daß heute abend zum ersten Mal in meinem Leben jemand zu meiner Verteidigung angetreten ist, dafür danke ich Euch, Madam.«

Der Kelch in Alices Hand zitterte. »Das war das mindeste, was ich tun konnte. Schließlich habt Ihr mir am Nachmittag das Leben gerettet, Sir.«

»Ich würde sagen, daß unsere Partnerschaft recht gut funktioniert, nicht wahr?« fragte Hugh herausfordernd.

Sein Blick drohte Alice vollends aus der Fassung zu bringen. Es war einfach lächerlich, dachte sie. Sie hatte heute zuviel durchgemacht, das war von Übel.

Verzweifelt zermarterte sie sich das Hirn nach einem Themawechsel, und sagte schließlich das erste, was ihr einfiel: »Wie ich hörte, seid Ihr als uneheliches Kind geboren.«

Plötzlich strahlte Hugh eine tödliche Ruhe aus. Das boshafte Blitzen seiner Augen erlosch. »Ihr habt richtig gehört. Stört es Euch, mit einem Bastard verlobt zu sein, Madam?«

Alice wünschte, sie hätte nichts gesagt. *Wie hatte sie nur etwas so Taktloses aussprechen können?* Wo blieb ihr Verstand? Ganz zu schweigen von ihrem Benehmen. »Nein, Mylord. Ich wollte damit nur sagen, daß ich so gut wie nichts über die Geschichte Eurer Familie weiß. Ihr seid mir ein Rätsel.« Sie machte eine kurze Pause. »Aber vielleicht ist genau das Eure Absicht.«

»Ich habe beobachtet, je weniger die Menschen die Wahrheit kennen, um so geneigter sind sie, an Legenden zu glauben. Und was noch erstaunlicher ist, für gewöhnlich ziehen sie die Legende der Wahrheit vor.« Hugh nippte nachdenklich an seinem Wein. »Manchmal kann das recht nützlich sein, manchmal ist es jedoch, wie zum Beispiel im Fall dieses verdammten grünen Steins, auch eine Last.«

Alice umklammerte ihren Kelch. »Ich bin eine Studentin der Naturphilosophie, Sir, und als solche an ehrlichen Antworten interessiert. Ich möchte die Wahrheit erfahren, die sich hinter der Legende verbirgt.«

»Wie soll ich das verstehen?«

Sie stärkte sich mit einem winzigen Schlückchen. »Heute abend habe ich ein wenig über Euch in Erfahrung gebracht, aber nach wie vor ahne ich, daß es vieles gibt, von dem ich nichts weiß.«

»Ihr seid ein neugieriges Geschöpf. So etwas kann gefährlich sein.«

»Für eine Frau?« fragte sie spitz.

»Für eine Frau wie auch für einen Mann. Die Welt ist wesentlich einfacherer und zweifellos auch sicherer für diejenigen, die nicht allzu viele Fragen stellen.«

»Mag sein.« Alice nahm einen weiteren Schluck. »Aber unglücklicherweise ist Neugierde ein altes Laster von mir.«

»So sieht es aus.« Hugh sah sie lange an, während er ein Für und Wider mit sich zu erörtern schien. Dann ging er zu einer der Holztruhen und setzte sich. Er nahm den Weinkelch in beide Hände und sah in die Flüssigkeit, als wäre sie alchimistisches Gebräu. »Was wollt Ihr wissen?«

Alice war überrumpelt. Sie hatte nicht erwartet, daß er ihr freiwillig Auskunft erteilen würde. Langsam sank sie auf den Hocker. »Ihr wollt allen Ernstes meine Fragen beantworten?«

»Ein paar. Nicht alle. Stellt Eure Fragen, und dann entscheide ich, welche mir gefallen.«

Sie atmete tief ein. »Weder Ihr noch Sir Vincent seid verantwortlich für die Umstände Eurer Geburt. Es ist ein Verhängnis, daß Ihr unehelich geboren seid und deshalb die Rivenhallschen Ländereien nicht geerbt hast.«

Hugh verharrte in Stillschweigen.

»Aber ich verstehe nicht, weshalb Euer Vetter schuld an diesen Ereignissen sein sollte. Und Ihr macht auf mich nicht den

Eindruck eines Mannes, der einem Unschuldigen grollt. Wie kommt es also, daß Ihr und Sir Vincent so erbitterte Feinde seid?«

Hugh schwieg einen Moment. Als er schließlich sprach, verriet seine Stimme keinerlei Bewegung. Es war, als erzähle er die Geschichte eines anderen und nicht seine eigene.

»Das ist ganz einfach. Vincents Familie hat meine Familie leidenschaftlich gehaßt. Und meine Leute haben dieses Gefühl in gleicher Weise erwidert. Unsere Eltern und alle anderen ihrer Generation sind tot, so daß es meinem Vetter und mir überlassen bleibt, die Fehde weiterzuführen.«

»Aber warum?«

Hugh drehte den Kelch in seinen großen Händen. »Das ist eine lange Geschichte.«

»Ich würde sie gerne hören, Mylord.«

»Das ist verständlich, ich werde Euch die wichtigsten Dinge verraten. Das bin ich Euch unter den gegebenen Umständen schuldig.« Erneut machte er eine Pause, als wären seine Gedanken an einem geheimen Ort versteckt, und es koste ihn Mühe, sie von dort herbeizuschaffen.

Alice rührte sich nicht, das Innere des Zeltes schien unter einem seltsamen Bann zu stehen. Die Kerze brannte tief und die Glut in der Kohlenpfanne war gedämpft. Das Lachen und die Lieder der draußen Sitzenden wurden schwächer, als wären sie plötzlich weit entfernt.

Schatten verschmolzen an der Wand, bis Hugh fast ganz in sie eingehüllt war.

»Mein Vater war Sir Matthew von Rivenhall«, begann er. »Es heißt, er wäre ein berühmter Ritter gewesen. Sein Lehnsherr schenkte ihm mehrere hübsche Güter.«

»Bitte fahrt fort, Sir«, drängte Alice sanft.

»Seine Familie arrangierte eine Ehe mit einer reichen Erbin für ihn. Das Ganze galt als hervorragende Verbindung, und Sir Matthew war es anscheinend zufrieden. Aber das hielt ihn nicht davon ab, der jungen Tochter eines seiner Nachbarn, des Burgherrn von Scarcliffe, nachzustellen. Mein Großvater versuchte, sein einziges Kind zu beschützen, aber Sir Matthew traf sich heimlich mit ihr.«

»Die Frau war Eure Mutter?«

»Ja. Ihr Name war Margaret.« Hugh drehte immer noch den Kelch zwischen seinen Handflächen hin und her. »Matthew von Rivenhall verführte sie, schwängerte sie und zog dann aus, um seinem Lehnsherrn zu Diensten zu sein. Ich wurde geboren, als er in der Normandie war.«

»Was geschah dann?«

»Das, was in solchen Fällen meistens geschieht.« Hugh winkte müde ab. »Mein Großvater war außer sich vor Zorn. Er ging zu Rivenhall und verlangte, daß Matthew gezwungen würde, meine Mutter nach seiner Rückkehr aus der Normandie zu ehelichen.«

»Er wollte, daß Sir Matthews Verlobung gelöst würde?«

»Ja. Aber Sir Matthews Familie gab ihm deutlich zu verstehen, daß sie ihrem Erben niemals erlauben würde, sich an eine junge Frau wegzuwerfen, die ihm als Mitgift nichts als eine kleine, ärmliche Burg zu bieten hatte.«

»Und was war mit Sir Matthews Braut? Was wollte sie?«

»Ihre Familie war ebenso wie Sir Matthews Familie an der Heirat interessiert. Wie gesagt, die Ehe galt als eine ideale Verbindung.«

Alice nickte verständnisvoll. »Also hatte niemand ein Interesse daran, die Verlobung zu lösen, ist es das?«

»Ja.« Hugh sah sie an und wandte dann seinen Blick der ersterbenden Kohlenglut zu. »Am allerwenigsten Matthew von Rivenhall selbst. Er hatte nicht die Absicht, seine reiche Erbin meiner Mutter wegen aufzugeben. Aber nach seiner Rückkehr aus der Normandie hat er meine Mutter noch einmal besucht.«

»Um ihr zu sagen, daß er sie liebte und immer lieben würde, obwohl er eine andere heiraten mußte?« fragte Alice.

Hughs Mund verzog sich zu einem Strich. »Ihr hofft immer noch auf ein romantisches Ende der Geschichte, nicht wahr?«

Alice errötete. »Wahrscheinlich ja. Gibt es denn eins?«

»Nein.«

»Wie ging es weiter? Was hat Matthew von Rivenhall zu Eurer Mutter gesagt, als er sie traf und erfuhr, daß er Vater eines Sohnes war?«

»Das weiß niemand.« Hugh trank einen Schluck Wein. »Aber was auch immer es war, es scheint meiner Mutter mißfallen zu haben. Sie brachte ihn um und nahm sich anschließend das Leben. Man fand die beiden Leichen am nächsten Morgen.«

Alice starrte ihn entgeistert an. Sie klappte den Mund mehrmals auf und zu, ehe es ihr gelang zu sprechen. Als sie sprach, quietschte ihre Stimme vor Erregung. »Eure Mutter hat Euren Vater ...?«

»Das erzählt man sich.«

»Aber wie? Wenn er ein so großartiger Ritter war, wie hätte sie ihn dann umbringen sollen? Er wäre doch sicher in der Lage gewesen, sich gegen eine Frau zur Wehr zu setzen.«

Hugh sah sie grimmig an. »Sie hat die Waffen einer Frau benutzt.«

»Gift?«

»Sie hat es in den Wein geschüttet, den sie ihm in jener Nacht zu trinken gab.«

»Großer Gott.« Alice starrte in den Rotwein in ihrem Kelch. Aus irgendeinem Grund mochte sie ihn nicht mehr. »Und dann hat sie selbst davon getrunken?«

»Ja. Vincents Vater, Matthews jüngerer Bruder, war der nächste in der Erbfolge, und als er vor drei Jahren starb, wurde Vincent der neue Lord von Rivenhall.«

»Deshalb ist er Euch feindlich gesinnt, weil er glaubt, daß Eure Mutter seinen Onkel ermordet hat?«

»Man hat ihm von klein auf beigebracht, mich zu hassen, obgleich er nur durch die Tat meiner Mutter Lord von Rivenhall wurde. Nun, man hat mich gelehrt, ihm gegenüber dasselbe zu empfinden.«

»Und wer hatte die Verantwortung für Euch?«

»Während der ersten acht Jahre meines Lebens mein Großvater. Als er starb, wurde ich ins Haus von Erasmus von Thornewood geschickt. Ich hatte Glück, daß ich nicht als Findelkind endete.«

»Aber Euer Recht des Erstgeborenen wurde Euch nie zuteil«, sagte Alice gepreßt.

»Es stimmt, daß ich Rivenhall verloren habe, aber das hat keine Bedeutung mehr.« Hughs Mund verzog sich in grimmiger Zufriedenheit. »Ich besitze endlich mein eigenes Land. Die Burg meines Großvaters gehört dank Sir Erasmus mir.«

Sie dachte daran, wie sie Benedicts Erbe verloren hatte und unterdrückte ein Seufzen. »Das freut mich für Euch, Sir.«

Hugh schien sie nicht zu hören. »Scarcliffe hat seit dem Tod meines Großvaters vor zwanzig Jahren sehr gelitten. Offen gestanden begann der Verfall bereits vor seinem Tod. Aber ich habe die Absicht, die Ländereien wieder zu bewirtschaften.«

»Ein Ziel, für das es sich lohnt.«

»Vor allem will ich es für meine Erben erhalten.« Hughs Hand schloß sich fester um seinen Kelch. »In Teufels Namen schwöre ich, daß Vincent dieses Vorhaben bezüglich Rivenhall nicht gelingen soll.«

Alice erstarrte angesichts der Kälte seines Tons. »Warum nicht?«

»Rivenhall Manor kümmert dahin, es ist nicht mehr das blühende Anwesen von einst. Weshalb meint Ihr wohl, nimmt Vincent an jedem Turnier teil, das stattfindet ? Er versucht genug Geld zu verdienen, um seinen Besitz zu retten.«

»Was ist damit passiert?«

»Vincents Vater war ein verantwortungsloser Kerl. Er vergeudete die gesamten Einkünfte der Rivenhallschen Güter für eine Reise ins Heilige Land.«

»Er ging auf Kreuzzug?«

»Ja. Und starb in irgendeiner fernen Wüste wie so viele nicht durch die Klinge eines Sarazenen, sondern wurde von einer widerlichen Krankheit der Gedärme weggerafft.«

Alice runzelte die Stirn. »Ich glaube, meine Mutter hat über die zahlreichen Krankheiten geschrieben, die die Männer auf den Kreuzzügen befielen.«

Hugh stellte seinen leeren Kelch ab, stützte die Ellbogen auf die Knie und lockerte die Umklammerung seiner Finger. »Es heißt, Vincents Vater war seit seiner Geburt ein wilder, draufgängerischer Kerl, ohne jeglichen Geschäftssinn und Pflichtgefühl gegenüber seiner Familie. Dies war der Grund dafür, daß die Leute den Tod meines Vaters derart beklagten: Alle Welt wußte, daß sein Bruder die Ländereien ruiniert hätte, was ihm auch beinahe gelungen wäre. Unglücklicherweise starb Matthew, ehe er die Aufgabe vollenden konnte.«

»Und nun versucht Sir Vincent verzweifelt, sie zu retten?«

»Ja.«

»Was für eine traurige Geschichte«, sagte Alice.

»Ich habe Euch vorgewarnt, daß es kein romantisches Ende gibt.«

»Stimmt, das habt Ihr.«

Hugh fügte hinzu, daß sie in gewisser Weise nicht trauriger war als Alices Geschichte.

»Was mir und meinem Bruder passiert ist, war meine eigene Schuld«, entgegnete sie in grimmigem Ton.

Hughs Miene verfinsterte sich. »Warum sagt Ihr, es war Eure Schuld? Es war Euer Onkel, Sir Ralf, der Benedict um sein Erbe gebracht hat.«

»Aber das nahm er sich nur heraus, weil ich die Burg meines Vaters nicht genug verteidigte.« Alice trippelte unruhig zu dem Kohlenofen. »Ich habe mein Bestes getan, aber das reichte nicht aus.«

»Ihr geht zu hart mit Euch ins Gericht.«

»Ich werde mich immer fragen, ob ich mehr hätte tun können. Vielleicht hätte ich meine Argumente Lord Fulbert gegenüber schärfer formulieren müssen. Oder einen anderen Weg finden müssen, ihn davon zu überzeugen, daß ich den Besitz meines Bruders verteidigen kann, bis Benedict alt genug ist, ihn selbst zu übernehmen.

»Alice , das dürft Ihr nicht sagen. Euer Onkel hatte zweifellos von dem Moment an beschlossen, Eurem Bruder die Ländereien abzunehmen, als er den Tod Eures Vaters erfuhr. Und Fulbert war wahrscheinlich froh, daß er es tat. Ihr hattet keinerlei Handhabe.«

»Versteht mich recht! Meine Mutter hat darauf vertraut, daß ich Benedicts Erbe bewahre. Sie sagte, daß Benedict trotz der Verachtung meines Vaters eines Tages bewiese, ein würdiger Erbe zu sein.« Alice rang die Hände. »Aber ich habe es nicht geschafft, meinem Bruder diese Möglichkeit zu erhalten. Ich habe versagt.«

Hugh stand ebenfalls auf und trat hinter sie. Alice erschauderte, als er seine starken Hände auf ihre Schultern legte und verspürte den fast übermächtigen Drang, sich ihm wie am Nachmittag einfach in die Arme zu werfen. Nur mit Mühe widerstand sie diesem Wunsch.

»Alice, Ihr seid eine tapfere und verwegene Frau, aber selbst die Tapfersten und Verwegensten gewinnen nicht jeden Kampf.«

»Ich habe getan, was ich konnte, aber es war nicht genug. Ich habe mich so einsam gefühlt.« Mit einem leisen Schluchzen wirbelte Alice herum und vergrub ihr Gesicht an Hughs breiter Brust. Lautlos rannen die Tränen über ihre Wangen und benetzten seine schwarze Tunika, ihre Schultern bebten.

Das erste Mal seit dem Tod ihrer Mutter brach sie in Tränen aus.

Hugh sagte nichts. Er hielt sie einfach fest. Die Kerze brannte herab, und die Schatten im Innern des Zeltes verdichteten sich.

Schließlich hörte das Weinen auf, und Alice verspürte eine unendliche Müdigkeit. Aber zu ihrer Überraschung fühlte sie sich so im Frieden mit sich wie schon lange nicht mehr.

»Verzeiht mir, Mylord«, nuschelte sie in seine Tunika. »Normalerweise breche ich nicht so schnell in Tränen aus. Ich fürchte, es war ein etwas zermürbender Tag.«

»Das war er in der Tat.« Hugh hob ihr Kinn und musterte ihr Gesicht, als wäre es ein geheimnisvolles Buch, dessen Schrift es zu entziffern galt. »Und ein sehr lehrreicher dazu.«

Sie sah in seine Augen und erkannte sowohl den Schmerz als auch die eiserne Entschlossenheit, die ihn so weit gebracht hatte. In seinen bernsteinfarbenen Augen spiegelten sich dunklere, leidenschaftlichere und wesentlich gefährlichere Gefühle als der Schmerz und die Entschlossenheit, die sie selbst bewegten. *Sturmwinde.*

Sie sehnte sich danach, in sein Innerstes vorzudringen und die Stürme zu beruhigen, aber sie wußte nicht, wie.

Im selben Moment erwachte in ihr die Sehnsucht. Dieser Wunsch war stärker als jedes Verlangen in ihrem Leben zuvor, ja, sie gäbe ihre Seele für einen Kuß von ihm.

Wie durch Gedankenübertragung beugte Hugh sich vor und bedeckte ihre Lippen mit seinem Mund.

Alice konnte kaum noch stehen. Hätte Hugh sie nicht festgehalten, wäre sie lautlos auf den Teppich gesunken.

Seine verwirrende, männliche Energie ergoß sich über ihr, eine Kraft, die deshalb so atemberaubend war, weil Hugh eine stählerne Kontrolle über sie ausübte.

Sie belebte Alices Geist, wie ein Regenguß welkes Gras erneuert.

Die Erregung, die in ihr aufgewallt war, als Hugh sie zum ersten Mal geküßt hatte, kehrte in einer heißen Woge zurück. Dieses Mal wirkte das Gefühl stärker, kraftvoller, als wäre ihr Körper seit der ersten Liebkosung darauf eingestimmt. Das Verlangen, das Hugh aussandte, setzte sie in Flammen.

Sie stöhnte leise, bis etwas in ihrem Inneren nachgab. Der Schmerz und die Niederlagen der Vergangenheit zählten in diesem Augenblick nicht. Die Gefahren des Nachmittags waren nicht mehr als eine weit zurückliegende Erinnerung, und die Zukunft verbarg eine dichte Nebelwand.

Nichts war von Bedeutung außer diesem Mann, der sie mit einer Stärke hielt, die sie überwältigte und ihr gleichzeitig das Gefühl unglaublicher Macht verlieh.

Alice schlang die Arme um Hughs Hals und klammerte sich wie eine Ertrinkende an ihn.

»Ich habe eine gute Wahl getroffen«, flüsterte Hugh.

Alice wollte ihn fragen, was er damit meine, aber das Sprechen fiel ihr zu schwer. Die Welt drehte sich. Sie schloß die Augen, als Hugh sie an seine Brust zog.

Einen Augenblick später lag sie weich gebettet auf ihrer Schlafdecke. Sie rang nach Luft, als Hugh sich auf sie schob und sein Gewicht sie niederzwang. Sie spürte, wie sich sein Bein zwischen ihre Schenkel drängte und ihre Röcke über die Knie schob. Sie wußte, daß sie entsetzt sein sollte, aber aus einem unerfindlichen Grund schwelgte sie in dieser Nähe.

Ihre Neugier war stärker als alle Vernunft und Bescheidenheit. Das Bedürfnis zu erfahren, wohin der Schmerz, das Drängen und die Leidenschaft in ihrem Inneren führen würden, war mächtiger als alle Bedenken. Sicher hatte sie das Recht, diese belebenden Gefühle auszukosten.

»Ich hätte mir niemals träumen lassen, daß es zwischen einem Mann und einer Frau so etwas gibt«, verwunderte sie sich.

»Du hast bisher noch nicht einmal die Hälfte kennengelernt«, versprach Hugh.

Sein Mund bewegte sich auf ihren Lippen, fordernd, schmeichlerisch, verführerisch. Alice überließ sich ihm ganz instinktiv. Sie spürte seine Hände an den Bändern ihres Kleides, aber sie war viel zu sehr beschäftigt mit der Hitze und dem Duft seiner Haut, um sich zu wehren. Dann berührte er ihre nackte Brust mit einer vom jahrelangen Umgang mit dem Schwert schwieligen Hand.

Einen Augenblick verschlug es Alice den Atem, doch dann öffnete sie den Mund zu einem leisen, verblüfften Schrei. Nie zuvor hatte ein Mann sie derart intim angefaßt.

Es war erregend.

Es war unanständig.

Es war das Aufregendste, was ihr je passiert war.

»Pst«. Hugh bedeckte ihren Mund mit einem eiligen Kuß und dämpfte so ihre Überraschung. »Wir sind umgeben von meinen Männern und den Männern der anderen. Die süßen Schreie einer Geliebten schweben wie auf Flügeln durch die Nacht.«

Die süßen Schreie einer Geliebten?

Alice öffnete die Augen. »Beim Umhang des Heiligen Bonifazius, Ihr sagt die Wahrheit, Mylord. Wir müssen sofort aufhören.«

»Nein.« Hugh hob leicht den Kopf und sah auf sie hinab. Er strich mit einer rauhen Fingerspitze über ihre Wange, als habe er es mit kostbarer Seide zu tun. »Es besteht keine Notwendigkeit aufzuhören. Wir müssen nur vorsichtig sein.«

»Aber, Mylord –«

»Und leise. Schließ die Augen, Alice. Ich werde mich um alles kümmern.«

Seufzend schloß sie die Augen und unterwarf sich ihm, wie sie sich nie zuvor einem Menschen hatte unterwerfen können.

Plötzlich sah sie sich selbst als Lehrling eines Alchimisten, der wußte, wie man Metall in Gold verwandelte. Sie stand kurz vor wunderbaren neuen Erkenntnissen.

Hier gab es Bereiche der Naturphilosophie zu erforschen, die ihr bisher verschlossen gewesen waren. Sie würde fremde, so verborgene Wahrheiten erfahren, daß sie bisher noch nicht einmal von ihrem Vorhandensein gewußt hatte.

Sanft nahm Hugh eine ihrer Brustwarzen zwischen Daumen

und Zeigefinger und Alice erschauderte vor Glück. Er schob die andere Hand tiefer, bis sie auf ihrem nackten Bein anhielt, Alice zuckte zusammen und beugte von alleine das Knie.

Hugh glitt an der Innenseite ihres Schenkels hinauf und Alice klammerte sich so fest an ihn, daß sie fürchtete, er trüge Kratzwunden davon.

Die ganze Zeit über hielt Hugh ihren Mund mit seinen Lippen bedeckt und schluckte jedes Keuchen, als sei es ein seltener, honiggesüßter Wein.

Als er die heiße, nasse Stelle zwischen ihren Beinen berührte, dachte Alice, sie würde wahnsinnig. Sie bekam kaum noch Luft. Ihr Körper brannte vor Fieber und in ihrem Inneren verspürte sie ein eigenartiges Ziehen, das nach Erlösung schrie.

»Pst«, sagte Hugh in samtigem Flüsterton, der ebenso verführerisch und quälend war wie die Berührung seiner Hand. »Sag nichts. Kein Wort, kein Laut, meine Süße.«

Die Einsicht, daß sie diese erstaunlichen Gefühle nicht lautwerden lassen sollte, intensivierte diese noch. Wieder und wieder erschauderte Alice, während Hugh sie streichelte.

Als er sie vorsichtig öffnete, hielt sie den Atem an, doch ein leises, drängendes Wimmern brach sich Bahn.

»Vorsicht«, murmelte Hugh an ihrem Mund. »Denk dran, Schweigen ist heute nacht alles.«

Er schob einen Finger in sie hinein und zog ihn langsam wieder heraus.

Am liebsten hätte Alice geschrien. Sie packte seinen Schopf und zog seinen Mund dichter zu sich herab. Sie meinte ihn leise lachen zu hören, aber es kümmerte sie nicht.

Er schob seine Hand ein letztes Mal in ihre Weichheit hinein und die Nacht zerbarst um sie herum. Nichts war von Bedeutung, weder das Wissen, daß Hughs Männer sie hören konnten, noch die Tatsache, daß überall um das schwarze Zelt herum die Lagerfeuer flackerten.

Alice war verloren in ihrer Lust. In diesem Augenblick gab es niemanden anders auf dieser Welt als Hugh.

Sie meinte zu schreien, doch sie hörte nichts. Hugh mußte ihren Schrei geschluckt haben wie jedes andere Geräusch, das ihr entfuhr.

»Beim Blut der Engel.« Hughs Arm legte sich fester um sie, als sie sich unter ihm zusammenzog.

Alice hörte ihn kaum. Sie seufzte und schwebte sanft auf die Erde zurück. Ein wunderbares Gefühl der Zufriedenheit füllte all die leeren Stellen in ihrem Inneren aus.

Sie öffnete die Augen und sah Hugh träumerisch an. Sein Gesicht zeigte sich erstaunlich angespannt, und in seinen Augen glitzerte es.

»Mylord, das war ... das war ...«

»Ja?« Er fuhr mit einem großen Finger über ihren Mund. »Das war was?«

»Höchst lehrreich«, keuchte sie.

Hugh blinzelte: »Lehrreich?«

»Ja, Sir.« Alice räkelte sich. »Etwas ganz anderes als alles, was ich bisher während meiner Studien der Naturphilosophie kennengelernt habe.«

»Es freut mich, daß es lehrreich für dich war«, murmelte er. »Hast du schon einmal derartigen Unterricht gehabt?«

»Nein, Mylord, das war über die Maßen einzigartig.«

»Lehrreich und einzigartig«, wiederholte er. »Ich verstehe, angesichts deines recht ungewöhnlichen Charakters sollte ich damit zufrieden sein.«

Ihr dämmerte, daß er nicht ganz glücklich zu sein schien. Sie schlang sein schwarzes Haar um ihre Finger. »Habe ich Euch beleidigt, Mylord?«

»Nein«. Er lächelte schwach und schob sich ein wenig zurecht. »Es ist nur so, daß ich ebenfalls die Liebe mit dir als etwas höchst Lehrreiches und Einzigartiges empfinde. Ich bin sicher, daß wir beide noch eine ganze Menge lernen können.«

»Die Liebe mit mir?« Alice erstarrte und ihre Finger gruben sich tiefer in Hughs Haar. »Bei allen Heiligen. Das ist es, was wir hier machen, nicht wahr? Wir lieben uns.«

»Ja.« Hugh zuckte zusammen und löste sanft ihre Finger. »Aber deswegen brauchst du mir nicht die Haare auszureißen.«

»Oh, Verzeihung, Mylord.« Alice kämpfte sich hoch. »Ich wollte Euch nicht weh tun.«

»Das weiß ich zu schätzen.«

»Aber wir müssen damit aufhören. Sofort.« Sie versuchte, seine breite Schulter fortzuschieben, doch Hugh regte sich nicht. »Warum?«

»Warum?« Sie riß überrascht die Augen auf. »Das fragt Ihr noch?«

»Unter den gegebenen Umständen erscheint mir diese Frage durchaus angebracht.«

»Sir, ich habe vielleicht nicht viel persönliche Erfahrung mit solchen Dingen, aber ich bin im Bilde, was passieren muß, wenn wir so weitermachen.«

»Was bitte?«

»Ihr wärt wütend auf Euch und auch auf mich, wenn ich zulassen würde, daß Ihr zu Ende führt, was Ihr angefangen habt.«

»Wütend?«

»Natürlich.« Sie versuchte, sich unter ihm hervorzuwinden. »Und da ich Männer wie Euch kenne, weiß ich entschieden, daß Euch Euer Ehrgefühl zwingen würde, mich zu ehelichen, wenn Ihr mich unter derartigen Umständen verführen würdet.«

»Alice –«

»Das kann ich nicht, Sir, und werde es nicht zulassen.«

»Ach nein?«

»Wir haben eine Vereinbarung getroffen, Sir. Ich muß Euch davor bewahren, diese Vereinbarung zu brechen.«

Hugh stützte sich auf den Ellbogen. »Ich versichere dir, daß ich meine Leidenschaft durchaus im Griff habe.«

»Vielleicht glaubt Ihr, daß dem so ist, Sir, aber es ist offensichtlich, daß Ihr sie alles andere als im Griff habt. Seht Euch nur an, Mylord. Wenn Ihr Euch wie immer unter Kontrolle hättet, hättet Ihr bereits vor Minuten aufgehört.«

»Warum?« fragte er tonlos.

»Weil Ihr nicht den Wunsch hättet, anschließend in der Falle zu sitzen«, schnauzte sie.

»Alice«, sagte er mit kaum verhohlener Ungeduld. »Was wäre, wenn ich dir sagen würde, daß ich auf der Stelle bereit bin, dich zu heiraten?«

»Das ist unmöglich.«

»Nenn mir einen guten Grund, weshalb es unmöglich ist«, knurrte er.

Sie schaute ihn kriegerisch an. »Mir fallen gleich hundert Gründe ein, aber der offensichtlichste ist, daß ich nicht die richtige Frau für Euch wäre.«

Hugh richtete sich langsam auf: »Weshalb in aller Welt sagst du so etwas?«

»Ich bin nicht im geringsten das, was Ihr von einer Frau erwartet, Mylord.« Alice nestelte an ihrem Kleid. »Das wissen wir beide.«

»Ach ja? Da bin ich anderer Meinung. Ich glaube nicht, daß wir es beide wissen.« Er beugte sich fordernd über sie. »Man sieht vielmehr, einer von uns beiden ist im Augenblick sehr verwirrt.«

»Ich weiß, Mylord, aber versucht, Euch deshalb keine Sorgen zu machen. Ihr werdet bald wieder der Alte sein.«

»Ich bin nicht derjenige, der verwirrt ist, Alice.«

Sie sah ihn ängstlich an. »Wie meint Ihr das?«

»Wie ich es sage.« Er maß sie mit einem kühlen Blick. »Weshalb denkst du, daß du keine gute Frau für mich wärst?«

Diese empörende Frage überraschte sie. »Das ist doch wohl offensichtlich, Mylord.«

»Für mich nicht.«

Ein eigenartiger Trotz regte sich in Alice. »Ich habe Euch nichts zu bieten. Als Herr seid Ihr in der Position, eine reiche Erbin zu heiraten.«

Sein Arm wedelte über ihr. »Ich brauche keine reiche Erbin.«

»Ist dies vielleicht irgendein gemeines Spiel, das Ihr da mit mir treibt, Sir?«

»Es ist kein Spiel. Ich will dich zur Frau und bin bereit, unser Abkommen dahingehend zu ändern, daß wir eine richtige Verlobung vollziehen. Kannst du mir folgen?«

Endlich dämmerte es ihr. Sie sah ihn aus zusammengekniffenen Augen an. »Seid Ihr vielleicht zu diesem Schluß gekommen, weil eine Ehe mit mir praktisch wäre, Sir?«

»Das ist nur einer von mehreren Gründen«, beruhigte er sie.

Am liebsten hätte ihm Alice vor das Schienbein getreten, aber sie hielt sich zurück, in ihrer augenblicklichen Position hätte der Nachdruck gefehlt.

»Und welches sind die anderen Gründe?« zischte sie.

Ihr Ton schien ihn nicht zu stören, denn er antwortete freimütig: »Das, was ich in den letzten drei Tagen erlebt habe, hat mir gezeigt, daß du einen ausgeprägten Sinn für Loyalität, Pflicht und Ehre hast.«

»Wie kommt Ihr zu diesem Schluß?«

»Die Art, in der du darum gekämpfst hast, die Zukunft deines Bruders zu sichern«, erklärte er.

»Ich verstehe. Sonst noch etwas?«

»Du bist intelligent und von Natur aus beherzt, solche Dinge bewundere ich bei einer Frau, übrigens bei jedem Menschen.«

»Bitte fahrt fort, Sir.«

»Du beherrschst die Kunst der Haushaltsführung, soweit ich gesehen habe.« Hugh erwärmte sich regelrecht für dieses Thema. »Ich lege großen Wert auf fundierte Kenntnisse in jedem Bereich. Ich stelle zum Beispiel immer nur die besten Handwerker und talentiertesten Verwalter ein.«

»Sprecht weiter, Sir.« Alice bekam kaum Luft. »Eure Ausführungen sind höchst fesselnd.«

»Ganz offensichtlich bist du gesund und stark, das ist eine Voraussetzung.«

»Jawohl.« Sie würde ihn erwürgen, dachte sie. Sobald sie nicht mehr unter ihm gefangen war. »Und des weiteren?«

Er zuckte mit den Schultern. »Das ist alles, glaube ich. Außer natürlich dem Umstand, daß du ungebunden bist wie ich. Und daß wir bereits verlobt sind. Das macht die ganze Abwicklung einfacher.«

»Wirtschaftlich und praktisch«, murmelte Alice.

»Ja.« Hugh war sehr zufrieden, daß sie die Sache so schnell begriff.

»Mylord, ich möchte Euch wissen lassen, daß ich es nicht gerade als besonders verlockend empfinde, verheiratet zu werden, nur weil ich einen Haushalt führen kann und zufällig gerade zur Verfügung stehe.«

Hugh runzelte die Stirn. »Warum nicht?«

Weil ich, wenn überhaupt, aus Liebe geheiratet werden will, wisperte ihr Herz, doch Alice sprach diese verstiegene Antwort nicht aus. Hugh würde sie sowieso nicht verstehen. »Es erscheint mir irgendwie kaltblütig.«

»Kaltblütig?« Hugh war schockiert. »Unsinn. Das ist eine durchaus vernünftige Vorgehensweise.«

»Vernünftig?«

»Ja. Du und ich befinden uns in der ungewöhnlichen Position, unsere Entscheidung über eine Eheschließung selbst treffen zu können. Und diese Entscheidung basiert auf der praktischen Kenntnis des Temperaments und der Fähigkeiten des anderen. Betrachte es doch einfach als Fortführung unseres Abkommens, Alice.«

Alice wurde siedendheiß. »Aber ich hatte vor, in ein Kloster zu gehen. Ich wollte mich ganz dem Studium der Naturphilosophie widmen.«

»Du kannst auch als meine Ehefrau noch Naturphilosophie studieren«, sagte Hugh in verführerischer Sanftmut. »Wenn du mich heiratest, wirst du sowohl über die Zeit als auch über die Einkünfte verfügen, die du für diese Studien brauchst.«

»Hmm.«

»Denk drüber nach, Alice«, sagte Hugh, als biete er ihr eine Schatztruhe voller Edelsteine an. »Unerhörte Möglichkeiten, Bücher, Astrolabien und alchimistische Gerätschaften zu kaufen. Du wirst in der Lage sein, alle seltenen Steine zu sammeln, die du finden kannst. Du kannst alle getrockneten Insekten haben, die du dir nur wünschst. Wenn du willst, kannst du sie bis zur Decke deines Arbeitszimmers stapeln.«

»Mylord, ich weiß nicht, was ich sagen soll. In meinem Kopf dreht sich alles. Ich glaube, ich habe mich noch nicht von Euren Küssen erholt, geht jetzt lieber.« Einen ungewissen Augenblick lang zögerte er. Alice hielt den Atem an, denn sie wußte um den inneren Kampf, den er focht. Er war ein leidenschaftlicher Mann, dachte sie. Aber seine Selbstbeherrschung überwog.

»Wenn du es wünschst.« Hugh rollte abrupt von Alices Bauch und erhob sich, geschmeidig wie ein Luchs. »Denk über meine Worte nach, Alice. Du und ich werden gut zueinander passen. Ich kann dir alles bieten, was das Kloster zu bieten hat, und mehr.«

»Mylord, bitte gebt mir Zeit, um diesen Vorschlag zu prüfen.« Alice stand ebenfalls auf und zupfte ihr Kleid zurecht. Sie fühlte sich knittrig, zerzaust und war mehr als nur ein wenig schlecht gelaunt. »Das geht alles viel zu schnell.«

Hugh warf ihr einen streitlustigen Blick zu. Doch dann hauchte er ihr einen zarten Kuß auf den Mund. Dieser flüchtige Kontakt genügte, um Alice die Macht spüren zu lassen, die er über sich selbst ausübte. Sie erschauderte.

»Ich füge mich.« Hugh hob den Kopf. »Es besteht keine Dringlichkeit, mir noch heute zu antworten. Denk drüber nach.«

»Danke, Sir.« Sie fragte sich, ob er den Sarkasmus ihrer Worte überhaupt erfaßte.

»Aber antworte mir bald«, bat er. »Ich kann nicht allzuviel Zeit mit Erwägungen vergeuden. Auf Scarcliffe gibt es viel zu tun. Ich brauche eine Frau, die zugleich eine zuverlässige Mitarbeiterin ist.«

Ehe Alice den Inhalt des Weinkrugs über ihm ausgießen konnte, war er fort, doch sie tröstete sich mit dem Gedanken, daß sich ihr bestimmt später eine Gelegenheit dazu bot.

9

Hugh hatte nie bemerkt, wie trübselig das Dorf von Scarcliffe war, bis er drei Tage später neben Alice durch die Straßen ritt. Dies war der Ort, an dem er geboren war. Dies war der Ort, an dem er eine Zukunft für sich und seine Nachkommen sichern wollte. Als er vor kurzem von hier aus die Suche nach dem grünen Kristall aufgenommen hatte, hatte die Umgebung nicht annähernd so öde gewirkt wie jetzt.

Das Bild von Scarcliffe, das ihm seit Wochen vorschwebte, zeigte bereits die Zukunft des Ortes.

Er hatte Pläne für diese Burg. Große Pläne.

In ein, zwei Jahren würde Scarcliffe zu einem üppigen Garten heranreifen: Auf den Feldern wogte das Getreide, die Wolle der Schafe wäre dicht und weich, die Hütten sauber und gepflegt, die Dorfbewohner wohlhabend und guter Dinge.

Aber heute war er gezwungen, alles mit Alices Augen zu sehen, und er mußte zugeben, daß das Dorf eher einem Kohlacker glich als einem Rosenland.

Hugh, der Kleinigkeiten wie dem Wetter normalerweise keine Beachtung schenkte, war erbost, weil es kürzlich geregnet hatte. Der düstere, bleierne Himmel trug nicht gerade dazu bei, den fragwürdigen Charme von Scarcliffe zu erhöhen. Die Steinburg selbst, die hinter dem Dorf aufragte, war in grauen Nebel gehüllt.

Hugh warf Alice einen Seitenblick zu, um zu erkunden, wie *sie* seine Heimat sah.

Schlank und graziös saß sie im Sattel und ihr rotes Haar leuchtete wie eine helle Flamme, die dem grauen Nebel frohgemut trotzte. Sie war ganz in die Betrachtung der Umgebung vertieft, und ihr Gesicht verriet Ernst und Nachdenklichkeit, auf dem wie immer auch die Neugier abzulesen war; aber Hugh wußte nicht, was sie bei diesem Anblick empfand. Er überlegte, ob es Enttäuschung, Ekel oder Verachtung war.

Angesichts des armseligen Scarcliffe war es durchaus möglich, daß sie alle drei Gefühle gleichzeitig verspürte. Schließlich war sie eine anspruchsvolle Lady, die nicht einmal in der Halle von Sir Ralf speisen mochte. Sie nahm nur speziell für sie zubereitete Mahlzeiten ein, ihre Kleider waren immer frisch und die ganze Person verströmte Wohlgeruch.

Zweifellos entsprachen die öden Felder und das erbärmliche kleine Dorf nicht ihrem Geschmack.

Hugh war gezwungen zuzugeben, daß die unordentliche Ansammlung größtenteils baufälliger, strohgedeckter Hütten, die Ziegenpferche und Schweineställe keinen erhebenden Anblick boten. Die Nachmittagsluft war schwer und verströmte den unverkennbar fauligen Gestank des Dorfgrabens, in dem die Abfälle von Jahren moderten.

Die halb verfallene Steinmauer, die das kleine Kloster und die Kirche umgab, kündete ebenfalls von langer Vernachlässigung und der Regen hatte das Dorf nicht gereinigt, sondern lediglich den Schlamm in den Furchen der einzigen Straße vertieft.

Hugh knirschte mit den Zähnen. Wenn Alice schon vom Dorf und den nahegelegenen Feldern nicht beeindruckt sein konnte, wäre sie vom Anblick der Burg sicherlich entsetzt.

Aber um dieses Problem würde er sich später Gedanken machen. Zunächst mußte er eine Ansprache halten, die sich möglichst schnell bis zu den Nachbarburgen herumsprechen sollte. Er würde bekannt geben, daß Hugh der Unerbittliche den Beweis erbringe für die Rechtmäßigkeit seiner Lordschaft von Scarcliffe.

Er hatte den Zug angetrieben, um das Dorf noch am Markttag zu erreichen. Wie vorhergesehen, hielten sich fast alle Menschen, die zur Burg und den umliegenden Höfen gehörten, auf der engen Straße auf und waren Zeugen der triumphalen Rückkehr ihres neuen Herren.

Eigentlich müßte er mehr als zufrieden sein, dachte Hugh, besaß er doch alles, was sein Herz je begehrte. Er hatte den grünen Kristall zurückgebracht und sich mit einer passenden Frau verlobt. Er war bereit, als Herr von Scarcliffe anzutreten.

Aber die Dinge verliefen nicht so glatt wie geplant, und das beunruhigte ihn. Es hieß, er hätte ein Talent für Kriegslisten, und manche Menschen behaupteten sogar, er besäße die Fähigkeiten eines Magiers. Aber irgend etwas war völlig schief gelaufen an dem Abend, als er versucht hatte, Alice dazu zu überreden, ihre Verlobung als verbindlich anzuerkennen.

Der Hieb, den sie ihm unbewußt versetzt hatte, schmerzte immer noch. *Sie tat allen Ernstes so, als zöge sie das Kloster der Ehe mit ihm vor.*

Diese Erkenntnis gefiel ihm nicht, vor allem, da er Höllenqualen leiden würde, wenn er einmal die Gelegenheit gehabt hätte, zu Ende zu führen, was er zwischen ihren weichen Schenkeln begonnen hatte.

Jedesmal, wenn er sich daran erinnerte, wie sie in seinen Armen erschaudert war, spannte sich sein Körper schmerzhaft an. Da er einen Großteil der Reise mit genau diesen Gedanken zugebracht hatte, war es ein äußerst unbehaglicher Ritt gewesen.

Alice an jenem Abend und in den zwei darauffolgenden Nächten unbehelligt zu lassen, hatte größeren Heroismus erfordert als ein Dutzend Gefechte auf dem Turnierplatz.

Am meisten ärgerte Hugh die Erkenntnis, daß sie in ihrer Unschuld gar nicht abschätzen konnte, welche Selbstbeherrschung auszuüben er gezwungen gewesen war. Tatsächlich machte ihn die überraschende Heftigkeit seines Verlangens argwöhnisch, aber dieser Argwohn trug nicht im geringsten zur Linderung der Sehnsucht bei.

Es war Hugh schwergefallen, sich seinen Hunger nach Alices süßem, warmem Leib einzugestehen.

Er hatte die letzten drei Nächte damit verbracht, die Sterne zu zählen und Entschuldigungen zu finden für seinen Drang. Es gab durchaus logische Gründe dafür, daß sein Blut bei dem Gedanken an sie zu kochen begann, und er hatte sie sich alle aufgezählt, als führe er eine Addition auf seinem Rechengestell durch.

Er hatte allzu lange keine Frau mehr gehabt.

Er hatte sich schon immer für das Ungewöhnliche interessiert und Alice war eine Besonderheit.

Das Versprechen tiefer Leidenschaft in ihren grünen Augen reichte aus, um jeden einigermaßen intelligenten Mann um den Verstand zu bringen.

Sie zu berühren war gewesen, als hätte er in das Innere eines Sturms gegriffen.

Also gab es ausreichend Gründe, die erklärten, weshalb er den ganzen Ritt in einem Zustand der Erregung hinter sich gebracht hatte.

Aber anders als sein Rechengestell, das ihm fast immer eine zufriedenstellende Antwort gab, hatte keiner dieser Gründe dazu beigetragen, seine Stimmung zu heben. Genau gesehen hatte sich seine Laune sogar verschlechtert.

Von welcher Seite er die Situation auch betrachtete, er kam immer zu demselben Schluß: Seinem Begehren nach Alice war er hilflos ausgeliefert und er müßte in Zukunft vorsichtiger sein.

Außerdem würde sie nicht darum herumkommen, die Verlobung ernst zu nehmen.

»Eine Lady. Er bringt eine echte Lady mit.«

»Vielleicht seine Frau.«

»Ich hätte nicht geglaubt, daß ich ihn noch mal sehen würde. Ich dachte, er wäre zu Tode gekommen wie all die anderen vor ihm.«

Das aufgeregte Getuschel der Dorfbewohner unterbrach Hughs Gedankenfluß. Mehrere Leute sahen einander verwundert an, als wären sie Zeugen eines Wunders und nicht nur der Rückkehr ihres Herrn.

Priorin Joan und eine Handvoll Nonnen kamen zum Pförtnerhäuschen des Konvents und sahen Alice unverwandt an. Eine der Frauen beugte sich vor und flüsterte der großen Nonne neben der Priorin etwas ins Ohr, welche dazu nickte. Sie war die einzige, die sich nicht über die Heimkehr freute.

Hugh sah flüchtig hinüber und erkannte die Heilerin in ihr, eine Frau namens Katherine. Sie war eine mürrische, melancholische Person, die wohl auf die Fünfzig zuging. Er hatte sie an dem Abend kennengelernt, an dem die Priorin Joan nach ihm geschickt hatte, um ihn über den Verlust des grünen Steins zu informieren.

Hugh betete, daß er ihre beruflichen Fähigkeiten niemals würde in Anspruch nehmen müssen. Die Vorstellung, von einer Heilerin behandelt zu werden, deren Gesichtsausdruck nur Hoffnungslosigkeit verriet, war nicht besonders reizvoll.

Er gebot seinen Männern, anzuhalten. Als das Hufeklappern und das Knirschen der Wagenräder verklungen war, wandte er sich langsam der Priorin zu.

Joan sah ihn mit einem Lächeln an, das Erleichterung und Freude über seine Rückkehr verriet.

Hugh war noch einige Schritte vom Tor des Klosters entfernt, als eine knochige, schwerfällige Gestalt in einer braunen Mönchskutte aus der Menge trat. Die Kapuze des Umhangs verhüllte das Gesicht des Mannes, aber Hugh unterdrückte widerwillig einen Fluch, als er Calvert von Oxwick erkannte.

Hugh hatte gehofft, daß der Wandermönch endlich weitergezogen wäre.

»Willkommen in Scarcliffe, Mylord«, sagte Calvert mit einer Stimme, deren Krächzen in den Ohren weh tat. »Ich danke Gott, daß Ihr lebend zurückgekommen seid.«

»Ich hatte nie die Absicht, in einem anderen Zustand zurückzukehren, Mönch.« Hugh brachte sein Pferd zum Stehen und wartete, bis er die allgemeine Aufmerksamkeit genoß. »Bringt mir den Stein, Sir Dunstan, damit alle sehen können, daß er wohlbehalten in Scarcliffe angekommen ist.«

»Der Stein«,murmelte einer der Umstehenden. »Er hat den Stein gefunden.«

Erwartungsvolle Stille breitete sich aus.

»Sehr wohl, Mylord.« Dunstan ritt herbei, auf seinem Sattelknauf balancierte er einen kleinen Holzkasten.

Die Zuschauer sperrten erwartungsvoll die Münder auf und starrten gespannt den Kasten an. Mit einer großartigen Geste öffnete Dunstan das Schloß, hob den Deckel und nahm den Inhalt heraus.

Der unscheinbare grüne Kristall schimmerte trübe im grauen Licht.

Die Menge brach in lauten Jubel aus und Kappen flogen durch die Luft.

»Ich wußte, daß er unser rechtmäßiger Herr ist.« Der Schmied schwang seinen Hammer auf den Amboß und das Dröhnen mischte sich mit dem Läuten der Kirchenglocke.

»Es ist der grüne Kristall«, John der Müller grinste seine Frau an. »Lord Hugh hat ihn zurückgebracht, genau wie es in der Legende heißt.«

Sein jüngster Sohn, ein vierjähriges Kind mit Namen Young John, hüpfte aufgeregt und klatschte in die kleinen Hände. »Er hat ihn gefunden. Lord Hugh hat ihn gefunden.«

»Lord Hugh hat den Stein zurückgeholt«, rief ein anderer Junge seinem Freund zu. »Jetzt wird alles gut, genau wie mein Vater gesagt hat.«

Inmitten der Begeisterung trat die Priorin Joan aus dem Schatten des Tores. Sie war eine Frau in mittleren Jahren mit einem starken, ausdrucksvollen Gesicht und warmen, blauen Augen.

»Mylord, ich freue mich zu sehen, daß Eure Suche nach dem Stein erfolgreich war.«

»Hört mich an, gute Leute von Scarcliffe«, rief Hugh mit einer Stimme, die laut genug war, um bis zur Hütte des Brauers am Ende der Straße zu dringen. »Die Legende hat sich erfüllt. Ich habe den grünen Kristall zurückerobert und ich schwöre, daß ich ihn sicher verwahren werde. Genau wie ich Scarcliffe und seine Bewohner schützen will.«

Abermals brachen die Menschen in Jubelrufe aus.

»Aber ich habe nicht nur den Stein mitgebracht«, fuhr Hugh fort, »sondern darüber hinaus meine Verlobte, Lady Alice. Ich bitte Euch, sie ebenfalls willkommen zu heißen. Unser aller Zukunft wird von nun an mit der ihren verbunden sein.«

Alice zuckte zusammen, und Hugh erntete einen strengen Blick, aber sie schwieg. Jedes Wort, das sie gesagt hätte, wäre im Geschrei der Dorfbewohner untergegangen.

Calverts glühende Augen durchbohrten den Schatten seiner Kapuze, doch Hugh ignorierte den Mönch. Alices Reaktion war ihm wichtiger als der lärmende Empfang.

Sie riß sich zusammen und setzte ein Lächeln auf. »Ich danke Euch für Eure Freundlichkeit«, sagte sie ruhig und gefaßt.

Calvert warf die Kapuze zurück, so daß sein Totenschädel und seine fiebernden, dunklen Augen zu sehen waren. Dann hob er seinen Stock und lenkte die Aufmerksamkeit auf sich.

»Hört mich an, Tochter Evas.« Seine glühenden Augen funkelten Alice an. »Ich bete, daß Ihr Lord Hugh eine demütige und anständige Frau sein werdet. Da es in diesem Dorf keinen Priester gibt, werde ich persönlich Euch in den Pflichten einer Ehefrau unterrichten.«

»Das wird nicht nötig sein«, erwiderte Alice kühl, doch Calvert achtete nicht auf ihre Worte, sondern zeigte mit einem seiner knochigen Finger auf sie.

»Unter meiner Anleitung werdet Ihr die Ehrenwerteste aller Ehefrauen werden. Eine Frau, die weder streitsüchtig noch schwierig ist. Eine Frau, die sich bescheiden kleidet und die ihre Worte sorgsam wählt. Eine Frau, die ihre Position zu Füßen ihres Gatten einnimmt. Eine Frau, die die Glückseligkeit darin findet, sich vor ihrem Herrn und Meister demütig zu verbeugen.«

Hugh wollte gerade den dreisten Mönch zum Schweigen bringen, als er sich eines Besseren besann. Sollte sich Alice selbst mit Calvert auseinandersetzen.

Eine Frau mit Alices Temperament mußte ihre zahlreichen Talente zur Anwendung bringen, sonst würde sie unzufrieden und zänkisch. Außerdem forderte sie wie alle selbstbewußten Menschen Respekt und Anerkennung für ihre Fähigkeiten.

Hugh sah einen der Gründe, daß Alice ihrem Onkel auf Lingwood so viele Schwierigkeiten gemacht hatte, darin, daß Ralf das wahre Ausmaß ihrer Intelligenz niemals verstanden und ihr nie die Möglichkeit geboten hatte, sie zur Anwendung zu bringen. Statt ihre Fähigkeiten zu respektieren, hatte er versucht, sie wie eine Bedienstete zu behandeln.

Hugh hatte nicht die Absicht, denselben Fehler zu begehen. Sein Erfolg fußte auf der Regel, nur die fähigen Menschen einzustellen, und er gab ihnen die Möglichkeit, ihre Pflichten eigenverantwortlich zu erfüllen. Diese Vorgehensweise hatte sich in der Vergangenheit stets bewährt, und er sah keinen Grund, weshalb er sie bei einer Ehefrau nicht ebenfalls befolgen sollte.

Mit einer gewissen Vorfreue wartete er auf Alices Reaktion.

»Ich danke Euch für dieses großzügige Angebot, Mönch«, sagte Alice in kaltem, höflichem Ton, »aber ich fürchte, daß ich zu alt und zu starrsinnig bin, um solche Dinge noch zu erlernen. Lord Hugh muß mich so nehmen, wie ich bin.«

»Rothaarige, grünäugige Frauen haben immer eine scharfe Zunge«, schnauzte Calvert sie an. »Man muß sie lehren, sich zurückzuhalten.«

»Nur ein Feigling fürchtet das Mundwerk einer Frau«, sagte Alice zuckersüß. »Und ich versichere Euch, Mönch, daß Sir Hugh alles andere als ein Feigling ist. Wollt Ihr mir etwa widersprechen?«

Die Umstehenden rangen hörbar nach Luft und scharten sich noch enger um sie.

Calvert wurde bleich. Er sah eilig zu Hugh und fuhr dann mit seiner Tirade fort. »Dreht mir nicht die Worte im Mund herum, Mylady. Es ist eine Tatsache, daß flammenhaarige Frauen zänkische Wesen sind.«

»Lord Hugh soll nicht leicht erregbar sein, aber wenn er sich erregt, dann gleicht seine Stimmung einem tobenden Sturm«, murmelte Alice. »Und ein Mann, der ein solches Temperament besitzt, hat sicher keine Angst vor den Launen einer Frau.«

Calvert stammelte erbost, doch eine passende Erwiderung auf diese durchaus logische Feststellung fiel ihm nicht ein.

Hugh beschloß, daß die Auseinandersetzung lange genug gedauert hatte. Der Mönch hatte keine Chance gegen diese Frau.

»Ihr habt recht, Madam«, stellte er gut gelaunt fest. »Außerdem möchte ich anmerken, daß es einen Teil von mir gibt, der wesentlich schneller erregbar ist als mein Gemüt. Ich vertraue darauf, daß Ihr diesen Teil unendlich unterhaltsamer finden werdet als meinen Zorn.«

Die Menge brach in dröhnendes Gelächter aus, während Alice verwirrt die Stirn runzelte. Doch dann errötete sie. »Mylord, ich bitte Euch.«

Calvert seinerseits lief dunkelviolett an, und Hugh fragte sich kurz, ob seine hervorquellenden Augen vielleicht tatsächlich aus dem Kopf springen würden.

Der Mönch starrte zornig zu Alice hinüber, dann wandte er sich an Hugh. »Hütet Euch vor einer Frau, die sich der Führung der Männer nicht unterwirft, Mylord. Eine solche Frau wird Euch nichts als Schwierigkeiten bereiten.«

Hugh grinste. »Macht Euch um mich keine Sorgen, Mönch. Ich fürchte mich nicht vor der Zunge meiner Verlobten. In der Tat finde ich ihre Reden recht ... *interessant.*«

Die Dorfbewohner brachen abermals in fröhliches Kichern aus, doch Calvert war alles andere als amüsiert.

Er fuchtelte wütend mit seinem Stock herum. »Mylord, hört mir zu. Ich spreche als Euer religiöser Beistand. Wenn Ihr diese Frau ehelichen wollt, müßt Ihr erst lernen, sie zu beherrschen. Ich sage Euch, Euer Leben wird zum Fegefeuer, wenn diese Frau nicht zuvor Anstand und Bescheidenheit lernt.«

Alice sandte ein Stoßgebet gen Himmel.

Hugh sah sie an und erhob seine Stimme, damit alle ihn hören konnten. »Ich versichere Euch, daß ich bereit bin, meine Verlobte genau so zu nehmen, wie sie ist. In der Tat freue ich mich bereits darauf, dies zum frühest möglichen Zeitpunkt zu tun.«

Dieses Mal brachen überwiegend die Männer in schallendes Gelächter aus und Hugh meinte, selbst Priorin Joan den Mund verziehen zu sehen. Die meisten Nonnen standen breit lächelnd hinter ihr – mit Ausnahme von Katherine, deren ewige Verbitterung wohl durch nichts zu erschüttern war.

Nun bat Joan um Aufmerksamkeit, sie hob die Hand, und Stille senkte sich über die Anwesenden.

»Herzlich willkommen, Mylady«, richtete sie an Alice das Wort. »Ich bin Priorin dieses Konvents. Das Wohlergehen unseres Klosters hängt mit dem Wohlergehen des Herrenhauses zusammen, und es freut mich, daß der neue Herr von Scarcliffe Schritte zur Sicherung unserer Zukunft unternommen hat.«

Unvermittelt glitt Alice vom Pferd und ging langsam, aber entschlossen auf die Priorin zu.

Hugh stieg ebenfalls ab und rätselte, was sie als nächstes tun würde – Alice war einfach unberechenbar!

Sie ging an Calvert vorbei, als wäre er unsichtbar und dann kniete sie sich zur Überraschung aller Anwesenden vor Joan in den Schlamm.

»Danke für Eure freundliche Begrüßung, Mylady«, sagte sie. »Ich bitte Euch um Euren Segen für Sir Hugh und mich sowie für alle Bewohner dieses Dorfes.«

Hugh vernahm die Zustimmung der Umstehenden.

Joan machte das Zeichen des Kreuzes. »Ihr habt meinen Segen und mein Versprechen, daß ich Euch bei der Erfüllung Eurer neuen Pflichten zur Seite stehen werde, Lady Alice.«

»Ich danke Euch, Madam.« Alice erhob sich. Den Schmutz auf ihrem Reiseumhang ignorierte sie.

Als Hugh vortrat, um Alices Arm zu nehmen, sah er, daß Calverts Gesicht einer zornigen Maske glich. Die unmißverständliche Zurückweisung vor den Augen aller Dorfbewohner traf ihn tief.

Alices Triumph war vollkommen. Sie hatte deutlich gemacht, daß ihrer Meinung nach die wahre religiöse Autorität über Scarcliffe bei der Priorin lag. Dieses Verhalten bliebe gewiß nicht folgenlos.

Joans sanfte Augen verrieten eine gewisse Sorge, als sie Hugh anblickte. »Werdet Ihr den grünen Stein wieder in den Gewölben des Klosters lagern, Mylord?«

»Nein«, lautete die Antwort. »Es ist meine Aufgabe, den Stein zu hüten. Ich werde ihn mit auf die Burg nehmen und dafür sorgen, daß er dort sicher verwahrt bleibt.«

»Das ist die beste Lösung, Mylord.« Joan war die Erleichterung deutlich anzusehen. »Es freut mich, daß der grüne Kristall endlich in den Händen seines rechtmäßigen Hüters ist.«

Hugh nahm Alices Arm. »Wir haben eine lange Reise hinter uns, Ihr versteht, daß ich meine Verlobte nun in ihr neues Heim geleiten möchte.«

»Sehr wohl, Mylord.« Joan trat zurück in den Schutz des Pförtnerhäuschens.

Hugh half Alice wieder in den Sattel und bestieg sein eigenes Roß. Dann hob er die Hand zum Aufbruch in Richtung Burg.

»Das hast du sehr gut gemacht«, flüsterte er Alice zu. »Die Priorin ist die Vertrauensperson der Menschen im Dorf. Sie und die Nonnen haben sich unermüdlich um die Leute gekümmert, während die verschiedenen Herren der Burg kamen und gingen.«

»Sie gefällt mir«, sagte Alice. »Aber von dem Mönch kann

ich das nicht behaupten. Er mag ein Mann Gottes sein, aber er stößt mich wirklich ab.«

»Damit stehst du nicht allein. Ich glaube kaum, daß die Priorin ihn sonderlich mag, obgleich sie ihn in ihrer Position dulden muß. Calvert legt einen gewissen Fanatismus an den Tag, wenn es darum geht, Frauen über ihre Pflichten aufzuklären, nicht wahr?«

»Bah. Ich kenne Männer wie ihn. Es geht ihm bestimmt nicht um unser Seelenheil. Er hat einfach Angst vor Frauen und versucht uns einzuschüchtern, indem er unseren Willen durch Vorhaltungen und strenge Reden bricht.«

Hugh lächelte. »Damit hast du zweifellos Recht.«

Alice schob ihrem Umhang zurecht. »Ihr scheint Eure Leute zufriedengestellt zu haben, indem Ihr die Legende habt wahr werden lassen, Sir.«

»Ja, es war ein bißchen lästig, aber die Mühe hat sich gelohnt.« Hugh trug ein selbstgefälliges Lächeln zur Schau. »Jetzt kann ich mich wichtigeren Aufgaben widmen.«

»Ein bißchen lästig, Mylord?« Sie zog die Brauen hoch. »Wirklich nett gesagt. Aber falls ich Euch daran erinnern darf – ohne die Suche nach dem grünen Stein hättet Ihr mich niemals kennengelernt. Ich hatte den Eindruck, daß ihr Euch glücklich schätztet, eine solch wirtschaftliche und praktische Verlobte gefunden zu haben.«

Hugh zuckte zusammen. »So habe ich es nicht gemeint. Ich meinte die Suche nach dem verdammten Kristall, nicht dich.«

»Dann gelte ich also weiterhin als wirtschaftlich und praktisch?« In ihren Augen funkelte es boshaft. »Das erleichtert mich ungemein. Es wäre mir sehr peinlich, meinen Teil unseres Abkommens nicht erfüllt zu haben.«

»Alice, ich glaube, du versuchst mich zu reizen. Aber ich warne dich, das ist ein gewagtes Spiel.«

Sie räusperte sich. »Sei es, wie es ist. Aber ich habe eine Frage bezüglich der Legende zu stellen.«

»Und die wäre?«

»Ihr habt gesagt, daß der wahre Herr von Scarcliffe nicht nur den grünen Stein schützen, sondern darüber hinaus auch den Rest des Schatzes finden muß.«

»Ja, und?«

»Der grüne Stein ist nun wieder da, wo er hingehört. Aber wie wollt Ihr die fehlenden Schätze von Scarcliffe finden? Habt Ihr eine Vermutung, wo sie sein könnten?«

»Ich bezweifle, daß sie überhaupt existieren.«

Alice starrte ihn an. »Aber wie wollt Ihr sie dann finden?«

»Dieser Teil der Legende interessiert mich nicht«, äußerte Hugh sorglos. »Das Wichtigste war, den grünen Stein zurückzuholen. Nun, da ich ihn hergebracht habe, werden die Dorfbewohner annehmen, daß ich irgendwann auch den Rest der Prophezeiung erfülle. Aber es besteht keine Eile.«

»Irgendwann wird es jemandem auffallen, daß das andere noch fehlt, Mylord.«

»Wenn die Ländereien erst einmal Erträge abwerfen, wird sich niemand mehr für die verdammten Steine interessieren. Und falls ich jemals ein paar Kleinodien vorweisen muß, dann tue ich das.«

»Aber wie?«

Erstaunt über so viel Naivität zog Hugh die Brauen hoch. »Ich werde sie einfach kaufen. Ich kann es mir leisten, falls es erforderlich ist. Das wäre kaum teurer als ein paar Truhen mit Gewürzen.«

»Ja, vielleicht, aber es werden nicht die echten Steine von Scarcliffe sein.«

»Denk doch mal darüber nach, Alice«, begann er von vorne. »Kein lebendiger Mensch hat, abgesehen von dem Kristall, die sogenannten Steine von Scarcliffe je gesehen. Woran sollten sie also den Unterschied erkennen zwischen einem Haufen in London gekaufter Edelsteine und den Steinen aus der Legende?«

Alice schaute zu ihm auf mit einer Mischung aus Ehrfurcht

und Bewunderung, und Hugh war entzückt über diesen Blick. Einen Augenblick lang sonnte er sich in warmen Gefühlen.

»Mylord, nur ein Mann, der selbst eine Legende ist, kann so arrogant und leichtfertig umgehen mit der Erfüllung der Bedingungen eines Zaubers.«

Hugh grinste. »Du hältst mich für arrogant? Nur eine Frau, die sich vor der Macht einer Legende nicht fürchtet, wagt es, ein Abkommen mit einem Mann zu treffen, der als Magier gilt.«

»Wie ich schon sagte, ich glaube nicht an Legenden, Sir. Aber einen Mann, der gerissen genug ist, um die fehlenden Teile seiner eigenen Legende einfach zu erfinden, finde ich durchaus beeindruckend.«

»Vielen Dank. Es ist immer erfreulich, wenn man seiner Intelligenz wegen bewundert wird.«

»Nichts beeindruckt mich mehr als ein wacher Geist, Mylord.« Alice unterbrach sich abrupt und starrte mit weit aufgerissenen Augen geradeaus. »Bei den Wunden der Heiligen, ist das da die Burg?«

Hugh atmete tief ein und blickte dann ebenfalls auf den Steinkoloß, der sich aus dem Nebel erhob. »Ja. Das ist Scarcliffe.« Er machte eine Pause, um seinen Worten Gewicht zu verleihen: »Euer neues Zuhause, Madam.«

»Zumindest eine Zeit lang«, schränkte sie ein.

»Man gewöhnt sich daran«, versicherte er.

»Tatsächlich?« Sie widmete der Burg ihre ganze Aufmerksamkeit.

Hugh versuchte, das Gebäude unbefangen zu sehen. Er war hier geboren, hatte jedoch bis auf den flüchtigen Besuch vor kurzem kaum noch Erinnerungen daran.

Nachdem seine geliebte Tochter Gift geschluckt hatte, war Hughs Großvater mit seinem Enkel zu einer verwitweten Tante in den Norden gezogen. Der alte Mann hatte keine Kraft mehr gehabt, Scarcliffe zu führen. Seine Gedanken waren einzig und allein um Rache gekreist.

Nach seinem Tod fiel Scarcliffe in verschiedene Hände und es wurde unter den zahlreichen habgierigen und zugleich verantwortungslosen Herren immer weiter heruntergewirtschaftet.

Die Burg selbst war eine dunkle Steinfestung, fest verankert in den drohenden Klippen. Es hieß, der ursprüngliche Besitzer hätte das Gebäude für den Jüngsten Tag errichtet, und es schien, als würde ihm dieser Wunsch erfüllt.

Die von einer Mauer umgebene Burg war aus ungewöhnlich schwarzem Stein, doch keiner konnte Hugh sagen, woher die Quader stammten. Einige der Befragten hatten behauptet, die riesigen onyxfarbenen Blöcke hätte man aus den Tiefen der labyrinthartigen Höhlen gehauen, die sich unter den Klippen erstreckten. Andere meinten, sie kämen aus einem fernen Land.

»Wer hat diese Burg gebaut?« fragte Alice staunend.

»Man sagte mir, ein Mann namens Rondale.«

»Einer Eurer Vorfahren?«

»Ja. Der Großvater meiner Mutter. Es heißt, er hätte die Steine von Scarcliffe verloren. Der Legende nach hat er sie so gut in den Höhlen versteckt, daß er sie anschließend nicht wiederfand.«

»Was ist mit ihm passiert?«

»Angeblich ist er auf der Suche nach dem Schatz zahllose Male in die Höhlen hinabgestiegen.« Hugh zuckte die Schultern. »Und vom letzten Abstieg kam er nie mehr zurück.«

»Eine höchst ungewöhnliche Burg«, bemerkte Alice höflich.

Hugh betrachtete das Gebäude voller Stolz. »Eine gute Festung, die jeder Belagerung widersteht.«

»Sie erinnert mich an die magischen Burgen, von denen man in den Liedern der Troubadoure hört. Einer der Orte, auf die die Ritter der Tafelrunde immer in irgendwelchen Zauberwäldern stießen. Auf jeden Fall sieht sie verwunschen aus.«

Sie haßt Scarcliffe, dachte Hugh und diese Erkenntnis lastete schwer auf ihm.

10

Am nächsten Morgen staubte Alice ihren neuen Schreibtisch ab und setzte sich dahinter. Dann sah sie sich erfreut um.

Der Raum, den sie als Arbeitszimmer auserkoren hatte, lag im obersten Stockwerk der Burg. Er war geräumig, überraschend hell und angenehm in der Aufteilung – hervorragend geeignet für Forschungsarbeiten und naturphilosophische Untersuchungen.

Ihre Bücher und Steintruhen, die Insektensammlung und die alchimistischen Gerätschaften hatte sie bereits ausgepackt und sorgfältig auf den Regeln und Arbeitstischen verteilt. Das Astrolabium stand auf dem Fensterbrett und den grünen Kristall hatte sie in einer Ecke ihres Schreibtischs plaziert.

Eigenartigerweise fühlte sich Alice sofort heimisch in diesem Raum. In all der Zeit, während der sie auf Lingwood Hall zu leben gezwungen gewesen war, hatte sie dieses Gefühl niemals verspürt. Sie könnte auf Scarcliffe durchaus glücklich sein, sie bräuchte nur Hughs Heiratsantrag anzunehmen.

Sie bräuchte nur den Mann zu heiraten, den man den *Unerbittlichen* nannte.

Sie bräuchte nur einen Mann zu ehelichen, der Wirtschaftlichkeit und Unerschrockenheit wesentlich wichtiger fand als ein zärtliches Gefühl.

Sie war sich nicht sicher, ob Hugh überhaupt ahnte, daß es so etwas wie Liebe gab.

Zur Warnung tauchte plötzlich die Erinnerung an ihre Mutter auf. Helen hatte geglaubt, daß sie einem Mann beibringen könnte zu lieben, aber sie hatte sich geirrt.

Alice wußte, daß ihre Mutter einst eine warmherzige, lebhafte Frau gewesen war, ihrem Mann in leidenschaftlicher Liebe verbunden. Aber Bernard hatte es geschafft, diese Liebe ersterben zu lassen, indem er sie mißachtet und niemals erwidert hatte.

Helen war mit einem Mann verheiratet gewesen, der niemals zu lieben gelernt hatte. Sie war es, die, wie auch Tochter und Sohn, den Preis dafür bezahlen mußte.

Alice warf einen Blick auf das Handbuch, das ihre Mutter geschrieben hatte. Manchmal haßte sie es geradezu. Es enthielt die Ergebnisse gewissenhafter Studien und lebhafter Schriftwechsel mit Gelehrten in ganz Europa, aber Alice und Benedict hatte es großes Leid beschert.

Gegen Ende ihres Lebens hatte sich Helen mehr und mehr auf dieses Handbuch zurückgezogen, so daß für ihre Kinder keine Zeit mehr geblieben war.

Alice stand auf, trat ans Fenster und sah hinaus; die felsigen Klippen von Scarcliffe thronten sowohl drohend als auch schützend über der Burg.

Der erste Anblick der schwarzen Festung hatte sie überrumpelt. Das Gebäude strahlte eine finstere Stärke aus, die zwar Schutz versprach, aber keinerlei Wärme und Geborgenheit. Sie paßte hervorragend zu ihrem neuen Herrn. Hugh und seine Burg hatten vieles gemeinsam.

Aber wie sah es in Hughs Herzen aus? War es so hart und kalt wie diese steinernen Mauern? Oder bestand vielleicht die winzige Hoffnung auf ein wenig Sanftmut darin?

Derart heimtückische, verführerische Gedanken waren nicht gut für sie.

Sie wandte sich vom Fenster ab in Sorge um ihr Herz. Die Tatsache, daß sie über eine echte Verlobung bereits nachdachte, sollte ihr eine Warnung sein.

Ja, hier könnte sie glücklich sein, entschied Alice. Aber offensichtlich war ihr ein anderes Schicksal bestimmt.

Am besten bewahrte sie eine gewisse Distanz. Am besten

hielt sie sich zurück. Am besten ließe sie Gefühle gar nicht erst aufkommen.

Sie durfte nicht denselben Fehler begehen wie ihre Mutter.

Drei Tage später blickte Hugh von seinem Schreibtisch auf und sah den neuen Verwalter fragend an. »Ja?«

»Tut mir leid, Euch zu stören, M'lord.« Elbert, ein dünner, unbeholfener junger Mann besaß das, was Hugh als Hang zur Nervosität bezeichnete. Er schluckte mehrmals, um Platz zu schaffen für den erforderlichen Mut und um seine Sprache wiederzufinden. Der Ärmste hatte die unglückselige Angewohnheit zu stottern, sobald er in Hughs Nähe kam.

»Was gibt's?« Hugh schob sein Rechengestell fort und sah den Bediensteten ungeduldig an.

Insgeheim mußte er sich eingestehen, daß er nicht wußte, welche Qualifikationen einen Verwalter auszeichneten. Aber welche es auch immer waren, seiner Überzeugung nach besaß Elbert keine von ihnen. Der Mann hatte eindeutig Angst vor seinem neuen Herrn und neigte dazu, über seine eigenen Füße zu fallen, wenn er Hughs ansichtig wurde.

Neben all seinen anderen Fehlern war auch Elberts Fähigkeit zur Haushaltsführung, gelinde gesagt, begrenzt. Immerhin gelang es ihm, dafür zu sorgen, daß die Zimmer gereinigt wurden, aber dafür gestalteten sich die Mahlzeiten um so quälender. Das Essen kam kalt und schlecht gewürzt auf den Tisch, das Brot reichte nicht für alle und das Krachen zerschellender Bierkrüge und überladener Teller bot eine unschöne Hintergrundmusik.

Hugh freute sich nicht unbedingt auf die Mahlzeiten.

Alice, dachte er grimmig, blieb diese Tortur erspart. Sie und Benedict aßen immer auf ihren Zimmern, die sie bewohnten. Dem Küchenpersonal hatte sie spezielle Anweisungen erteilt, und Hugh hegte den starken Verdacht, daß sie wesentlich besser speisten als er.

Er hatte Elbert nur deshalb nicht gleich eine Stunde nach seiner Einstellung wieder entlassen, weil Alice diejenige war, die ihn ausgesucht hatte.

Hugh hatte gedacht, daß sie sich bereitwillig um die inneren Belange der Burg kümmern würde; statt dessen hatte sie, wie erbeten, lediglich einen Hausverwalter ausgewählt und war anschließend schnurstracks auf ihr Zimmer zurückgekehrt.

Die Dinge entglitten ihm. Er war durchaus bereit, Alice die Verantwortung und die Autorität zu übertragen, die sie haben wollte, aber sie schien an gar nichts interessiert zu sein. Das Fehlschlagen seines Plans verblüffte und ärgerte ihn.

»Nun?« fragte Hugh, als Elbert ihn wortlos und mit offenem Mund anstarrte.

»Ein Bote, M'lord«, stieß er endlich hervor.

»Ein Bote?«

»Ja, M'lord.« Elbert rückte seine rote Kappe mit einer unbeholfenen Geste zurecht. »Er kam vor ein paar Minuten mit einem Schreiben für Euch. Er sagt, daß er über Nacht bleiben will.«

»Schickt ihn zu mir.«

»Sehr wohl, Mylord.« Elbert trat eilig einen Schritt zurück, wobei er abermals ins Stolpern geriet. Er fing sich gerade noch rechtzeitig, wankte und stürzte in den Korridor hinaus.

Hugh seufzte und nahm sich erneut sein Rechengestell vor. Ein paar Minuten später führte Elbert einen forschen jungen Mann herein, dem es gelang, trotz Reisestaub und schlammverkrusteten Stiefeln modisch und einnehmend auszusehen.

»Guten Tag, Julian«, sagte Hugh. »Ich hoffe, die Reise war angenehm?«

»Ja, Sir.« Julian verbeugte sich elegant und übergab Hugh einen Brief. »Ich hatte ein gutes Pferd und es hat nicht geregnet. Auf der Straße nach Windlesea gab es ein wenig Verdruß mit einer Bande Wegelagerer, aber ich habe ihnen Euer Siegel gezeigt und damit war der Händel rasch bereinigt.«

»Das freut mich.« Hugh sah auf den Brief in seiner Hand.

Julian hüstelte. »Ich bitte um Verzeihung, Sir, aber ich fühle mich verpflichtet zu erwähnen, daß es wahrscheinlich gar nicht erst zu Schwierigkeiten gekommen wäre, wenn ich eine anständige Livree getragen hätte. Ich denke, etwas in Blaugelb mit ein paar goldenen Tressen wäre sehr nett.«

»Später, Julian.«

»Meine Stellung verlangt etwas, das ins Auge fällt. Auch Gelegenheitsdiebe sehen so etwas sofort. Sie würden mich als Euren Mann erkennen und mich nicht lange belästigen.«

Hugh langweilte sich: »Über diese Sache haben wir bereits gesprochen. Ihr bekommt jedes Jahr ein neues Gewand, einen neuen Umhang, neue Stiefel und einen neuen Lederbeutel von mir.«

»Stimmt, M'lord, das ist sehr großzügig von Euch«, maulte Julian. »Aber alles, was Ihr mir gebt, hat dieselbe Farbe.«

»Na und?«

»Schwarz ist nicht gerade modern, M'lord«, erklärte Julian eine Spur verärgert. »Ich sehe aus wie ein Wandermönch.«

»Wäre schön, wenn Ihr auch so genügsam wäret. Eure Ausgaben im letzten Vierteljahr haben sich deutlich erhöht. Ich wollte sowieso mit Euch darüber sprechen.«

»Die Höhe meiner Ausgaben kann ich erklären«, erwiderte Julian ungerührt.

»Ich bin sicher, daß Ihr das könnt.«

»Sir, was die neue Livree betrifft ...«

»Was für eine neue Livree?« knurrte Hugh. »Ich sagte doch bereits, daß es keine neue Livree gibt ...«

Julian zupfte angewidert an seinem Ärmel herum. »Wie dem auch sei, nehmen wir einmal an, wir bleiben bei Schwarz ...«

»Eine famose Annahme.«

»Meine Aufmachung wäre bereits etwas kleidsamer, wenn Ihr wenigstens ein paar goldene Tressen zulassen würdet.«

»Goldene Tressen? Für einen Boten, der sich durch

Schlamm und Schnee zu kämpfen hat? Lächerlich. Wahrscheinlich würdet Ihr eines Tages nur wegen der Borten an Eurem Umhang auf offener Straße umgebracht.«

»Der persönliche Bote von John von Larkenby trägt seit drei Monaten einen neuen Umhang in Smaragdgrün«, klärte Julian seinen Herren auf. »Mit orangefarbenen Borten und einer passenden Kappe dazu. Sehr elegant.«

»Genug von diesem Unsinn. Sagt mir lieber, wie es um meinen Lehnsherren steht.«

Julians hübsches Gesicht wurde ernst. »Ich habe Ihm wie gewünscht Eure besten Wünsche überbracht.«

»Ihr habt Sir Erasmus gesehen?«

»Ja. Er empfing mich nur, weil ich Euer Mann bin. Wie man mir sagte, empfängt er nur noch sehr selten Besuch. Seine Frau kümmert sich inzwischen um fast alles.«

»Wie sah er aus?« fragte Hugh.

»Er ist offensichtlich schwer erkrankt, Mylord. Er spricht nicht darüber, aber seine Frau hat vom vielen Weinen ganz rote Augen. Die Ärzte glauben, es ist sein Herz. Er ist sehr dünn geworden und schreckhaft. Ganz erschöpft sieht er aus, aber sagt, daß er bloß nicht schlafen kann.«

»Ich hatte auf bessere Nachrichten gehofft.«

Julian schüttelte betrübt den Kopf. »Es tut mir leid, Mylord. Er schickt Euch seine Grüße.«

»Nun gut, die Zukunft liegt nicht in unserer Macht.« Hugh schlitzte das Siegel auf, mit dem der Brief verschlossen war. »Geht in die Küche und eßt erst einmal etwas.«

»Sehr wohl, M'lord.« Julian zögerte. »Nochmals wegen der Livree. Ich weiß, was Ihr über diese Extraausgabe denkt. Aber ich möchte meinen, nun, da Ihr eigene Ländereien und eine so hübsche Burg besitzt, wollt Ihr bestimmt, daß die Mitglieder Eures Haushalts entsprechend gekleidet sind. Schließlich beurteilt die Welt einen Mann auch nach den Kleidern, die seine Bediensteten tragen, Mylord.«

»Sobald ich mir über das Urteil der Welt Gedanken mache, gebe ich Euch Bescheid. Und jetzt raus mit Euch.«

»Sehr wohl, Mylord.« Julian hatte Hugh lange genug gedient, um zu wissen, wann sein Herr die Geduld verlor. Mit einer gekonnten Verbeugung zog er sich aus dem Zimmer zurück und schritt pfeifend den Korridor hinunter.

Hugh starrte auf das Schreiben in seiner Hand, ohne es zu sehen. *Erasmus von Thornewood lag im Sterben.* Daran bestand kein Zweifel mehr. Hugh wußte, daß er bald den Mann verlieren würde, der ihm in vielerlei Hinsicht ein Vater gewesen war.

Er schluckte, um den plötzlichen Knoten in seinem Hals zu lösen, blinzelte seine Augen trocken und vertiefte sich in den Brief.

Die Nachricht kam von seinem Mann aus London. Sie besagte, daß eine Schiffsladung mit Gewürzen eingetroffen war. Der Mittelsmann hatte mit der ihm eigenen Sorgfalt jede einzelne Truhe samt Inhalt, ihrem geschätzten Wert und ihren Kosten aufgeführt. Hugh griff nach seinem Rechengestell.

»Bitte entschuldigt die Störung, Mylord«, sagte Benedict von der Tür her.

Hugh blickte auf. »Was gibt es?«

»Sir Dunstan schickt mich, um Euch zu sagen, daß die Ställe ausgemistet sind. Er will wissen, ob Ihr mit dem Schmied zu sprechen wünscht.« Benedicts Blick fiel auf das Rechengestell und er sah Hugh fragend an. »Was ist das, Mylord?«

»Ein Rechengestell.«

»Davon habe ich schon gehört.« Benedict trat interessiert näher und sein Stock klopfte den Takt zu seinem Schritt. »Aber wie funktioniert es?«

Hugh lächelte. »Wenn du willst, zeige ich es dir. Man kann damit addieren, subtrahieren, multiplizieren und dividieren. Sehr nützlich für die Buchführung.«

»Ich würde gern lernen, wie man ein solches Gerät bedient.«

Benedict blickte schüchtern auf. »Ich habe mich schon immer für solche Dinge interessiert.«

»Wirklich?«

»Ja. Alice hat mir alles beigebracht, was sie über das Rechnen weiß, aber leider interessiert sie sich nicht besonders dafür. Sie begeistert sich mehr für Fragen der Naturphilosophie.«

»Ich weiß.« Dem Jungen standen Zweifel im Gesicht. »Benedict, ich denke, du bist alt genug, zusammen mit mir und den anderen Männern in der Halle zu essen. Heute mittag erwarte ich dich unten.«

Benedict blickte auf. »Ich soll mit Euch essen, Mylord? Aber Alice hält es für besser, wenn wir die Mahlzeiten auf unserem Zimmer einnehmen.«

»Alice kann tun und lassen, was ihr gefällt. Aber du bist einer meiner Männer und wirst mit uns die Mahlzeiten einnehmen.«

»Einer Eurer Männer?« Benedict wußte nicht aus noch ein.

»Deine Schwester ist mit mir verlobt und du lebst hier auf Scarcliffe«, erklärte Hugh. »Das macht dich zu einem Mitglied meines Haushalts, nicht wahr?«

»So habe ich es noch gar nicht gesehen.« In den Augen des Jungen leuchtete verhaltener Eifer auf. »Aber Ihr habt recht. Ich werde tun, was Ihr von mir verlangt, Mylord.«

»Das freut mich. Da wir gerade von Alice sprechen, wo ist sie überhaupt?«

»Sie ist ins Dorf gegangen, um mit Priorin Joan zu sprechen.« Benedict nahm das Rechengestell ehrfürchtig in die Hand.

»Ist sie allein gegangen?«

»Ja.«

»Hat sie gesagt, wann sie zurück sein will?«

»Nicht so bald.« Benedict schob vorsichtig einen der roten Zähler über die dünne Holzstange. »Ich glaube, sie sagte etwas davon, daß sie noch nach neuen Steinen für ihre Sammlung suchen will.«

Hugh runzelte die Stirn. »Nach Steinen?«

»Ja. Sie hofft auf ein paar interessante neue Entdeckungen in den Höhlen unter den Klippen.«

»Beim Höllenfeuer und den Gebeinen der Heiligen.« Hugh sprang auf und jagte um seinen Schreibtisch herum. »Deine Schwester bringt mich noch um den Verstand.«

»Das hat Onkel Ralf auch immer gesagt.«

Hugh achtete nicht mehr auf ihn. Er war bereits im Flur und rannte zur Treppe.

11

»Wie Ihr seht, Lady Alice, gibt es hier noch viel zu tun.« Joan wies mit der Hand über den Klostergarten, in dem sie mit Alice stand, und dann weiter aufs Dorf hinüber. »In den drei Jahren, seit ich die Priorin dieses Klosters bin, habe ich getan, was ich konnte, aber ohne einen rechtmäßigen Herrn war es recht schwierig für mich.«

»Ich verstehe, Madam.« Alice sah sich in dem ordentlichen Garten um. Mehrere Nonnen waren damit beschäftigt, Unkraut zu zupfen, die Pflanzen zu gießen und den Boden für den Winter vorzubereiten.

Der Spaziergang durchs Dorf war sehr aufschlußreich gewesen. Zahlreiche Menschen grüßten sie, Bauern hatten in ihrer Arbeit innegehalten und ihr respektvoll zugenickt, kleine Kinder ein schüchternes Lächeln aufgesetzt. Die Braumeisterin war an die Tür ihrer Hütte getreten und hatte ihr einen Krug Bier angeboten, der Schmied strahlte hinter seinem glühenden Ofen hervor, und die Frau des Müllers hatte ihr einen Laib Brot geschenkt, stolz überreicht vom kleinen John.

Alice konnte förmlich die gespannte Erwartung greifen, mit der die Bewohner von Scarcliffe sie beobachteten. Sie glaubten, daß die Legende wahr geworden war oder daß sie zumindest in absehbarer Zeit erfüllt würde. Ihr rechtmäßiger Herr weilte wieder unter ihnen. Der Fluch war gebannt und alles würde gut.

Alice verspürte ein gewisses Bedauern, als ihr klar wurde, daß selbst die ernste, gutherzige Joan mit ihr sprach, als wäre sie tatsächlich die neue Herrin der Burg.

Die Priorin hatte recht. Es gab noch viel zu tun, dachte Alice. Und Hugh würde dafür sorgen, daß es auch geschah. Er würde sich um die Ländereien kümmern, weil seine Zukunft fest damit verbunden war.

Aber durfte sie das Risiko eingehen, ihre persönliche Zukunft mit der Hughs und Scarcliffes zu verknüpfen? *Ich habe mich noch nie für einen Feigling gehalten,* dachte sie. *Nein, aber nie zuvor war mein Herz in Gefahr.*

Das Leben wäre wesentlich einfacher und ruhiger in einem großen, abgeschiedenen Konvent und ihren Studien der Naturphilosophie zuträglicher.

»Diese lächerliche Legende hat uns keinen guten Dienst erwiesen.« Joan führte sie einen der Gartenwege hinab. »Es war äußerst lästig, all die Jahre damit leben zu müssen. Ich würde gern einmal ein paar Worte mit dem Toren wechseln, der sie ins Leben gerufen hat.«

Alice sah sie überrascht an. »Ihr glaubt doch sicher nicht an diese Legende, oder?«

»Nein, aber die Menschen hier in Scarcliffe glauben um so hartnäckiger daran. Ich muß zugeben, je länger die Ländereien ohne einen starken Herrn waren, um so mehr Beweise schien es dafür zu geben, daß die Legende nicht ganz aus der Luft gegriffen war.«

»Legenden entwickeln, wenn sie erst einmal entstanden sind, schnell ein Eigenleben.«

»Allerdings.« Joan verzog das Gesicht, als sie in der Nähe des Kräutergartens zum Stehen kam, in dem die große Nonne allein arbeitete. »In letzter Zeit hatten wir verstärkt unter Gesetzlosen und Gesindel zu leiden, da es keinen Herrn gab, dessen Gefolgsleute uns hätten schützen können.«

»Gesetzlose werden nun, da Lord Hugh der Herr über Scarcliffe ist, kein Unwesen mehr treiben«, versicherte ihr Alice.

Die große Nonne hielt in der Arbeit inne und stützte sich auf ihre Hacke. Unter ihrem Schleier glühten ihre Augen: »Es gibt noch andere Schwierigkeiten. Der Fluch ist wahr, Lady Alice. Lord Hugh wird bald dahinterkommen.«

Joan verdrehte die Augen. »Achtet nicht auf Schwester Katherine, Mylady. Sie ist eine erfahrene Heilerin, aber sie neigt dazu, die Dinge allzu schwarz zu sehen.«

Alice lächelte Katherine an. »Wenn Ihr an den Fluch glaubt, dann seht Ihr doch jetzt, daß sich endlich alles zum Guten gewendet hat. Die Legende ist erfüllt.«

»Bah. Die Legende vom grünen Kristall und den Steinen von Scarcliffe interessiert mich nicht«, murrte die Nonne. »Das ist nichts weiter als ein Ammenmärchen.«

»Was erfüllt Euch sonst mit Sorge?«

»Der wahre Fluch, der auf diesem Land liegt, ist die Fehde zwischen Rivenhall und Scarcliffe. Verrat und Mord sind wie ein Geschwür, das einfach nicht zu heilen ist.«

»Ich nehme an, Ihr sprecht von den alten Feindseligkeiten zwischen den beiden Familien«, sagte Alice.

Katherine schnellte hoch: »Ihr wißt darüber Bescheid?«

»Ja, Lord Hugh hat mir die traurige Geschichte erzählt. Aber falls Ihr fürchtet, daß es deshalb zum Krieg zwischen Rivenhall und Scarcliffe kommt, kann ich Euch beruhigen. Es wird keine Gewalt geben zwischen den beiden Häusern.«

Katherine schüttelte kummervoll den Kopf. »Die Saat der Rache wurde bereits in der Vergangenheit gesät. Und sie ist zu einem finsteren Kraut gediehen, das dieses Land vergiften wird.«

»Nein.« Allmählich riß Alices Geduld ob der gedrückten Sichtweise der Heilerin. »Beruhigt Euch, Schwester. Lord Hugh hat mir erklärt, daß es zu keiner Auseinandersetzung kommen wird. Er hat gesagt, daß sowohl er als auch Vincent demselben Lehnsherrn, Erasmus von Thornewood, verpflichtet sind. Sir Erasmus hat ihnen ausdrücklich untersagt, etwas Blutrünstigeres anzustellen, als sich gelegentlich beim Turnier zu messen.«

»Erasmus von Thornewood liegt im Sterben.« Katherine klammerte sich an der Hacke fest. »Wenn er nicht mehr ist, wer soll Sir Vincent und Sir Hugh dann in Zaum halten? Scarcliffe und Rivenhall liegen weit entfernt von der Macht der Obrigkeit. Die Herren über diese Länder werden so frei sein wie wilde Hunde und sich umgehend an die Gurgel fahren.«

»Schwester Katherine hat recht.« Joan runzelte die Stirn. »Ich habe die Abgeschiedenheit von Scarcliffe immer als einen Vorteil angesehen. Es ist sicherer, wenn man in weiter Entfernung von den Männern lebt, die ganze Armeen befehligen und die ein Interesse daran haben, den für sie gefälligen Mann auf dem Thron zu sehen. Aber zugleich bedeutet die Lage des Orts, daß wir von Sir Hughs Friedensgeschick abhängen.«

»Das wird er auch einsetzen«, bekräftigte Alice voller Überzeugung.

Sie war sich nicht ganz sicher, weshalb sie meinte, Hugh den Rücken stärken zu müssen. Vielleicht, weil sie ihn viel besser kannte als diese Frauen, und weil sie wollte, daß sie ihm vertrauten.

»Es kann keinen Frieden geben zwischen Scarcliffe und Rivenhall«, flüsterte Katherine erstickt.

Alice beschloß, auf der Stelle das Thema zu wechseln. »Ist dies Euer Kräutergarten, Schwester?«

»Ja.«

»Schwester Katherine kam bereits vor vielen Jahren zu uns«, sagte Joan. »Sie weiß alle Geheimnisse der Pflanzen. Jede von uns war irgendwann schon einmal sehr dankbar für ihre Stärkungsmittel und Arzneien.«

»Meine Mutter war auch eine Heilerin«, berichtete Alice. »Sie kannte sich hervorragend mit Kräutern aus. Viele ungewöhnliche Gewächse hat sie gezogen.«

Katherine starrte Alice ohne auf ihre Worte zu achten an. »Seit wann seid Ihr mit Hugh dem Unerbittlichen verlobt?«

»Noch nicht sehr lange. Und er heißt nicht mehr Hugh der Unerbittliche, sondern ist jetzt Hugh von Scarcliffe.«

»Wann werdet Ihr ihn heiraten?«

»Irgendwann im Frühjahr«, sagte Alice unbestimmt.

»Warum wartet Ihr so lange?«

Joan warf der Schwester einen tadelnden Blick zu. »Lady Alices Hochzeitspläne gehen Euch nun wirklich nichts an, Katherine.«

Katherine kniff ihren dünnen Mund zusammen. »Eine Verlobung kann man ohne große Umstände rückgängig machen.«

»Geschwätz.« Joan war deutlich verärgert. »Eine Verlobung ist ein feierliches und durchaus bindendes Versprechen.«

»Aber es ist kein Ehegelöbnis«, beharrte Katherine.

»Das genügt, Schwester«, wies Joan sie zurecht.

Katherine verstummte, aber betrachtete Alice weiterhin argwöhnisch.

Alice errötete unter diesem Blick. »Lord Hugh wollte mit der Hochzeit bis zum Frühjahr warten, weil er zuvor viele andere wichtige Dinge zu erledigen hat.«

»Das ist jedem bekannt«, pflichtete Joan ihr bei. »Bitte fahrt nun mit Eurer Arbeit fort, Schwester. Lady Alice und ich werden uns noch ein bißchen in den Gärten umsehen.« Sie setzte sich erneut in Bewegung und zog Alice hinter sich her. »Kommt, laßt mich Euch unsere Weinkeller zeigen. Und anschließend würdet Ihr vielleicht gerne die Bibliothek sehen.«

Alices Miene hellte sich auf. »Oh ja, mit Vergnügen.«

»Ich hoffe, daß Ihr sie auch benutzen werdet.« Joan wartete, bis Katherine sie nicht mehr hören konnte, ehe sie leise hinzufügte: »Ihr müßt die Heilerin entschuldigen. Sie leistet sehr gute Arbeit, aber leidet stark unter Melancholie.«

»Ich verstehe. Schade, daß sie sich nicht selbst kurieren kann.«

»Sie nimmt ein Stärkungsmittel aus Mohnsaft, wenn sie besonders niedergeschlagen ist, aber abgesehen davon kann man ihrer Meinung nach nicht viel gegen einen solchen Zustand tun.«

Alice runzelte die Stirn. »Mohnsaft darf man nicht zu häufig benutzen.«

Alice gefiel Joan immer mehr. »Ihr scheint Euch auf diesem Gebiet auszukennen. Seid Ihr etwa in die Fußstapfen Eurer Mutter getreten, Mylady?«

»Ich habe mich eingehend mit Kräuterkunde beschäftigt und das Handbuch meiner Mutter aufgehoben, aber nach ihrem Tod sind andere Gebiete der Wissenschaft hinzugekommen.«

»Das ist oft so.«

»Ich betrachte mich selbst als Studentin der Naturphilosophie.« Alice blieb stehen und sah in Richtung der Klippen, versteinerte Unholde hinter dem Dorf. »Zufällig habe ich ein paar Nachforschungen auf diesem Gebiet für den späteren Vormittag geplant.«

Joan folgte ihrem Blick. »Ihr möchtet die Klippen aufsuchen?«

»Ja. Ich habe noch nie eine Höhle gesehen. Es wird bestimmt sehr interessant.«

»Verzeiht mir, Madam, aber ich bin nicht sicher, ob ein solches Vorhaben besonders vernünftig ist. Weiß Lord Hugh darüber Bescheid?«

»Nein.« Alice lächelte gewinnend. »Er hatte heute morgen wichtige Geschäfte zu erledigen. Da wollte ich ihn nicht stören.«

»Hm, hm.« Joan zögerte, als hätte sie das Gefühl, noch mehr zu diesem Thema sagen zu müssen, aber dann überlegte sie es sich anders. »Ihr habt Schwester Katherine erklärt, Ihr dächtet nicht, daß es zum Krieg zwischen Rivenhall und Scarcliffe kommt.«

»Stimmt.«

»Seid Ihr sicher? Diese Gegend hat bereits viel zu leiden gehabt, Madam. Ich weiß nicht, ob die Menschen ein solches Unheil überleben würden.«

Alice zeigte sich zuversichtlich. »Keine Angst, Lord Hugh wird Scarcliffe beschützen.«

»Ich hoffe, Ihr behaltet recht.« Joan unterbrach sich abrupt und starrte wortlos über Alice hinweg.

Im selben Augenblick wußte Alice ohne sich umzudrehen, daß Hugh auf der Bildfläche erschienen war.

»Es freut mich zu hören, daß Ihr ein solches Vertrauen in meine Fähigkeiten setzt, Mylady«, sagte er mit unbewegter Stimme. »Ich wünschte nur, ich könnte auf Eure Vernunft genauso vertrauen. Was höre ich da? Ihr habt die Absicht, die Höhlen von Scarcliffe zu erforschen?«

Als Alice herumwirbelte, sah sie, daß er so groß und mächtig wie die Burg von Scarcliffe über ihr aufragte. Sein schwarzes Haar war windzerzaust und das Funkeln in seinen Augen verriet eine gefährliche Verfassung. In den letzten drei Tagen hatte sie Hugh selten gesehen, aber jedesmal eine heftige Reaktion auf ihn verspürt.

Immer wenn sie mit ihm zusammentraf, selbst, wenn es nur für einen flüchtigen Augenblick war, regten sich erstaunliche Gefühle in ihr. Ihr Puls begann zu flattern und irgend etwas in ihrem Magen zog sich zusammen. Genau gesagt erwärmte sich ihr gesamter Körper bei der Erinnerung an den Abend in Ipstoke, als er ihr so nahe gekommen war.

Nachts raubten ihr die Gedanken an jene intime Berührung den Schlaf. Sie machte sich allabendlich einen Kamillentee und schließlich nickte sie irgendwann ein, aber dann träumte sie. Wunderbare Träume voll Wärme und Glückseligkeit.

»Ihr habt mich erschreckt, Mylord.« Sie versuchte ihre Nervosität zu überspielen, indem sie ihn zornig musterte. »Ich habe nicht gehört, daß Ihr in den Garten gekommen seid. Ich dachte, Ihr hättet heute morgen mit Euren Büchern zu tun.«

»Das hatte ich auch, bis ich von Eurer Absicht erfuhr, in die Höhlen zu gehen.« Hugh nickte Joan zu. »Guten Tag, Madam.«

»Guten Tag, Mylord.« Joan blickte von Hughs grimmigem Gesicht auf Alices gerunzelte Stirn und zurück. Dann räusperte sie sich. »Vielleicht ist es ganz gut, daß Ihr gekommen seid, Mylord. Ich war selbst ein wenig berunruhigt, als ich von Lady Alices Plänen erfuhr. Sie ist neu hier und kennt die Gefahren der Umgebung noch nicht.«

»Wie wahr!« bellte Hugh. »Und im Augenblick bin ich die größte Gefahr für sie.« Er stemmte die Fäuste in die Hüften. »Was in aller Welt habt Ihr Euch dabei gedacht, Mylady?«

So leicht ließ Alice sich jedoch nicht einschüchtern. »Ich wollte lediglich nach ein paar interessanten Steinen suchen.«

»Ihr werdet nicht allein in die Höhlen gehen. Niemals. Habt Ihr mich verstanden?«

Alice tätschelte ihm beruhigend den Arm. »Beruhigt Euch, Mylord. Ich habe eine gewisse Erfahrung in Bereichen der Naturphilosophie. Mir wird schon nichts geschehen.«

Hugh schob die Daumen in seinen Ledergürtel. »Hör mir gut zu, Alice. Du gehst nicht allein über die Grenzen des Dorfes hinaus. Ich verbiete es.«

»Wollt Ihr mich vielleicht begleiten? Ich könnte einen starken Mann gebrauchen, der mir beim Tragen hilft, falls ich etwas entdecke.«

Ein, zwei Sekunden war Hugh völlig überrascht von der Einladung, doch dann erholte er sich und sah skeptisch zum bleigrauen Himmel auf. »Es wird bald regnen.«

Alice blickte ebenfalls hinauf. »Ich glaube nicht, das sind nur Wolken.«

Hugh taxierte blitzschnell seine Aussichten. »Also gut, Madam, da Ihr die Expertin für Naturphilosophie seid, werde ich mich Eurer Beurteilung beugen und Euch begleiten.«

»Wie es Euch beliebt.« Freude wallte in Alice auf, doch sie versuchte so zu tun, als sei ihr Hughs Entscheidung gleichgültig.

Joan wirkte erleichtert. »Paßt nur auf, daß Ihr nicht über den

Wandermönch stolpert, wenn Ihr zu den Klippen geht. Er wohnt angeblich in einer der Höhlen.«

Stirnrunzelnd nahm Hugh Alices Arm. »Warum schläft Calvert von Oxwick in den Höhlen?«

Joans Miene blieb ernst, obgleich in ihren Augen ein vergnügtes Funkeln lag. »Zweifellos deshalb, weil ich mich geweigert habe, ihm eine Klosterzelle zu überlassen. Außer in der Burg selbst gibt es für ihn also keinen Platz. Und offensichtlich hat er es nicht gewagt, Euch um Eure Gastfreundschaft zu bitten, Mylord.«

»Das ist auch besser so«, knurrte Alice. »Es fiele mir nicht im Traum ein, diesen widerlichen Menschen unter meinem Dach zu beherbergen.«

Hugh zog die Brauen hoch, aber er enthielt sich eines Kommentars. Zu spät kam Alice die Erkenntnis, daß es nicht ihr, sondern sein Dach war. Nicht einmal die Verlobung besaß Gültigkeit. Und sie hatte sich fest vorgenommen, sich nicht in die Haushaltsführung einzumischen.

»Lassen wir es gut sein«, sagte sie brüsk. »Gehen wir besser, Mylord, es ist schon ziemlich spät, nicht wahr?«

Als sie den felsigen Hügel unterhalb der Höhlen erklommen, setzte Regen ein.

»Bei allen Heiligen«, murmelte Alice, als sie die Kapuze über ihren Kopf schlug. »Wir werden bis auf die Haut naß, wenn wir uns nicht unterstellen.«

»Ich habe dir ja gesagt, wie es kommen wird.« Hugh nahm ihre Hand und zog sie eilig zur ersten der dunklen Öffnungen, die in das Innere der Klippen führten.

»Wollt Ihr mir etwa jedesmal, wenn Ihr mit Eurer Einschätzung einer Situation zufällig einmal richtig liegt, erklären, daß Ihr unfehlbar seid?« Alice fing an zu rennen, um nicht hinter ihn zurückzufallen.

»Nein.« Hughs Augen blitzten belustigt auf, als er sie in den

Schutz einer großen Höhle zog. »Da ich eigentlich immer recht habe, wäre es zu umständlich, dich jedesmal auf diese Tatsache aufmerksam zu machen.«

Sie funkelte ihn böse an, aber dann fiel ihr Blick auf sein regennasses Haar. Aus irgendeinem Grund veränderten ihn die an seinem wohlgeformten Kopf klebenden wirren Strähnen. Er wirkte sanfter, ja, und Alice bemerkte eine Spur von Verletzlichkeit.

Sie hielt den Atem an und ihr Herz klopfte hoffnungsvoll. Falls Hugh wirklich ein wenig Sanftmut besaß, ein wenig Weichheit und Verwundbarkeit, vielleicht konnte er dann lernen sie zu lieben.

Der Regen wurde heftiger und in einiger Entfernung donnerte es.

Wie um jede Illusion zu zerstören, fuhr Hugh sich achtlos durch die nasse Mähne. Er strich sie nachlässig hinter die Ohren, so daß seine hohe Stirn und die strengen, raubtiergleichen Linien seiner Wangenknochen zur Geltung kamen. Im Bruchteil einer Sekunde war er wieder der Mann, der mühelos das Gewicht einer Legende zu schultern verstand.

Alice lächelte wehmütig. »Ihr sitzt immer hoch zu Roß, Mylord.«

Seine Mundwinkel verzogen sich leicht nach oben, aber statt einer Antwort sah er sich neugierig um. »Bitte sehr, Eure Höhle, Madam.«

Alice folgte seinem Blick und erschauderte. »Es ist ziemlich dunkel hier, nicht wahr?«

»Ich habe noch nicht allzu viele Höhlen gesehen, in denen es hell gewesen wäre«, kam die trockene Erwiderung.

Es handelte sich um einen großen, düsteren Raum, dessen Tiefe in den Schatten verborgen lag. Das graue Licht des regnerischen Tages drang nicht weit durch die Öffnung herein. Irgendwo tropfte Wasser auf einen Stein, und es herrschte eine ungemütliche Klammheit.

»Nächstes Mal muß ich unbedingt daran denken, eine Kerze mitzubringen«, sagte Alice.

»Ja. Ohne Licht sieht man nicht besonders viel, oder?«

»Nein.« Sie weigerte sich zuzugeben, daß sie froh war um eine Entschuldigung, nicht tiefer in die Höhle eindringen zu müssen. »Es ist Pech, daß wir unsere Erkundungen heute beschränken müssen, aber das liegt nicht an uns.«

Hugh stützte sich mit der Hand an der Felswand ab und blickte über das Dorf und die Felder seines Reichs. »Von hier oben hat man einen wunderbaren Blick, selbst bei Regen.«

Alice bemerkte den Besitzerstolz in seinem Blick. »Bei klarem Wetter sieht man von hier aus bestimmt sehr weit.«

»Bis nach Rivenhall.«

Die plötzliche Sanftheit seines Tons bereitete ihr Unbehagen und sie dachte an die Worte der Heilerin. *Die Saat der Rache wurde bereits in der Vergangenheit gesät. Und sie ist zu einem finsteren Kraut gediehen, das dieses Land vergiften wird.*

Alice mußte sich daran erinnern, daß sie nicht an Legenden glaubte. Sie blickte in den Regen hinaus und überlegte, warum die Worte der Heilerin sie derart erschütterten.

»Nun, Alice?« fragte Hugh nach einer Pause, ohne sich zu ihr umzudrehen. Seine Aufmerksamkeit galt immer noch der Landschaft, die sich unter ihnen ausbreitete.

»Nun was, Mylord?« Alice bückte sich nach einem Stück dunklen Gesteins.

»Ich habe den Eindruck, daß du genug Zeit hattest, dir Gedanken zu machen. Wie hast du dich entschieden?«

Sie erstarrte, als ihr die Bedeutung seiner Worte ins Bewußtsein drang. Statt auf seine Frage einzugehen, suchte sie ihr Heil in einem angeblichen Mißverständnis. »Das ist ein interessantes Stück, aber ich glaube, nichts Ungewöhnliches. Ich suche ein Muster des Materials, aus dem die Burg gebaut wurde. Das wäre höchst interessant für mich, denn einen solchen Stein habe ich nie zuvor gesehen.«

»Ich habe nicht von einem verdammten Stein gesprochen, und das weißt du ganz genau.« Sein Blick verriet Ungeduld. »Hast du dich endlich entschlossen, mich zu heiraten?«

»Bei den Knochen aller Heiligen, Mylord, Ihr habt mich erst vor drei Tagen von Eurem Vorhaben in Kenntnis gesetzt. Ich möchte zu Bedenken geben, daß wir beide seither sehr beschäftigt waren.«

»Beschäftigt? Du hast kaum etwas getan, außer diesen unbeholfenen Ochsen zum Hausverwalter zu machen.«

»Elbert wird bald ein hervorragender Verwalter sein«, entgegnete sie. »Und wie könnt Ihr es wagen, mich der Untätigkeit zu bezichtigen? Ich hatte kaum eine Gelegenheit, in Ruhe nachzudenken, ganz zu schweigen von der Muße, das Für und Wider einer so wichtigen Sache wie eine Heirat abzuwägen.«

Hugh schwieg einen Moment. Dann setzte er sich auf einen Felsvorsprung und stützte die Ellbogen auf die Knie. Sein Blick war weiterhin starr auf die Ländereien von Rivenhall gerichtet, die der regnerische Nebel fast vollständig einhüllte.

»Haßt du dieses Land, Alice?«

Die Frage überraschte sie. »Scarcliffe? Oh nein, Mylord. Ich hasse es nicht.«

»Du findest es häßlich.«

»Nein, das ist nicht wahr. Man kann die Umgebung nicht als eine liebliche Landschaft bezeichnen, aber sie ist interessant und vielfältig.«

»Scarcliffe wird wachsen und gedeihen. Dafür sorge ich.«

»Das bezweifle ich keinen Moment, Mylord.«

»Und was ist mit der Burg?« bohrte er weiter. »Gefällt sie dir nicht?«

»Doch. Wie Ihr ja selbst am besten wißt, wirkt sie stark. Sie scheint leicht zu verteidigen zu sein.« Sie hielt inne und überlegte, wohin diese Fragerei führen würde. »Und meiner Meinung nach ist sie innen wesentlich gemütlicher, als man auf den ersten Blick annehmen würde.«

»Du hättest also nichts dagegen, sie zu deinem Heim zu machen?«

»Oh, nun, wie gesagt, es gibt nichts gegen die Burg einzuwenden.«

»Freut mich zu hören.« Hugh hob einen kleinen Kieselstein auf und warf ihn achtlos den Hügel hinab. Es war eine überraschend spielerische Geste, die sein strenges, entschlossenes Wesen Lügen strafte. »Wenn dich an der Burg etwas stört, dann sag es mir und ich kümmere mich darum.«

»Sehr wohl, Mylord. Danke.« Alice beobachtete, wie er einen zweiten Kieselstein den nassen Hügel hinunterhüpfen ließ und fragte sich, wie Hughs Kindheit wohl verlaufen war. Zweifellos war sie zu kurz gewesen. Ein auf sich gestelltes Kind war immer gezwungen, früher erwachsen zu werden.

»So, du findest also die Landschaft nicht unangenehm und die Burg sagt dir ebenfalls zu«, schloß Hugh.

Alice bejahte dies widerstrebend. »Ich bin durchaus zufrieden damit.«

»Dann besteht also kein Grund, mich nicht zu heiraten, oder?«

Sie lehnte sich resigniert zurück. »Mylord, allmählich fange ich an zu verstehen, warum man Euch Hugh den Unerbittlichen nennt.«

»Ich mag es nicht, wenn man unnötig Zeit verliert.«

»Ich versichere Euch, wir verlieren nicht unnötig Zeit. Ich brauche soviel Zeit, wie ich nur bekommen kann.« Sie setzte sich auf einen großen Felsen am Eingang der Höhle und öffnete den Beutel, den der Sohn des Müllers ihr überreicht hatte. »Möchtet Ihr vielleicht ein Stück frisch gebackenes Brot?«

Hugh durchschaute das Manöver. »Du versuchst, vom Thema abzulenken.«

»Gut beobachtet.«

»Alice, es gefällt mir nicht, wenn Menschen zögerlich und unentschlossen sind.«

»Das habe ich bereits festgestellt, Mylord.« Alice brach ein Stück Brot ab und gab es ihm. »Aber in diesem Punkt müßt Ihr wohl lernen, Euch in Geduld zu üben.«

Hughs Blick schien sich geradewegs in ihr Herz zu bohren, als er das Brot entgegennahm. »Und wie lange wirst du brauchen, um zu einer Entscheidung zu gelangen?«

»Eine Weile noch.« Sie knabberte entschlossen an ihrem Stück herum, auch Hugh kaute grimmig drauf los.

Schweigen senkte sich über sie, und es war nichts zu hören außer dem Regen, der gleichmäßig auf die Erde rauschte.

Nach einer Weile entspannte sich Alice. Hugh war offenbar zumindest im Augenblick bereit, das Thema Eheschließung fallenzulassen.

Sie biß erneut in die knusprige Rinde und genoß das seltene Vergnügen von Hughs Gegenwart. Es tat gut, hier mit ihm allein zu sitzen in einträchtiger Partnerschaft, als hätten sie eine gemeinsame Zukunft vor sich. Eine solche Phantasie schadete doch sicher niemandem.

»Elbert bereitet uns nichts als Scherereien«, sagte Hugh nach einer Ewigkeit. »Solltest du nicht einen neuen Verwalter suchen?«

Alice riß sich aus ihren Träumen. »Er wird schnell lernen. Ich habe mit verschiedenen Kandidaten für den Posten gesprochen und er bewies die beste Auffassungsgabe. Gebt ihm Zeit, Mylord.«

»Das kannst du leicht sagen. Da du immer auf deinem Zimmer ißt, hast du noch nicht miterlebt, was für ein Unternehmen die Mahlzeiten in der Halle sind. Ich versichere dir, Elbert macht sie zu einem unvergeßlichen Erlebnis.«

Alice sah ihn an. »Wenn Ihr es so unangenehm findet, in der Halle zu speisen, warum macht Ihr es dann nicht wie ich? Laßt Euch doch einfach Euer Essen in Eure Privatgemächer bringen.« Sie zögerte und setzte dann verwegen hinzu: »Oder Ihr könntet mir Gesellschaft leisten, Mylord.«

»Das ist unmöglich.«

Alice spürte, wie sie angesichts dieser Zurückweisung errötete. »Verzeiht mir den Vorschlag. Ich wollte damit keineswegs meine Grenzen überschreiten.«

Er machte aus seinem Ärger keinen Hehl. »Ist dir nicht klar, daß ein Herr die Hauptmahlzeiten in Gesellschaft seiner Männer einnehmen muß?«

Alice schüttelte sich. »Ich verstehe nicht warum. Die rüden Unterhaltungen und die grausamen Scherze reichen aus, um jede Mahlzeit zu einem Fiasko zu machen. Ich habe kein Interesse an dem widerlichen Gerede über Waffen und Turniere oder an all den Gesprächen über vergangene Schlachten oder Jagden.«

»Du verstehst das nicht. Eine der Arten, in denen ein Herr die Bande zwischen sich und seinen Untergebenen festigt, ist mit ihnen zusammen zu essen.« Hugh nagte weiter an seinem Brot. »Ein starker Herr ist mit seinen Untergebenen ebenso verbunden wie sie mit ihm. Er muß ihnen vermitteln, daß er sie respektiert und ihre Loyalität zu schätzen weiß.«

»Was er tut, indem er mit ihnen die Mahlzeiten einnimmt?«

»Ja. Das ist einer der Wege, auf denen er ihnen seine Verbundenheit zeigt.«

»Das leuchtet mir ein.« Alice lächelte hinterhältig. »Ich habe mich immer gefragt, warum ein intelligenter Mann wie Ihr bereit ist, das ungehobelte Benehmen seiner Tischgenossen in der Halle hinzunehmen.«

»Man gewöhnt sich daran.«

»Ich glaube nicht, daß ich mich jemals daran gewöhnen könnte, mir jede Mahlzeit durch derartige Gespräche ruinieren zu lassen. Es muß sehr schwer für Euch sein, der Zukunft ins Auge zu sehen, wenn Ihr wißt, daß Euch jeden Tag Eures Lebens ein solches Opfer abverlangt wird.«

In Hugh keimte neuer Ärger auf. »Ich betrachte es als kein besonders großes Opfer. Nicht alle Menschen sind so empfindsam wie du. Gespräche über Rüstungen und Waffen sind für einen Ritter alles andere als eintönig, Madam. Sie sind Teil seines Geschäfts.«

»Und die rüden Scherze und das Gelächter und die beklagenswerten Manieren Eurer Untergebenen? Gefallen die Euch auch?«

»Sie sind völlig normal bei Männern, die sich zum Essen und Trinken versammeln.«

»Völlig normal.« Alice biß in ihr Brot.

»Wie gesagt, die gemeinsamen Mahlzeiten in der Halle sind ein Zeichen des Respekts und der Loyalität.« Hugh machte eine Pause. »Und in den meisten Haushalten nimmt auch die Frau des Hausherrn an diesen Mahlzeiten teil.«

»Das sagte man mir bereits, aber ich kann mir einfach nicht vorstellen, daß eine gebildete Frau so etwas gerne tut.«

»Sie tut es aus ähnlichen Gründen wie ihr Herr.« Hughs Stimme klang, als spräche er mit zusammengebissenen Zähnen.

Alice hörte auf zu kauen. »Aus Gründen des Respekts und der Loyalität?«

»Allerdings. Sie sitzt neben ihm, damit all ihre Untergebenen sehen, daß sie ihn ehrt und ihm treu ergeben ist.«

Alice hielt den Atem an und versuchte gleichzeitig ihr Brot herunterzuwürgen. Prompt verschluckte sie sich, rang nach Luft und brach in lautes Husten aus.

Sie tat ihm leid, er streckte die Hand aus und klopfte ihr kräftig zwischen die Schulterblätter. »Ist alles in Ordnung?«

»Ja«, keuchte sie. Sie schluckte mehrmals, bis der Krümel weitergerutscht war. »Es geht wieder.«

»Da können wir aber von Glück sagen ...«

Abermals senkte sich Schweigen über sie, doch dieses Mal verspürte Alice keine Erleichterung. Urplötzlich beschlich sie eine eigenartige Beklommenheit.

Vielleicht glaubte Hugh, daß ihre Weigerung, in der Halle zu essen, ein Zeichen mangelnden Respekts ihm gegenüber war. Sie fragte sich, ob seine Männer die Ansicht vertraten, daß sie ihm gegenüber unloyal war.

»Alice, ich möchte, daß du mir sagst, warum du dich nicht entschließen kannst, mich zu heiraten«, begann Hugh erneut. »Schließlich wäre eine Eheschließung mit mir ein vernünftiger, praktischer und logischer Schritt.«

Alice schloß die Augen. »Ich dachte, das Thema wäre für heute erledigt.«

»Wenn du mir sagst, warum du zögerst, kann ich vielleicht etwas dagegen tun.«

Das war zuviel. Alice verlor die Geduld. »Also gut, Mylord, ich will ehrlich sein. Wenn ich heiraten soll, dann aus wahrer Zuneigung heraus und nicht, weil es praktisch und wirtschaftlich ist.«

Hugh wollte seinen Ohren nicht trauen. »Zuneigung?«

»Ja. Zuneigung. Meine Mutter hat einen Mann geheiratet, der nichts weiter von ihr wollte als Nachkommen und ein ordentliches, gut geführtes Heim. Sie war immer einsam und nur ihre Studien trösteten sie.«

»Sie hatte dich und deinen Bruder.«

»Wir waren nicht genug«, stellte Alice bitter fest. »Es heißt, meine Mutter wäre an Gift gestorben, aber eher glaube ich, daß sie an einem gebrochenen Herzen starb. Und ich werde nicht denselben Fehler begehen.«

»Alice –«

»Ich ziehe den Frieden und die Ruhe eines Klosters einer lieblosen Ehe allemal vor. Nun, versteht Ihr jetzt, warum ich zögere, Mylord?«

Er sah sie verdattert an. »Du willst umworben werden? Also gut, ich werde dich ordnungsgemäß umwerben, aber ich warne dich. Ich habe kein besonderes Talent auf diesem Gebiet.«

Außer sich vor Zorn sprang Alice auf. »Mylord, Ihr überseht eins. Ich will nicht talentiert umworben werden. Ihr könnt

Euch eure Blumen und Gedichte sparen. Ich spreche von Liebe. Das ist es, was ich will. *Liebe.*«

Langsam flackerte Verständnis in seinen Augen auf. Er erhob sich und streckte die Hände nach ihr aus. »Du willst also Leidenschaft. Ich verspreche dir, daß du davon stets genug bekommen wirst.«

Ehe sie ihn über dieses neuerliche Mißverständnis aufklären konnte, bedeckte er ihre Lippen mit seinem Mund.

Ein paar Sekunden lang tobte sie innerlich, doch dann kam ihr der Gedanke, daß Leidenschaft vielleicht alles war, was Hugh ihr im Augenblick zu geben vermochte.

Vielleicht war sie das Gefühl, das einmal in Liebe mündete.

Sie schlang die Arme um seinen Hals und küßte ihn mit all der Liebe, die in ihrem Herzen blühte, seit sie ihm zum ersten Mal begegnet war.

12

Eine Woge der Erleichterung trug Hugh empor, als er spürte, wie Alice sich an ihn schmiegte. Er hatte die Situation richtig eingeschätzt, Leidenschaft war der Schlüssel zu dieser süßen, störrisch verteidigten Burg, dachte er.

Alice wollte ihn. Ihr weibliches Verlangen war das reichste, betörendste aller Gewürze.

Als er die Rundungen ihres kleinen Hinterteils umfaßte und sie an seine Brust hob, legte sie die Arme fester um ihn und seufzte flüsternd auf. Er preßte sie an sich, bis sie seine erregte Männlichkeit deutlich zu spüren bekam.

»Mylord, Ihr habt eine erstaunliche Wirkung auf meine Sinne.« Alice küßte seinen Hals. »Ich verstehe es einfach nicht.«

»Das ist es, was die Dichter Liebe nennen.« Hugh zog das gewebte Netz von ihrem Haar, so daß die rote Fülle über ihre Schultern fiel. »Ich selbst bin der Ansicht, daß Leidenschaft ein ehrlicheres Wort für derartige Gefühle ist.«

Sie hob den Kopf und sah ihn an, bis er meinte in den smaragdfarbenen Tiefen ihrer Augen unterzugehen. »Ihr irrt Euch, Mylord. Die Erfahrung meiner Mutter hat mich gelehrt, daß Leidenschaft allein keine Liebe ist. Aber ich kann mir vorstellen, daß diese beiden Emotionen etwas miteinander zu tun haben.«

Hugh lächelte. »Ich gebe zu, daß ich augenblicklich nicht in der Lage bin, eine vernünftige Erörterung dieses Problems durchzuführen, Alice.«

»Aber, Mylord, ich glaube, daß der Unterschied zwischen diesen beiden Gefühlen sehr wichtig ist.«

»Nein. Er ist vollkommen unwichtig.« Abermals nahm er ihr mit einem Kuß die Luft.

Er ließ nicht eher von ihr ab, als bis sich ihre Lippen geöffnet hatten und sie so leidenschaftlich an ihm hing, daß sie von sich aus nicht mehr von ihm ablassen konnte. Erst in diesem Augenblick löste er sich unwillig von ihr, um seinen Schwertgürtel zu lösen und die schwarze Obertunika auszuziehen.

Mit leuchtenden Augen sah sie zu, wie er die Scheide dicht daneben legte. Es ärgerte ihn, daß seine Hand bei der Bewegung zitterte und er atmete tief ein, bis sein Herz wieder gleichmäßig schlug; dann breitete er seine Tunika auf dem erdigen Boden aus.

Diese leichte Aufgabe schien ein enormes Maß an Konzentration zu erfordern. Als er fertig war, richtete er sich auf und sah Alice von der anderen Seite des provisorischen Bettes her an.

Er bemerkte die Schatten in ihren Augen, und eine entsetzliche Furcht breitete sich in ihm aus, jedoch sie reichte ihm lächelnd ihre Hand.

Hugh stieß einen stummen Seufzer der Zufriedenheit, mehr aber noch der überwältigenden Erleichterung aus. Er ließ sich auf der schwarzen Tunika nieder und zog sie sanft zu sich herab. Ihre Röcke bauschten sich um seine Schenkel, als sie sich warm und einladend an ihn schmiegte.

Noch während sie sich zurechtschob, riß sie besorgt die Augen auf. »Mylord, ihr werdet Euch sicher an dem harten Stein stoßen.«

Er grinste. »Ich habe noch nie eine weichere Decke gehabt.«

Sie strich mit den Fingerspitzen über seine Wange und machte es sich bequem. Als dabei ihre weichen Schenkel sein Glied streiften, stöhnte Hugh. Ohne Vorwarnung loderte das in ihm schwelende Verlangen auf und er spürte, wie das Feuer den letzten Rest seiner Selbstbeherrschung verschlang.

Alice wollte ihn und sie war seine zukünftige Frau. Nichts stand mehr im Weg, nichts außer ihnen beiden besaß im Augenblick Bedeutung.

Hugh ergab sich dem Feuer, das er selbst entzündet hatte. Er umfaßte Alices Gesicht und küßte sie mit einer Heftigkeit, die sich nicht länger zügeln ließ.

Zu seiner Freude reagierte sie voller Entzücken, wenn auch ein wenig unbeholfen auf den machtvollen Kuß. Er hörte ein unterdrücktes *Mmmpf* und als ihre Zähne gegen seine schlugen, hätte er fast aufgelacht.

»Vorsicht, meine Süße«, sagte er an ihrem Mund. »Es besteht kein Grund, mich zu fressen. Du wirst alles von mir bekommen, was du begehrst, ehe wir hier fertig sind.«

Sie stöhnte und vergrub ihre Finger in seinem Haar.

Mit einer Hand schob er ihren Kopf zurecht und anschließend griff er nach dem Saum ihres Kleides. Seine Handfläche glitt ihren nackten Schenkel bis zu den darüberliegenden sanften Rundungen hinauf. Er fand das Tal, das die üppigen Hügel teilte und folgte seinem Verlauf bis zu der heißen Quelle, die ihn erwartete.

»Hugh.«

Er streichelte sie vorsichtig, bis sie bereit war für ihn. Er wollte, daß sie vor Verlangen zerfloß, damit sie keinen Schmerz empfand, wenn er sie nahm. Er wollte, daß es eine perfekte Vereinigung würde.

Am Himmel dröhnten Donnerschläge, doch der graue Regenschleier schirmte sie von der Außenwelt sorgsam ab.

Als Hugh sich an seiner Untertunika zu schaffen machte und seine Hose öffnete, hob Alice kurz den Kopf und betrachtete ihn mit leidenschaftlich verhangenen Augen. Ein paar schreckliche Sekunden lang fürchtete er, sie würde ihn bitten aufzuhören. Eigenartig losgelöst von der gesamten Szenerie fuhr es ihm durch den Sinn, ob ihn diese Bitte umbringen würde.

»Hugh.«

Der Klang seines Namens auf ihren Lippen beschleunigte seinen Puls. Seine Erregung war kaum noch zu bändigen, doch sie sah ebenso verstrickt in ihre gemeinsame Leidenschaft aus wie er.

Es wäre phantastisch, wenn Alice an ihre Verliebtheit glaubte.

Mit einem Stöhnen zog er ihre Lippen an seinen Mund und schob seine Hand zwischen ihren Schenkeln hinauf. Ihr sehnsüchtiges Keuchen war süßer als Honigdatteln, mächtiger als jedes Zauberelixier. Je mehr er von ihr kostete, um so hungriger wurde er. Hugh wurde von einem überwältigenden Verlangen erfaßt.

Er schob Alices Röcke hinauf und spreizte ihre Beine, bis sie auf ihm ritt. Der Duft ihres taufrischen Leibs erfüllte ihn mit übermächtiger Lust.

Er befreite sich ganz von seiner Hose und suchte, bis er die fleischigen, feuchten Blütenblätter fand, hinter denen der Eingang zu ihrer geheimen Zitadelle verborgen lag. Dann drang er mit einer Vorsicht in sie ein, die seine Selbstbeherrschung an ihre Grenzen trieb. Ihr Körper war unglaublich eng, er mußte sich durch den Eingang einer Höhle zwängen.

Wie er vermutet hatte, war sie noch vollkommen unberührt.

Er mußte vorsichtig sein. Die Festung im Sturm erobern zu wollen könnte irreparablen Schaden anrichten.

Seine gespannten Wangenmuskeln verrieten seine Bemühung, den eigenen Drang zu zügeln.

Langsam und beständig schob er sich durch das Tor, das kein Mensch vor ihm je durchschritten hatte, bis ihre Körper feucht waren vor Schweiß. Alices Nägel bissen durch den Stoff in seine Haut.

»Du bist gut bewehrt«, flüsterte er heiser. »Tue ich dir weh?«

»Ja, ein bißchen.«

Er schloß die Augen und holte tief Luft bei der Anstrengung, sich zurückzuhalten. »Das will ich nicht. Soll ich aufhören?«

»Nein.«

Er stieß einen dankbaren Seufzer aus, da er kaum noch die

Willenskraft besaß, jetzt innezuhalten. »Ich werde langsam und vorsichtig sein«, hauchte er.

Alice schob die Halsöffnung seiner Untertunika auseinander und nagte sanft an seiner Schulter. »Ich will nicht, daß Ihr zögert. Ich will es schnell hinter mich bringen.«

Er grunzte. »Dies soll eine angenehme Beschäftigung sein und keine Arbeit, die besondere Tapferkeit von den Beteiligten erfordert.«

»Werdet Ihr aufhören, wenn ich es will?«

Er knetete sanft ihre Hüften. »Vielleicht hast du recht. Es wäre weniger schmerzhaft, wenn ich schnell vorginge.«

»Dann tut es jetzt.« Ohne Vorwarnung vergrub Alice ihre Zähne in seinem Fleisch.

»Himmel und Hölle.« Von dem leichten, scharfen und vollkommen unerwarteten Schmerz überrascht, nahm Hugh Alice instinktiv fester in den Arm, hielt den Atem an und drängte nach oben.

Alice quietschte leise auf, aber Hugh hätte sich noch nicht einmal dann zurückziehen können, wenn es sein größter Wunsch gewesen wäre. Um die letzten Reste seiner Beherrschung war es im gleichen Augenblick geschehen wie um die zarte Mauer, hinter der Alices Weiblichkeit verborgen lag.

Von den Zwängen der Selbstdisziplin befreit, an die er sein Leben lang gebunden gewesen war, schob sich Hugh ganz in Alice hinein und sie umklammerte ihn, eng und heiß.

Draußen erreichte der Sturm seinen Höhepunkt. In einiger Entfernung zuckten grelle Blitze auf, der Regen röhrte durch das Klippengestein und die Welt schrumpfte auf die Höhle zusammen, in der Hugh mit Alice lag. Nichts anderes zählte mehr, dachte er, gar nichts.

Alice seufzte, und er schob seine Hand zwischen ihre Leiber, fand die winzige Furche und streichelte sie.

Sie spannte sich an und schrie leise auf. Winzige Schauer durchzuckten sie.

Hugh schob sich wieder und wieder in sie hinein, tief in ihren engen Spalt, bis die Welt sich zu drehen begann. Die Klippen erzitterten unter dem Donnerhall, als ihn die Woge der Erleichterung überkam. Es war eine ganz andere Erfüllung als je zuvor. Zum ersten Mal in seinen dreißig Lebensjahren erfuhr er, was es hieß, von Leidenschaft verzehrt zu werden. Er verstand, warum die Poeten diesem vollkommenen Gefühl einen anderen, herrlicheren Namen verliehen.

Einen kurzen, flüchtigen Augenblick lang begriff er, warum dieses Gefühl Liebe hieß.

Alice begann eine Ewigkeit später sich zu rühren. Sie verspürte eine ungewohnte Wundheit zwischen den Beinen, empfand aber gleichzeitig ein eigenartiges Behagen, welches ihr zu einem kleinen Hoffnungsschimmer verhalf.

Sie war heute mit Hugh in ein Märchenland gereist. Die Erfahrung, die sie miteinander gemacht hatten, wäre sicher ein solides Band.

Sie öffnete die Augen und merkte, daß er sie reglos beobachtete. Ein Teil ihrer Freude schwand. Die Zeichen von Sanftheit und Verletzlichkeit, die sie an ihm wahrgenommen hatte, waren nicht mehr zu sehen. Der dunkle Ritter hatte sich abermals mit seiner eigenen Legende umgürtet.

Ein wehmütiges Bedauern schlich sich in ihre neuen Träume. Sie ermahnte sich zu Geduld, Hugh gehörte nicht zu der Sorte von Männern, die sich über Nacht verändern.

Sie suchte nach etwas wahrhaft Brillantem, Faszinierendem, was sie sagen könnte, nach etwas, was einer Frau in ihrer Situation, einer Frau, die eine leidenschaftliche Begegnung mit einem legendären Ritter hinter sich hatte, angemessen war. Nach etwas, was sein Herz rühren würde. Nach etwas Magischem.

Sie räusperte sich. »Ich glaube, der Regen hat aufgehört, Mylord.«

»Bist du wohlauf?«

Soweit zum Thema erinnerungswürdiger Dialog. Alice runzelte die Stirn. »Natürlich. Warum sollte ich nicht wohlauf sein? Was für eine dämliche Frage.«

Sein harter Mund zuckte unmerklich. »Die Frage schien mir unter den gegebenen Umständen ungefähr angemessen.«

Alice kam der Gedanke, daß er vielleicht ebenso wenig Erfahrung in derartigen Unterhaltungen besaß wie sie, und sie faßte Mut: »So wie meine Bemerkung über den Regen?«

Seine Miene wurde sanfter. »Ja.« Als er sie neben sich zog und sie zusammenzuckte, runzelte er die Stirn. »Alice?«

»Es ist nichts weiter, Mylord.« Sie nestelte an ihren Röcken.

Ehe sie diese ordnen konnte, legte er die Hand auf die Innenseite ihres Schenkels. Sie errötete, als er sie zurückzog und sein Finger feuchte, rötliche Flecken aufwies.

Hugh starrte auf seine Hand. »Alice, wir müssen miteinander reden.«

»Über den Regen oder über meine Gesundheit?«

»Über unsere Heirat.«

Alice ließ die Röcke sein. »Jetzt übertreibt Ihr aber, Sir. Es ist eine Sache, der Unerbittliche genannt zu werden. Es ist jedoch etwas gänzlich anderes, sich gezwungen zu fühlen, diesem Titel in jeder Lage gerecht zu werden.«

»Alice –«

»Wie könnt Ihr es wagen, eine so intime Begegnung zu verderben, indem Ihr sofort wieder auf einen alten Streit zu sprechen kommt?«

»Eine angenehme, intime Begegnung? Ist das alles, was es für dich war?«

Sie errötete abermals. »Nein, Mylord, aber ich nahm an, daß das alles für Euch war. Ihr habt doch sicher nicht die Absicht, mir zu erzählen, daß Ihr heute das erste Mal mit einer Frau zusammen wart?« Sie machte eine Pause. Die Möglichkeit, daß dies vielleicht für sie beide das erste Mal sein könnte, erfüllte sie mit unerwarteter Glückseligkeit. »Oder?«

Er sah sie aus zusammengekniffenen Augen an. »Es ist das erste Mal, daß ich mit einer Frau geschlafen habe, an die ich durch ein Verlöbnis gebunden bin.«

»Oh.« Natürlich war es für ihn nicht das erste Mal, dachte sie. Er war schließlich bereits dreißig Jahre alt. Und ein Mann. Seine Ehre hing nicht von seiner Keuschheit ab. »Nun, ich sehe da keinen großen Unterschied.«

Er nahm ihr Kinn und zwang sie, ihn anzusehen. »Madam, die meisten Frauen, von denen ich gehört habe, wären froh, in solch einem Augenblick über ihre Hochzeit zu sprechen.«

»Ich ziehe eine Unterhaltung über das Wetter vor.«

»Da hast du Pech, denn wir werden über unsere Hochzeit reden.«

Nicht, ehe du gelernt hast, mich zu lieben, schwor sie sich stumm. »Sir, darf ich Euch vielleicht an unser Abkommen erinnern?«

»Dieses Abkommen wurde durch das, was eben vorgefallen ist, revidiert, Alice. Jetzt ist Deine Ehre im Spiel.«

Sie hielt den Atem an angesichts der Entschlossenheit, die aus seinen Augen blitzte. Er zeigte nicht die Spur eines zärtlichen Gefühls, sprach weder von Liebe geschweige denn von Leidenschaft. Wie immer nahm Hugh den direktesten Weg zu seinem Ziel. Nichts, und vor allem nicht das Herz einer Frau, würde ihn aufhalten können. Ihr Magen zog sich schmerzlich zusammen.

»Sir, falls Ihr gedacht habt, mich durch dieses Zusammensein zur Hochzeit zwingen zu können, dann habt Ihr Euch geirrt.«

Er sah sie erst überrascht und dann zornig an. »Du warst noch unberührt.«

»Ja, aber das ändert nichts. Da ich nie die Absicht hatte zu heiraten, hatte ich auch nicht die Pflicht, meine Jungfräulichkeit für einen Gatten aufzubewahren. Ich bin ebenso frei wie Ihr, Sir, und ich hatte beschlossen, diese Freiheit heute zu nutzen.«

»Verdammt, du bist der größte Dickschädel, der mir jemals begegnet ist«, schalt er sie. »Du magst frei sein, aber ich bin es nicht. Ich bin in dieser Angelegenheit durch meine Ehre gebunden.«

»Was hat denn Eure Ehre damit zu tun?« fragte sie.

»Du bist meine Verlobte.« Hugh fuchtelte in männlicher Empörung mit seiner Pranken durch die Luft. »Und soeben haben wir die Ehe vollzogen.«

»Die Meinung teile ich nicht. Das kanonische Recht ist in dieser Beziehung nicht eindeutig.«

»Bei den Knochen des Teufels, Weib«, donnerte Hugh. »Sprecht nicht mit mir, als hättet Ihr in Paris und Bologna die Rechte studiert. Wir sprechen hier von meiner Ehre, von der ich mein eigenes Urteil hege.«

Alice blinzelte. »Also wirklich, Sir, Ihr regt Euch unnötig auf. Ich bin sicher, daß Ihr nur ein wenig zur Ruhe gelangen solltet und –«

»Ich rege mich nicht *unnötig* auf, also nimm dich in acht. Hör mir gut zu, Alice. Wir haben die Grenze überschritten, die eine Verlobung von einer Ehe trennt, sie ist vollzogen.«

»Nun, was die Rechtmäßigkeit der Sache angeht«, erwiderte sie, »so sagte ich bereits, daß das kanonische Recht sich ein wenig vage ausdrückt.«

»Nein, Madam, es ist kein bißchen vage. Außerdem, wenn Ihr daran denkt, diese Sache vor den Kirchengerichten auszutragen, verspreche ich Euch, daß Ihr teuer dafür bezahlen werdet.«

»Mylord, Eure Nerven sind überreizt.«

»Und zwar«, fügte Hugh mit knirschender Sanftheit hinzu, »werdet Ihr dafür bezahlen, lange bevor sich die Kirche der Sache annehmen wird. Habe ich mich klar ausgedrückt?«

Angesichts dieser unverhohlenen Drohung geriet Alices Entschlossenheit ins Wanken. Sie schluckte und sprudelte heraus: »Sir, ich warne Euch, ich werde mich weder durch Drohungen noch durch Zwang zu dieser Heirat bewegen lassen.«

»Es ist zu spät, um es sich anders zu überlegen, Alice. Nun müssen wir den eingeschlagenen Weg zu Ende gehen.«

»Nein, unser Abkommen gilt nach wie vor. Ich habe mich noch nicht entschieden. Außerdem –« Irgend etwas regte sich in der Düsternis am anderen Ende des Raums und Alice starrte reglos über Hughs breite Schulter in die Dunkelheit.

Ihr lebhafter Protest erstarb. Einen schrecklichen Augenblick lang schnürte ihr die Angst die Kehle zu. *»Hugh.«*

Im Bruchteil einer Sekunde war er auf den Beinen, hatte sein Schwert gezückt und war herumgewirbelt, um sich der unbekannten Gefahr zu stellen. Eine unsichtbare Hülle kampfbereiter Anspannung hatte sich um ihn gelegt.

Alice rappelte sich ebenfalls auf und spähte an Hugh vorbei. Eine Gestalt in einer Mönchskutte trat aus der dunklen Öffnung eines gut verborgenen Gangs, eine fast erloschene Fackel in der Hand.

»Seid gegrüßt, Lord Hugh«, sagte Calvert von Oxwick in dem ihm eigenen Krächzen.

Hugh schob das Schwert zurück in die Scheide. »Was, zum Teufel, macht Ihr hier, Mönch?«

»Ich war bei meinem Gebet.« Calverts Augen brannten in der Finsternis. »Ich habe Stimmen gehört und kam, um zu sehen, wer in die Höhle eingedrungen war. Ich fürchtete, es könnten Diebe oder Räuber sein.«

»Ihr wart beim Gebet?« Hugh zog seine Obertunika über den Kopf und legte mit einer geübten Bewegung den Schwertgürtel an. »In einer Höhle?«

Calvert verschwand noch tiefer in seiner Kutte. »Ich habe eine Stelle tief im Innern der Höhlen entdeckt, an der man ohne Störung durch die Außenwelt beten kann. Ein bescheidener Raum aus Stein, der für die Kasteiung des Fleisches bestens geeignet ist.«

»Klingt sehr angenehm«, lautete Hughs trockene Antwort. »Ich selbst würde einen Garten vorziehen, aber jeder muß es halten, wie es ihm gefällt. Keine Angst, Mönch. Meine Verlobte und ich werden Euch nicht länger belästigen.«

Er nahm Alice am Arm und führte sie mit einer arroganten Eleganz hinaus, als geleite er sie aus seinem königlichen Audienzzimmer.

Calvert verharrte reglos in der Dunkelheit und sah ihnen schweigend nach. Sein knöcherner Körper strahlte spürbare Mißbilligung aus. Alice fühlte seinen vor Empörung fiebernden Blick, der sich geradewegs in ihren Rücken zu brennen schien.

»Glaubt Ihr, daß er uns bei der Liebe beobachtet hat, Mylord?« fragte sie besorgt.

»Das ist vollkommen unerheblich.« Hughs Aufmerksamkeit richtete sich ausschließlich auf einen sicheren Abstieg. Er schien sich über Calvert keinerlei Gedanken zu machen.

»Aber es wäre höchst peinlich, wenn er irgendwelche Gerüchte verbreiten würde.«

»Wenn der Mönch auch nur einen Funken Verstand besitzt, wird er seine Zunge hüten.« Hugh führte Alice um ein paar struppige Sträucher herum. »Aber selbst wenn er über das, was zwischen uns vorgefallen ist, spräche, wer würde ihm schon Beachtung schenken? Schließlich sind wir verlobt. Es würde nur dann heikel, wenn du dich weigertest, mich zu ehelichen.

»Ihr laßt einfach keine Gelegenheit aus, Euer Ziel zu verfolgen, nicht wahr?«

»Ich habe bereits vor langer Zeit gelernt, daß Entschlossenheit und Willenskraft die einzig vernünftigen Mittel sind, ein Vorhaben zu verwirklichen.« Er hielt sie mit sicherem Griff, als ihre weichen Stiefel auf ein paar lockeren Kieselsteinen ins Rutschen gerieten. »Übrigens muß ich geschäftlich nach London. Ich werde ein paar Tage fort sein, aber spätestens in zwei Wochen bin ich zurück.«

»London?« Alice sah ihn an wie vom Donner gerührt. »Wann reist Ihr ab?«

»Morgen früh.«

»Oh.« Diese Nachricht versetzte Alice einen überraschenden Stich. Endlose vierzehn Tage ohne Hugh erstreckten sich vor ihr und versprachen keinerlei Abwechslung für sie. Es gäbe keine Streitereien, keine gestohlenen Augenblicke der Leidenschaft, keinerlei Erregung, gleich welcher Art.

»Als meine Verlobte wirst du während meiner Abwesenheit die Befehlsgewalt über Scarcliffe haben.«

»Ich?« Das überraschte sie.

»Ja.« Hugh lächelte über ihr ungläubiges Gesicht. »Ich gebe alles in deine Hand. Du wirst sicher sein, ich nehme nur zwei meiner Männer mit. Dunstan und die anderen bleiben als Bewacher hier, ebenso wie Julian, mein Bote. Falls du mir irgendeine Nachricht zukommen lassen mußt, schick ihn sogleich los.«

»Sehr wohl, Mylord.« Alice wurde ganz schwindlig bei dem Gedanken an die Verantwortung. *Hugh vertraute ihr sein geliebtes Scarcliffe an.*

»Da wir nach meiner Rückkehr heiraten werden«, fügte Hugh beiläufig hinzu, »kannst du die Zeit schon mal nutzen, um die Vorbereitungen für die Feierlichkeiten zu treffen.«

»Bei den Augen der Heiligen, Sir, wie oft muß ich Euch noch erklären, daß ich Euch nicht einfach heiraten werde, weil Ihr die Ehe als wirtschaftlich und praktisch anseht?«

»Glaubt mir, Madam, die Beziehung zu Euch war bisher weder wirtschaftlich noch praktisch für mich. Oh, eins noch.«

»Mylord?«

Hugh blieb stehen und zog einen schweren schwarzen Onyxring von seinem Finger. »Nimm dies hier. Es ist ein Zeichen meiner Macht. Indem ich dir den Ring gebe, beweise ich dir, daß ich dir vertraue und mich auf dich verlasse wie auf meine Angetraute.«

»Aber Hugh –«

»Oder auf eine zuverlässige Geschäftspartnerin«, beendete

er seinen Satz. »Nimm Ihn, Alice.« Er legte den Ring in ihre Hand und schloß ihre Finger darum. Einen Augenblick hielt er ihr kleine Faust. »Ich möchte, daß du dir noch etwas merkst. Etwas, das ebenso wichtig ist.«

Ihr Herz machte einen Satz. »Ich höre?«

»Du wirst niemals allein in diese Höhlen gehen. Hast du mich verstanden?«

Alice rümpfte die Nase. »Sehr wohl, Sir. Erlaubt mir die Bemerkung, daß zu Euch nur der Beruf des Ritters paßt – als Poet oder Troubadour hättet Ihr niemals Erfolg. Ihr habt einfach kein Talent für die Dichtkunst.«

Hugh zuckte mit den Schultern. »Falls ich jemals die Dichtkunst benötigen sollte, werde ich einfach einen guten Poeten oder Troubadour beauftragen.«

»Man beschäftige immer nur die besten Handwerker, nicht wahr, Mylord? Das ist doch einer Eurer obersten Grundsätze.«

»Alice, ich möchte dich noch etwas fragen.«

Sie straffte sich.

»Du hast gesagt, daß du niemals die Absicht hattest zu heiraten und dich deshalb nicht verpflichtet gefühlt hast, deine Jungfräulichkeit für einen Ehemann aufzubewahren.«

Alice betrachtete die Landschaft. »Und?«

Hugh runzelte die Stirn. »Wenn du keine Veranlassung sahst, derart intime Begegnungen zu vermeiden, warum hast du sie nicht schon früher gesucht?«

»Das muß ich doch wohl nicht erklären«, knurrte sie.

Er sah sie verwundert an. »Wieso nicht?«

»Ich bin nie einem Mann begegnet, den ich anziehend genug fand.« Sie marschierte den Hügel hinab und ließ Hugh einfach stehen.

Alice drehte den schweren grünen Kristall wieder und wieder herum. Zum hundertsten Mal sah sie, wie das hereinflutende Licht über die facettenreiche Oberfläche sprang. Wie immer spürte sie, daß dieser Stein ein Geheimnis in sich barg, das sie nicht verstand und das darauf wartete, von ihr gelüftet zu werden – genau wie das Geheimnis in Hughs Seele.

Sie sagte sich, daß sie froh sein sollte, seine übermächtige Gegenwart für ein paar Tage los zu sein. Endlich hätte sie Ruhe und Frieden, um ihre Situation zu überdenken. Vielleicht käme sie ja sogar zu einem vernünftigen Ergebnis.

Ein lautes Klopfen riß sie aus ihren Überlegungen. »Herein.«

»Alice?« Benedict streckte den Kopf durch die Tür. Sein Gesicht leuchtete vor Aufregung. »Du rätst nie, was ich dir gleich erzählen werde.«

»Was?«

»Ich reise mit Lord Hugh nach London.« Benedicts Stock klapperte rhythmisch auf dem Boden, als er das Zimmer betrat. Hughs Rechengestell hatte er in den Beutel an seinem Gürtel gestopft. *»London,* Alice.«

»Ich beneide dich.« Seit langem hatte sie Benedict nicht mehr so vergnügt gesehen und dieser Wandel war Hughs Werk. »Da hast du aber wirklich Glück. Es wird bestimmt ein Ereignis für dich.«

»Allerdings.« Benedict balancierte seinen Stock und rieb sich die Hände. »Ich soll Lord Hugh bei seinen Geschäften behilflich sein.«

Alice riß die Augen auf. »Wie das? Du kennst dich doch gar nicht im Geschäftsleben aus.«

»Er hat gesagt, daß er mich in den Gewürzhandel einführt. Und dann werde ich sein Assistent.« Der Junge klopfte stolz auf das Rechengestell. »Er hat schon angefangen, mir zu zeigen, wie man dieses Gerät bedient. Man kann damit addieren, subtrahieren und sogar multiplizieren und dividieren.«

»Wann hat Lord Hugh dir gesagt, daß er dich mit nach London nehmen will?«

»Vor kurzem, als wir zusammen in der Halle gegessen haben.«

Alice kam ein Gedanke. »Benedict, ich möchte dir eine Frage stellen. Und du mußt mir eine ehrliche Antwort geben.«

»Ja.«

»Hat irgend jemand etwas darüber gesagt, daß ich nicht in der Halle speise?«

Benedict wollte schnurstracks antworten, doch dann besann er sich eines Besseren. »Nein.«

»Bist du sicher? Es hat also niemand gesagt, daß mein Fernbleiben auf einen Mangel an Respekt für Lord Hugh hinweise?«

Benedict trat ungemütlich von einem Bein aufs andere. »Sir Dunstan hat mir erzählt, daß einer der Männer gestern so etwas angedeutet hatte, Lord Hugh hat es gehört und ihn aus der Halle verwiesen. Sir Dunstan meint, niemand wird es wagen, noch einmal dieses Thema zu berühren.«

Alice preßte die Lippen zusammen. »Aber zweifellos denken sie alle so ähnlich. Hugh hatte recht.«

»Womit?«

»Schon gut.« Alice stand auf. »Wo ist er?«

»Wer? Lord Hugh? Ich glaube, in seinem Zimmer. Er hatte, glaube ich, vor, den neuen Hausverwalter, Elbert, zu entlassen.«

»Ist das die Möglichkeit?« Alice vergaß ihre Absicht, sich bei Hugh für die mögliche Blamage, die er ihretwegen erlitten hatte, zu entschuldigen. »Das kann er unter keinen Umständen machen. Das lasse ich nicht zu. Elbert wird bald ein perfekter Verwalter sein.«

Benedict verzog das Gesicht. »Heute hat er persönlich Lord Hugh bedient und es ist ihm gelungen, ihn dabei von oben bis unten mit Bier zu begießen.«

»Das war sicher nur ein kleines Mißgeschick, wie es jedem passieren kann.« Alice kam hinter ihrem Schreibtisch hervor und ging zur Tür. »Ich muß die Sache unbedingt klären.«

»Oh, Alice, vielleicht solltest du dich da nicht einmischen. Schließlich ist immer noch Lord Hugh der Herr im Haus.«

Alice ignorierte die Warnung ihres Bruders. Sie raffte ihre

Röcke und eilte durch den Flur und die Treppe hinab. Unten angekommen, marschierte sie direkt zu dem Zimmer, in dem Hugh seine geschäftlichen Angelegenheiten regelte.

Sie blieb im Türrahmen stehen und sah, daß Elbert vor Hughs Schreibtisch stand. Der junge Mann zitterte und hielt den Kopf unterwürfig gesenkt.

»I-ich b-bitte Eure Lordschaft um Entschuldigung«, flüsterte er. »Ich habe mein Bestes versucht, um meine Pflichten Lady Alices Anweisungen gemäß zu erfüllen, aber immer, wenn ich in Eurer Nähe bin, gerät mir alles durcheinander.«

»Elbert, ich will Euch nicht entlassen«, erwiderte Hugh. »Ich weiß, daß Lady Alice Euch persönlich für diesen Posten ausgesucht hat. Aber ich ertrage Eure Ungeschicklichkeit einfach nicht mehr.«

»Mylord, w-wenn Ihr mir nur noch eine Ch-cance gebt –«, setzte Elbert an.

»Ich glaube, das wäre reine Zeitverschwendung.«

»Aber, Sir, ich m-möchte so gerne Hausverwalter sein. Ich b-bin ganz allein auf dieser Welt und ich m-muß m-meinen Lebensunterhalt s-selbst verdienen.«

»Ich verstehe. Trotzdem –«

»Diese B-burg ist das einzige Z-zuhause, das ich habe. Meine M-mutter kam nach dem Tod meines Vaters nach Scarcliffe. Sie w-wollte dem h-hiesigen Kloster beitreten. Ich f-fand eine Anstellung bei dem l-letzten Herrn, Sir Charles, aber d-dann starb er und Ihr k-kamt und –«

Hugh unterbrach die weitschweifigen Erklärungen: »Eure Mutter ist hier im Kloster?«

»Sie w-war es, aber l-letzten W-winter ist sie gestorben. Ich habe k-keinen Ort, an den ich gehen kann, wenn ich nicht l-länger auf Scarcliffe bleiben darf.«

»Ich werde Euch nicht hinauswerfen«, versicherte ihm Hugh. »Ich werde einen anderen Posten für Euch finden. Vielleicht in den Ställen.«

»In den S-ställen?« Elbert war beinahe am Ende. »A-aber ich f-fürchte mich vor Pferden, Mylord.«

»Dann überwindet Ihr diese Furcht am besten möglichst bald«, bestimmte Hugh ohne eine Spur von Mitgefühl. »Pferde spüren es, wenn man Angst vor ihnen hat.«

»S-sehr wohl, Mylord.« Elbert sackte in sich zusammen. »I-ich w-werde es v-versuchen.«

»Das werdet Ihr nicht tun.« Alice raffte ihre Röcke und kam ins Zimmer gerauscht. »Ihr habt alle Voraussetzungen, die für den Posten des Hausverwalters nötig sind. Ihr braucht nur ein bißchen Übung und Erfahrung.«

Elbert drehte sich zu ihr um und sah sie verzweifelt und zugleich flehend an: »L-lady Alice?«

Hugh wandte sich ebenfalls Alice zu. »Ich regele diese Angelegenheit schon, Madam.«

Sie marschierte zum Schreibtisch und machte einen so tiefen Knicks, daß sich ihr Kleid auf dem Boden ausbreitete. Außerdem neigte sie den Kopf. »Mylord, ich bitte Euch darum, Elbert Zeit zu geben, damit er sich an seine jetzige Aufgabe gewöhnen kann, ehe Ihr ihn vorschnell entlaßt.«

Hugh nahm eine Schreibfeder zur Hand und klopfte mit der Spitze auf die Schreibtischplatte. »Ich weiß nicht, warum, Mylady, aber aus irgendeinem unerfindlichen Grund bin ich immer mißtrauisch, wenn Ihr ein derart tadelloses Benehmen zeigt. Als Ihr mir das letzte Mal einen solchen Respekt gezollt habt, traf ich daraufhin ein Abkommen mit Euch, das mir bisher nichts als Ärger gebracht hat.«

Alice spürte, daß sie errötete, aber sie ließ sich nicht aus der Fassung bringen. »Elbert braucht nur ein wenig Zeit, Mylord.«

»Er hat etliche Tage Zeit gehabt, um sich an seinen Posten zu gewöhnen und bisher kann ich kaum eine Verbesserung ausmachen. So wie die Dinge stehen, bestelle ich besser gleich ein paar neue Tuniken, wenn ich den Winter überstehen will, ohne zu erfrieren.«

»Falls nötig, kümmere ich mich darum, Sir«, erwiderte Alice ungerührt. »Es ist Elberts Wunsch, Euch zu gefallen, der ihn unbeholfen macht, Mylord.« Sie erhob sich. »Ich bin sicher, daß er nur ein paar genauere Anweisungen und noch ein bißchen Übung braucht.«

»Alice«, Hugh resignierte. »Für so etwas habe ich keine Zeit. Es gibt zuviel zu tun. Ich kann mir einen schlecht ausgebildeten Hausverwalter einfach nicht leisten.«

»Sir, ich bitte Euch darum, ihm die Gelegenheit zu geben, sich an seine Pflichten zu gewöhnen, während Ihr in London seid. Ich selbst werde ihm dabei zur Seite stehen. Wenn Ihr zurückkommt, bildet Euch abermals ein Urteil über ihn. Wenn Ihr dann immer noch unzufrieden mit ihm seid, sehen wir weiter.«

Hugh lehnte sich in seinem Stuhl zurück: »Ein neues Abkommen, Madam?«

Sie errötete. »Wenn Ihr es so nennen wollt.«

»Was habt Ihr mir diesmal zu bieten?«

Sie hielt den Atem an, als sie das Glitzern in seinen Augen sah, und ihre Empörung gewann die Oberhand. »Ich habe Euch einen guten Hausverwalter zu bieten, das muß genügen.«

»Ah.« Hugh grinste. »Das klingt schon eher wie die Frau, die ich kennengelernt habe. Ich gebe Euch die nächsten Tage, um Elbert zu einem Meister seines Fachs zu machen. Wenn ich zurückkomme, erwarte ich, daß hier alles wie am Schnürchen läuft. Ist das klar?«

»Sehr wohl, Mylord.« Alice lächelte voller Zuversicht.

»Elbert?« fragte Hugh.

»S-sehr wohl, Mylord.« Elbert verbeugte sich gleich mehrere Male hintereinander. »Ich werde mir große M-mühe geben, Sir.«

»Das hoffe ich.«

Elbert fiel vor Alice auf die Knie, packte den Saum ihres Kleides und küßte ihn. »Danke, Mylady. Ich kann Euch nicht sagen, wie dankbar ich für das Vertrauen bin, das Ihr in mich setzt und ich werde nichts unversucht lassen, um es zu verdienen.«

»Ihr werdet ein guter Verwalter sein«, versicherte Alice ihm.

»Genug davon«, mischte sich Hugh ein. »Ihr könnt gehen, Elbert. Ich habe mit meiner Braut einiges zu regeln.«

»Sehr wohl, Mylord.« Elbert sprang auf und ging unter erneuten Bücklingen rückwärts zur Tür.

Alice zuckte zusammen, als er an die Wand stieß. Sie sah, daß Hugh mit den Augen rollte, aber wenigstens sagte er nichts.

Elbert richtete sich auf und floh.

»Danke, Mylord«, sagte Alice.

»Hindere ihn bitte daran, meine ganze Burg zu zerstören, während ich auf Reisen bin.«

»Ich bin sicher, daß Scarcliffe Keep noch steht, wenn Ihr zurückkommt, Sir.« Sie zögerte. »Wie ich höre, habt Ihr die Absicht, meinen Bruder mitzunehmen.«

»Ja. Benedict hat wohl ein Talent für Zahlen, und ich kann einen Assistenten mit solchen Fähigkeiten brauchen.«

»Ich wollte eigentlich, daß er die Rechte studiert«, sagte Alice.

»Hast du etwas gegen sein Interesse an Buchführung und an Wirtschaftsfragen einzuwenden?«

»Nein. Im Gegenteil, ich habe ihn schon lange nicht mehr so glücklich erlebt.« Alice lächelte. »Das ist Euer Werk, Mylord.«

»Nicht der Rede wert. Wie gesagt, es nützt mir selber, wenn ich sein Talent fördere.« Hugh ließ die Schreibfeder durch seine Finger gleiten. »Wirst du mich vermissen, wenn ich in London bin, Alice?«

Da sie eine Falle vermutete, trat Alice eilig einen Schritt zurück und setzte ein strahlendes Lächeln auf. »Da fällt mir gerade ein, daß ich noch eine Nachricht an Priorin Joan schicken muß. Ich wünsche, daß morgen bei der Frühmesse vor Eurer Abreise ein spezielles Gebet gesprochen wird.«

»Ein spezielles Gebet?«

»Ja, Mylord. Zu Eurem Schutz.« Mit diesen Worten machte Alice auf dem Absatz kehrt und eilte hinaus.

Am Abend hielt sie mitten im Schachspiel inne und sah Hugh vorwurfsvoll an. »Ihr konzentriert Euch nicht auf das Spiel, Sir«, sagte sie, eine der schweren, schwarzen Basaltfiguren in der Hand. »Ich nehme Euch gerade Euren Läufer.«

Hugh sah grübelnd auf das mit Einlegearbeiten verzierte Kristallbrett. »So sieht es aus. Ein cleverer Zug, Madam.«

»Das war ein Kinderspiel.« Alice sah ihn mit zunehmender Besorgnis an. Hugh benahm sich irgendwie eigenartig. Er hatte sie zu einem Schachspiel am Kamin aufgefordert, und sie hatte begeistert zugestimmt. Aber es war von Anfang an klar gewesen, daß seine Gedanken woanders weilten.

»Mal sehen, ob ich noch aufholen kann.« Hugh stützte das Kinn auf die Hand und studierte das Brett.

»Ihr habt sämtliche Reisevorbereitungen getroffen, so daß Ihr morgen früh gleich nach der Messe aufbrechen könnt. Worüber also macht Ihr Euch solche Sorgen, Sir?«

Er blieb scheinbar in seine Figuren vertieft: »Ich denke an meinen Lehnsherrn.«

»Sir Erasmus?«

»Ich möchte ihn während meines Aufenthalts in London besuchen. Julian sagt, daß er sich dort aufhält, um noch ein paar Ärzte zu konsultieren.«

»Das tut mir leid«, flüsterte Alice.

Hugh ballte die Hand zur Faust. »Man kann leider nichts mehr für ihn tun, aber bei Gott, noch vor ein paar Monaten wirkte er kerngesund.«

Alice nickte mitfühlend. »Ich weiß, wie sehr Ihr an ihm hängt.«

Hugh lehnte sich zurück, griff nach seinem Kelch mit Würzwein und starrte reglos in die Kaminflammen. »Alles, was ich heute besitze, verdanke ich ihm. Meine Ritterwürde, mein Wissen, mein Land. Wie zahlt man eine solche Gunst zurück?«

»Mit Loyalität. Und alle Welt weiß, daß Eure ganze Loyalität Erasmus gehört, Sir.«

»Das ist nicht gerade viel als Dank.« Hugh nippte an seinem Wein, sein Gesicht verschattete in der Dunkelheit.

Alice zögerte. »Welche Symptome weist er denn auf, Mylord?«

»Was sagt Ihr?«

»Welche Art Krankheitssymptome hat er?«

Hugh runzelte die Stirn. »Ich bin nicht ganz sicher. Einige der Anzeichen sind recht verwirrend. Er erschrickt leicht, als wäre er ein Hasenfuß und kein erfahrener Krieger. Das ist mir bei meinem letzten Besuch vornehmlich aufgefallen. Er macht sich unentwegt Sorgen und kann nicht schlafen. Er hat Gewicht verloren, sagt, daß sein Herz manchmal so schnell klopft, als wäre er gerannt.«

Alice wurde nachdenklich. »Ein Mann von Sir Erasmus' Ruf muß viele Schlachten geschlagen haben.«

»Er hat genug erlebt, angefangen bei dem Kreuzzug, den er mit kaum achtzehn unternommen hat. Einmal hat er mir erzählt, daß seine Reise ins Heilige Land das schlimmste Erlebnis seines ganzen Lebens war, auch wenn sie ihm Ruhm und Ehre eingebracht habe; schrecklicher Dinge sei er ansichtig geworden, die kein anständiger Mensch je zu Gesicht bekommen sollte.«

Hughs Worte gingen Alice so lange im Kopf herum, daß sie schließlich wieder aufstand und ihren Morgenmantel überzog.

Sie zündete eine Kerze an und verließ lautlos ihr Schlafzimmer. Dann schlich sie durch den kalten Flur in ihr Arbeitszimmer. Nachdem sie die Kerze auf ihren Schreibtisch neben den grünen Kristall gestellt hatte, griff sie ins Regal und zog das Handbuch ihrer Mutter heraus.

Über eine Stunde blätterte sie darin, bis sie endlich die Antwort auf ihre Frage fand.

13

»Es ist die natürliche Schwäche der Frau, die sie in Versuchung führt«, schrie Calvert am nächsten Morgen von der Kanzel der kleinen Dorfkirche herab. »In ihrer dummen Arroganz versucht sie, sich bei jeder Gelegenheit über den Mann zu erheben und bringt auf diese Weise ihre Seele in Gefahr.«

Die Kirchenbesucher bewegten sich unruhig in den Bänken, Alice saß vor Wut kochend inmitten der unglücklichen Gläubigen. Sie war nicht mehr so wütend gewesen seit dem Tag, an dem Sir Ralf seinem ältesten Sohn die Herrschaft über die Burg ihrer Familie zugeschanzt hatte.

Diese dumme Predigt war nicht das, was sie für den heutigen Gottesdienst bestellt hatte. Gestern hatte sie der Priorin Joan eine Nachricht zukommen lassen, in der sie sie um besondere Gebete für Hughs Reise nach London bat.

Die Nachricht, daß der neue Herr und seine Verlobte an der Frühmesse in der Dorfkirche teilnehmen würden, statt ihren eigenen Gottesdienst in der Privatkapelle der Burg zu zelebrieren, hatte sich wie ein Lauffeuer verbreitet und nun wohnten sämtliche Bewohner des winzigen Weilers und alle Nonnen des Klosters dem aufregenden Ereignis bei. Schließlich hatten sie nicht alle Tage Gelegenheit, in Gesellschaft ihres Burgherrn zu beten.

Alice, die neben Hugh in der ersten Reihe saß, hatte sich sehr darüber gefreut, bis der Nackenschlag in Form von Calvert von Oxwick erfolgte.

Joan hatte gerade die Eröffnungsgebete beendet und wollte zu einer frommen, kleinen Ansprache über die Gefahren einer Reise ansetzen, als der Mönch in die Kirche hetzte.

Calvert hatte mit seinem Stock auf den Steinboden gehämmert und sich durch die Menge gedrängt, seine braune Kutte um die knochigen, sandalenbewehrten Füße wallend. Bei der Kanzel angelangt, hatte er Joan befohlen, neben den anderen Nonnen Platz zu nehmen. Die Priorin wollte erst nicht weichen, doch dann hatte sie mit zusammengekniffenen Lippen seinem Befehl gehorcht. Die Kirche bestand darauf, daß ein Mann die Predigt hielt, wenn einer zur Verfügung stand.

Ohne Umschweife hatte Calvert das hölzerne Chorpult umklammert und zu einer Tirade gegen die Schlechtigkeit der Frauen angesetzt. Es war sein altes, abgedroschenes Thema, eins, das alle Anwesenden zur Genüge kannten. Vorbeiziehende Priester und Wandermönche fanden immer wieder Gefallen an Strafgewittern, in denen sie die Frauen tadelten und Männer vor der weiblichen Versuchung warnten.

»Ihr schwachen, sündigen Töchter Evas, wisset, daß eure einzige Hoffnung auf Erlösung darin besteht, daß ihr euch dem Willen eurer Ehemänner unterwerft. Ihr müßt ihre Macht über euch hinnehmen, da sie vom Göttlichen Schöpfer vorherbestimmt ist.«

Alice kochte. Sie sah aus den Augenwinkeln zu Hugh hinüber, der sich eindeutig langweilte. Sie kreuzte die Arme vor der Brust und begann mit der Spitze ihres weichen Stiefels auf den Boden zu klopfen.

»Die Feuer der Hölle brennen am heißesten für diejenigen Frauen, die es wagen, sich über die Männer zu erheben.«

Die Anwesenden ertrugen die Hetzrede des Mönchs mit kaum verhohlenem Widerwillen. Sie kannten diese Worte allzu gut, hatten sie zu oft über sich ergehen lassen.

Joan rutschte nervös auf ihrem Platz herum und beugte sich dann zu Alice vor. »Ich bitte um Verzeihung, Madam. Ich weiß, daß Ihr Euch für heute morgen etwas anderes gewünscht hattet.«

»Sie wagen es, laut in der Kirche zu sprechen«, donnerte Calvert, »denn es ist ihnen gleichgültig, daß tugendhafte Männer den Lärm ihrer Plappermäuler nicht hören wollen. Sie besetzen heilige Stätten und maßen sich Mitreden an, als hätten sie dieselben Rechte und Privilegien wie ihre Herren.«

Alice maß Calvert aufgebracht, er jedoch fuhr fort, als bemerke er ihre zunehmende Verstimmung nicht und kannte kein Halten mehr.

»Einige von ihnen geben ihrer Wollust selbst gegenüber den stärksten und edelsten aller Ritter nach. Wehe dem Mann, der dem Geflüster einer solchen Ausgeburt verfällt. Seine Stärke wird geschwächt werden, und er wird sich ihrer Gnade ausgeliefert finden, obgleich diese Gnade das Werk des Teufels ist.«

Alice erstarrte. Jetzt griff dieser Widerling auch noch sie persönlich an.

»Sie verwendet die verräterischen Tricks ihres sündigen Leibes und lockt ihr Opfer an geheime Orte. Dort fällt sie dann über ihn her wie eine Buhlschaft der Nacht.«

»Bei allen Heiligen«, murmelte Alice. Eine Frage war somit beantwortet. Calvert hatte sie in der Höhle auf Hugh liegen sehen. Doch sofort wandelte sich ihre Verlegenheit in Wut.

»Seid gewarnt.« Calvert wandte sich direkt an Hugh. »Jeder Mann ist in Gefahr. Wenn er seinen rechtmäßigen Platz in der natürlichen Ordnung der Welt erhalten will, ist beständige Wachsamkeit geboten. Er muß sich wappnen gegen die Schliche der Frauen, so wie er sich vor einem Gefecht mit der stählernen Hülle seiner Rüstung umgibt.«

»Jetzt reicht's.« Alice sprang auf. »Diese törichte Rede höre ich mir nicht länger an, Mönch. Ich fordere Euch auf, für die sichere Heimkehr meines zukünftigen Gatten zu beten, statt uns mit Schimpfreden zu überschütten.«

Die Menge rang insgesamt nach Luft und sämtliche Köpfe wandten sich Alice zu. Aus dem Augenwinkel sah Alice, daß Hugh lächelte.

»Eine Frau, die sich nicht ordnungsgemäß ihrem Mann unterwirft, ist eine Beleidigung für alle rechtschaffenden Männer dieser Welt.« Calvert sah Hugh an, als erwarte er Hilfe von ihm. »Es ist die Pflicht eines Mannes, die Zunge seiner Frau zu kontrollieren.«

Hugh rührte sich nicht. Er beobachtete Alice mit Aufmerksamkeit und dem ihr bereits vertrauten kühlen Amüsement.

»Kommt von der Kanzel herunter, Calvert von Oxwick«, befahl Alice dem Mönch. »Als Prediger seid Ihr hier nicht willkommen. Ihr verleumdet und scheltet all die guten Frauen dieses Dorfes und dieses Konvents mit dem bitteren Gift eurer Worte.«

Calvert richtete seinen anklagenden Finger auf sie: »Hört mir gut zu.« Seine Stimme zitterte vor schwelender Wut. »Das Gift, von dem Ihr sprecht, ist lediglich ein Gegenmittel gegen das Böse Eurer weiblichen Natur. Ihr tätet gut daran, es als die Medizin zu schlucken, die es ist, um Eure Seele vor der ewigen Verdammnis zu bewahren.«

»Ich vertraue meine Seele denjenigen an, die die wahre Bedeutung göttlichen Mitgefühls verstehen, Mönch, aber bestimmt nicht Euch. Ich will, daß Ihr diese Kirche und dieses Dorf noch heute verlaßt. Derartiges Geschrei in der Kirche dulde ich nicht.«

Calverts Gesicht loderte vor Zorn. »Euer rotes Haar und Eure grünen Augen sind Zeugnis Eurer wilden Natur, Mylady. Ich kann nur beten, daß Euer zukünftiger Herr und Meister Euren widerspenstigen Willen bricht, ehe Ihr seinem Haus und seiner Seele großen Schaden zufügen werdet.«

»Lord Hugh ist durchaus in der Lage, auf sich aufzupassen«, gab Alice ihm Bescheid. »Verschwindet, Mönch.«

»Ich gehorche niemals den Befehlen einer Frau.«

Hugh regte sich. Es war eine kaum merkliche Bewegung, lediglich ein leichtes Straffen seiner mächtigen Schultern und eine verstärkte Kälte seines Blicks, aber sofort wandten sich alle ihm zu.

»Den Befehlen dieser Frau werdet Ihr Folge leisten«, sagte er mit einem drohenden Unterton. »Sie ist meine Verlobte. Den Ring am Finger trägt sie zum Beweis ihrer Autorität. Ein Befehl von ihr ist ein Befehl von mir.«

Ein leises *Ah* der Zustimmung zeigte, daß die Leute von Scarcliffe die Bedeutung der Worte ihres Herrn sofort begriffen hatten. Von nun an bestand nicht mehr der geringste Zweifel an Alices Macht.

»Aber ... aber, Mylord«, stammelte Calvert. »Ihr habt doch sicher nicht die Absicht, diese Kanzel einer Frau zu überlassen.«

»Ihr habt Mylady gehört«, sagte Hugh. »Verschwindet, Mönch. Meine Verlobte zieht andere Gebete den Euren vor.«

Einen Augenblick lang fürchtete Alice, daß Calvert der Schlag treffen würde. Sein Mund arbeitete, seine Augen quollen aus den Höhlen und sein gesamter Körper zuckte, als sei jeder einzelne Muskel ein Klumpen.

Die Menge war von Erwartung erfüllt.

Calvert schnappte dann ohne ein Wort seinen Stock und stürmte hinaus.

Schweigen senkte sich über die Anwesenden, sie starrten verwundert zu Alice hinüber. Auch Hugh bedachte sie mit einem freundlich neugierigen Blick, als sei er gespannt auf ihren nächsten Schritt.

Alice war wie betäubt, nicht von ihren eigenen Worten, sondern aufgrund der Tatsache, daß Hugh sie mit dem ganzen Gewicht seiner Macht unterstützt hatte.

Er hatte sich nicht nur einer ihrer Grillen gegenüber nachsichtig gezeigt, sondern viel mehr getan. Er hatte allen Bewohnern des Dorfs und des Klosters klargemacht, wer dieses Land regierte.

Dies war das zweite Mal, daß er sie hatte gewähren lassen. Erst gestern hatte er ihr gestattet, Elbert wieder als Hausverwalter einzusetzen, und nun hatte er einem Vertreter der Kirche getrotzt, damit sie die von ihr gewünschte Predigt zu hören bekam.

Oh ja, er hatte ihr großen Respekt gezollt. Und ein solcher Respekt von Hugh dem Unerbittlichen war nicht leicht verdient. Nur diejenigen, denen er sein ganzes Vertrauen schenkte, genossen ihn.

»Danke, Mylord«, flüsterte sie.

Hugh nickte ihr unmerklich zu. Das Morgenlicht, das durch die Fenster strömte, ließ den Bernstein in seinen Augen leuchten. »Vielleicht sollten wir mit dem Gottesdienst fortfahren, Madam. Ich würde gerne noch vor Sonnenuntergang losreiten.«

Alice errötete. »Natürlich, Mylord.« Sie wandte sich an Joan. »Bitte fahrt fort, Priorin. Mylord und seine Begleiter haben eine lange Reise vor sich.«

»Sehr wohl, Madam.« Joan erhob sich mit einer Grazie, die ihre noble Herkunft verriet. »Es ist mir eine große Freude, für Lord Hughs sichere Reise zu beten und für seine baldige Rückkehr. Ich bin sicher, daß alle Anwesenden dasselbe empfinden.«

Einige der Nonnen lächelten Alice zu, als sie sich auf ihren Platz sinken ließ. Die einzige, die nach wie vor keine Miene verzog, war Katherine. Alice überlegte kurz, ob sie vielleicht abermals von Melancholie befallen war.

Joan kehrte gelassen auf die Kanzel zurück. Sie beendete ihre kleine Bittpredigt über die während einer Reise gebotene Vorsicht und schloß den Gottesdienst mit Gebeten für die sichere Rückkehr Hughs und seiner Männer ab.

Die Liturgie wurde lateinisch gesprochen. Es war zu bezweifeln, daß irgendwer außer Alice, Hugh, Benedict und den Nonnen die Worte verstand, aber das hielt die Dorfbewohner nicht davon ab, sie frohen Herzens anzuhören.

Alice schloß die Augen und sprach ein kleines, stummes Privatgebet. *Lieber Gott, paß auf die beiden Menschen, die ich so sehr liebe, auf und behüte all diejenigen, die ihre Begleiter sind.*

Sie schob ihre Hand über die Holzbank neben die von Hugh;

er sah nicht hinunter, aber streckte die Finger und umfaßte sie sehr fest.

Ein paar Minuten später drängten die Gottesdienstbesucher aus der Tür, um ihren Herrn abreisen zu sehen. Alice stand auf den Stufen der Kirche, während Hugh, Benedict und die beiden Waffenträger, die mit ihnen ritten, die Pferde bestiegen.

Noch unter der Wirkung des Aufruhrs, den Calvert verursacht hatte, hätte sie fast ihr Abschiedsgeschenk für Hugh vergessen. Im letzten Augenblick fielen ihr das Kräuterbündel und die dazugehörigen, von ihr selbst geschriebenen Anweisungen ein.

»Einen Augenblick, Mylord.« Sie schob die Hand in den Beutel, der an ihrem Gürtel hing und eilte zu Hugh »Das hätte ich fast vergessen. Ich habe eine Medizin für Euren Lehnsherrn.«

Hugh sah zu ihr hinab. »Eine Medizin?«

»Als Ihr gestern abend Sir Erasmus' Symptome beschrieben habt, kamen sie mir bekannt vor.« Alice reichte ihm die Kräuter und das Anweisungsblatt. »Meine Mutter hat in ihrem Handbuch einen Bericht über derartige Symptome verfaßt.«

Da bin ich aber froh ... Hugh nahm das kleine Bündel entgegen und verstaute es in seinen Satteltaschen.

»Ja. Sie hat einmal einen Mann mit ähnlichen Symptomen behandelt. Er hatte im Krieg viel durchgemacht. Ich kann nicht mit Bestimmtheit sagen, daß Sir Erasmus unter derselben Krankheit leidet wie dieser Mann, aber die Kräuter könnten eine Hilfe sein.«

»Danke, Alice.«

»Sagt ihm, daß sein Heiler die Anweisungen genauestens befolgen muß. Oh, und die Ärzte dürfen ihn nicht zur Ader lassen. Habt Ihr mich verstanden?«

»Sehr wohl, Madam.«

Alice trat einen Schritt zurück und winkte lebhaft. »Ich wünsche Euch eine gute Reise, Mylord.«

»In vierzehn Tagen bin ich zurück«, versprach Hugh. »Mit einem Priester, der uns trauen wird.«

»Ich schwöre Euch, Mylord, ich weiß nicht, wer überraschter wirkte, Alice oder der Mönch.« Benedict, der auf einem stämmigen Reitpferd saß, grinste breit. »Wißt Ihr, Alice ist normalerweise nicht so leicht aus der Fassung zu bringen.«

Hugh lächelte schwach. Wegen der ausgedehnten Morgengebete, auf die Alice bestanden hatte, waren sie erst spät losgekommen, aber er bedauerte die Verzögerung nicht. Es war ihm sehr wichtig gewesen zu sehen, daß Alice genug für ihn empfand, um die gesamte Dorfbevölkerung zusammenzurufen, damit sie himmlischen Beistand für die Reisenden erflehte. Er wußte, daß ihre Hauptsorge zweifellos Benedict galt, aber er hatte beschlossen, sich davon nicht stören zu lassen.

Es war ein Abschied gewesen, der einen Mann wünschen ließ, so schnell wie möglich an den eigenen Herd zurückzukehren. Hugh genoß die Gewißheit, nun eine eigene Burg zu besitzen, außerdem hatte er fast schon eine Ehefrau, die das angenehme Bild eines Heims vervollständigte. *Bald,* versprach er sich. Sehr bald. Er war so gut wie angelangt am Ziel.

Die beiden Waffenträger, die Hugh und Benedict begleiteten, ritten ein kurzes Stück hinter ihrem Herrn. Sie hatten die Bogen gespannt für den Fall, daß man auf Gesetzlose traf, doch die Wahrscheinlichkeit war sehr gering. Selbst der Verwegenste aller Räuber würde zögern, ehe er es mit einer Gruppe von vier bewaffneten, berittenen Männern aufnahm, von denen einer unmißverständlich ein Ritter war. Sollte der Anblick der Waffe zur Abschreckung nicht ausreichen, dann wäre es auf jeden Fall die Tatsache, daß sie alle die Hughs Männern eigenen schwarzen Tuniken trugen.

Gesetzlose waren von Natur aus nicht nur Feiglinge, die sich leichte Opfer suchten, darüber hinaus hatten sie auch ihre Erfahrungen. Bereits am Anfang seiner Karriere hatte Hugh deutlich gemacht, daß er jeden zur Strecke bringen würde, der es wagen sollte, diejenigen zu attackieren, die unter seinem Banner oder dem von Erasmus von Thornewood ritten, und ein, zwei kurze Rachefeldzüge hatten genügt, um seine Unerbittlichkeit zu unterstreichen.

»Ich habe mich die ganze Zeit gefragt, wie lange deine Schwester Calverts Phrasendrescherei dulden würde«, sagte Hugh zu Benedict. »In der Tat hat es mich gewundert, daß sie ihm nicht schon eher ins Wort gefallen ist.«

Benedict schaute geradeaus. »Früher hätte sie sich eine solche Predigt nicht eine Minute lang angehört. Ich glaube, daß Calvert sich heute morgen nur so lange auf der Kanzel halten konnte, weil Alice sich ihrer Sache nicht sicher war, Sir.«

»Nicht sicher?«

»Sie wußte nicht, welche Rechte sie hat.« Benedict klang, als wähle er seine Worte mit Bedacht. »Sie wußte nicht, wieviel Macht sie als Eure Verlobte besitzt.«

»Normalerweise beansprucht deine Schwester Autorität ohne zu fragen«, bemerkte Hugh.

»Das ist wahr.« Benedict verzog das Gesicht, wie jüngere Brüder es zu tun pflegen. »Aber sie hatte keine andere Wahl. Wißt Ihr, sie hat sich jahrelang um die Burg meines Vaters gekümmert.«

»Ich weiß, daß dein Vater nicht viel Zeit dort verbrachte. Aber was ist mit deiner Mutter?«

»Meine Mutter hat sich mehr und mehr ihren Studien gewidmet. Mit den Jahren wurde ihr die Arbeit mit den Kräutern immer wichtiger. Sie schloß sich stundenlang in ihrem Arbeitszimmer ein und überließ alles andere Alice.«

»Und Alice hat die ihr übertragenen Aufgaben tapfer bewältigt.«

»Ja, obwohl ich glaube, daß sie manchmal sehr einsam war.« Benedict runzelte die Stirn. »Wahrscheinlich fühlte sie sich zu jung für die Last der Verantwortung, die sie trug.«

»Und dann wurde ihr zusätzlich die Verantwortung für den Erhalt deines Erbes aufgebürdet.«

»Es war das erste Mal, daß Alice eine Sache, die sie als ihre Pflicht ansah, nicht erfüllen konnte.« Benedict umklammerte die Zügel fester. »Es war nicht ihre Schuld. Ihre Mittel reichten nicht aus, sich unserem Onkel zu widersetzen. Aber trotzdem gibt sie sich die Schuld daran.«

»So geht es Menschen wie ihr nun einmal.« *Menschen wie uns,* verbesserte sich Hugh stumm. *Ein solches Versagen hätte auch an mir genagt, ebenso wie die unerfüllte Rache für den Tod meiner Mutter an mir nagt.*

»Es liegt ihr nicht, sich dem Schicksal einfach zu ergeben.«

»Nein, deine Schwester ist ein sehr mutiger Mensch«, Hugh sagte es fast feierlich.

»Ja, aber es gibt Momente, in denen ich mir große Sorgen um sie mache.« Benedict schüttelte den Kopf. »Manchmal überrasche ich sie, wie sie am Fenster ihres Zimmers steht und ins Leere starrt. Wenn ich sie darauf anspreche, sagt sie, es wäre nichts oder sie hätte einen schlechten Traum gehabt.«

»Sie braucht sich für den Verlust der Burg Eures Vaters nicht zu schämen. Sir Ralf erzählte mir, sie hätte wie eine Löwin darum gekämpft.«

»Allerdings.« Bei der Erinnerung lächelte Benedict. »Sie hat zahllose Briefe geschrieben, in denen sie für mich focht. Als sie sich ihr Versagen eingestehen mußte, war das eine furchtbare Niederlage für sie. Aber sofort hat sie sich daran gemacht, neue Pläne zu schmieden. Ich sollte die Rechte studieren, und sie wollte in ein Kloster gehen. Wißt Ihr, Alice fällt immer etwas ein.«

»Das ist ihre Natur.«

»Ihr scheint sie sehr gut zu verstehen, Sir.«

»Derjenige, der über andere befehlen will, muß die Natur derer, die er zu führen wünscht, verstehen«, sagte Hugh.

Benedict musterte ihn. »Ich glaube, Alice wäre ganz Eurer

Meinung. Ich glaube nicht, daß sie heute morgen diese Eure Rückenstärkung erwartet hat, Sir.«

»Deine Schwester kann nicht leben ohne Verantwortung und die damit einhergehende Autorität«, sagte Hugh, »beide Dinge sind ebenso wichtig für sie wie die Luft zum Atmen.«

Benedict nickte.

»Sie und ich haben mehr Gemeinsamkeiten, als sie denkt. Vielleicht fängt sie an, dies zu verstehen, wenn wir zurückkommen.«

In Benedict dämmerte Verständnis. »Diese Reise nach London ist Teil eines Plans, nicht wahr, Mylord?«

Hugh lächelte und schwieg.

»Jetzt wird mir alles klar.« Benedicts Ton verriet Bewunderung. »Ihr wollt Alice klarmachen, wie sehr Ihr sie schätzt, indem Ihr ihr die Verantwortung für Scarcliffe Keep und das gesamte Dorf übertragt. Ihr wollt Ihr zeigen, daß Ihr ihre Fähigkeiten respektiert.«

»Ja.«

»Ihr hofft, Sie zur Hochzeit zu bewegen, indem Ihr ihr einen Vorgeschmack gebt auf die Stellung, die sie als Eure Frau besitzen wird.«

Hugh grinste breit. »Ich habe den Eindruck, daß du ein gewitzter Assistent bist, Benedict. Du hast recht. Ich möchte, daß Alice die Pflichten einer Ehefrau als ebenso befriedigend erkennt wie das Leben in der Abgeschiedenheit des Konvents. *Vor allem die Pflichten, die in meinem Bett auf sie warten.*

»Ein verwegener Plan, Sir.« Benedict erging sich geradezu in Ehrfurcht. »Aber Ihr müßt beten, daß Alice keinesfalls Eure wahren Motive für diese Reise erfährt. Sie geriete außer sich vor Zorn, wenn sie eine Falle witterte.«

Hugh sah den Jungen unbekümmert an. »Ich vertraue einfach darauf, daß sie mit der Haushaltsführung zu beschäftigt sein wird, um allzuviel über die Gründe meiner Reise nach London nachzudenken.«

»Schon möglich«, gestand Benedict zu. »Sie wird mit Feuereifer die Zügel ergreifen. Vielleicht lenkt sie das endlich von ihrem Kummer ab, daß sie mein Erbe nicht bewahren konnte.«

»Deine Schwester wächst an der Herausforderung, Benedict. Ich glaube, daß die Aussicht darauf, mir bei der Verwandlung von Scarcliffe in einen wohlhabenden Ort behilflich zu sein, sie eher zu einer Heirat bewegt als eine Kiste voll des kostbarsten Schmucks.«

Drei Tage später stand Alice morgens neben Joan und sah zu, wie der Dachdecker auf das nächste Dach kletterte, um es zu reparieren.

»Nur noch drei Hütten, dann haben wir es geschafft«, stellte Alice zufrieden fest. »Mit ein bißchen Glück sind sie alle fertig, wenn Lord Hugh aus London zurückkommt. Er wird sich freuen, wenn er sieht, was während seiner Abwesenheit alles geschehen ist.«

Joan lachte. »Ganz zu schweigen von den Leuten, die in diesen Hütten leben. Bis zum Winter ist es nicht mehr weit. Wenn sich niemand um die Reparaturen gekümmert hätte, würde es bei einigen der armen Menschen wahrscheinlich durch die Löcher hereinschneien.«

»Das hätte Mylord niemals zugelassen. Er kümmert sich immer um die Menschen, die seiner Obhut anvertraut sind.« Alice ging die Straße hinab, um die Arbeiten an dem neuen Abwassergraben in Augenschein zu nehmen. Der Gestank aus dem alten Graben verringerte sich täglich, da die Männer eine dicke Schicht Erde aufschütteten.

Joan, die neben ihr ging, führte das Gespräch fort. »Ihr habt großes Vertrauen in Sir Hugh, was seine guten Absichten in Hinsicht der Burg betrifft, nicht wahr?«

»Ja. Sie ist ihm sehr wichtig. Und er ist ein Mann, der weder von seinen Zielen abweicht noch seine Verantwortung auf die leichte Schulter nimmt.« Alice blickte sich um. Das winzige

Dorf wirkte schon wesentlich weniger armselig als zuvor, es schimmerte förmlich vor Hoffnung.

Die letzten drei Tage waren wie im Flug vergangen. In dem Moment, in dem Hugh und sein Gefolge in einer Staubwolke verschwunden waren, übernahm Alice die Rolle der Burgherrin und stürzte sich in zahlreiche Aktivitäten. Es hatte sie belebt, endlich wieder einmal für das Wohl ihrer Nächsten wirken zu dürfen. Sie war wie geschaffen dafür.

Ihr kam der Gedanke, daß sie keine derartige Begeisterung mehr für ein Vorhaben entwickelt hatte, seit Ralf ihr ihr Vaterhaus genommen hatte.

Dieses Glück schuldete sie Hugh, dachte sie und fragte sich, ob er überhaupt ahnte, wie dankbar sie ihm war.

Zwei Nächte später wurde Alice durch lautes Klopfen an ihrer Schlafzimmertür geweckt.

»Lady Alice«, rief eine gedämpfte Stimme. »Lady Alice.«

Sie setzte sich langsam auf, denn es dauerte einen Augenblick, bis sie zu sich kam. Sie hatte einen seltsamen, beunruhigenden Traum gehabt, in dem es um dunkle Gänge und eine unheimliche Bedrohung ging.

»Lady Alice.«

»Einen Augenblick.«

Sie schob die schweren Vorhänge beiseite, die ihr Bett umgaben und griff nach ihrem Morgenmantel; dann huschte sie zur Tür, die sie einen Spalt breit öffnete. Eine junge Dienstmagd stand mit einer Kerze im Korridor. »Was ist, Lara?«

»Ich bitte um Verzeihung, daß ich Euch um diese Stunde wecke, Madam, aber unten in der Halle warten zwei Nonnen aus dem Konvent. Sie sagen, Priorin Joan hätte sie geschickt.«

Alice war im Handumdrehen hellwach, etwas Furchtbares mußte geschehen sein. »Ich komme sofort. Ich ziehe mich nur schnell an.«

»Sehr wohl, M'lady.« Lara runzelte die Stirn. »Am besten

nehmt ihr gleich einen Umhang mit. Ich glaube, sie wollen, daß Ihr sie ins Dorf begleitet.«

Alice öffnete die Tür weiter. »Bitte zündet die Kerze auf meinem Nachttisch an.«

»Sehr wohl, M'lady.« Lara trat ein.

In Windeseile fuhr Alice in die Kleider, warf sich ihren schweren Wollumhang über die Schultern und eilte den Flur hinab.

Unten standen die Nonnen vor dem erloschenen Herd. Dunstan und seine Männer, die durch ihre Ankunft geweckt worden waren, hatten sich von ihren Strohsäcken erhoben und standen schweigend in der Dunkelheit.

Die Frauen sahen Alice ängstlich an.

»Priorin Joan schickt uns mit der Bitte, Euch ins Haus des Müllers zu bringen, Madam«, sagte eine von ihnen. »Sein jüngster Sohn ist erkrankt. Die Heilerin hat alles ausprobiert und ist mit ihrer Kunst am Ende. Die Priorin hofft, daß Ihr ihr vielleicht einen Rat erteilen könnt.«

Alice erinnerte sich an den lachenden, dunkelhaarigen Jungen, den sie vor der Tür des Müllers hatte spielen sehen. »Natürlich komme ich, obwohl ich wohl auch kaum helfen kann. Wenn Schwester Katherine keine Antwort weiß, wie soll dann ich von Nutzen sein?«

»Priorin Joan dachte, daß Ihr vielleicht etwas von Eurer Mutter gelernt hättet.«

Alice erläuterte: »Meine Mutter war eine gelehrte Frau, aber ein paar ihrer Rezepte sind außerordentlich gefährlich.« *Ein paar der Rezepte bringen den Tod.*

»Priorin Joan und die Heilerin fürchten, daß der kleine John sterben wird, Mylady«, sagte die zweite Nonne ruhig. »Sie sagen, daß es nichts mehr zu verlieren gibt.«

»Ich verstehe.« Alice raffte ihre Röcke und wandte sich der Treppe zu. »Ich werde das Handbuch meiner Mutter holen.«

Als sie wenig später zurückkam, trat Dunstan aus dem Schatten hervor.

»Ich werde Euch zur Hütte des Müllers begleiten«, sagte er.

»Das ist nicht nötig«, meinte Alice.

»Und ob es nötig ist«, murmelte er. »Lord Hugh wird mich ohne Federlesens an den Burgzinnen aufhängen lassen, wenn ich Euch erlaube, nachts allein draußen herumzuspazieren.«

Gleich darauf betrat Alice die kleine Hütte, wo Katherine den Versuch unternahm, die fieberheiße Stirn des Jungen mit einem feuchten Tuch zu kühlen.

Der Anblick des von der Krankheit geschlagenen Körpers des noch am Vormittag springlebendigen Kindes entsetzte sie. Der kleine John hatte die Augen geschlossen und lag bleich und schwach mit glühend heißem Leib auf dem Bett. Er atmete rasselnd aus und ein; ein- zweimal wimmerte er, aber der ängstlich um ihn Versammelten wurde er nicht gewahr.

»Ich kann nichts mehr für ihn tun.« Katherine stand auf. »Alles liegt nun in Gottes Hand.«

Ihr Gesicht war noch ernster als sonst, zeigte aber abgesehen davon keinerlei Regung. Sie schien weit entfernt von allem zu sein, dachte Alice, fast gleichgültig, eine Heilerin, die die Grenzen ihrer Medizin kannte und gleichmütig ertrug. Wie anders ihre Mutter gewesen war! Helen hatte niemals aufgegeben, ehe nicht der Tod sein Opfer forderte.

Joan bekreuzigte sich.

Die Müllerin schluchzte in mütterlichem Schmerz. Ihr Mann, ein freundlicher, stämmiger Kerl, zog sie an sich und tätschelte ihr unbeholfen die Schulter.

»Ruhig, ruhig«, flüsterte er wieder und wieder, während er über den Kopf seiner Frau hinweg Alice ansah, mit ebenfalls nassen Augen. »Danke, daß Ihr gekommen seid, Mylady.«

»Das ist selbstverständlich«, erwiderte Alice geistesabwesend. Ihre Aufmerksamkeit galt ganz dem kleinen Patienten. Sie ging zu dem Strohsack, auf dem er lag und die Worte ihrer Mutter fielen ihr wieder ein: *Stell erst alle Symptome fest, ehe du die Behandlung beginnst.*

Auf der anderen Seite des Strohsacks stand Joan. »Ich weiß, daß man nicht viel tun kann, aber ich wollte wenigstens Eure Meinung hören.«

»Ich kenne die normalen Heilmittel gegen Lungenfieber«, sagte Alice ruhig, »genau wie Schwester Katherine. Ich nehme an, Ihr habt sie alle eingesetzt.«

»Ja«, erwiderte Katherine steif. »Alle, die ich kenne. Aber dieses Fieber reagiert nicht auf meine Arzneien.«

Johns Mutter schluchzte lauter auf, und ihr Mann schloß die Augen vor Schmerz.

Joan sah Alice an. »Ihr habt mir berichtet, daß Eure Mutter eine erfahrene Heilerin war und zahlreiche neue Medikamente und Stärkungsmittel entwickelt hat. Wißt Ihr von einem Mittel, das wir ausprobieren könnten?«

Alice verstärkte den Griff um das ledergebundene Handbuch. »Es gibt ein, zwei Aufgüsse, die meine Mutter für ungewöhnliche Fieber und Lungenentzündungen entwickelt hat. Aber sie rät zu größter Vorsicht im Umgang damit, weil sie sehr gefährlich sein können.«

Ein Experiment mit einem dieser Heilmittel hatte Helen umgebracht.

»Gibt es etwas Tödlicheres als das, was dieses Kind erwartet?« fragte Joan.

»Nein.« Alice sah Klein John an und wußte, daß der Tod bereits gierig nach ihm griff. »Dieser Ausschlag auf seiner Brust –«

»Was ist damit?« fiel Katherine ihr ins Wort. »Habt Ihr so etwas schon einmal gesehen?«

»Nein, aber meine Mutter vielleicht.« Alice kniete sich neben den Strohsack und fühlte nach dem Puls des Kranken. Er war schwach und viel zu schnell.

Sie sah den Müller an. »Erzählt mir alles über diese Krankheit, was Ihr wißt. Wann fing sie an?«

»Heute nachmittag, M'lady«, flüsterte er. »Eine Minute hat er noch fröhlich die Hühner gejagt und in der nächsten wollte er noch nicht mal einen Löffel von dem Pudding, den seine Mutter gekocht hatte.«

Alice öffnete das Handbuch und blätterte eilig darin herum, bis sie das Kapitel über seltene Lungenfieber fand. Einen Augenblick las sie stumm. *Rötung der Brust. Schwere Atmung. Große Hitze.*

»Meine Mutter schreibt, daß sie ein kleines Kind mit derartigen Symptomen behandelt hat«, Alice blätterte stirnrunzelnd um.

Die Müllerin hob vorsichtig den Kopf und wischte die Tränen fort. »Hat dieses Kind überlebt?«

Alice sah die Frau an. *Neben der Medizin muß man stets Hoffnung geben,* hatte ihre Mutter einst gesagt. *Hoffnung ist ebenso wichtig für die Heilung wie das richtige Kraut.* »Ja«, sagte sie sanft. »Das hat es.«

»Dann müssen wir das Rezept ausprobieren«, flehte die Frau. »Ich bitte Euch, Mylady.«

»Das werden wir auch«, versicherte Alice ihr, ehe sie sich an Katherine wandte. »Ich gebe Euch eine Liste der Kräuter, die ich brauche. Bitte bringt sie mir so schnell Ihr könnt.«

Die Heilerin preßte die Lippen zusammen. »Sehr wohl, Mylady.«

Alice überlegte, ob sie Katherine beleidigt hatte, indem sie das Kommando übernahm. War das der Fall, ließ es sich nicht ändern. Sie sah Joan an. »Ich brauche einen Topf und frisches Wasser.«

»Ich hole es sofort.«

»Und dann bringt das Wasser zum Kochen«, ertönte der nächste Befehl.

Kurz vor Anbruch der Dämmerung senkte sich das Fieber des Jungen und sein Atem wurde weniger schwer. Als das Licht des neuen Tages durch das Fenster fiel, war das Kind sichtbar auf dem Weg der Besserung.

Der Müller und seine Frau weinten, diesmal vor Erleichterung.

Erschöpft von der langen Nacht kniete Alice ein letztes Mal neben dem Strohballen, um nach dem Puls des Jungen zu sehen. Er war regelmäßig und kräftig.

»Ich glaube, bald wird er ein bißchen Pudding wollen«, sagte sie.

»Danke, Lady Alice«, sagte Joan.

»Dankt nicht mir.« Alice sah den kleinen John an, dessen Wangen wieder Farbe hatten und der völlig normal zu schlafen schien. »Es ist das Werk meiner Mutter.«

Katherine sah sie lange an. »Eure Mutter muß eine sehr gelehrte Frau gewesen sein.«

»Ja. Sie stand in Briefwechsel mit den weisesten und erfahrensten Kräuterexperten Europas, sammelte deren Weisheit, schrieb alles in dieses Buch und fügte ihre eigenen Beobachtungen hinzu.«

Joan sah Alice freundlich an. »Ein solches Buch hat keinen Wert, wenn es nicht von einem Menschen benutzt wird, der Krankheiten durch die Analyse der Symptome bestimmen kann. Dieses Talent scheint eine Seltenheit zu sein.«

Alice wußte nicht, was sie sagen sollte.

»Eure Mutter wäre stolz auf Euch, Mylady«, fuhr Joan leise fort. »Ihr habt gelernt, wie man das Wissen, das in diesem Buch enthalten ist, zur Anwendung bringt. Heute nacht habt Ihr mit diesem Wissen Johns Leben gerettet. Das Geschenk, das Eure Mutter Euch gemacht hat, ist von unschätzbarem Wert.«

Alice blickte auf das Handbuch, das Helen während der langen, einsamen Jahre ihrer Ehe verfaßt hatte, und sie dachte daran, wie sehr sie die Hingabe ihrer Mutter an diese Arbeit verurteilt hatte. Wie viele Tage und Jahre war ihre Arbeit ein größerer Trost für Helen gewesen als ihre Kinder.

Aber heute nacht hatten die Ergebnisse dieser Arbeit einem Kind das Leben gerettet.

Ein solch wertvolles Geschenk verlangte seinen Preis, und Alice wußte, daß sie einen Teil dieses Preises, Benedict desgleichen und Helen selbst den größten bezahlt hatte.

Doch heute nacht hatte ein Kind deswegen überlebt. Es war nicht das erste, das durch Helens Arbeit Rettung erfuhr und würde sicher nicht das letzte sein.

Tief in ihrem Inneren, wo bisher Zorn und Trauer geherrscht hatten, wallte zärtliche Wärme in Alice auf.

»Ja, Priorin. Ihr habt recht. Aber aus irgendeinem Grund war mir bis jetzt nicht klar, was für ein großartiges Erbe mir meine Mutter hinterlassen hat.«

Der kleine John rührte sich, schlug die Augen auf und sah seine Mutter an. »Mama? Warum sind so viele Leute hier?«

Seine Eltern lachten und gingen neben dem Strohsack auf die Knie.

Alice preßte das Handbuch ihrer Mutter an ihr Herz und sandte ihr einen stummen Dank zum Himmel hinauf.

14

Die junge Burgherrin stand in der Mitte der großen Halle und schaute prüfend um sich. Im Herd brannte ein Feuer, aber trotzdem war es kalt. »Irgend etwas fehlt hier, Julian«, sagte sie.

»Ihr meint gestohlen?« Julian legte die Harfe zur Seite, auf der er nachlässig herumgezupft hatte. »Das ist unwahrscheinlich. Niemand würde es wagen, Hugh den Unerbittlichen zu bestehlen. Der Teufel weiß, daß der arme Dieb nie wieder Ruhe und Frieden fände.«

»Nicht gestohlen. Einfach ... nicht da.« Alice wies mit der Hand auf die nackten Wände und den binsenbedeckten Boden. »Hier speisen Lord Hugh und seine Männer jeden Tag. Hier sitzt er, um Gericht zu halten. Hier wird er seine Gäste empfangen. Und irgend etwas fehlt. Dem Raum fehlt es an ...«

»Ah, jetzt verstehe ich Euch, Madam.« Julian grinste. »Das Wort, nach dem Ihr sucht, ist *Eleganz*.«

»Eleganz?«

»Ja. In dieser Halle fehlt es an Eleganz, Schmuck, Charme und Stil.«

»An all dem?« Alice biß sich auf die Lippe, als sie sich abermals umsah.

»An all dem und noch mehr. Lord Hugh hat für viele Dinge Talent, Mylady, aber er hat nicht das geringste Interesse an Fragen der Aufmachung; leider muß ich, ohne ihm zu nahe treten zu wollen, feststellen, daß man dieses fehlende Interesse sofort bemerkt.«

»Ich fürchte, Ihr habt recht.«

»Die Schwierigkeit besteht meiner Meinung nach darin«, fuhr Julian fort, »daß Sir Hugh alles, von seinen Stiefeln und seinen Tuniken bis hin zum Reiseumhang seines Boten, in einer einzigen Farbe bestellt: Schwarz.«

»Hmm. Er scheint eine deutliche Vorliebe dafür zu haben. Aber er wäre sicher nicht einverstanden, wenn er bei seiner Rückkehr alles in Himmelblau oder Kürbisorange vorfände.«

»Es würde mir nicht im Traum einfallen, Euch vorzuschlagen, auf das Schwarz zu verzichten.« Julian trippelte durch die Halle und sah sich ein paar Einzelheiten genauer an. »Irgendwie paßt Schwarz zu Lord Hugh. Aber was wäre, wenn wir es mit einer anderen Farbe beleben würden?«

»Welche Farbe schlagt Ihr vor?«

»Vielleicht Grün oder Rot. Ich glaube, der Kontrast wäre höchst reizvoll. Weiß kann ebenfalls interessant sein.«

Plötzlich kam Alice eine Idee. »Bernstein.«

»Mylady?«

Für Alice war die Frage bereits entschieden. »Bernstein ist die Farbe von Lord Hughs Augen. Ein wunderbarer Ton, fast wie Gold. Wir werden Bernstein als Kontrast zum Schwarz einführen.«

Julians Vorstellungsvermögen stiftete Beifall. »Ein reicher Bernsteinton könnte in diesem Raum passen.«

»Ich bestelle einen Baldachin in diesen beiden Farben, der über den Tisch gespannt wird.« Alices Begeisterung wuchs, als sie begann, sich alles genau auszumalen. »Und ich werde ihm eine neue Tunika in Schwarz und Bernstein anfertigen lassen.«

»In Kürze wird Sir Hugh neue Kleider für seine Männer bestellen«, warf Julian dezent ein. »Das tut er jedes Jahr. Es wäre eine günstige Gelegenheit, auch die Farben ihrer Garderobe zu verändern.«

»Ihr sagt es.« Sie selbst besaß kein besonderes Talent für derartige Dinge, aber es war offensichtlich, daß Julian der geborene Kleiderkünstler war. »Kümmert Euch bitte darum, ja, Julian?«

Julian verbeugte sich. »Mit dem größten Vergnügen, Mylady. Soll ich auch für Euch ein neues Gewand bestellen?«

Alice hatte die Vision, wie sie Hugh bei seiner Ankunft in einem Kleid in seinen neuen Farben gegenübertrat. »Das wäre bestimmt angemessen.«

Währenddessen stählte sich Hugh in London gegen die Düsternis und Verzweiflung, die geradezu aus den Wänden in Erasmus' Privatgemach zu kriechen schienen.

»Ah, Hugh.« Erasmus blickte von seinem Stuhl in der Nähe des Feuers auf. Sein Begrüßungslächeln war schwach, verriet aber dennoch seine Freude, den Ziehsohn zu sehen. »Es ist schön, daß du da bist. Wer ist dein Begleiter?«

»Dies ist Benedict, Mylord.« Hugh bedeutete Benedict, näher zu treten. »Er ist der Bruder meiner zukünftigen Frau.«

»Willkommen, junger Benedict.«

»Danke, Mylord.« Benedict verbeugte sich wohlerzogen.

»Komm zu mir, damit ich dich kennenlernen kann«, sagte Erasmus. »Erzähl mir, was du und Hugh heute morgen in den Docks getrieben habt.«

Hugh tauschte einen kurzen Blick mit Erasmus' Frau Eleanor, als Benedict der Aufforderung nachkam. Eleanor war eine vornehme Frau, nicht viel älter als Hugh. Sie sah ihn mit einem tapferen Lächeln an, während Erasmus leise mit Benedict sprach, aber die Schatten in ihren Augen waren nicht zu übersehen. Hugh wußte, daß Eleanor ihrem Herrn sehr nahe stand. Das Paar hatte zwei Kinder, einen Jungen und ein Mädchen.

»Sein Zustand hat sich nicht gebessert?« fragte er ruhig.

»Die Anfälle werden immer schlimmer. Aber die Ärzte habe ich entlassen.«

»Wie vernünftig«, Hugh zollte ihr Beifall.

»Ja. Ich bin der festen Überzeugung, daß sie ihm mit ihren schrecklichen Instrumenten mehr Schaden zufügen, als Gutes tun. Ich schwöre, sie hätten ihn solange zur Ader gelassen, bis er vollkommen ausgetrocknet gewesen wäre. Und dann diese gräßlichen Darmentleerungen.« Eleanor schüttelte angewidert den Kopf. »Sie haben ihm überhaupt nicht geholfen. Er ist an einem Punkt angelangt, an dem er nur noch in Frieden zu sterben wünscht.«

Hugh sah Erasmus an. Sein Lehnsherr war in den letzten paar Monaten um zehn Jahre gealtert, dachte er. Die kräftige, stattliche Gestalt, die er in seiner Jugend so sehr bewundert hatte und der er später seine Gefolgschaft und sein Schwert gewidmet hatte, war jetzt zu einem Nichts zusammengeschrumpft.

»Ich kann einfach nicht glauben, daß wir ihn verlieren sollen«, sagte Hugh leise. »Er ist erst zweiundvierzig Jahre alt und strahlte stets vor Gesundheit.«

»Er schläft kaum noch nachts«, flüsterte Eleanor. »Und wenn es ihm gelingt einzuschlafen, dann wacht er kurz darauf völlig verschreckt wieder auf. Er erhebt sich zitternd und wankt bis zum Morgengrauen im Zimmer auf und ab. Seine größte Angst ist nicht die vor dem Tod, sondern dem Wahnsinn anheim zu fallen.«

»Meine Braut schickt diese Kräuter und diesen Brief.« Hugh griff in seinen schwarzen Lederbeutel und nahm die Dinge heraus. »Ich weiß nicht, ob sie helfen, aber es schadet bestimmt nicht, sie einmal auszuprobieren. Sie hat ein gewisses Talent im Umgang mit Kranken.«

Eleanor runzelte leicht die Stirn. »Ich möchte nicht, daß er unter irgendwelchen starken Mitteln noch mehr zu leiden hat.«

»Erasmus ist im Grunde seines Herzens ein mutiger Mann«, sagte Hugh. »Was für eine Krankheit auch immer ihn befallen hat, an dieser Tatsache ändert sich nichts. Laßt ihn einen letzten Kampf ausfechten, ehe Ihr alle Hoffnung preisgebt.«

»Ja, Ihr habt recht, Sir Hugh.« Eleanor nahm die Kräuter und das Schreiben entgegen.

Erasmus hob die Hand. »Hugh, komm her. Ich möchte kurz mit dir sprechen.«

Hugh ging zum Kamin hinüber, das Herz schwer beim Anblick des Leidenden.

Alice sah sich mit kritischen Augen in der warmen, von geschäftigem Leben erfüllten Küche um. Über dem großen Kochfeuer hingen zwei massive Eisenkessel, in denen verschiedene Eintöpfe, gefüllte Hühner und köstliche Würste siedeten. Die Stirnen der Küchenjungen, die die Bratspieße drehten, waren schweißbedeckt. Auf einer Platte am Rand der Flammen wurden Fleischpasteten gebräunt.

»Sorgt dafür, daß die Kessel alle vierzehn Tage ausgeleert und ordentlich geschrubbt werden, Elbert«, wies Alice den Verwalter an. »Ich halte nichts von der gängigen Praxis, sie monatelang zu benutzen, ohne sie je zu reinigen.«

»Sehr wohl, M'lady.« Elbert setzte ein ernstes, eifriges Stirnrunzeln auf.

In den fünf Tagen seit Hughs Abreise hatte Alice Scarcliffe Keep von oben bis unten durchstöbert. Sie hatte jede Wäschetruhe und jeden Kleiderschrank geleert, entstaubt und mit duftenden Kräutersäckchen versehen. Jeden Raum, von Hughs Schlafzimmer bis hin zur kleinsten Vorratskammer, hatte sie betreten und durchgesehen.

Unermüdlich trottete Elbert hinter ihr her und machte sich sorgfältige Notizen auf seinen Wachstafeln, während sie ihm eine endlose Liste von Anweisungen diktierte.

Die Küche bildete den Abschluß.

»Sorgt dafür, daß die Küchenjungen auch andere Aufgaben zugeteilt bekommen. Ich will nicht, daß sie zu lange am Feuer stehen. Die Arbeit dort ist heiß und anstrengend.«

»Andere Aufgaben.« Elbert machte sich erneut eine Notiz. »Sehr wohl, M'lady.«

Die schweißüberströmten Küchenjungen schwangen übermütig ihre Kellen.

Alice ging durch die Küche und blieb an diversen Stellen stehen, um sich bestimmte Dinge näher anzusehen. Sie lächelte den Köchinnen zu, die in ihrer Gegenwart geschäftig zu hantieren begannen. Dies war der erste Besuch, den sie ihnen abstattete. Bisher hatte sich der Kontakt auf die Befehle beschränkt, die sie ihnen durch Elbert hatte erteilen lassen, und auf die Bestellungen ihrer persönlichen Mahlzeiten.

Alice sah sich einen Arbeitstisch an, an dem eine der Frauen Zwiebeln hackte. »Ich möchte, daß Ihr die spezielle grüne Suppe, die Ihr für mich zubereitet, einmal täglich auch Lord Hugh und allen anderen Bewohnern der Burg serviert.«

»Spezielle grüne Suppe«, wiederholte Elbert. »Für alle. Sehr wohl, M'lady.«

»Sie ist gesund«, erklärte sie. »Außerdem möchte ich, daß mittags mindestens drei verschiedene Gemüse auf dem Tisch stehen.«

»Drei verschiedene Gemüse. Sehr wohl, Madam.«

»Und seht zu, daß der Kohl nicht zu lange kocht.«

Elbert machte sich wieder eine Notiz. »Sehr wohl, M'lady.«

Alice blickte auf den Milch-Weizen-Brei, der in einer tönernen Schüssel blubberte. »Und laßt den Brei mit Honig süßen, sonst schmeckt er zu fade.«

»Honig in den Brei.« Elberts Schreibstift kratzte auf dem Wachs.

»Ich werde Euch eine Liste der Zutaten geben, die ihr für eine Knoblauch-Kardamom-Sauce braucht und dann noch eine für eine Sauce mit Ingwer und Safran. Sie sind beide sehr schmackhaft. Man reicht sie zu gekochtem Fisch oder zu gebratenem Fleisch.«

»Sehr wohl, M'lady.« Plötzlich setzte Elbert eine besorgte Miene auf. »Was die Gewürze angeht, woher sollen wir die nehmen?«

Alice sah ihn überrascht an. »Was meint Ihr damit? Sir Hugh verfügt über riesige Vorräte der besten Gewürze hier auf der Burg.«

Elbert räusperte sich. »Seine Lordschaft bewahrt die Schlüssel zu den Gewürztruhen bei sich, und er hat mir strikte Anweisung erteilt, ihn aufzusuchen, wenn die Küche Bedarf an Gewürzen hat. Aber die beiden Male, die ich deswegen bei ihm vorsprach, hat er recht unwirsch reagiert.«

»Warum?«

»Er, oh, hat sich über die von mir geforderte Menge entrüstet«, erklärte Elbert niedergeschlagen. »Er sagte, ich hätte keine Ahnung von Wirtschaftlichkeit, und ich würde die Köchinnen zur Verschwendung anregen.«

Alice lächelte begütigend. »Lord Hugh ißt gerne gut, aber er war noch nie gezwungen, sein Essen selbst zuzubereiten, ganz zu schweigen davon, daß er für einen Haushalt dieser Größe je hätte die Mahlzeiten selbst planen müssen.«

»Das ist es ja«, Elberts Miene verdüsterte sich noch mehr. »Sir Hugh hat vielleicht ein Talent für Buchführung, aber er macht sich keine Vorstellungen davon, welche Mengen von Zutaten man für anständige Mahlzeiten braucht.«

»Nein, Madam, die macht er sich nicht«, stimmte Elbert ihr leidenschaftlich zu.

»Grämt Euch nicht darüber«, beruhigte Alice ihn. »Sir Hugh hat mir die Schlüssel zu den Vorratsräumen und Gewürztruhen gegeben, ehe er abgereist ist. Ich werde sie auch nach seiner Rückkehr behalten. Von nun an sorgt bitte dafür, daß ich allmorgendlich eine Liste der erforderlichen Gewürze bekomme, um sie für die Köchinnen abzuwiegen.«

Hoffnung glimmte in Elberts Augen auf. »Ich brauche also wegen der Gewürze nicht mehr Sir Hugh aufsuchen?«

»Nein. Dafür bin jetzt ich zuständig.«

Elbert entspannte sich. »Vielen Dank, Madam.«

»Nun zu den Menüs. Ich werde Euch ein paar Rezepte geben, und Ihr wählt deren Zusammenstellung aus.« Alice lächelte die beiden Frauen an, die eine Süßspeise rührten. »Falls die Köchinnen selbst einmal Vorschläge machen, unterrichtet mich bitte davon. Auf diese Weise vergrößern wir unsere Auswahl an Speisen.«

Die beiden Frauen strahlten vor Eifer.

Alice trat an einen Tisch, der mit Eiern beladen war. »Eierspeisen sind sehr kräftigend. Ich möchte, daß jeden Mittag mindestens eine serviert wird.«

»Sehr wohl, Madam.« Elbert sah den Eierberg an. »Und wie sollen sie zubereitet sein?«

»Am gesündesten sind sie, wenn sie mit –«

»Mylady«, rief ein Bediensteter von der Tür. »Ich bitte um Entschuldigung.«

Alice wandte sich von den Eiern ab. »Was wünscht Ihr, Egan?«

»Tut mir leid, Euch zu stören«, sagte Egan. »Aber draußen steht ein Junge, der Euch unbedingt sprechen will. Er behauptet, es ginge um Leben und Tod.«

»Ein Junge?« Eine der Köchinnen runzelte die Stirn. »Sag ihm, daß er verschwinden soll. Lady Alice hat Wichtigeres zu tun.«

Alice entdeckte eine schmächtige Gestalt hinter Egan, es war ein dunkelhaariger Junge mit gelbbraunen Augen, vielleicht acht Jahre alt. Anscheinend stammte er nicht aus dem Dorf, denn sie kannte ihn nicht. Seine Kleider waren schmutzig und schlammbedeckt, trotzdem ließen sie gute Qualität erkennen.

»Ich muß mit ihr sprechen.« Die Stimme des Jungen klang atemlos. »Es ist von größter Wichtigkeit. Ich werde nicht eher gehen, als bis sie mich angehört hat.«

»Das könnte dir so passen.« Eine der Küchenhilfen hob drohend eine Brotschaufel: »Verschwinde, Junge. Du riechst ja wie ein Misthaufen.«

Die Brise, die durch die offene Tür drang, bewies die Richtigkeit dieser Anklage. Es ließ sich nicht leugnen, daß der Junge erbärmlich stank.

»Legt die Schaufel weg«, sagte Alice bestimmt, ehe sie den Ankömmling begrüßte. »Ich bin Lady Alice. Und wer bist du?«

Der Junge straffte die Schultern und reckte das Kinn. Diese einfache Geste verriet einen angeborenen Stolz, der seinen schmuddeligen Aufzug und seine Ausdünstungen vergessen ließ. »Ich heiße Reginald, Mylady. Mein Vater ist Sir Vincent von Rivenhall.«

Elbert rang nach Luft. »Rivenhall.«

Plötzlich wurde es in der Küche totenstill. Reginald kniff sein kleines Gesicht zusammen, aber er wich nicht zurück, seinen Blick auf Alice geheftet.

»Du kommst von Rivenhall Manor?« fragte Alice vorsichtig, während sie sich Reginald näherte. »Du bist Sir Vincents Sohn?«

»Ja.« Reginald verbeugte sich vor ihr und dann sah er sie gleichermaßen verzweifelt und entschlossen an. »Ich bin gekommen, um Euch zu bitten, mir bei der Rettung des Hauses meines Vaters und der Ehre meiner Mutter behilflich zu sein.«

»Bei allen Heiligen. Was in aller Welt ist geschehen?«

»Meine Mutter sagte, es wäre sinnlos, sich an Euch zu wenden, aber ich kenne niemanden sonst, zu dem ich hinkann. Ihr seid die Einzigen, die uns nahe genug stehen, um uns zu helfen. Ich habe gehört, daß mein Vater und Hugh der Unerbittliche Vettern sind. Also kam ich her.«

»Beruhige dich, Reginald«, Alice strich ihm übers Haar.

»Man sagte mir, daß Sir Hugh in London weilt, aber Ihr seid hier und die meisten seiner Waffenträger auch. Ihr könnt uns retten. Bitte, Madam –«

»Du mußt mir die Geschichte von Anfang an erzählen«, befahl Alice.

Irgend etwas in Reginald schien nachzugeben. Es war, als hätte er sich durch reine Willenskraft auf den erschöpften Beinen gehalten. Doch jetzt verließ sie ihn, seine Augen schwammen in Tränen.

»Wir sind verloren, wenn Ihr uns nicht zu Hilfe kommt.« Die Worte purzelten nur so aus ihm heraus. »Mein Vater ist weit weg im Süden bei einem Turnier. Er sagt, wir brauchen das Geld. Und die meisten seiner Ritter und Waffenträger sind ihm gefolgt.«

»Reginald –«

»Sir Eduard ist gestern aufgetaucht und hat sich gewaltsam Zutritt zu unserer Burg verschafft. Meine Mutter verliert den Verstand vor Angst. Ich weiß nicht, wie ich meinem Vater Bescheid geben soll, damit er uns verteidigt.«

»Pst. Ich werde unsere Leute schicken.« Alice legte eine Hand auf seine Schulter und führte ihn zu einem Wassereimer neben dem Kamin. »Zuerst einmal mußt du diesen gräßlichen Geruch loswerden.« Sie richtete das Wort an den Verwalter. »Elbert, schickt jemanden nach frischen Kleidern.«

»Sehr wohl, M'lady.« Elbert winkte einem der Küchenjungen.

Es dauerte nur wenige Minuten, bis sich Reginald gewaschen und umgezogen hatte. Als er sauber war, setzte Alice ihn an einen der Tische. »Würde bitte jemand unserem Gast einen Krug mit meiner grünen Suppe geben?«

Eine Köchin füllte die dünne Gemüsebrühe um und brachte sie herbei. Aus dem Krug stieg sanft der tröstliche Duft auf.

»Nimm einen Schluck«, befahl Alice und setzte sich dem Jungen gegenüber, »das wird dir neue Kräfte verleihen«.

Reginald setzte zum Trinken an, als hätte er seit Tagen nichts mehr in den Magen bekommen. Er leerte den Krug, doch als er ihn auf den Tisch zurückstellte, verzog er angewidert das Gesicht. »Vielen Dank, Mylady«, sagte er mit einer Höflichkeit, die gezwungen klang. »Ich war wirklich sehr hungrig.« Er begann sich den Mund mit dem Ärmel abzuwischen, doch hielt gleich darauf inne, da ihm dieses schlechte Benehmen offenkundig peinlich war. Er errötete und holte tief Luft.

»Nun erzähl mir erst einmal, wer Sir Eduard ist, und wie er in die Burg deines Vaters eindringen konnte.«

»Eduard von Lockton ist ein Ritter ohne Land«, berichtete Reginald, »ein Söldner, der sein Schwert jedem verkauft, der bezahlt. Meine Mutter sagt, daß er nicht mehr taugt als ein gewöhnlicher Gesetzloser.«

»Und warum kam Eduard ausgerechnet nach Rivenhall?«

»Meine Mutter sagt, weil er wußte, daß mein Vater in die Ferne gezogen ist und fast alle seine Männer mitgenommen hat. Sie sagt, Sir Eduard denkt, daß Hugh der Unerbittliche Rivenhall wegen des bösen Bluts zwischen den beiden Häusern nicht beistehen wird.«

»Eduard von Lockton hat sich also in die Burg deines Vaters Einlaß verschafft und das Kommando übernommen?«

»Ja. Als er gestern ankam, hat er behauptet, er käme in freundschaftlicher Absicht. Er forderte eine Herberge für sich und seine Männer. Mutter hat es nicht gewagt, ihm die Gastfreundschaft zu verweigern. Mit den paar Männern, die mein Vater zurückgelassen hat, hätten wir sowieso nichts ausrichten können.«

»Also hat sie ihn hereingelassen in der Hoffnung, daß er am nächsten Morgen weiterziehen würde?«

»Ja. Aber das tat er nicht.« Reginald sah wie ein Häuflein Elend aus. »Er hat seine Waffenträger auf die Burgmauern postiert und benimmt sich, als wäre er der Lord von Rivenhall. Er hat unsere Burg in Beschlag genommen, ohne sie auch nur belagern zu müssen.«

»Der Lehnsherr deines Vaters, Erasmus von Thornewood, wird sicher etwas gegen Sir Eduard unternehmen, wenn er davon erfährt.«

»Meine Mutter sagt, daß Sir Erasmus im Sterben liegt. Wahrscheinlich ist er tot, ehe ihn unser Alarm erreicht.«

»Eduard versucht also, vollendete Tatsachen zu schaffen«, grollte Alice.

»Das hat meine Mutter auch gesagt.«

Alice erinnerte sich daran, wie ihr Onkel seinen Sohn als

Herrn über die Burg ihres Vaters eingesetzt hatte. Es war gut und schön, wenn Männer der Kirche an das königliche Recht, das kanonische Recht und das Gewohnheitsrecht appellierten, aber in Wahrheit war Besitz das Einzige, was Bedeutung besaß. Ein Mann oder eine Frau, die ihren Besitz nicht verteidigen konnten, waren im Kampf gegen einen Stärkeren bald verloren. So sah es in der Welt nun einmal aus.

»Ich weiß, wie du dich fühlst, Reginald.«

Reginald sah sie ängstlich an. »Gestern abend nach dem Essen hat Sir Eduard versucht, meine Mutter auf sein Zimmer zu zerren. Sie war außer sich vor Angst. Ich glaube, daß er ihr weh tun wollte.«

Alice wurde es eiskalt. »Großer Gott. Ist deine Mutter ...? Ist alles in Ordnung mit ihr? Was ist passiert?«

»Sie hat sich losgerissen, mich an der Hand genommen und mir zugeflüstert, daß wir in das Turmzimmer fliehen müßten. Wir haben es gerade noch geschafft, uns dort einzuschließen.«

»Den Heiligen sei Dank.« Alice stieß einen Seufzer der Erleichterung aus.

»Eduard war außer sich vor Wut. Er hat gegen die Tür gehämmert und alle möglichen Drohungen ausgestoßen. Schließlich gab er auf, aber nicht, ehe er nicht geschworen hatte, uns dort oben verhungern zu lassen, wenn wir uns nicht ergeben. Mutter ist immer noch dort oben. Sie hat seit gestern abend nichts mehr zu essen oder zu trinken gehabt.« Er sah auf seinen leeren Krug. »Und das war das erste, was ich seit gestern abend zu mir genommen habe.«

Alice machte einer der Köchinnen ein Zeichen. »Bitte bringt unserem Gast eine Fleischpastete.«

»Sehr wohl, M'lady.« Die Köchin nahm die größte Pastete von der Platte und legte sie Reginald vor.

Alice sah den Jungen an. »Und wie bist du aus dem Turmzimmer entwischt?«

»Es gibt dort einen alten Abtritt.« Reginald verschlang die

Pastete mit wesentlich größerem Genuß als die gesunde Suppe. »Und sein Abfluß ist etwas breiter als normal.«

»Gerade breit genug für einen Jungen deiner Größe?«

Reginald nickte: »Manchmal war es etwas schwierig und der Gestank kaum auszuhalten.«

»Das kann ich mir vorstellen. Wie hast du den Abstieg geschafft?«

»Mutter und ich haben aus einem alten Bettvorhang ein Seil gemacht. Ich habe mich damit runtergelassen.«

Das erklärte die Zumutung, die Reginalds Kleidern entstiegen war, dachte Alice. Der arme Junge hatte die Burg durch einen Abflußschacht verlassen. Abgesehen von dem Gestank mußte es eine furchterregende Erfahrung gewesen sein.

»Du bist sehr tapfer, Reginald.«

Er überging diese Bemerkung. »Werdet Ihr uns helfen, Lady Alice? Wenn wir nichts unternehmen, fürchte ich, daß Sir Eduard Mutter etwas antut.«

In diesem Augenblick kam Dunstan in die Küche gestürmt. Sein Schnurrbart zuckte vor Empörung und Wut. Er bedachte alle Anwesenden mit einem zornigen Blick, dann wandte er sich an Alice.

»Was, zum Teufel, geht hier vor?« fragte er. »Was habe ich gehört? Ein Junge von Rivenhall ist hier?«

»Reginald, Sir Vincents Sohn.« Alice stand auf. »Rivenhall Keep ist von einem Söldner namens Eduard von Lockton überfallen worden. Wir müssen die Burg und Reginalds Mutter, die dort gefangen gehalten wird, befreien.«

Dustan fiel vor Überraschung die Kinnlade herunter. »Rivenhall befreien? Seid Ihr vollkommen übergeschnappt, M'lady? Wenn die Burg tatsächlich jemand anderem in die Hände gefallen ist, wird Sir Hugh ein Freudenfest veranstalten.«

»Macht Euch nicht lächerlich, Dunstan. Man muß unterscheiden zwischen einer familieninternen Fehde und dem Überfall eines Fremden auf den Besitz des eigenen Vetters.«

»Aber M'lady – «

»Bitte ruft die Waffenträger zusammen und befehlt ihnen ihre Pferde zu satteln. Stellt auch für mich ein Pferd bereit. Wir machen uns noch in dieser Stunde auf den Weg.«

Dunstan kochte. »Das kann ich nicht zulassen. Sir Hugh wird mich als Verräter aufhängen lassen, wenn ich Rivenhall zu Hilfe eile.«

»Wenn Ihr solche Angst vor ihm habt, dann bleibt hier. Wir reiten auch ohne Euch«, bestimmte Alice.

»Himmel, Madam, wenn Hugh mich aufhängen läßt, dann habe ich noch mehr Glück als Ihr. Wer weiß, was er mit Euch machen wird. *Ihr seid seine Verlobte.* Er wird es Euch niemals verzeihen, wenn Ihr ihn auf diese Weise hintergeht.«

»Ich habe nicht die Absicht, ihn zu hintergehen.« Alice versuchte das Unbehagen nicht zu beachten, das sie beschlich. »Ich helfe lediglich seinem Blutsverwandten.«

»Er haßt seinen Blutsverwandten.«

»Aber sicher haßt er weder den jungen Reginald noch dessen Mutter.«

»Ihr sprecht von Vincents Erben und seiner Frau.« Dunstan starrte sie ungläubig an. »Sir Hugh empfindet sicher nicht mehr für die beiden als für Vincent selbst.«

»Sir Hugh hat mir die Befehlsgewalt übertragen, nicht wahr?«

»Ja, aber –«

»Ich muß tun, was ich für richtig halte. Ihr wißt, was Ihr zu tun habt, Sir Dunstan.«

Dunstans Miene verriet ohnmächtigen Zorn. Er griff nach einem irdenen Topf und schleuderte ihn gegen die Wand, so daß er in einen Haufen Scherben zerbarst.

»Ich habe ihm von Anfang an gesagt, daß Ihr uns nichts als Scherereien verursachen würdet. Nichts als Scherereien.« Mit diesen Worten machte er auf dem Absatz kehrt und ließ die Tür hinter sich zukrachen.

Zwei Stunden später ritt Alice in einem leuchtend grünen Kleid und mit einem von einem Silberreif gehaltenen Seidennetz über dem Haar durch die Tore der Burg von Rivenhall. Der junge Reginald saß auf einem kleinen grauen Reitpferd dicht neben ihr. Niemand stellte sich ihnen in den Weg und Alice begriff, daß Eduard es nicht wagte, Hugh den Unerbittlichen herauszufordern.

Wachsam schaute sie sich um. Sie spürte die besorgten Blicke der Männer, die auf der Mauer Wache standen. Zweifellos maßen sie die Kraft der Haudegen, die sie begleiteten.

Das Wissen, ein Gefolge von beeindruckendem, furchteinflößendem Anblick im Rücken zu haben, beruhigte sie. Sir Dunstan, die Ritter und Waffenträger, die Hugh auf Scarcliffe zurückgelassen hatte, ritten dicht hinter ihr. Selbst Julian war mit von der Partie. Er hatte Alice erklärt, daß jeder Mann, der in Sir Hughs Diensten stand, lernen mußte, wie man mit dem Schwert oder dem Bogen umging, unabhängig davon, ob dies zu seinem Amt paßte oder nicht.

Die polierten Helme sowie Spitzen und Klingen der klirrenden Waffen blitzten im grauen Licht des nebelverhangenen Tages, schwarze Banner flatterten im Wind.

»Seid gegrüßt, Mylady.« Ein stämmiger Riese mit zerzaustem braunem Haar, einem buschigen Bart und herausforderndem Blick grüßte sie von der Treppe her. »Es freut mich immer, die Bekanntschaft derjenigen zu machen, die unter dem Banner Hughs des Unerbittlichen reiten.«

»Das ist Sir Eduard«, zischte Reginald Alice zu. »Seht ihn Euch an. Er tut so, als wäre er der Herr des Hauses.«

Alice brachte ihr Pferd zum Stehen und musterte Eduard. Der Söldner sah wie ein wilder Eber aus, mit einem dicken Hals, dem breiten Kiefer und seinen Schweinsaugen. Sein Verstand entsprach wahrscheinlich seinem Äußeren.

Sie sandte ihm einen herablassenden Blick, während Dunstan und seine Männer hinter ihr aufrückten. »Bitte informiert die Herrin dieser Burg, daß ihre neue Nachbarin sie zu sprechen wünscht.«

Eduard grinste, wobei zahlreiche Lücken zwischen den schmutziggelben Zähnen sichtbar wurden. »Und wer, bitte, seid Ihr?«

»Ich bin Alice, die Braut von Hugh dem Unerbittlichen.«

»Die Braut, ja?« Eduard musterte die bewaffneten Hünen hinter ihr. »Ich wette, Ihr seid die Frau, wegen der er in Ipstoke das Turnier gegen Sir Vincent verpaßt hat. An jenem Tag war er nicht allzu begeistert von Euch.«

»Ich versichere Euch, daß Sir Hugh mit seiner Verlobung durchaus zufrieden ist«, sagte Alice. »In der Tat, er ist so zufrieden, daß er mir das Kommando über seine Ländereien und seine Männer übergeben hat.«

»So sieht's aus. Und wo ist Sir Hugh?«

»Auf dem Weg von London hierher«, erwiderte Alice kühl. »Er wird bald zurück sein, und ich habe die Absicht, bis dahin bei Lady Emma zu bleiben.«

Eduard sah sie durchtrieben an. »Weiß Lord Hugh, daß Ihr hier seid?«

»Seid versichert, daß er es früh genug erfahren wird«, fuhr Alice unbeirrt fort. »Ich an Eurer Stelle wäre bis dahin nicht mehr auf Rivenhall.«

»Wollt Ihr mir etwa drohen, Mylady?«

»Seht es als eine Warnung an.«

»Ihr seid diejenige, die sich vorsehen sollte, Madam«, knurrte Eduard. »Ihr versteht offensichtlich nicht, wie die Dinge zwischen Rivenhall und Scarcliffe stehen. Vielleicht fand es Euer zukünftiger Gatte unpassend, Euch in diesen Zwist einzuweihen.«

»Lord Hugh hat mir alles dargelegt, Sir. Ich genieße sein vollstes Vertrauen.«

Eduards Miene verriet deutlichen Zorn. »Das wird sich bald ändern. Sir Hugh wird mir dankbar dafür sein, daß ich diese

Burg übernommen habe. Schließlich hat ihm sein Lehnsherr verboten, persönlich an Rivenhall Rache zu nehmen. Also mischt er sich bestimmt nicht ein, wenn er erfährt, daß ein anderer die Sache für ihn erledigt.«

»Ihr seid derjenige, der die Situation falsch auffaßt«, entgegnete sie sanft. »Ihr habt Euch in eine Familienangelegenheit eingemischt. Dafür wird Euch Sir Hugh sicher nicht dankbar sein.«

»Das werden wir ja sehen.«

»Ohne Zweifel.« Alice setzte ein kaltes Lächeln auf. »Und bis dahin werde ich meine Zeit hier bei Lady Emma verbringen. Ist sie immer noch im Turmzimmer?«

Eduard kniff seine Schweinsäuglein zusammen. »Der Junge hat Euch also davon erzählt, he? Sei's drum! Sie hat sich dort oben eingesperrt und kommt nicht heraus.«

Alice wandte sich an Reginald. »Geh und hol deine Mutter aus dem Turm. Sag ihr, daß ich mich darauf freue, ihre Bekanntschaft zu machen. Und sag ihr, daß Sir Hughs Waffenträger hier sind zum Schutze ihrer und deiner Sicherheit.«

»Sehr wohl, Mylady.« Reginald glitt vom Pferd und schleuderte Eduard böse Blicke zu, als er an ihm vorbei die Treppe hinaufsprang.

Eduard stemmte seine Fäuste, die riesigen Schinken glichen, in die Hüften und ergriff erneut das Wort. »Ihr riskiert mehr als Ihr denkt, wenn Ihr Euch in diese Sache einmischt, Lady Alice. Jawohl, weit mehr.«

»Das laßt nur meine Sorge sein.«

»Wenn Sir Hugh zurückkommt, wird er außer sich sein vor Wut über diesen Verrat. Es ist kein Geheimnis, daß Loyalität ihm alles bedeutet. Das Mindeste, was er tun wird, ist die Verlobung zu lösen. Und was machst du dann, du närrisches Weib?«

»Hier seid Ihr der Narr, Eduard.« Alice winkte Dunstan. »Würdet Ihr mir freundlicherweise aus dem Sattel helfen, Sir?«

»Sehr wohl, M'lady«, knurrte Dunstan.

Ohne Eduard auch nur eine Sekunde aus den Augen zu lassen, stieg er ab, marschierte zu Alice hinüber und streckte ihr die Hände entgegen. Als sie sah, wie grimmig er das Gesicht verzog, beruhigte sie ihn: »Es fügt sich alles zum Besten, Sir Dunstan. Vertraut mir nur.«

»Hugh wird höchstwahrscheinlich meinen Kopf fordern für dieses Abenteuer«, murmelte er so leise, daß nur sie es hörte. »Aber ehe er mich aufhängen läßt, werde ich ihm sagen, daß seine Verlobte ebenso mutig ist wie er selbst.«

»Nun, ich danke Euch, Sir.« Alice war überrascht und gerührt von diesem widerwilligen Lob. »Macht Euch nicht allzu viele Sorgen, ich werde nicht dulden, daß Lord Hugh Euch die Schuld an den Geschehnissen gibt.«

»Sir Hugh wird dem die Schuld geben, dem er sie geben will.« Dunstans Miene verriet männliche Schicksalsergebenheit.

»Lady Alice, Lady Alice«, rief Reginald von der Tür. »Ich möchte Euch meine Mutter vorstellen.«

Alice drehte sich um und sah eine liebliche Frau mit sanften Augen in dem weichen Gesicht. Sie wirkte erschöpft, was sicher von der Angst und der schlaflosen Nacht herrührte, aber ihre Haltung verriet unbeugsamen Stolz und in ihren Augen keimte Hoffnung.

»Seid gegrüßt, Lady Alice.« Emma blickte verächtlich an Eduard vorbei. »Es tut mir leid, Euch einen so kümmerlichen Empfang zu bereiten. Wie Ihr seht, sind wir gezwungen, die Gegenwart einiger ungebetener Gäste zu ertragen.«

»Diese Lage wird nicht von Dauer sein.« In der beruhigenden Gewißheit, daß sie von Scarcliffes Waffenträgern geschützt wurde, schritt Alice die Treppe hinauf. »Seid versichert, daß Sir Hugh Euch diese Schurken bald vom Hals schaffen wird.«

Hugh überlegte, ob Elbert vielleicht verrückt geworden war. Er hatte schon immer gewisse Zweifel an den geistigen Fähigkeiten des jungen Mannes gehegt. »Lady Alice hat *was* gemacht?«

Elbert zitterte, aber er blieb tapfer vor Hugh stehen. »Sie hat Sir Dunstan und alle Waffenträger mitgenommen, um Rivenhall Keep aus den Klauen eines Rüpels namens Eduard von Lockton zu befreien. Das ist alles, was ich weiß, Mylord.«

»Ich glaube es einfach nicht.«

Hinter Hugh stampften die müden Pferde mit den Hufen auf und blähten die Nüstern, weil sie in ihre Ställe wollten. Benedict und die beiden Bogenschützen, alle drei todmüde. Sie waren bereits aus den Sätteln gestiegen und blieben während Elberts Hiobsbotschaft stehen.

Hugh hatte die kleine Gesellschaft zu einem schnellen Tempo gedrängt, um Scarcliffe einen Tag früher zu erreichen als geplant. Er hatte sich vorgestellt, wie es wäre heimzukommen und Alice zu erblicken, die auf der Vordertreppe stand und ihn sehnsüchtig erwartete.

Er hätte wissen müssen, daß es anders kommen würde. Alice hatte seine Pläne von Anfang an durchkreuzt. Trotzdem konnte er einfach nicht glauben, daß sie ausgerechnet nach Rivenhall geritten war.

»Es ist wahr, Sir«, sagte Elbert. »Fragt die anderen. Der junge Reginald traf heute morgen hier ein und bat sie, ihm und seiner Mutter beizustehen.«

»Reginald?«

»Sir Vincents Sohn und Erbe, Mylord. Er war vollkommen verzweifelt, weil er weder seine Mutter noch die Burg seines Vaters hatte schützen können. Lady Alice sagte ihm, sie wisse, rasche Hilfe wäre in Eurem Sinne.«

»Sie würde nicht wagen, einfach nach Rivenhall zu reiten«, sagte Hugh jetzt gefährlich ruhig. »Noch nicht einmal Alice würde soweit gehen, mich derart herauszufordern.«

Elbert schluckte. »Sie hatte das Gefühl, daß es unbedingt erforderlich war, Mylord.«

»Bei allen Höllenfeuern.« Hugh sah den Stallburschen an,

der gekommen war, ihm sein Pferd abzunehmen. »Bringt mir ein frisches Pferd.«

»Sehr wohl, M'lord.« Der Mann eilte zu den Ställen zurück.

»Sir?« Benedict warf einem Stallburschen die Zügel seines Tieres zu. »Wie stehen die Dinge? Ist Alice etwas passiert?«

»Noch nicht«, sagte Hugh. »Aber das wird es bald. Dafür sorge ich persönlich!«

Alice spürte die Unruhe in der prächtigen Halle von Rivenhall Keep, aber sie tat, als merke sie nichts. Sie saß mit Emma in der Nähe des Feuers und unterhielt sich leise mit ihr, Reginald hatte seinen Hocker direkt vor den Kamin gerückt.

Von Zeit zu Zeit bemerkte Alice, daß Emma eisig zu Eduard hinüberblickte, der sich auf Sir Vincents Stuhl räkelte. Der Eindringling schob sich genüßlich Ingwerkorinthen zwischen seine Zahnstummel, als hätte er ein Recht darauf. Drei seiner schmuddeligen Waffenträger besetzten eine in der Nähe stehende Bank. Ihre Augen waren auf Dunstan und die beiden Ritter gerichtet, die er neben Alice in der Halle stationiert hatte. Die anderen Scarcliffeschen Waffenträger hatten Eduards Männer auf der Mauer abgelöst.

»Ich will Euch gewiß nicht zu nahe treten, Alice«, murmelte Emma, »aber mir ist, als wäre diese Burg in den letzten Tagen gleich zweimal eingenommen worden. Einmal von Eduards Männern und nun von denen Sir Hughs.«

»Ihr werdet Eure Burg zurückerhalten, sobald mein Bräutigam aus London wiederkommt.« Alice schob sich eine geröstete Nuß in den Mund. »Ich bin sicher, daß er Eduard an die Luft setzt.«

»Ich hoffe, Ihr habt recht.« Emma seufzte. »Aber nach allem, was mir mein Mann über die Geschichte dieser Familie erzählt hat, bin ich nicht sicher, ob es so einfach ist. Was ist, wenn Sir Hugh beschließt, Eduard zu vertreiben und die Burg sich selbst anzueignen?«

»Das wird er nicht tun.«

»Außerdem mache ich mir Sorgen um Euch, Alice. Was wird Sir Hugh sagen, wenn er erfährt, was Ihr heute getan habt? Höchstwahrscheinlich wird er Euer Vorgehen als Verrat betrachten.«

»Nein, wenn ich ihm den Sachverhalt erst einmal erklärt habe, wird er mich verstehen.« Alice schob drei weitere Nüsse in den Mund und kaute zuversichtlich. »Sir Hugh ist ein sehr intelligenter Mensch. Er wird mir zuhören.«

Reginald nagte besorgt an seiner Unterlippe. »Was ist, wenn Sir Hugh zu wütend ist, um Eure Erklärungen anzuhören, Madam?«

»Die Intelligenz meines Herrn wird nur noch durch seine Selbstbeherrschung übertroffen«, sagte Alice voller Stolz. »Er unternimmt nichts, ohne sich zuvor ein Bild von der Situation zu machen.«

Ein gedämpfter Ruf drang vom Hof herein. Stählernde Hufe dröhnten auf dem Pflaster. Dunstan stellte sich stramm und fixierte seine Männer: »Wird allmählich auch Zeit.« Eduard hievte sich von seinem Stuhl und bedachte Alice mit einem triumphierenden Blick. »Klingt ganz so, als wäre Sir Hugh endlich da. Gleich werden wir sehen, was er zur Anwesenheit seiner Verlobten im feindlichen Lager zu sagen hat.«

Alice ließ ihn links liegen.

Draußen donnerte es zur Ankündigung des bereits seit dem Nachmittag drohenden Sturms. Einen Augenblick später riß jemand die Eingangstür auf.

Dunstan sah Alice an. »Es heißt, der Teufel ist schneller angerufen als wieder gebannt, M'lady. Und Ihr habt ein ausgeprägtes Talent für ersteres. Laßt uns beten, daß Ihr auch den zweiten Teil des Sprichworts beherrscht.«

15

Hugh betrat die Halle seines eingeschworenen Feindes mit tödlich zielsicherem Schritt. Mit herein brachte er den gesammelten Zorn des Sturmes und das düstere Versprechen kommender Finsternis. Sein schwarzer Umhang fegte wie ein Wirbelwind um seine schwarzen Lederstiefel, sein basaltfarbenes Haar stand ihm zu Berge, und seine Augen loderten wie geschmolzener Bernstein.

Er trug keine Rüstung, aber unter den zurückgeworfenen Falten seines Umhangs sah man den schwarzen, ledernen Schwertgürtel, der seine Hüften umspannte. Eine seiner Pranken ruhte am Griff des *Boten des Sturms*.

Niemand rührte sich, alle starrten auf die Erscheinung, eine Verkörperung des nahenden Sturms.

Hugh durchschnitt mit einem einzigen kalten Blick die Halle, und Alice wurde klar, daß er die Situation sofort erfaßt hatte. Erfaßt und blitzschnell berechnet, so daß sein Handeln und das Schicksal aller anderen besiegelt war.

Die Art, in der er den Raum seit seinem Eintritt dominierte, war unmißverständlich. Er beherrschte sämtliche Anwesenden, so wie ein Hurrikan den Himmel beherrscht, und forderte ihren angsterfüllten Respekt.

Eduard von Lockton wirkte gegen diesen Adler wie eine gemeine Ratte.

Hugh sah Alice an. »Ich bin gekommen, um meine Verlobte zu holen.« Seine Stimme drang bis in den hintersten Winkel des verstummten Raums.

»Der Himmel steh uns bei.« Emma griff sich an die Kehle.

Reginald schwankte zwischen Faszination und Neugierde. »Er ist wirklich riesig, nicht wahr?«

Eduard sprang auf, als wäre plötzlich der unsichtbare Bann gebrochen, in dem er kurzfristig gefangen gewesen war. »Sir Hugh. Willkommen auf dieser Burg. Lady Alice ist unser Ehrengast.«

Hugh beachtete ihn nicht. »Alice.«

»Hugh.« Alice sprang ebenfalls auf, raffte ihre Röcke und stürzte los, um ihn, wie es sich gehörte, zu begrüßen. »Mylord, ich bin so froh, Euch zu sehen. Ich hatte schon Angst, daß Ihr erst morgen kommen würdet. Aber nun könnt Ihr Euch dieser Sache annehmen.«

»Was machst du hier, Alice?« In Hughs Augen spiegelten sich die Flammen des Kamins.

»Mylord, bitte hört mich einen Augenblick an.« Alice blieb direkt vor ihm stehen, machte einen tiefen Knicks und neigte den Kopf. »Ich kann alles erklären.«

»Das bezweifle ich nicht. Und das wirst du nachher auch tun.« Hugh reichte ihr nicht die Hand, um ihr beim Aufstehen behilflich zu sein. »Komm. Wir gehen.«

Er machte auf dem Absatz kehrt.

Hinter Alice stieß Emma einen erstickten Schrei aus.

»Es besteht keine Gefahr, Mutter«, flüsterte Reginald. »Du wirst sehen.«

»Einen Augenblick, Mylord«, sagte Alice. »Sir, ich fürchte, wir können noch nicht gehen.«

Hugh hielt inne und drehte sich langsam zu ihr um. »Warum nicht?«

Alice nahm all ihren Mut zusammen. Es war nicht leicht. Sie wußte, daß sie vorsichtig sein mußte, wollte sie nicht den Teufel in ihm wecken. Ihr einziger Verbündeter in diesem Moment war seine eigene Intelligenz. »Erst müßt Ihr Eduard von Lockton befehlen, sich mit seinen Männern aus dieser Burg zurückzuziehen.«

»Muß ich das?«

Eduard brach in dröhnendes Gelächter aus. »Eure Verlobte

ist ein reizendes kleines Geschöpf, Mylord, mit einem recht eigenwilligen Köpfchen, nicht wahr?« Seine Augen trieften vor Lüsternheit. »Ich gebe zu, ich beneide Euch um das Vergnügen, sie zu zähmen, zweifellos ist das eine sehr interessante Aufgabe.«

Alice wirbelte zu ihm herum. »Es reicht, du dämlicher Riesenochse. Wer meint Ihr eigentlich, wer Ihr seid? Ihr habt nicht das Recht, auf dieser Burg zu sein, und ehe Ihr Euch's verseht, hat Sir Hugh Euch hinausbefördert.«

Eduards gelben Zähne blitzten auf, als er Hugh angrinste. »Wenn Ihr meine Meinung wissen wollt, M'lord, dann wart Ihr bisher viel zu nachsichtig mit dieser Frau. Sie bildet sich allen Ernstes ein, sie könnte Euch herumkommandieren wie ihren Stallburschen. Ein kleiner Wink mit der Peitsche würde sie lehren, ihre Zunge im Zaum zu halten.«

»Noch eine Beleidigung gegenüber meiner zukünftigen Frau«, Hugh wies auf den Boten des Sturms, »und ich werde Euch auf der Stelle zum Schweigen bringen. Habt Ihr mich verstanden, Eduard?«

Alice sonnte sich in diesem Gewitter.

Eduard zuckte zusammen, aber nur vorübergehend: »Sir, ich wollte ihr bestimmt nicht zu nahe treten. Es war lediglich eine Feststellung. Ich selbst hege zeitweise eine Vorliebe für kesse Weibsstücke.«

Alice bedachte Eduard mit einem angewiderten Blick, ehe sie sich abermals an Hugh wandte. »Sagt Ihm, daß er auf der Stelle verschwinden soll, Sir. Er hat hier nichts zu suchen.«

»Bah. Weiber.« Eduard schüttelte seinen dicken Kopf. »Sie verstehen einfach nicht, wie die Welt funktioniert, nicht wahr, M'lord?«

Hugh musterte ihn gelangweilt, wie ein gut gefütterter Falke seine nächste Mahlzeit beäugt. »Warum seid Ihr hier?«

Eduard blähte sich auf. »Das kann ich rasch erzählen, Sir. Es ist kein Geheimnis, daß der Herr von Rivenhall nicht mehr über das Geld und die Männer verfügt, die man braucht, um eine Burg dieser Größe zu verteidigen.«

»Also dachtet Ihr, Ihr könntet sie Euch nehmen, während er sich auf Reisen befindet?« Hughs Stimme verriet nichts als kühles Interesse.

»Es ist allseits bekannt, daß Ihr Erasmus von Thornewood versprochen habt, selber die Burg zu verschonen.« Eduard breitete die Arme aus. »Euer Ruf als Mann, der kein Versprechen bricht, ist legendär, Sir. Aber das Versprechen, das Ihr Eurem Lehnsherrn gegeben habt, bindet uns arme Ritter, die sich selbst etwas erobern müssen, nicht.«

»Mag sein.«

Eduard grinste. »Nach allem, was ich gehört habe, liegt Erasmus von Thornewood im Sterben. Er wird Rivenhall nicht mehr verteidigen können.«

Emma rang nach Luft. »Ihr werdet das Erbe meines Sohnes nicht bekommen, Sir Eduard.«

Eduards kleine Augen glitzerten. »Wer würde mich wohl davon abhalten? Bitte sagt mir das doch, Lady Emma.«

»Sir Hugh wird Euch davon abhalten«, sagte Reginald. »Das hat uns Lady Alice versprochen.«

Eduard schnaubte verächtlich. »Mach dich nicht lächerlich, Junge. Lady Alice hat keine Befehlsgewalt über ihren Herrn, auch wenn sie sich das vielleicht einbildet. Sie wird es bald herausfinden.«

Reginald ballte die Fäuste und wandte sich an Hugh. »Sir Eduard hat versucht, meiner Mutter weh zu tun. Lady Alice hat gesagt, daß Ihr seinen Verbleib auf Rivenhall nicht erlauben werdet.«

»Natürlich wird er das nicht erlauben«, bestätigte Alice.

Emma trat vorsichtig einen Schritt vor und hob flehend die Hände. »Mylord, ich weiß, daß Ihr diesem Hause nicht unbedingt wohlgesonnen seid, trotzdem rufe ich Eure Großmut an, das Versprechen Eurer Verlobten einzulösen.«

»Das wird er«, beruhigte Alice sie. »Lord Hugh hat mir während seiner Abwesenheit das Kommando übertragen. Er hat mir die Autorität verliehen, an seiner Stelle zu handeln, und nun wird er mich unterstützen.«

»Sie hat versprochen, daß Ihr unsere Verteidigung übernehmt, Sir.« Reginald sah Hugh erwartungsvoll an.

Eduard klopfte sich vergnügt auf die Schenkel, als hätte der Junge einen guten Witz gemacht. »Der Bengel muß noch viel lernen, he?« Zwei seiner Männer brachen in verlegenes Kichern aus.

»Genug.« Mit einem einzigen Wort brachte Hugh die anderen zum Schweigen. Dann wandte er sich an Eduard: »Nehmt Eure Männer und verschwindet.«

Eduard blinzelte. »Was?«

»Ihr habt mich gehört«, sagte Hugh ruhig. »Ihr verlaßt auf der Stelle diese Burg, oder ich befehle meine Männer zu den Waffen.« Er blickte sich erneut in der Halle um, als wolle er sehen, wo Dunstan und die Scarcliffeschen Recken Posten bezogen hatten. »Dann dürfte bald wieder Klarheit herrschen.«

Eduard war außer sich. »Habt Ihr den Verstand verloren, Mann? Ihr wollt diese Burg bekriegen, nur weil eine Frau es von Euch verlangt?«

»Lady Alice hat die Wahrheit gesagt. Ich habe ihr die Befehlsgewalt übertragen, und jetzt entscheiden wir gemeinsam.«

»Das ist Wahnsinn«, dem Söldner brach der Schweiß aus. »Es kann unmöglich Euer Ernst sein, mich hier des Platzes zu verweisen.«

Hugh blieb gelassen. »Als ich in den Hof geritten bin, habe ich festgestellt, daß meine Männer den Euren zahlenmäßig überlegen sind. Ich habe den Eindruck, daß Sir Dunstan gerüstet ist. Wollt Ihr es vielleicht drauf ankommen lassen?«

Eduard wurde zornrot, doch dann meinte er zu verstehen.

»Beim Blute der Verdammten! Jetzt begreife ich, was Ihr vorhabt. Ihr wollt die Burg für Euch selbst, nicht wahr? Trotz des Versprechens, das Ihr Erasmus gegeben habt, wollt Ihr die Situation ausnutzen und Euch die Ländereien unter den Nagel reißen, um Euch endlich an Rivenhall zu rächen. Ein gerissener Schachzug, Sir, aber vielleicht könntet Ihr mich als Verbündeten einsetzen?«

»Mylord Hugh«, schrie Emma verzweifelt. »Bitte habt Mitleid mit uns.«

»Bei allen Heiligen.« Alice stemmte die Hände in die Hüften und starrte Eduard finster an. »Was seid Ihr doch für ein Wurm, Sir Eduard. Es würde Lord Hugh nicht im Traum einfallen, ein Versprechen ungültig zu machen.« Dann funkelte sie Hugh an. »Oder etwa doch, Sir?«

Hugh musterte Eduard. »Die Ehre eines Mannes ist nicht mehr wert als sein Wort. Lady Alice hat an meiner Stelle gehandelt, als sie Euch befahl, die Burg zu verlassen, Eduard. Und ich habe ihr die Befugnis dazu erteilt. Versteht Ihr allmählich?«

»D-das meint Ihr d-doch sicher nicht so, M'lord«, stotterte Eduard. »Ihr gestattet doch wohl nicht ernsthaft einer Frau, in Eurem Namen Befehle zu erteilen?«

»Sie ist meine Verlobte«, unterbrach Hugh schneidend.

»Ja, aber –«

»Das macht mich zu seiner Partnerin«, klärte Alice Eduard auf.

»Verschwindet«, Hughs Geduld war am Ende, »oder macht Euch bereit zum Kampf.«

»Bei den Zähnen der Dämonen«, brüllte Eduard. »Ich glaube es einfach nicht.«

Hughs Hand legte sich fester um den Griff seines Schwerts, und Eduard trat eilig einen Schritt zurück. »Ich will keinen Krieg mit Euch, Sir Hugh.«

»Dann macht, daß Ihr wegkommt!«

»Bah. Wer hätte geglaubt, daß Hugh der Unerbittliche unter dem Bann einer scharfzüngigen, rothaarigen –«

»Es reicht«, fauchte Hugh.

Eduard spuckte aus. »Merkt Euch meine Worte. Ihr werdet den Tag noch bereuen, an dem Ihr den Grillen dieses Weibes verfallen seid.«

»Vielleicht, aber kümmert Euch lieber um Eure eigene Haut.«

»Ich habe genug von diesem Irrsinn.« Eduard drehte sich um, und seine Schritte dröhnten. An der Tür bedeutete er seinen Männern, ihm zu folgen.

Hugh sah Dunstan an. »Bringt ihn vor das Tor.«

Dunstan lockerte seine Haltung. »Sehr wohl, M'lord«, und er winkte die Scarcliffeschen Waffenträger heran.

Alice badete in Siegesgewißheit: »Da, siehst du, Reginald? Ich habe gesagt, daß alles gut werden würde.«

»Ja, Mylady.« Reginald starrte Hugh voller Bewunderung an.

Emma faltete nervös die Hände in ihrem Schoß und sah ängstlich von Alice zu Hugh. »Mylord, bitte … ich meine, ich muß Euch fragen, ob Ihr die Absicht habt …« Dann brach sie hilflos ab.

Alice wußte, was Emma dachte. Es wäre allzu leicht für Hugh, das zu übernehmen, was Eduard von Lockton aufzugeben gezwungen worden war. »Keine Sorge, Emma. Rivenhall ist sicher vor Lord Hugh.«

»Ich werde diese Burg nicht besetzen, Mylady«, sagte Hugh ohne jede Bewegung. »Ich habe Erasmus von Thornewood mein Wort gegeben – den allgemeinen Gerüchten zum Trotz lebt er noch und genießt meine uneingeschränkte Loyalität.«

Emma setzte ein zittriges Lächeln auf. »Danke, Mylord. Ich weiß, daß Euer Versprechen Euch nicht verpflichtet, für uns anzutreten. Es wäre äußerst praktisch für Euch gewesen, Eduard von Lockton unsere Heimstatt zu überlassen.«

»In der Tat«. Aber Hughs Blicke waren bereits bei Alice: »Äußerst praktisch.«

Reginald trat vor und verbeugte sich vor dem Ritter. »Ich danke Euch im Namen meines Vaters für die Hilfe, die Ihr uns habt zuteil werden lassen, Sir.«

»Dank nicht mir«, sagte Hugh, »sondern Lady Alice hier.«

»Sie war einfach wunderbar«, stieß Emma aus. »Wir werden ihr auf ewig dankbar sein. Ohne sie wären wir verloren gewesen.«

Alice lächelte beschwingt. »Es war nichts Besonderes. Ich habe mich lediglich auf den legendären Ruf Lord Hughs verlassen.«

»Daran tatet Ihr recht.« Hughs Augen glitzerten. »Allerdings wirst du bald lernen, daß jede Macht ihren Preis hat.«

»Sie hat es gut gemeint, Mylord.« Dunstan war gefesselt von der Art und Weise, wie Hugh den Weinkelch zwischen seinen Händen würgte. »Schließlich ist sie eine Frau. Mit dem weichen Herz einer Frau. Als der junge Reginald sie anflehte, seine Mutter zu retten, hat sie es einfach nicht über sich gebracht, ihm diese Bitte abzuschlagen.«

Hugh starrte in die Flammen des Kamins. Sofort nach seiner Rückkehr von Rivenhall war er hierher in sein Arbeitszimmer geflüchtet, und während des wilden Rittes durch den Sturm hatte er keine Gelegenheit gehabt, mit Alice zu sprechen.

Draußen schlugen Wind und Regen ungestüm gegen die schwarzen Mauern. Doch der äußere Sturm war nichts im Vergleich zu dem, der in seinem Innersten tobte. *Er war seinem Ziel so nahe gekommen.* Der Griff um den Weinkelch verstärkte sich. *So nah. Er hatte die Erfüllung seiner Rache zum Greifen nah gespürt.*

»Gemessen an Eurer anfänglichen Meinung von Lady Alice erstaunt es mich, daß Ihr sie jetzt in Schutz nehmt, Dunstan.«

Dunstan errötete. »Sie wußte nichts von Euren Plänen, Sir.«

»Es wäre so praktisch gewesen.« Hugh blickte in die Flammen. »Rivenhall stand kurz vor der Katastrophe. Vincent hat das bißchen, was ihm sein Vater hinterlassen hat, versetzt, um die endlosen Turniere zu bezahlen, an denen er in den letzten Jahren teilgenommen hat. Er hat noch nicht einmal genügend Männer zurückgelassen, um seine Burg zu verteidigen. Sie mußte förmlich einem Schuft wie Eduard von Lockton in die Hände fallen.«

Dunstan seufzte. »Ihr habt also nur darauf gewartet, daß Rivenhall von selbst zugrunde geht.«

»Es war ein so simpler Plan.«

»Ja.«

»Aber sie hat mir alles durchkreuzt.«

Dunstan räusperte sich. »Ihr habt Ihr die Befehlsgewalt übertragen, Sir.«

»Über Scarcliffe, ja. Aber nicht über Rivenhall.«

»Ihr habt ihr die Grenzen ihrer Autorität nicht klar gemacht«, gab Dunstan zu Bedenken.

»Ein Fehler, den ich bestimmt nicht wiederholen werde.« Hugh nippte an seinem Wein. »Bisher habe ich noch immer aus meinen Fehlern gelernt, Dunstan.«

»Sir, darf ich betonen, daß sie äußerst unerschrocken gehandelt hat. So etwas habe ich noch nie gesehen. Sie ritt vor den bewaffneten Männern durch die Tore von Rivenhall, als wäre sie eine Königin mit einer ganzen Armee hinter sich.«

»Nicht möglich ...«

»Ihr hättet Eduard von Locktons Gesicht sehen sollen, als er sah, daß eine Frau unter Eurem Banner ritt. Er war regelrecht wie vom Donner gerührt und wußte nicht, was er davon halten sollte. Aber dann hat er sich an die Hoffnung geklammert, daß Ihr sie nicht unterstützen würdet, wenn Ihr dahinterkämet, was sie angestellt hatte.«

»Ich hatte ja gar keine andere Wahl, als ihr den Rücken zu decken. Schließlich handelte sie in meinem Namen.« Hugh verzog den Mund. »Nein, das ist falsch. Sie hält sich für meine Partnerin, meine *Geschäfts*partnerin.«

»Was auch immer man von der Lady hält, ihr Mut kommt dem eines Mannes gleich.« Dunstan legte eine vielsagende Pause ein. »In der Tat steht ihr Mut dem Euren in nichts nach, Mylord.«

»Glaubt Ihr, das weiß ich nicht?« Hugh hob die Brauen. »Falls Ihr Euch daran erinnert, ist das einer der Gründe, weshalb ich beschlossen habe, sie zu heiraten. Ich möchte, daß meine Nachkommen einmal ebenso tapfer sind.«

»Sir, ich habe gehört, wie Ihr zu ihr gesagt habt, jede Macht hätte ihren Preis. Vielleicht gilt dasselbe für Tapferkeit?«

»So scheint es. Auf jeden Fall hat sie dafür gesorgt, daß ich einen sehr hohen Preis für dieses Gut bezahlt habe, nicht wahr? Und zu denken, wie stolz ich immer war auf mein Talent für Geschäfte und Verhandlungen.«

Dunstan atmete tief ein. »Mylord, ich bitte Euch in Betracht zu ziehen, daß Lady Alice nicht wissen konnte, welch einen Haß Ihr gegen Rivenhall hegt.«

Endlich löste Hugh den Blick von den Flammen und sah seinem alten Freund ins Gesicht. »Da irrt Ihr Euch, Dunstan. Sie wußte, was ich für Rivenhall empfinde. Sie weiß es sehr wohl.«

»Ich schwöre, es war ein erstaunlicher Anblick, Alice.« Als Zeichen seiner Begeisterung klopfte Benedict mit dem Stock auf dem Boden. Er wandte sich vom Fenster ab und sein Gesicht leuchtete vor Aufregung. »Truhen voller Gewürze bis unter das Dach: Zimt, Ingwer, Knoblauch, Pfeffer und Safran. Lord Hugh muß die ganze Zeit von Wachen die Lagerhäuser beaufsichtigen lassen.«

»Das überrascht mich nicht.« Alice faltete die Hände

auf der Schreibtischplatte und gab sich Mühe, Benedict Aufmerksamkeit zu schenken, der ihr seine Reise nach London haarklein beschrieb. Es war nicht leicht, denn ihre Gedanken kehrten hartnäckig zu den Ereignissen des Vortages zurück.

Der Sturm hatte sich mit der Morgensonne gelegt, und das warme Licht, das durch das Fenster fiel, beleuchtete ihre Kristallsammlung, ja, verlieh selbst dem unscheinbaren grünen Stein auf ihrem Schreibtisch eine innere Glut.

Alice hoffte, das ungewöhnlich schöne Wetter würde auch Hugh besänftigen, aber sie vertraute nicht allzu sehr auf diese Aussicht. Sie hatte ihn weder gesehen noch gesprochen seit ihrem Heimritt gestern abend. Zudem war sie sich nicht sicher, ob sie ihn überhaupt sehen wollte.

Sie wußte, daß sie die Feuer der Vergangenheit in ihm angefacht hatte und jetzt blieb abzuwarten, wie lange es dauern würde, bis sie wieder erloschen. Bis dahin wäre es sicher tunlich, wenn sie als die Ursache des Brandes ihn mied.

»Er hat zahlreiche Angestellte, Alice. Er hat Schreiber und Geistliche und Verwalter. Sie verhandeln mit den Mitgliedern der Gilde der Pfefferhändler, und sie setzen Verträge mit den Kapitänen der Segelschiffe auf. Sie feilschen mit mächtigen Kaufleuten. Eines Nachmittags waren wir in den Docks und haben beim Entladen eines Schiffes zugesehen. Es hatte die herrlichsten Dinge aus dem Orient mitgebracht.«

»Du hast viel Neues kennengelernt.«

»So ist es. Aber das Interessanteste war das Kontor, wo die Berichte von den Reisen und der jeweiligen Fracht aufbewahrt werden. Der für diesen Raum zuständige Verwalter hat mir gezeigt, daß jeder Teil einer Ladung in ein Logbuch eingetragen wird. Er benutzt ein Rechengestell, genau wie Lord Hugh, aber er arbeitet viel schneller damit. Er kann riesige Additionen innerhalb eines Augenblicks durchführen. Sir Hugh sagt, er ist der Beste auf diesem Gebiet.«

Benedicts Begeisterung weckte schließlich doch Alices Teilnahme. Sie sah ihren Bruder nachdenklich an. »Du klingst so, als gefiele dir eine solche Arbeit.«

»Wenn ich für Lord Hugh arbeiten könnte, würde ich das bestimmt gerne tun«, stimmte Benedict zu. »Er sagt, daß er nur die besten Leute einstellt und daß er ihnen dann die Vollmacht erteilt, ihre Pflichten ganz nach Gutdünken abzuwickeln. Er sagt, so mag er es am liebsten.«

Alice verzog das Gesicht. »Und was macht er, wenn einer der Angestellten seine Befugnisse überschreitet?«

»Ich nehme an, er entläßt ihn«, meinte Benedict in jugendlicher Unbekümmertheit.

»Ich frage mich, ob er eine Verlobte auch einfach entläßt«, brummte Alice.

Ein leises Geräusch im Flur ließ sie zusammenfahren. Sie blickte ängstlich zur Tür und hoffte, daß die leisen Schritte, die sie hörte, Elbert oder einem anderen Bediensteten gehörten. Vor einer Stunde hatte sie den Verwalter zu Hugh geschickt mit der Bitte um ein Gespräch, doch bisher hatte sie noch keine Antwort erhalten.

Die Schritte verklangen im Korridor, und Alice seufzte leise.

Benedict blickte auf. »Was hast du gesagt?«

»Nichts. Erzähl mir mehr von deinem Aufenthalt in London. Wo habt Ihr gewohnt?«

»In einem Gasthof, den Sir Hugh immer aufsucht. Das Essen war einfach, aber die Köchin hat nicht versucht, altes Fleisch in den Eintopf zu mischen, und die Betten waren sauber. Sir Hugh sagt, das ist alles, was er von einem Gasthof erwartet.«

»Gab es dort auch Frauen?« fragte Alice vorsichtig.

»Ja, ein paar, die dort arbeiten. Warum fragst du?«

Alice griff nach dem grünen Stein und tat so, als würde sie ihn eingehend studieren. »Hat Sir Hugh mit einer dieser Frauen gesprochen?«

»Na sicher, schließlich hat er bei ihnen das Essen und das Bier bestellt.«

»Ist Sir Hugh mit einer von ihnen weggegangen?« insistierte sie.

»Nein.« Benedict wirkte betreten. »Wohin sollte er mit einem Schankmädchen schon gehen?«

Alice legte den Stein beiseite und lächelte heiter. »Keine Ahnung. Ich war einfach neugierig. Erzähl mir mehr von London.«

»Man glaubt es nicht, Alice. So viele Menschen und so viele Läden. So viele Gebäude.«

»Muß wirklich interessant gewesen sein.«

»Das war es auch. Aber Sir Hugh sagt, daß er die Gemütlichkeit seiner eigenen Burg vorzieht.« Benedict blieb an einem der Arbeitstische stehen und spielte an dem Astrolabium. »Alice, ich habe über meine Zukunft nachgedacht. Ich glaube, ich weiß, worüber ich mich freuen würde.«

Alice runzelte die Stirn. »Du hast dich für einen Beruf entschieden?«

»Ich möchte für Sir Hugh arbeiten.«

Sie erkundigte sich weiter: »Wie stellst du dir das vor?«

»In seinem Gewürzhandel«, erklärte Benedict eifrig. »Ich will lernen, wie man die Bücher führt und wie man Verträge mit den Kapitänen der Frachter abschließt. Ich will das Entladen der Schiffe überwachen und den Verkauf der Gewürze. Das ist richtig spannend, Alice. Du kannst dir das gar nicht vorstellen.«

»Bist du ernsthaft überzeugt, daß dir eine solche Arbeit gefällt?«

»Auf jeden Fall wäre es abwechslungsreicher als das Studium der Rechte.«

Alice lächelte wehmütig. »Wie ich sehe, hat Sir Hugh das geschafft, was mir nie gelungen ist.«

Benedict sah sie fragend an. »Was meinst du damit?«

»Er hat dir die Welt gezeigt und Hoffnung für die Zukunft in dir geweckt. Das ist ein Geschenk.«

Und während Hugh ihrem Bruder dieses großzügige Geschenk hatte zuteil werden lassen, quälte sich Alice, hatte sie ahnungslos seine Pläne mit Füßen getreten.

Überraschtes Schweigen breitete sich in der Halle aus, als Alice während des Mittagsmahls die Treppe herunterstieg.

Das Klappern der Krüge und Messer verstummte für einen Augenblick. Die eifrig tätigen Bediensteten blieben stehen und starrten sie an. Die Männer, die an den Tischen saßen, hörten mitten in ihren Gesprächen auf; lautes Gelächter verstummte abrupt.

Alle sahen sie verwundert an. Alice wußte, daß nicht nur ihr plötzliches Auftauchen eine Überraschung war, sondern auch der Anblick ihres neuen schwarz- und bernsteinfarbenen Kleides. Die Bedeutung ihres Aufzugs war jedem klar. Hughs Verlobte trug die neuen Farben ihres zukünftigen Herrn.

Leises Gemurmel erhob sich zwischen den Bänken.

Alice lächelte. Ihr Auftritt war ein Einfall in der Art, wie es Hugh gefiel.

Sie richtete ihre Blicke dorthin, wo er unter dem neuen schwarz- und bernsteinfarbenen Baldachin saß.

Auch wenn die Atmosphäre vibrierte, war Alice zufrieden mit der Wirkung des von Julian kreierten neuen Stils. Auf den Tischen lagen saubere Tücher, an den Wänden hingen Teppiche und frische Kräuter verliehen den Binsen auf dem Boden einen angenehmen Duft. Die meisten Bediensteten trugen ebenfalls eine neue Tracht.

Hugh sah elegant und kraftvoll aus, wie er auf seinem großen schwarzen Stuhl am Kopf der Tafel saß, dachte sie beifällig.

Zugleich wirkte er kalt und fern. Ihre Freude legte sich. Er hatte ihr noch nicht verziehen, daß sie Rivenhall zu Hilfe geeilt war.

»Mylady.« Elbert trat besorgt neben sie. »Werdet Ihr heute mit uns speisen?«

»Ja.«

Da strahlte er vor Stolz. »Erlaubt mir, Euch zu Tisch zu führen.«

»Seid bedankt.« Unleugbar wollte Hugh ihr diese Höflichkeit heute nicht zuteil werden lassen.

Er beobachtete mit kaltem Interesse, wie sie sich seinem Tisch näherte. Erst im letzten Augenblick erhob er sich von seinem Ebenholzstuhl, nickte ihr eisig zu und nahm ihre Hand. Seine Finger legten sich wie eiserne Klammern um ihre weiche Haut.

»Wie nett von Euch, uns mit Eurer Anwesenheit zu beehren, Lady Alice«, knirschte er.

Sie erschauderte und wußte, daß er ihren Schauder spürte. Sie rang darum, ihren Herzschlag zu dämpfen, als sie ihren Platz einnahm.

»Ich hoffe, daß Ihr das Mahl genießen werdet, Sir.« Eilig entzog sie ihm ihre Hand.

»Eure Anwesenheit verleiht den Gerichten einen gewissen Beigeschmack.«

Sie wußte, daß diese lakonische Bemerkung nicht als Kompliment gemeint war, aber beschloß, sie als solches aufzufassen. »Ihr seid sehr freundlich, Sir.«

Hugh setzte sich wieder, lehnte sich breit zurück, legte einen Ellbogen auf die massive Armlehne und maß Alice mit einem prüfenden Blick. »Darf ich fragen, weshalb eine zartbesaitete Dame wie Ihr plötzlich beschließt, ihre Mahlzeit in unserer rüden Gesellschaft einzunehmen?«

Alice spürte, daß sie vor Verlegenheit errötete. »Ich betrachte die Gesellschaft nicht als rüde.« Sie nickte Elbert zu, der sofort anrückte. »Ich freue mich darauf, mit Euch zu speisen, Mylord.«

»Wie darf ich das verstehen?«

Er hatte noch nicht einmal ihr neues Kleid bemerkt.

Es würde nicht leicht werden, gestand Alice sich ein. Aber das war es nie mit Hugh. Sie überlegte, wie sie am besten das Thema wechselte, und ihr Blick fiel auf einen Unbekannten, der am anderen Ende des Tisches saß. Er trug das Gewand eines Geistlichen.

»Wer ist unser Gast?« Höflichkeit konnte nicht schaden.

»Der Priester, den ich mitgebracht habe.« Hugh sah einigermaßen neugierig auf den Teller mit köstlich dampfendem pochiertem Fisch, der vor ihn gestellt wurde. Den Fisch bedeckte eine Safransauce. »Er wird morgen früh die Trauung vornehmen.«

Alice schluckte. »Die Trauung?«

»Unsere Trauung, Madam.« Hughs Mundwinkel zogen sich nach unten. »Oder hattet Ihr das vielleicht übersehen?«

»Nein, natürlich nicht.« Alice nahm ihren Löffel und umklammerte ihn so fest, daß das Blut aus ihren Fingerspitzen wich.

Bei allen Heiligen, er ist wirklich wütend, dachte sie. Viel wütender, als sie gedacht hatte, und sie zermarterte sich das Hirn nach einer Überleitung. Sie wußte nicht, wie sie mit Hugh umgehen sollte, wenn er in einer solchen Stimmung war. Trübsal wallte in ihr auf, doch mit schierer Willenskraft unterdrückte sie sie.

»Ihr habt meine Frage noch nicht beantwortet.« Hugh nahm sich ein Stück der Käse-Lauch-Torte, die einer der Diener herumreichte.

»Welche Frage, Mylord?«

»Warum Ihr Euch dazu herabgelassen habt, mit Eurem zukünftigen Herrn und seinen Männern zu speisen.«

»Es war keine Herablassung. Ich verspürte lediglich den Wunsch, mit Euch gemeinsam zu essen. Ist das so seltsam?«

Hugh dachte kurz darüber nach, während er die Torte kostete. »Jawohl. Sehr seltsam.«

Er spielte mit ihr, dachte Alice, wollte sie reizen. »Nun, es ist die Wahrheit, Sir.« Sie konzentrierte sich auf ihr mit Mandeln verfeinertes Gemüse. »Ich hatte vor, Euch nach Eurer Rückkehr aus London gebührend willkommen zu heißen.«

»Willkommen zu heißen oder zu besänftigen?«

Sein anzüglicher Ton weckte Alices Zorn. Sie knallte ihren Löffel auf den Tisch. »Ich bin bestimmt nicht gekommen, um Euch zu besänftigen, Sir.«

»Seid Ihr da ganz sicher?« Er saß mit steinerner Miene da. »Ich habe bereits des öfteren erlebt, daß sich Euer Benehmen sichtlich bessert, wenn Ihr etwas von mir wollt. Euer Erscheinen hier weist vielleicht auf die Einsicht einer Frau hin, die weiß, daß sie ihre Grenzen überschritten hat. Vielleicht wollt Ihr hiermit Euren gestrigen Fehltritt wiedergutmachen?«

Alice wußte, daß sie keinen Bissen mehr herunterbekäme. Sie versetzte ihrem Stuhl einen Stoß und zischte: »Ich habe getan, was ich für das Richtige hielt.«

»Setzt Euch sofort wieder hin.«

»Oh nein, ich werde mich nicht setzen, Sir. Ich bin gekommen, um mit Euch zusammen zu speisen, weil ich sehen wollte, ob Euch die Verbesserungen in der Haushaltsführung aufgefallen sind.« Sie wies auf den Baldachin über seinem Kopf. »Ihr habt nicht ein Wort für die Neugestaltung des Raumes übrig.«

»Setz dich, Alice.«

»Und genausowenig habt Ihr den köstlichen Speisen auch nur die geringste Beachtung geschenkt.« Sie funkelte ihn zornig an. »Ich habe Tage damit verbracht, diesen Haushalt neu zu gestalten, während Ihr fort wart, und Ihr habt bisher keine einzige Silbe darüber verloren. Sagt mir, schmeckt Euch die Torte, Mylord? Habt Ihr bemerkt, daß sie warm ist und nicht kalt?«

Hugh kniff die Augen zusammen. »Ich habe im Augenblick wichtigere Dinge im Kopf.«

»Habt Ihr das Bier gekostet? Es ist frisch gebraut.«

»Ich habe es noch nicht probiert.«

»Hat Euch der angenehme Duft Eurer Bettwäsche gefallen? Was ist mit den frischen Binsen auf dem Boden? Habt Ihr bemerkt, daß die Abwasserkanäle gereinigt wurden und nicht mehr stinken?«

»Alice –«

»Was ist mit den neuen Farben, die Julian und ich so sorgfältig ausgewählt haben? Ich habe Bernstein deshalb genommen, weil es zu Euren Augen paßt.«

»Madam, wenn Ihr nicht sofort wieder Platz nehmt, werde ich –«

Sie ignorierte ihn und glättete die Falten ihrer Röcke. »Und was ist mit meinem neuen Kleid, Sir? Die Mädchen haben bis in die Nächte gearbeitet, um die Stickereien rechtzeitig fertig zu bekommen. Gefällt es Euch?«

Er bedachte das schwarz- und bernsteinfarbene Kleidungsstück mit einem flüchtigen Blick. »Habt Ihr angenommen, der Anblick meiner Farben würde mich besänftigen?« Er umklammerte die Lehne seines Stuhls. »Zum Teufel, glaubt Ihr, daß mir saubere Abflüsse wichtiger sind als die Erfüllung meiner Pläne?«

Alice war außer sich. »Ich habe nur das getan, was Ihr selbst auch getan hättet, hätte sich der junge Reginald mit seiner Bitte Euch zu Füßen geworfen.«

Hughs Zorn brach sich endgültig Bahn. »Wollt Ihr Euer Tun etwa mit einem solch lächerlichen Argument entschuldigen?«

»Allerdings, Mylord, das will ich. Ihr werdet mich niemals davon überzeugen, daß Ihr Lady Emma, ihren kleinen Sohn und das gesamte Anwesen einem Widerling wie Eduard von Lockton überlassen hättet. Ungeachtet Eurer Gefühle für Rivenhall seid Ihr ein viel zu edler Mensch, um zuzulassen, daß unschuldigen Menschen um Eurer Rache willen Leid widerfährt.«

»Du kennst mich nicht.«

»Da irrt Ihr Euch. Ich kenne Euch sehr wohl, Sir. Und meiner Meinung nach ist es fatal, daß Euer Edelmut nur noch von Eurem unerhörten Starrsinn übertroffen wird.«

Alice raffte die Röcke, drehte sich um und floh vom Tisch. Als sie die Tür erreicht hatte, rannen ihr Tränen über das Gesicht. Sie rannte die Treppe hinunter nach draußen in den Sonnenschein.

Ohne stehenzubleiben oder sich noch einmal umzusehen, stürzte sie zum Burgtor hinaus.

16

Sie wußte nicht, warum sie in Richtung der Höhle rannte, aber aus einem unerfindlichen Grund fand sie Trost in der Dunkelheit des großen Raumes, in dem sie von Hugh geliebt worden war.

Es war eine wilde, kopflose Flucht gewesen. Was hatte sie sich nur dabei gedacht, als sie so überstürzt davongelaufen war?

Sie setzte sich auf einen vorspringenden Stein in der Nähe des Höhleneingangs und rang keuchend nach Luft. Der Reif, der ihr Haar gehalten hatte, war zur Seite gerutscht. Dünne rote Strähnen wehten ihr leicht ins Gesicht. Ihre weichen schwarzen Lederschuhe waren verkratzt und die Röcke ihres neuen Kleides wiesen zahlreiche Schmutzflecken auf.

Sie war sich so sicher gewesen, daß Hugh, hätte er sich erst einmal beruhigt, verstand, weshalb sie zu Rivenhalls Rettung geeilt war, so sicher, daß er ihr vergab. Er war schließlich von hoher Gesinnung, kein grober, ungehobelter Klotz wie dieser Eduard.

Andererseits hieß Hugh nicht umsonst der *Unerbittliche*, erinnerte sie sich. Diejenigen, die ihn kannten, behaupteten, daß er noch nie von einem einmal beschrittenen Weg abgewichen war. Und er befand sich seit seiner Jugend auf dem Rachepfad gegen das Haus Rivenhall.

Alice wurde schwer ums Herz. Ihre angeborene muntere Sichtweise wich einer unbekannten, abgrundtiefen Traurigkeit. Sie war es so gewohnt, Pläne für die Zukunft zu schmieden, daß die vor ihr liegende Leere und Kälte ein Schock für sie bedeutete.

Sie blickte über die Landschaft hin und fragte sich voller Gram, ob sie einen Mann ohne Herz heiraten konnte.

Vielleicht war es an der Zeit, erneut das ruhige, behütete Leben hinter den Mauern eines Klosters in Erwägung zu ziehen.

Vielleicht war es an der Zeit, ihre hochfliegenden Träume von Liebe zu begraben.

Merkwürdigerweise hatte sie derartige Träume nie gehegt, ehe Hugh in ihr Leben getreten war.

Alice beschloß nun, ruhig und bedächtig über ihre Lage nachzudenken. Noch war sie nicht verheiratet und verfügte über die Möglichkeit, der Ehe zu entgehen.

Sie konnte Hugh zwingen, seinen Teil des Abkommens zu erfüllen. Zumindest war er ein Mann, der Versprechen einhielt. Das hatte er gestern abend auf Rivenhall deutlich unter Beweis gestellt. Er hatte zu seinem Wort gestanden, obgleich ihm dadurch die Genugtuung des Untergangs seines Erzfeindes versagt geblieben war.

Es beschlich sie der düstere Verdacht, daß er die Verlobung mit dem größten Vergnügen auflöste. Sie hatte schließlich bewiesen, daß eine Beziehung zu ihr wesentlich unpraktischer war, als selbst Hugh vermutet hatte.

Bei diesem Gedanken brach sie erneut in Tränen aus. Sie hob den Ärmel ihres Kleides, um sie fortzuwischen, aber dann hielt sie in der Bewegung inne und ergab sich ihrem Leid. Sie legte den Kopf auf die gekreuzten Arme und ließ ihrem Jammer freie Bahn.

Nie zuvor in ihrem Leben hatte sie sich so verloren gefühlt.

Es dauerte eine Ewigkeit, bis die Flut der Gefühle allmählich zu verebben begann. Schließlich hörte Alice auf zu schluchzen und verharrte reglos auf dem Stein, bis sie sich beruhigt hatte.

Dann sprach sie sich selber Mut zu.

Nichts wurde je durch Tränen gelöst, sagte sie sich. Man durfte keine Zeit vergeuden, indem man vergangene Handlungen bedauerte –, wenn sie es noch einmal tun müßte, würde sie genau dasselbe tun. Niemals hätte sie den kleinen Reginald und Emma im Stich zu lassen vermocht.

Sie war sich so sicher gewesen, daß Hugh sie verstehen würde, so sicher, daß er das nämliche getan hätte wie sie.

Sie hatte sich in der Beurteilung der dunklen Legende, die Hugh abgab, eben geirrt.

Man mußte vergangene Fehler ruhen lassen und nach vorne sehen. Wenn sie auch nichts anderes lernte in ihrem Leben, so hatte sie doch zumindest die Lektion begriffen, daß eine Frau stark sein mußte, wollte sie ihr Schicksal in der Hand behalten.

Die Schwierigkeit, der sie sich jetzt gegenübersah, lag in der Tatsache, daß sie es mit einem Mann zu tun hatte, dem dieselbe harte Lektion erteilt worden war.

Sie wischte sich mit den Falten ihrer Röcke über die Augen, atmete hingebungsvoll ein und hob langsam den Kopf.

Das erste, was sie sah, war Hugh.

Er lehnte unbekümmert an der Wand, die Daumen in den Ledergürtel gesteckt und trug eine unergründliche Miene zur Schau.

»Auf jeden Fall ist es dir gelungen, den Priester aus der Fassung zu bringen«, sagte er. »Ich glaube nicht, daß er je zuvor eine solche Szene beim Essen geboten bekommen hat.«

Alices Magen zog sich zusammen. »Wie lange habt Ihr hier gestanden und mich heimlich beobachtet, Sir? Ich habe Euch nicht kommen hören.«

»Ich weiß. Du warst vollkommen mit deinen Tränen beschäftigt.«

Alice wandte den Blick von seinem harten, unnachgiebigen Gesicht. »Seid Ihr gekommen, um Euch weiter über mich lustig zu machen? Falls ja, muß ich Euch warnen, daß ich nicht in der Stimmung für weitere Gefechte bin.«

»Was für eine ungewöhnliche Warnung. Ich habe Euch noch niemals kampfunlustig erlebt, Madam.«

Sie starrte ihn zornig an. »Bei allen Heiligen, Hugh, ich habe genug.«

»Mir geht es nicht anders.«

Der müde Ton seiner Stimme machte sie stutzig, doch sofort erstickte sie den Hoffnungsstrahl in sich. »Seid Ihr gekommen, um Euch bei mir zu entschuldigen, Mylord?«

Er lächelte schwach. »Spann den Bogen nicht zu weit, Alice.«

»Nein, natürlich seid Ihr nicht aus einem so vernünftigen Grund gekommen. Nun, Mylord, warum seid Ihr mir gefolgt, wenn nicht, um Euch mit mir zu versöhnen?«

»Ich habe dir gesagt, daß du nicht allein hierher in die Höhlen gehen sollst.« Er wich ihr aus, dachte sie überrascht. Das paßte so gar nicht zu Hugh.

»Allerdings, das habt Ihr. An dem Tag, an dem Ihr mir Euren Ring gegeben habt.« Sie blickte auf den breiten Onyxstein, der schwer an ihrem Daumen wog. Abermals wurde sie von Traurigkeit übermannt. »Aber dieser Ungehorsam verblaßt doch sicher völlig neben den Ungeheuerlichkeiten, die ich gestern beging«, murmelte sie.

»Richtig.«

Sie wünschte, sie wüßte, was sich in seinem Gehirn abspielte. Sie durchschaute nicht einmal seine Stimmung. Nun, zumindest schien er nicht sonderlich wütend zu sein. Ihr schoß durch den Sinn, daß Hugh vielleicht selbst nicht genau Bescheid wußte über sein Inneres. Abermals flackerte Hoffnung in ihr auf.

»Seid Ihr gekommen, um mir zu sagen, daß Ihr unsere Verlobung lösen wollt?« fragte sie kühl.

»Wirst du mich gerichtlich belangen lassen, wenn ich das tue?«

»Da seid Ihr auf dem Holzweg«, brauste sie auf. »Falls Ihr Euch daran erinnert, haben wir ein Abkommen getroffen.«

»Ja.« Hugh richtete sich auf und kam auf sie zu. Als er vor

ihr stand, nahm er sie bei den Schultern und zog sie sanft auf die Füße. »Dann würdest du mich bestimmt wegen des nicht gehaltenen Versprechens verklagen, nicht wahr?«

»Nein, Mylord.«

»Bei aller Wissenschaft, wahrscheinlich wärst du nur allzu froh, in ein Kloster flüchten zu können. Kann das sein?«

Sie erstarrte. »Mylord, ich weiß, daß Ihr wegen meines gestrigen Verhaltens sehr wütend seid, aber ich möchte Euch wissen lassen –«

»Pst.« Hugh wedelte großmütig mit den Händen. »Am besten sprechen wir nicht mehr über das, was gestern gewesen ist.«

Sie blinzelte. »Auf einmal?«

»Nach reiflicher Überlegung bin ich gezwungen zuzugeben, daß das, was gestern auf Rivenhall vorgefallen ist, nicht deine Schuld war.«

»Nicht?«

»Nein.« Er ließ seine Hände sinken. »Es war meine Schuld, meine ganz allein.«

»Wie bitte?« Alice hatte das Gefühl, als wäre sie durch einen Zauberspiegel in ein fremdes Land getreten, in dem die normale Logik nicht galt.

»Ja.« Hugh kreuzte die Arme vor der Brust. »Ich habe der Befehlsgewalt, die ich dir gab, keine klaren Grenzen gesetzt. Ich hatte nicht alle Möglichkeiten, nicht dein weiches Herz, vorausbedacht.«

»Das war wohl schlecht möglich« – Alice wurde zusehends gereizter – »angesichts der Tatsache, daß Ihr gar nicht zu wissen scheint, was ein Herz ist. Außerdem muß ich Euch darüber aufklären, daß ich mich Eurem Befehl gleichwohl widersetzt hätte, auch wenn Ihr mir ausdrücklich verboten hättet, Rivenhall zu Hilfe zu eilen.«

Er schüttelte den Kopf. »Du weißt einfach nicht, wann es besser ist aufzuhören, nicht wahr? Und ausgerechnet mich nennt die Welt den *Unerbittlichen*. Dabei könntest du mir in der Kunst der Unnachgiebigkeit noch Unterricht erteilen.«

»Ich behaupte immer noch, daß selbst der Stein, den Ihr statt eines Herzens tragt, geschmolzen wäre, wenn Euch der kleine Reginald angefleht hätte.«

»Das ist eher unwahrscheinlich. Ich hatte schließlich ein Ziel.«

»Sir, der Junge ist ein Blutsverwandter von Euch, ob es Euch gefällt oder nicht. Außerdem haben er und seine Mutter mit den Geschehnissen der Vergangenheit nicht das geringste zu tun. Keiner der Menschen, die heute noch leben, ist in irgendeiner Weise beteiligt gewesen. Ihr solltet die alten Sünden endlich ruhen lassen.«

»Schluß damit.« Hugh legte ihr einen Finger auf die Lippen. »Vielleicht überrascht es dich, aber ich bin nicht gekommen, um weiterzustreiten.«

»Wirklich nicht?« Alice gab sich erstaunt.

»Nein.« Hughs Miene spannte sich an. »Also kein Wort mehr über das, was gestern auf Rivenhall vorgefallen ist, Alice. Was geschehen ist, ist geschehen.«

Sie bedachte ihn mit einem trotzigen Blick, doch zugleich spürte sie die erregende Rauheit seines schwieligen Fingers an ihrem weichen Mund. Einen Augenblick lang sah er sie an, als suchte er in ihren großen Augen nach irgendeinem Zeichen.

»Alice, als wir das letzte Mal hier in der Höhle waren, hast du mir erzählt, du hättest nie zuvor einem Mann beigewohnt, weil dir noch kein Mann deiner Wahl begegnet war.«

»Das ist die Wahrheit.« *Nicht ganz. Die ganze Wahrheit ist, daß mir nie zuvor ein Mann begegnet war, den ich lieben konnte,* fügte sie stumm hinzu. »Was meint Ihr damit?«

Er antwortete nicht, sondern zog sie an sich, umfaßte ihren Kopf mit einer Hand und küßte sie.

Die dunkle Leidenschaft dieses Kusses war Alices Untergang. Sie verlor den Boden unter den Füßen.

Immer, wenn er sie in seinen Armen gehalten hatte, hatte sie seine übermenschliche Selbstbeherrschung gespürt. Aber heute spürte sie, daß er gegen die Eisenbänder kämpfte, in denen er bisher gefangen war. Sie überlegte, welche wundersame Macht ihn an seine Grenzen gebracht hatte.

Den Rest seines Ärgers und seines Unverständnisses schmeckte sie in seinem Kuß. Sein Mund öffnete ihre Lippen, unerbittlich in seiner Forderung. Sie meinte fast, den Aufruhr zu hören, der in seiner Seele wirbelte.

Aber er würde ihr nicht weh tun, dazu wäre er nicht imstande. Bei dieser Erkenntnis erfüllte sie Verwunderung und Freude, und sie schlang sanft ihre Arme um seinen Hals.

Hugh hob den Kopf, als sie sich ihm seufzend öffnete und blickte nachdenklich auf ihren Mund. »Es ist Zeit, zurückzukehren. Vor unserer Hochzeit morgen gibt es noch viel Arbeit.«

Alice unterdrückte ein Stöhnen. Sie zwang sich zur Ruhe: »Mylord, vielleicht sollten wir mit der Eheschließung noch ein bißchen abwarten.«

»Nein, Madam.« Seine Stimme wurde hart. »Dazu ist es zu spät.«

»Wenn es für Euch nur eine Frage der Ehre ist, Mylord, so versichere ich Euch, daß ich nicht –«

»Nur?« Seine bernsteinfarbenen Augen schleuderten Blitze. »Meine Ehre ist alles für mich, Madam. *Alles.* Versteht Ihr das? Alles, was ich bin, verdanke ich ihr.«

»Sir, ich wollte damit nicht sagen, daß Eure Ehre für mich unwichtig ist. Ganz im Gegenteil, ich war immer sehr beeindruckt –«

Alice unterbrach sich, als sie aus dem Augenwinkel einen Gegenstand auf dem Boden liegen sah. Sie drehte den Kopf und spähte in die Dunkelheit am anderen Ende des Raums.

Hugh runzelte die Stirn. »Was ist?«

»Bei allen Heiligen«, keuchte Alice. »Sieht das nicht wie eine Sandale aus?«

Hugh folgte ihrem Blick. »Allerdings.« Er ließ Alice los und ging tiefer in den finsteren Gang hinein. »Wenn dieser verdammte Mönch immer noch hier herumlungert, dann werfe ich ihn persönlich hinaus.«

»Aber warum sollte er hier sein, wenn er nicht einmal mehr predigen darf?« wunderte Alice sich.

»Eine gute Frage.« Hugh blieb vor einer Öffnung in der Mauer stehen. Dann bückte er sich, um die Sandale genauer zu untersuchen.

Alice eilte ihm nach und versuchte, an seiner breiten Schulter vorbeizublicken. Unbehagen nahm sie in Besitz. Die Luft, die aus der Öffnung drang, blies mit einem Mal eiskalt. *»Bei den Augen der Heiligen.«*

Die Sandale hing immer noch an Calverts Fuß.

Der Mönch lag reglos auf dem Boden der Höhle. Seine knochige Gestalt war in der knittrigen braunen Kutte kaum zu erkennen, so daß man hätte meinen können, es handle sich um ein schmutziges Wäschebündel.

Trotz der Dunkelheit konnten sie erkennen, daß Calverts Körper eigenartig verbogen war. Er sah aus, als hätte er eine Zeitlang große Schmerzen gehabt, aber inzwischen befand er sich jenseits aller Gefühle.

»Er ist tot«, sagte Hugh leise.

»Der arme Mann.« Alice bekreuzigte sich. »Ich mochte ihn nicht, aber es tut mir leid, daß er hier so verlassen gestorben ist. Was, glaubt Ihr, ist mit ihm passiert?«

»Ich weiß es nicht. Vielleicht ist er gestürzt und mit dem Kopf auf einen spitzen Stein geschlagen.« Hugh umfaßte einen Knöchel des Mönchs.

»Was macht Ihr da?«

»Ich will ihn mir mal näher ansehen. Irgend etwas stimmt nicht.« Hugh zerrte die Leiche des Mönchs aus der Öffnung.

Alice machte Platz und erschrak über die eigenartige bläuliche Farbe an Calverts Mund.

Sie erinnerte sich an etwas, das ihre Mutter über den Saft eines seltenen Krauts geschrieben hatte. Sie sah sich Calverts Finger an. Seine Hände hatten sich klauenförmig verkrampft, trotzdem war die bläuliche Farbe, die unter den Nägeln leuchtete, noch zu erkennen.

»Mylord?«

»Ja?« fragte Hugh geistesabwesend. Er zerrte den Leichnam in das Licht des Höhleneingangs, erhob sich und sah nachdenklich auf den Toten hinab.

»Ich glaube nicht, daß er infolge eines Sturzes gestorben ist«, flüsterte Alice.

Hugh fuhr herum. »Was sagst du da?«

»Ich glaube, hier war Gift am Werk.«

Hugh sah sie lange an. »Bist du dir sicher?«

Alice nickte. »Das Buch meiner Mutter enthält zahlreiche Notizen zu der Blauverfärbung.«

»In diesem Fall«, bestimmte Hugh, »wirst du niemandem etwas über die Todesart erzählen. Hast du mich verstanden, Alice?«

»Oh.« Die Eindringlichkeit seines Tons überraschte sie. »Aber ich verstehe nicht, warum. Warum ist es so wichtig, daß ich darüber Schweigen bewahre?«

»Weil das ganze Dorf mitbekommen hat, wie wütend du auf ihn warst.« Hugh kniete sich nieder. »Und weil jeder weiß, daß du dich mit Kräutertränken auskennst.«

Übelkeit stieg in ihr auf. Sie schluckte eilig und riß sich zusammen. »Großer Gott. Die Leute könnten glauben, daß ich einen Grund hatte, den armen Calvert umzubringen, und daß ich genug über Gifte weiß, um es auch zu tun.«

»Ich gestatte nicht, daß meine Frau durch Gerüchte verunglimpft wird, wenn es sich irgendwie vermeiden läßt.« Hugh nahm den Lederbeutel, der an Calverts Gürtel hing. »Diese Gegend hat genug Legenden und Flüche erlebt. Ich will nicht, daß zu den alten noch mehr hinzukommen.«

Alice war wie benommen. Sie merkte kaum, was Hugh tat. Ihre Beine zitterten, und sie stützte sich mit der Hand an der Wand der Höhle ab, um nicht zu fallen. »Und wenn sich ein solches Gerücht nicht vermeiden läßt?«

Hugh winkte ab. »Dann werde ich mich darum kümmern.«

»Natürlich.« Alice schlang die Arme um sich gegen die Kälte, die sie gepackt hatte. »Anscheinend ist es mein Schicksal, Euch nichts als Unannehmlichkeiten zu bereiten, Mylord.«

»Ja, aber dafür kannst du mich sicher entschädigen.« Er öffnete den Lederbeutel und sah sich den Inhalt an. »Interessant.«

Diese Bemerkung drang irgendwann durch den Nebel in Alices Hirn, und sofort war ihre natürliche Neugierde geweckt. »Was?«

Hugh zog vorsichtig eine Pergamentrolle auseinander. »Eine Karte.«

Sie trat einen Schritt auf ihn zu. »Wovon?«

Hugh studierte die Zeichnung einen Augenblick lang. Als er aufblickte, funkelten seine bernsteinfarbenen Augen. »Ich glaube, dies könnte eine Zeichnung der Gänge in den Höhlen von Scarcliffe sein. Oder zumindest der Gänge, die Calvert erforscht hat, ehe er starb.«

Alice stürzte neben ihn und vertiefte sich ebenfalls in die Linien auf der Karte. »Seht, Mylord, er hat mehrere Gänge markiert. Und hier, diese beiden Gänge hat er als leer markiert.« Sie sah Hugh an. »Wieso leer?«

»Ich glaube nicht, daß unser Mönch hier immer nur gebetet hat, sondern er hat nach etwas gesucht. Es gibt nur einen einzigen Grund, der einen Mann hierher locken könnte.«

»Die Steine von Scarcliffe«, flüsterte Alice verwirrt.

»Vielleicht wurde er ihretwegen umgebracht.«

»Ihr habt nach mir geschickt, Sir?« Julian blieb in der Tür von Hughs Arbeitszimmer stehen.

»Bitte.« Hugh legte seine Abrechnungen beiseite. »Tretet ein, Julian. Ich möchte mit Euch sprechen.«

»Ich hoffe, Ihr schickt mich nicht mit einer Nachricht nach London, ehe die Hochzeitsfeier stattgefunden hat.« Julian schlenderte in den Raum und blieb vor Hughs Schreibtisch stehen. »Ich habe mich schon so auf das Bankett gefreut. Das Essen ist in letzter Zeit erheblich besser geworden. Sicher habt Ihr das auch schon festgestellt.«

Hugh kniff seine Augen zusammen. »Ja. Aber ich habe nicht nach Euch geschickt, um über gut gewürzte Speisen zu diskutieren, die man uns seit neuestem serviert.«

»Beileibe nicht.« Julian lächelte. »Höchstwahrscheinlich wißt Ihr, wem Ihr die ausgezeichneten Mahlzeiten zu verdanken habt, die wir alle genießen.«

»Und ich wünsche auch keine Aufklärung darüber, wie gut inzwischen alles funktioniert. Das habe ich jetzt oft genug gehört. Mir ist durchaus klar, daß die Verbesserungen das Ergebnis der geschickten Haushaltsführung von Lady Alice sind.«

»Natürlich«, murmelte Julian. »Was kann ich für Euch tun, Mylord?«

Hugh trommelte mit den Fingern auf die Schreibtischplatte. »Ihr habt ein gewisses Talent für schmeichelhafte Komplimente und blumige Worte, nicht wahr?«

Julian heuchelte Bescheidenheit. »Nun, ich verfasse hin und wieder etwas Poesie und ich habe auch schon ein paar Lieder komponiert, Sir.«

»Hervorragend. Ich brauche eine Liste mit Komplimenten.«

Julian war verblüfft. »Eine Liste?«

»Drei oder vier sollten ausreichen.«

Julian räusperte sich. »Oh, was für Komplimente sollen's denn sein, Mylord? Möchtet Ihr, daß ich mich auf Eure Fähigkeiten mit dem Schwert oder auf Eure Triumphe im Kampf konzentriere? Ich könnte ein, zwei nette Zeilen über Eure Loyalität und Ehre verfassen.«

Hugh starrte ihn an. »Wovon, in aller Welt, redet Ihr?«

»Ihr habt gesagt, Ihr wünscht Komplimente, Mylord.«

»Nicht für mich«, schnauzte Hugh. »Für meine Verlobte.«

Julians Augen blitzten vergnügt. »Ah. Ich verstehe.«

Hugh faltete die Hände auf der Schreibtischplatte und rang sich ein Geständnis ab. »Ich habe Talent für viele Dinge, aber ich bin nicht gerade ein Meister der Schmeichelei. Ich möchte, daß Ihr mir eine Liste mit hübschen Sätzen erstellt, die ich auswendig lernen und an meine Braut adressieren kann. Habt Ihr mich verstanden?«

»Sehr wohl, Mylord.« Julian lächelte selbstgefällig. »Und wenn ich mir die Bemerkung erlauben darf, Sir, Ihr habt wie immer einen fähigen Mann für diese Aufgabe engagiert. Ich verspreche Euch, mein Bestes zu geben.«

Am selben Abend schritt Alice auf dem Teppich in Hughs riesigem Schlafzimmer auf und ab und versuchte dem Tanz der Schmetterlinge in ihrem Bauch Einhalt zu gebieten. Nie zuvor in ihrem Leben hatte sie eine derartige Nervosität verspürt. Sie und Hugh waren nicht mehr nur Geschäftspartner, sondern nun waren sie Mann und Frau.

Sie ging am Kamin vorbei und blieb abermals an der Tür stehen, um zu lauschen, ob sich jemand nähere. Sie hatte ihre Kammerzofe vor fast einer Stunde hinausgeschickt, und Hugh sollte längst bei ihr sein.

Sie überlegte, ob er sie absichtlich warten ließ, um ihre Leidenschaft zu steigern. Falls dies seine Absicht war, dachte sie, gäbe es eine neuerliche Überraschung für ihn.

Statt ihre Sehnsucht zu steigern, verärgerte die Warterei sie bloß.

Sie hatte genug von Hughs Maßnahmen, schließlich war es ein ereignisreicher Tag gewesen.

Angefangen hatte er mit Calvert von Oxwicks Beerdigung. Man hatte ihn auf dem kleinen Friedhof hinter der Dorfkirche beigesetzt. Alice, Benedict, Hugh und Joan waren die einzigen Trauergäste gewesen und der Priester Goeffrey, der mit Hugh und Benedict nach Scarcliffe gekommen war, hatte die Gebete für den von niemandem beweinten Verstorbenen gesprochen.

Ein paar Stunden später, kurz vor Mittag, hatte Geoffrey dann am Kirchentor für jedermann sichtbar die Trauung durchgeführt, und an schloß sich die Feier mit einem üppigen Mahl.

Alice war so erschöpft vom ewigen Lächeln und der pausenlosen Freundlichkeit gegenüber den Gästen, daß sie gedacht hatte, sie würde sofort einschlafen beim Anblick eines Bettes.

Aber in dem Augenblick, in dem sie im Schlafzimmer allein gelassen worden war, um Hugh zu erwarten, hatte die Erschöpfung ungewohnter Bangnis Platz gemacht. Sie hörte auf, hin und her zu gehen, und setzte sich auf einen Hocker vor dem Kamin, in den Flammen suchte sie nach Hinweisen auf ihre Zukunft. Diese war so verschwommen wie Scarcliffe hinter der Nebelwand des heutigen Abends. Es gab nur eine Klarheit.

Sie war Hughs Frau.

Ein leichter Schauer erfaßte sie, und Alice schlang die Falten ihres Nachthemds fester um ihren Leib. All ihre Zukunftspläne hatten eine unwiderrufliche Änderung erfahren, ohne Zurück, ohne Sinneswandel. Sie war gebunden bis ans Ende.

Auf einmal öffnete sich die Tür.

Sie drehte den Kopf, als Hugh endlich das Zimmer betrat. »Willkommen, Mylord.«

Sie war erleichtert, daß er alleine war. Offensichtlich hatte Hugh beschlossen, den Brauch nicht zu befolgen, nach dem der frischgebackene Bräutigam mit einer Rieseneskorte ans Bett seiner Liebsten kam.

»Guten Abend … Frau.« Hugh sprach das letzte Wort langsam, als ließe er es auf der Zunge zergehen.

Seine schwarzen Lederstiefel machten keinerlei Geräusch auf dem Teppich, als er sich ihr näherte. Er war wahrlich ein

Geschöpf der Nacht, ein dunkler Zauberer, der das Licht des Feuers absorbierte und nichts als Schatten warf.

Er trug eine der neuen schwarzen, mit bernsteinfarbenen Stickereien versehenen Tuniken, die Alice ihm hatte machen lassen. Sein schwarzes Haar war glatt aus der Stirn gekämmt und seine Augen blickten träumerisch in den Feuerschein.

Alice sprang auf und blickte zu dem Tisch mit den beiden Kelchen und dem Krug. »Möchtet Ihr einen Schluck Wein?«

»Ja. Danke.« Hugh blieb direkt vor dem Feuer stehen. Er streckte die Hände über den Flammen aus und beobachtete Alice, die den Wein einschenkte. Dann räusperte er sich.

»Habe ich dir jemals gesagt, daß dein Haar die Farbe eines Sonnenuntergangs hat, ehe er von der Nacht eingehüllt wird?« fragte er beiläufig.

Der Krug zitterte in Alices Hand und sie spürte, wie sie errötete. »Nein, Mylord. Das habt Ihr noch nie gesagt.«

»Es stimmt.«

»Danke, Mylord.«

Hugh beobachtete, wie der Wein in einen Kelch schwappte. »Du bist ja ganz aufgeregt.«

»Ist das unter den gegebenen Umständen merkwürdig, Sir?«

Er kehrte dem Feuer den Rücken. »Bei den meisten Frauen wohl nicht, aber du bist nicht wie die meisten Frauen, Alice.«

»Und Ihr seid nicht wie die meisten Männer, Sir.« Den Kelch in der Hand, trat sie auf ihn zu.

Seine Finger strichen sanft über die ihren, als er den Wein entgegennahm. »Inwiefern bin ich anders als andere Männer?«

Dies war nicht die Art von Unterhaltung, die sie in ihrer Hochzeitsnacht erwartet hatte, dachte Alice und überlegte, ob er eine ernsthafte Antwort erwartete, oder ob er vielleicht ein neues Verwirrspiel einfädelte.

»Ihr seid intelligenter als die meisten Männer, denen ich bisher begegnet bin«, sagte sie vorsichtig. »Tiefsinniger. Manchmal schwerer zu verstehen, manchmal aber auch leichter.«

»Ist das der Grund, weshalb du mich geheiratet hast?« Hugh blickte sie über den Rand seines Kelches an. »Weil ich aufgeweckter bin als andere Männer? Interessanter? Wecke ich deine Neugierde? Deinen Wissensdrang? Betrachtest du mich vielleicht als ungewöhnliches Objekt, eins, das in deiner Sammlung nocht fehlt?«

Alice verspürte ein gewisses Unbehagen und war sehr auf der Hut. »Nein, das ist es nicht ganz.«

Hugh begann unruhig das Zimmer zu durchmessen. »Hast du mich geheiratet, weil ich dir nützlich bin?«

Sie runzelte die Stirn. »Nein.«

»Ich habe dich und deinen Bruder vor deinem Onkel gerettet«, erinnerte er sie.

»Ja, aber deshalb habe ich Euch nicht geheiratet.«

»Dann vielleicht, um den grünen Stein behalten zu können?« fragte Hugh.

»Natürlich nicht.« Alice sah ihn böse an. »Was für eine abwegige Vorstellung, Mylord. Ich würde wohl kaum heiraten, nur um den Besitz eines seltsamen Kristalls zu wahren.«

»Bist du sicher?«

»Ganz sicher«, knurrte Alice.

Hugh blieb neben einem Bettpfosten stehen und zeigte seine Zähne. »Vielleicht gar aus Leidenschaft?«

Alice geriet in Wut. »Ihr verspottet mich schon wieder, Sir.«

»Ich möchte lediglich wissen, woran ich bin.«

»Bah. Ihr glaubt, daß ich Euch nur um des Vergnügens von ein paar Küssen willen heiraten würde?«

»Nicht wegen der Küsse allein«, sagte er nachdrücklich, »sondern wegen der Dinge, die danach kommen. Ihr seid ein sehr leidenschaftlicher Mensch, Madam.«

»Sir, jetzt geht Ihr eindeutig zu weit.«

»Und dann ist da noch deine Neugierde.« Seine Stimme wurde rauh. »Dein Appetit auf Sinnlichkeit wurde geweckt, und du möchtest mehr davon. Dahin gibt es nur einen praktikablen Weg und der führt durch das Ehebett, nicht wahr?«

Alice gingen unerwartet die Augen auf. »Das habt Ihr mit Absicht gemacht. Es war alles ein Plan. Das habe ich mir doch gleich gedacht.«

»Was hast du dir gedacht?«

»Daß Ihr mich geküßt und berührt und geliebt habt, bis ich vollkommen atemlos war, weil Ihr dachtet, Ihr könntet mich mit Leidenschaft in die Falle locken.«

»Wenn du meinst, daß das, was du kennengelernt hast, interessant ist, dann warte nur. Du wirst sehen, daß es noch viel mehr zu lernen gibt auf diesem Gebiet. Vielleicht solltest du immer einen Stift und ein Stück Pergament neben das Bett legen, damit du deine Beobachtungen gleich festhalten kannst.«

»Oh, Ihr seid ein Winkeladvokat, Mylord.« Ihr Kelch schlug dumpf auf den Tisch und sie ballte die Fäuste. »Aber Ihr irrt Euch, wenn Ihr Euch einbildet, daß ich Euch nur geheiratet habe, um weitreichendere Erfahrungen in der körperlichen Liebe machen zu können.«

»Bist du sicher?«

»Ich verstehe nicht, was Ihr mit diesem unangenehmen Gespräch bezweckt. Und ich werde mich nicht länger daran beteiligen.« Sie wandte sich entschlossen zum Gehen.

»Wo willst du hin?«

»In mein Zimmer.« Sie legte die Hand auf den Türknauf. »Wenn sich Eure seltsame Laune gelegt hat, könnt Ihr ja nach mir schicken.«

»Was ist so seltsam daran, wenn ein Mann wissen will, warum ihn seine Frau geheiratet hat?«

Alice fuhr wütend herum. »Ihr seid eigentlich zu intelligent, um den Narren zu spielen, Sir. Ihr wißt genau, warum ich Euch geheiratet habe. Ich habe Euch geheiratet, weil ich Euch liebe.«

Hugh starrte sie reglos an. In seinem Blick lag etwas Dunkles, Verzweifeltes.

»Du liebst mich?« flüsterte er nach einer Ewigkeit.

Alice sah das einsame Verlangen in ihm und vergaß, daß sie in ihr Zimmer hatte flüchten wollen. Sie kannte die Tiefe seiner Zweifel, weil sie sie selbst erlebt hatte.

»Mylord, Ihr seid nicht annähernd so allein auf dieser Welt, wie Ihr meint«, sagte sie zärtlich. Sie ließ den Türknauf los und stürzte zu ihm zurück.

»Alice.«

Er fing sie auf und hielt sie so fest, daß es ihr den Atem nahm.

Dann öffnete er schweigend ihr Nachthemd, bis es zu Boden glitt. Alice zitterte, als er sie auf die weißen Laken schob.

Er zerrte sich seine eigenen Kleider vom Leib und warf sie achtlos auf einen Haufen neben das Bett.

Dann stand er vor ihr. Alice atmete tief ein, als sie seine erregte Männlichkeit sah. Ein Strom der Gefühle wallte in ihr auf. Sie war verwirrt, erregt und beklommen, alles zugleich. Zögernd nahm sie seine Hand.

»Meine Frau.« Er legte sich auf sie und drückte sie in die Kissen.

Sie erkannte das schmerzliche Verlangen und die rohe Leidenschaft in seinen goldenen Augen, als er seinen Kopf beugte, um ihren Mund zu umfassen. In diesem Augenblick wußte sie, daß die tosenden Stürme, die in seinem Innersten wüteten, endlich freigesetzt waren.

Sie verlor sich in seinem Kuß. Er war anders als alles, was sie bisher erlebt hatte. Dies war kein langsamer, berechneter Verführungsversuch. Dies war ein zorniger Ritt auf den Winden einer Sturmjagd. Sie wurde herumgewirbelt, daß ihr Hören und Sehen verging.

Sie spürte seine rauhe Hand auf ihrer Brust. In dem Augenblick, in dem die Brustwarze hart wurde, nahm Hugh sie in den

Mund. Seine Zähne strichen sanft über die empfindsame Knospe, und Alice erschauderte.

Ein wildes Stöhnen drang aus Hughs Kehle. Seine Hand fuhr tiefer, legte sich flach auf ihren Bauch und suchte das weiche, wirre Dickicht ihrer Scham. Sie rang nach Luft und kniff die Augen zu, als sie merkte, wie er seine Finger in der Nässe zwischen ihren Beinen befeuchtete.

Und dann, ehe sie wieder zu Atem kam, öffnete er ihre Schenkel und schob sich zwischen sie. Groß, er war so *groß*. Und warm. Und hart. Alice hatte das Gefühl, als verschlänge er sie bei lebendigem Leib. Die Worte seines hübschen Kompliments fielen ihr wieder ein. *Wie der Sonnenuntergang, ehe er von der Nacht eingehüllt wird.*

Hugh stützte sich auf seine Ellbogen und blickte auf sie hinab. Seine Züge waren angespannt und seine Augen schimmerten im Licht des Feuers. Er legte seine starken Hände um ihr Gesicht.

»Sag mir noch einmal, daß du mich liebst.«

»Ich liebe dich.« Sie strahlte wie der erste Schöpfungstag und all ihre Ängste legten sich. In diesem Augenblick konnte sie ihm direkt in die Seele sehen. *Du brauchst mich,* dachte sie, *genau wie ich dich brauche. Ich bete, daß du diese Wahrheit baldigst annehmen kannst.*

Dann drang er mit überwältigender Kraft in sie ein.

17

Sie liebte ihn.

Lange Zeit später lehnte sich Hugh in die weichen Polster zurück und sah in die prasselnden Flammen des Kamins. Es war, als hätten sich die dunklen Stürme, die so lange in seinem Innersten gewütet hatten, endlich gelegt.

Sie liebte ihn.

Hugh genoß die Vergegenwärtigung von Alices leidenschaftlichem Geständnis. Sie gehörte nicht zu den Frauen, die solche Worte so dahin sagten, versicherte er sich. Sie würde sie nicht aussprechen, wenn sie sie nicht glaubte.

Vorsichtig, um Alice nicht zu wecken, streckte er sich. Sie lag an ihn geschmiegt, ihre Rundungen an seinen Körper gepreßt.

Ihre Haut war so weich. Er berührte ihre Schenkel mit einem Gefühl dankbarer Bewunderung. Sie war so warm, und ihr Duft betörender als jedes Gewürz.

Sie rührte sich leicht, was zeigte, daß sie selbst dann auf seine Berührung reagierte, wenn sie schlief. Als sie sich noch enger an ihn schob, nahm er sie fester in die Arme. Alice war genauso, wie sie ihm an jenem Abend erschienen war, als sie auf der Burg ihres Onkels zur Rettung ihrer Zukunft und der ihres Bruders gegen ihn angetreten war.

Genauso und noch besser. Er war der glücklichste Mann der Welt. Er hatte auf eine Frau gehofft, die den ihm so wichtigen Mut, Ehre und Intelligenz besaß. Und nun hatte er eine Frau bekommen, die ihn darüber hinaus mit einer süßen, heißen Leidenschaft liebte, von der ihm schwindelig wurde.

»Ihr seht aus, als wärt Ihr zufrieden mit Euch, Mylord«, murmelte Alice mit schläfriger Stimme. »Was denkt Ihr?«

Er sah sie an. »Daß ich entgegen deiner anfänglichen Befürchtungen nicht übers Ohr gehauen worden bin mit dem Brautpreis, den ich für dich bezahlen mußte. Du bist die beiden Truhen mit Gewürzen in etwa wert.«

Alice kicherte. »Sir, Ihr seid ein Draufgänger und ein unritterlicher Schuft.«

Sie stolperte auf die Knie, schnappte sich ein Kissen und schlug gnadenlos auf ihn ein.

Hugh lachte übermütig, während er den halbherzigen Versuch unternahm, ihren Angriff abzuwehren. »Ich ergebe mich.«

»Das genügt mir nicht.« Alice malträtierte ihn weiter mit der weichen Waffe. »Ich verlange eine Entschuldigung.«

Er nahm ihr das Kissen ab und warf es beiseite. »Wie wäre es statt dessen mit einem Kompliment?«

Sie spitzte die Lippen und dachte eine Weile darüber nach. »Ich muß es hören, ehe ich entscheiden kann, ob es mich ebenso zufrieden stellt wie eine Entschuldigung.«

»Deine Brüste sind so süß und rund wie Sommerpfirsiche.« Hugh umfaßte eine der Brüste sanft.

»Das ist ein sehr nettes Kompliment«, gab Alice zu.

»Ich habe noch mehr zu bieten«, versprach er ihr.

»Hmm.«

Er zog sie zu sich hinab, und sie schmiegte sich warm und weich und hinreißend feminin an ihn. Er strich ihr sanft über die Wange und dabei fiel ihm der Tag in Ipstoke ein, an dem er sie vor den Räubern gerettet hatte. Er erinnerte sich daran, wie sie in seine Arme geflogen war. *Als hätte sie bereits in jenem Augenblick gewußt, daß sie dorthin gehörte.*

»Viel mehr«, flüsterte er.

Alice kreuzte ihre Arme auf seiner Brust. »Nun, Mylord, Komplimente sind etwas recht Angenehmes, und ich freue mich darauf, noch mehr zu hören, aber ich glaube, daß sie in diesem Fall nicht genügen.«

»Du willst also immer noch eine Entschuldigung?«

»Nein.« Sie kicherte abermals. »Statt dessen erbitte ich einen Gefallen.«

»Einen Gefallen?«

»Ja.«

»Was für einen Gefallen?« fragte er argwöhnisch, während er seine Finger in ihrem zerzausten Haar vergrub. Sie sah so wunderbar aus hier in seinen Armen. Es fröstelte ihn bei dem Gedanken, daß er sie ohne eine alte Legende und ohne eine Grille des Schicksals vielleicht nie gefunden hätte.

Aber vielleicht war es ihm auch seit dem Tag seiner Geburt vorherbestimmt, mit ihr zusammenzutreffen.

Alice lächelte selig. »Ich weiß noch nicht. Ich möchte diesen Gefallen sozusagen aufheben bis zu dem Zeitpunkt, an dem Ihr ihn mir erweisen sollt.«

»Das werde ich bestimmt noch bedauern, aber ich bin heute nacht nicht in der Stimmung, langwierige Verhandlungen zu führen. Ich gebe Euch also mein Versprechen, daß Ihr einen Gefallen guthabt, Madam.«

Sie klapperte aufreizend mit den Augendeckeln. »Ihr seid einfach zu großzügig, Mylord.«

»Was zweifellos einer meiner größten Fehler ist.«

Am nächsten Morgen spuckte Dunstan mit den ihm eigenen Manieren in den Staub und musterte die windschiefe Tür des Lagerraums. »Ein schöner Tag, M'lord.«

»Ja.« Hugh behielt die kaputte Tür im Visier. »Nirgends Regen in Sicht. Das heißt, daß wir die Arbeit hier im Burghof ohne Verzögerungen beenden können.«

Er freute sich über die Fortschritte, die innerhalb so kurzer Zeit in und um Scarcliffe erzielt worden waren. Sämtliche Hütten der Dorfbewohner waren repariert, der neue Abwassergraben war ausgehoben und die Brücke über dem Bach befestigt. Die ersten Punkte seiner Liste konnte er abhaken, und es war an der Zeit, sich den weniger dringlichen Angelegenheiten auf der Burg selbst zuzuwenden. Dingen wie einer schief hängenden Tür.

Im Hof erschallte das Klappern der Handwerker.

»Über einen Mangel an Arbeitskräften können wir uns nicht beklagen«, stellte Dunstan fest.

Hugh war zunächst überrascht gewesen, als er gesehen hatte, wie viele Dorfbewohner am frühen Morgen erschienen waren, um mit zuzupacken. Er hatte keinen von ihnen herbefohlen. Er hatte einfach bekanntgeben lassen, daß es Arbeit gab für diejenigen, die sich von ihren Feldern freimachen konnten.

Innerhalb einer Stunde waren fast alle gesunden Männer aus dem Dorf angetreten, hatten fröhlich ihre Werkzeuge geschwenkt und sich gut gelaunt an die Arbeit begeben.

»Wir haben es unter Umständen meiner Frau zu verdanken, daß so viele Arbeiter erschienen sind«, scherzte Hugh. »Sie scheint bei den Dorfbewohnern einen guten Eindruck gemacht zu haben, während ich in London war.«

»Lady Alice ist auf dem besten Wege, eine ebensolche Legende zu werden wie Ihr selbst, M'lord. Es ist nicht unbemerkt geblieben, daß sie den kleinen John gerettet hat, nachdem die Heilerin bereits aufgegeben hatte.«

»Ich habe davon gehört«, Hugh nickte.

»Und ebensowenig haben die Leute die Szene in der Kirche vergessen, als sie Calvert von Oxwick von der Kanzel gescheucht hat.«

»Was ja wohl auch eindrucksvoll genug war.«

»Und außerdem hat sie sich während Eurer Abwesenheit beständig darum gekümmert, daß die Reparaturarbeiten im Dorf vorankamen.«

Hugh lächelte. »Alice besitzt einfach ein gewisses Organisationstalent.«

»Ja, aber ich glaube, daß sie vor allem deshalb zur Legende wird, weil sie Rivenhall gerettet hat.«

Hughs Miene verfinsterte sich. »Ihr meint, die Dorfbewohner bewundern ihren Mut?«

»Allerdings, M'lord. Sie empfinden eine regelrechte Ehrfurcht vor Eurer Lady.«

»Ich gebe zu, daß meine Frau recht tapfer ist, aber Rivenhall verdankt seine Rettung nicht nur ihr. Sie hatte Euch und die meisten unserer Männer dabei. Eduard von Lockton wußte, daß er einer solchen Übermacht hoffnungslos unterlegen war; außerdem hätte er es nie gewagt, mich herauszufordern, indem er die Waffe gegen meine Braut erhob.«

»Es war nicht der verwegene Ritt nach Rivenhall, der ihr die allseitige Bewunderung einträgt.« Dustan grinste. »Es war die Tatsache, daß sie das Risiko eingegangen ist, sich Euren Zorn zuzuziehen.«

»Bei den Knochen des Teufels«, knurrte Hugh.

Dunstan wiegte seinen zerrupften Schädel. »Es gibt Leute, die behaupten, sie hätte geradezu mystische Macht über Euch.«

»Wer behauptet das?« Heiße Erinnerungen an die vergangene Nacht brannten in seinen Sinnen. Er lächelte. »Vielleicht haben diese Leute recht.«

Eine Braue Dunstans lüftete sich. »Die Ehe hat eine wunderliche Wirkung auf Euer Temperament, M'lord.«

Glücklicherweise brauchte Hugh darauf nicht zu antworten, da einer der Männer vom Wachturm etwas zu ihnen herunterrief.

»Drei Reiter nähern sich dem Tor, M'lord«, rief er von seinem Aussichtsposten.

»Reiter?« Hugh runzelte die Stirn. »Wer sollte uns schon auf Scarcliffe besuchen kommen?«

»Nun, ein paar Freunde habt schließlich sogar Ihr«, stellte Dunstan boshaft fest.

»Aber keinen, der kommen würde, ohne mich vorher zu benachrichtigen.« Hugh blickte zum Wachturm hinauf. »Sind sie bewaffnet?«

»Nein, M'lord.« Der Wachmann sah auf die Straße von Scarcliffe hinab. »Ein Mann mit nicht mehr als einem Schwert. Er wird von einer Frau und einem Kind begleitet.«

»*Verdammt.*« Von einer bösen Vorahnung beschlichen, faßte Hugh langsam das offene Burgtor ins Auge. »Er wird ja wohl nicht so dumm sein, mir einen Nachbarschaftsbesuch abzustatten.«

»Wer?« fragte Dunstan.

Im Handumdrehen war die Frage beantwortet. Vincent von Rivenhall ritt in den Hof, gefolgt von Lady Emma und dem jungen Reginald.

Hugh stöhnte auf. »Ist es einem Mann nicht einmal erlaubt, den Morgen nach seiner Hochzeitsnacht in Frieden zu verbringen?«

»Vielleicht muß die Geschichte von Scarcliffe bald umgeschrieben werden«, entfuhr es seinem Vertrauten und Freund.

Sämtliche Geräusche verstummten, als sich alle Arbeiter umdrehten, um die Gäste anzuschauen. Ein paar Stallburschen eilten herbei und übernahmen die Zügel der Pferde.

Hugh beobachtete grimmig, wie Vincent abstieg und Emma aus dem Sattel half. Der junge Reginald sprang ebenfalls ab und wandte sich mit einem vertraulichen Gruß an Hugh.

Vincent, dessen Gesicht grimmige Entschlossenheit verriet, nahm seine Frau am Arm und schritt voran, als hätte er den Galgen vor sich.

»Sir Hugh.« Vor seinem unfreiwilligen Gastgeber blieb er stehen und verbeugte sich steif.

»Wie ich sehe, habt Ihr dem Turnierplatz immerhin vorübergehend den Rücken gekehrt, um Eurer Burg einen Besuch abzustatten«, stellte Hugh lakonisch fest. »Wie schade, daß Ihr nicht eher gekommen seid, dann wäre meiner Frau eine Menge Ärger erspart geblieben.«

Vincent wurde zornrot, biß aber die Zähne zusammen. »Ich weiß, daß ich in Eurer Schuld stehe, Sir Hugh.«

»Wenn Ihr in der Schuld eines Menschen steht, dann in der meiner Frau. Mir persönlich schuldet Ihr keine verdammte Kleinigkeit.«

»Glaubt mir, ich habe bestimmt nicht den Wunsch, Euch verpflichtet zu sein, Mylord«, Vincent klang aufrichtig erbittert, »leider muß ich Euch trotzdem danken, weil Ihr meine Frau und meinen Sohn gerettet habt.«

»Spart Euch Euren Dank. Ich brauche ihn nicht.«

»Dann werde ich ihn eben Eurer Frau aussprechen«, schnauzte Vincent.

»Das wird nicht nötig sein. Lady Alice ist heute morgen sehr beschäftigt.« Hugh kam der Gedanke, daß er die Rivenhallsche Sippe besser los wurde, bevor Alice die Ankömmlinge bemerkte. »Und dabei wird sie nur höchst ungern gestört.«

In diesem Augenblick mischte sich Emma ein. »Wir wissen, daß Ihr gestern geheiratet habt, Mylord. Wir sind gekommen, um Euch zu Eurer Hochzeit zu gratulieren.« Sie brachte ein strahlendes und zugleich wohlwollendes Lächeln zustande.

Hugh quittierte es achtlos. »Ihr werdet mir sicher verzeihen, wenn ich kein großes Bankett veranstalte anläßlich Eures überraschenden Besuchs, Madam. Ehrlich gesagt sind wir außerstande, uns Euch zu widmen. Wir haben allerhand zu tun.«

Emma verzog enttäuscht das Gesicht, und Vincent starrte ihn wütend an. »Verdammt, ich will diese Schuld begleichen, und wenn es das letzte ist, was ich tue.«

»Ihr könnt Eure Schuld begleichen, indem Ihr Euch um das Wohl Eurer Burg kümmert, damit Scarcliffe nie wieder gezwungen ist, Rivenhallsche Ländereien zu verteidigen.« Hugh lächelte dünn. »Ich bin sicher, daß Ihr meine Gefühle in dieser Angelegenheit versteht. Rivenhall zu retten geht mir eindeutig gegen den Strich.«

»Wohl kaum mehr, als es mir gegen den Strich geht, ausgerechnet aus Scarcliffe Hilfe zu bekommen, wenn ich in Bedrängnis bin«, erwiderte sein Vetter.

»Lady Emma, Lady Emma«, ertönte in diesem Augenblick Alices Stimme vom Turmfenster her. »Willkommen. Wie schön, daß Ihr gekommen seid.«

»Himmel«, murmelte Hugh, Alice hatte offensichtlich Lunte gerochen.

Er und die anderen hoben die Köpfe zu der Burgherrin, die ausgelassen mit einem Taschentuch winkte. Selbst auf die Entfernung konnte Hugh ihr Gesicht vor Freude leuchten sehen.

»Ihr kommt gerade rechtzeitig zum Mittagessen«, rief sie herab.

»Danke, Mylady«, entgegnete Emma. »Es ist uns ein Vergnügen, mit Euch das Mahl zu teilen.«

»Ich bin sofort zur Stelle.« Alice trat vom Fenster zurück.

»Beim Blute Satans«, grunzte Vincent sauertöpfisch. »So etwas hatte ich befürchtet.«

»Ich auch«, murmelte Hugh. Es war klar, daß Alice und Emma längst Freundschaft geschlossen hatten.

»Nur derjenige ist weise, der weiß, wann er sich geschlagen geben muß«, warf Dunstan ein, und Hugh und Vincent starrten ihn beide hitzig an.

Mit einem verlegenen »Einer muß sich wohl um die Pferde kümmern« brachte sich der wackere Gefolgsmann in Sicherheit.

Zwei Stunden später stand Alice mit Emma am Fenster ihres Arbeitszimmers und beobachtete besorgt, wie Hugh und Vincent gemeinsam den Hof überquerten. Die beiden Männer waren unterwegs zu den Stallungen.

»Nun, wenigstens haben sie sich während des Essens nicht mit den Messern die Hälse aufgeschlitzt«, zog Alice Bilanz.

Die Atmosphäre während der Mahlzeit war so angespannt gewesen, daß sie sich fast allen Anwesenden auf den Magen geschlagen hatte, aber wenigstens war alles ruhig geblieben, dachte Alice voller Erleichterung. Sie und Emma hatten eifrig Konversation betrieben, während Hugh und Vincent ihr Essen in grimmigem Schweigen heruntergeschlungen und nur ein, zwei boshafte Bemerkungen ausgetauscht hatten.

»Stimmt.« Emma zog die Brauen zusammen, als sie die Männer das Nebengebäude betreten sah. »Sie sind beide unschuldige Opfer dieser alten Fehde. Keiner von ihnen hat auch nur das geringste mit den Dingen zu tun, die vor so vielen Jahren geschehen sind, aber ihre Vorfahren vererbten ihnen den Zorn und die Forderung nach Rache.«

Alice fragte: »Was wißt Ihr über die Geschichte dieses Zwistes?«

»Nicht mehr, als alle anderen wissen. Matthew von Rivenhall war mit einer anderen Frau verlobt, als er Lady Margaret, die Mutter Eures Mannes, verführte. Dann ging er für fast ein Jahr nach Frankreich, und in der Zeit kam Hugh auf die Welt. Bei seiner Rückkehr suchte Sir Matthew Margaret offenbar ein letztes Mal auf.«

»Und starb?«

»Die Männer von Rivenhall sind der Überzeugung, daß sie ihm an jenem Abend Gift gab und das üble Gebräu anschließend selbst getrunken hat.«

Alice seufzte. »Demnach ist es unwahrscheinlich, daß Sir Matthew ihr sagen wollte, daß er sie zu heiraten gedenke.«

Emmas Miene umwölkte sich. »Lord Vincent hat mir versichert, daß es für seinen Onkel unmöglich gewesen wäre, die Verlobung mit der reichen Erbin zu lösen. Beide Familien würden von der Beziehung profitieren, also hielten sie daran fest. Aber vielleicht hatte Sir Matthew die Absicht, Lady Margaret als seine Geliebte zu behalten.«

»Und sie war zu stolz, sich als Geliebte zufriedenzugeben, während er eine andere heiratete.« Alice schüttelte den Kopf. »Ich kann ihre Gefühle verstehen.«

»Ich auch.« Emma sah sie an. »Aber ich bezweifle, daß ein

Mensch mit einem ausgeglichenen Gemüt zu Gift gegriffen hätte, um Genugtuung zu erlangen. Und Ihr beispielsweise, Ihr hättet Euch nicht anschließend selbst umgebracht und Euer Kind ohne Mutter zurückgelassen.«

»Nein, das hätte ich, egal wie wütend ich gewesen wäre, nicht getan.« Sie strich sich flüchtig über den Bauch. Vielleicht trug sie bereits Hughs Baby unter dem Herzen. Der Gedanke rief ungeahnte Beschützerinstinkte in ihr wach.

»Keine von uns hätte so etwas getan«, flüsterte Emma.

Alice dachte an Calvert von Oxwick, der ebenfalls durch Gift gestorben war, und sie erschauderte, als würde sie von einem eisigen Windhauch berührt. »Was ist, wenn Lady Margaret es auch nicht getan hat?«

Emma sah sie nachdenklich an. »Was meint Ihr damit? Es gibt keine andere Erklärung für das, was in jener Nacht geschah.«

»Ihr irrt Euch, Emma«, sagte Alice langsam. »Es gibt noch eine andere Möglichkeit. Was, wenn jemand anders Sir Matthew und Margaret das Gift gegeben hat?«

»Aus welchem Grund? Das ergäbe keinen Sinn, wer sonst hätte ein Motiv gehabt?«

»Ich nehme an, Ihr habt recht. Und auf jeden Fall wird es unmöglich sein, der Geschichte jetzt noch auf den Grund zu gehen.« *Es sei denn, der Giftmörder wäre nach all den Jahren nach Scarcliffe zurückgekehrt,* dachte sie. *Aber warum hatte er sich dann ausgerechnet den Mönch als Opfer gesucht?*

Alice schwirrten so viele Gedanken durch den Kopf, daß sie plötzlich große Unruhe verspürte. Sie wandte sich vom Fenster ab, ging zu ihrem Schreibtisch und nahm den grünen Kristall in die Hand. »Möchtet Ihr Euch vielleicht meine Steinsammlung ansehen, Lady Emma?«

»Steine? Ich wußte gar nicht, daß es Menschen gibt, die Steine sammeln.«

»Ich habe die Absicht, ein Buch zu schreiben, in dem die verschiedenen Gesteinsarten genau beschrieben sind.«

»Wirklich?« Emma blickte in den Hof hinab und erstarrte. »Großer Gott, was tun die beiden da?«

»Wer?«

»Unsere Gatten.« Emma riß entsetzt die Augen auf und hielt sich die Hand vor den Mund. »Sie haben die Schwerter gezückt.«

»Das würden sie nicht wagen.« Alice sprang ans Fenster und lehnte sich hinaus, um besser zu sehen.

Emma hatte recht. Mitten auf dem Hof hatten sich Hugh und Vincent einander gegenüber aufgebaut. Ihre blanken Schwerter blitzten im Sonnenlicht. Keiner von ihnen trug einen Helm oder ein Kettenhemd, aber sie hatten jeder ein kleines Schild. Die Dorfbewohner und Waffenträger, die die Reparaturen durchführten, hatten ihre Werkzeuge beiseite gelegt und ihre Köpfe gereckt, um sich das Spektakel nicht entgehen zu lassen.

»Hört sofort mit diesem Unsinn auf«, schrie Alice aus dem Fenster. »Das lasse ich nicht zu, versteht Ihr?«

Die Leute im Hof blickten zu ihr hinauf. Mehrere Männer grinsten breit, und Alice sah, daß andere hinter vorgehaltenen Händen miteinander flüsterten. Sie wußte, daß sie Wetten abschlossen über den Ausgang des Gefechts.

Hugh bedachte sie mit einem finsteren Blick. »Geht zurück zu Euren Steinen und Käfern, Madam. Das hier ist Männersache.«

»Ich wünsche kein Gefecht zwischen Euch und Eurem Gast, Mylord.« Alice klammerte sich an den Fenstersims. »Unterhaltet Sir Vincent bitte auf andere Weise.«

Vincent hob ebenfalls den Kopf. Selbst aus dieser Entfernung war sein boshaftes Grinsen deutlich zu sehen. »Ich versichere Euch, daß ich mit dieser Art der Unterhaltung durchaus zufrieden bin, Mylady. In der Tat wüßte ich nicht, was mir besser gefallen würde als ein kleines Gefecht mit Eurem Mann.«

Emma rief ihrem Gatten böse zu: »Sir, wir sind Gäste auf dieser Burg. Ich bitte Euch, Lady Alices Bitte zu respektieren.«

»Aber ihr Mann hat den Kampf vorgeschlagen«, schrie Vincent. »Wie kann ich da ablehnen?«

Alice lehnte sich noch weiter hinaus. »Sir Hugh, bitte erklärt Eurem Gast, daß Ihr eine andere Form der Unterhaltung wünscht.«

»Was schlagt Ihr denn vor, Madam?« fragte Hugh, ›der Unschuldige‹. »Sollen wir vielleicht lieber Lanzen nehmen?«

Alice verlor die Geduld. »Zeigt Sir Vincent den neuen Abwassergraben, wenn Euch nichts Besseres einfällt. Ihr könnt tun und lassen was Ihr wollt, aber ich erlaube nicht, daß Ihr auf dieser Burg mit ihm kämpft. Habe ich mich klar ausgedrückt, Sir?«

Atemloses Schweigen senkte sich über den Hof und alle starrten zum Turmfenster hinauf.

Hugh sah sie einen Augenblick lang schweigend an. »Ihr erlaubt es nicht?« wiederholte er schließlich vorsichtig.

Alice atmete tief ein und klammerte sich noch fester an den Sims. »Ihr habt mich gehört. Es ist unschicklich, einen Gast auf diese Weise zu unterhalten.«

»Madam, vielleicht ist es Euch entgangen, aber noch bin ich der Herr dieser Burg. Und ich unterhalte meinen Gast nach meinem Geschmack.«

»Erinnert Ihr Euch an den Gefallen, den Ihr mir letzte Nacht versprochen habt, Sir?«

»Alice.«

»Ich erbitte ihn jetzt, Mylord.«

Hughs Blick war schärfer als sein Schwert und ein paar angespannte Sekunden lang verharrte er vollkommen reglos, doch dann rammte er mit einem lauten Zischen die Klinge in die Scheide.

»Zu Diensten, Madam«, sagte er. »Ihr habt den Gefallen erbeten, und er wurde Euch gewährt.« Er lächelte kalt. »Ich werde Sir Vincent den Abwassergraben zeigen.«

Vincent zerbarst beinahe vor Gelächter, schob sein Schwert

ebenfalls zurück und klopfte Hugh auf die Schulter. »Keine Angst, Sir«, sagte er nicht ohne Mitgefühl, »ich habe vollstes Vertrauen, daß Ihr Euch bald an das Eheleben gewöhnen werdet.«

Wenige Minuten später ritt Hugh in Begleitung des Mannes, den zu hassen er seit seiner Geburt gelehrt worden war, am Kloster vorbei. Weder er noch Vincent hatten seit Verlassen der Burg einen Ton geäußert.

»Zeigt Ihr mir wirklich den Abwassergraben?« fragte Vincent.

Hugh verzog das Gesicht. »Nein. Ehrlich gesagt gibt es da eine Angelegenheit, über die wir miteinander reden müssen.« Er hatte die ganze Zeit überlegt, wieviel er Vincent über den Mord an Calvert erzählen sollte, und schließlich hatte er einen Entschluß gefaßt.

»Falls Ihr die Absicht habt, mir einen erneuten Vortrag über meine Pflichten als Burgherr von Rivenhall zu halten, spart Euch den Atem. Ich habe endlich genug Geld, um meine Güter wieder instand zu setzen und werde nicht so schnell wieder fortgehen.«

Hugh winkte ab. »Das geht mich nichts an. Aber da wir Nachbarn sind, ob es uns nun gefällt oder nicht, solltet Ihr wissen, daß hier in der Gegend vor kurzem ein Mord geschehen ist.«

»Ein Mord?« Vincent sah ihn überrascht an. »Wer wurde umgebracht?«

»Ich habe in einer der Klippenhöhlen die Leiche eines Wandermönchs namens Calvert von Oxwick entdeckt. Vielleicht wurde er von Räubern umgebracht.«

»Aber warum sollte jemand einen Mönch töten?«

Hugh zögerte kurz. »Weil er auf der Suche nach den Steinen von Scarcliffe war.«

Vincent pfiff ungläubig durch die Zähne. »Das ist doch

nichts weiter als ein altes Märchen. Wenn es jemals so etwas wie die Steine von Scarcliffe gegeben hat, dann sind sie längst verschwunden.«

»Ja, aber es gibt immer Menschen, die an Legenden glauben. Wie zum Beispiel der Mönch.«

»Und der Mörder?«

»Vielleicht auch er«, bestätigte Hugh.

Vincent runzelte die Stirn. »Wenn der Mönch wegen eines nicht existierenden Schatzes getötet wurde, dann hat der Mörder seinen Fehler wohl inzwischen eingesehen und die Gegend bestimmt verlassen.«

»Ja. Aber angesichts der Tatsache, daß Ihr Euch entschieden habt, auf Eure Burg zurückzukehren und dort als Burgherr zu walten, dachte ich, daß Ihr zumindest von dem Zwischenfall erfahren solltet. Einen Mörder kann keiner von uns in der Umgebung gebrauchen.«

»Ihr beherrscht die Kunst des Sarkasmus ebenso gut wie Euer Schwert, Sir Hugh.«

»Er ist die einzige Waffe, die meine Frau mir heute gelassen hat«, murmelte Hugh.

Vincent schwieg einen Augenblick.

Die Hufe der Pferde klapperten auf der Straße, sodaß ein paar der im Klostergarten arbeitenden Nonnen die Köpfe hoben. Der Sohn des Müllers hüpfte fröhlich aus der Hütte seiner Eltern. »Sir Hugh, Sir Hugh«, rief er fröhlich.

Hugh hob die Hand und der kleine John strahlte über das ganze Gesicht.

Vincent sah, wie der Junge in der Hütte verschwand und wandte sich an Hugh. »Es heißt, Erasmus von Thornewood wäre fast tot.«

»Ja.«

»Ich werde ihn vermissen«, bekannte der Vetter. »Abgesehen von der Forderung, daß Ihr und ich keinen Krieg gegeneinander führen sollen, war er ein guter Lehnsherr.«

»Ein sehr guter.«

Vincent sah sich die reparierten Hütten an. »Ihr habt in den letzten Monaten viel erreicht, Sir Hugh.«

»Ja. Mit Hilfe meiner Frau.« Hugh verspürte Stolz und Zufriedenheit. In Scarcliffe herrschten wieder Ordnung und Zuversicht. Im Frühjahr wäre es auch mit der Armut vorbei.

»Sagt mir«, bat Vincent, »habt Ihr immer noch Appetit auf Rivenhall oder reichen Euch diese Ländereien?«

Hugh zog die Brauen hoch. »Fragt Ihr, ob ich Rivenhall einnehmen werde, wenn ich nach Erasmus' Tod nicht mehr an das ihm gegebene Versprechen gebunden bin?«

»Ich frage, ob Ihr *versuchen* werdet, es einzunehmen«, verbesserte Vincent.

»Ob ich es *versuchen* werde?« Plötzlich lachte Hugh schallend los, sodaß es durch die Straße hallte und erneut die Aufmerksamkeit der Nonnen hinter der Klostermauer weckte.

»Es freut mich, daß Euch diese Frage derart amüsiert.« Vincent sah ihn argwöhnisch an. »Aber ich warte immer noch auf eine Antwort.«

Langsam wurde Hugh seiner Belustigung Herr. »Ich nehme an, daß Rivenhall so lange sicher ist, wie meine Frau Eure Frau eine Freundin nennt. Ich habe keine Lust, mich ihrer endlosen Schelte auszusetzen, indem ich Rivenhall belagere.«

Vincent blinzelte wie eine Eule, dann grinste er. »Irgend etwas sagt mir, daß Ihr Euch in das Eheleben ergeben habt.«

»Es gibt Schlimmeres.«

»Das stimmt. Es gibt Schlimmeres.«

Der nächste Morgen brachte düstere Wolken, und Hugh mußte eine Kerze auf seinem Schreibtisch anzünden, damit er und Benedict überhaupt etwas sahen.

Hugh war gerade dabei, eine Gewürzliste durchzusehen, als er bemerkte, daß die Flamme der Kerze seltsam flackerte. Er legte seine Schreibfeder beiseite und rieb sich die Augen, doch als er sie wieder öffnete, sah er, daß die Flamme sehr groß geworden war. Zu groß.

»Stimmt etwas nicht, Sir?« Benedict beugte sich mit besorgter Miene über den Tisch.

»Nein.« Hugh schüttelte den Kopf, um die Spinnweben zu vertreiben, die anscheinend sein Hirn eingehüllt hatten.

Benedicts Gesicht verschwamm. Seine Augen und seine Nase schoben sich über den Mund.

»Lord Hugh?«

Hugh zwang sich zur Konzentration und Benedicts Züge wurden wieder klar. »Bist du mit deinen Berechnungen fertig?«

»Ja.« Benedict schob die Becher mit der grünen Suppe beiseite, die vorhin aufs Zimmer gebracht worden waren. »Julian kann sie morgen nach London mitnehmen. Sir, seid Ihr sicher, daß alles in Ordnung ist?«

»Warum in aller Welt flackert die Kerze nur so wild? Es zieht doch gar nicht.«

Benedict sah die Kerze an. »Die Flamme brennt vollkommen ruhig, Sir.«

Hugh starrte sie an. Die Flamme züngelte wild hin und her. Außerdem nahm sie einen eigenartigen Rosaton an. Eine rosafarbene Flamme?

Er riß den Blick von der Kerze los und sah auf den Wandbehang. Das Einhorn, das dort aufgestickt war, bewegte sich. Es wandte ihm den Kopf zu und blickte ihn neugierig an.

»Die Suppe«, flüsterte Hugh.

»Mylord?«

Hugh blickte auf den halbleeren Becher, der vor ihm stand, und ein schrecklicher Gedanke stahl sich in sein Hirn. »Hast du etwas davon getrunken?« Seine Stimme war ein heiseres Flüstern.

»Von der grünen Suppe?« Benedicts Gesicht verschwamm abermals, genau wie die Flamme. »Nein. Ich mag das Zeug nicht. Ich weiß, Alice findet sie sehr gesund, aber mir schmeckt sie einfach nicht. Normalerweise kippe ich sie einfach in den nächsten Abflußschacht.«

»*Alice.*« Hugh umklammerte den Rand seines Schreibtisches, als sich der Raum langsam zu drehen begann. »Die Suppe.«

»Was ist los, Mylord?«

»Hol sie. Hol Alice. Sag ihr ... sag ihr ... *Gift*.«

Benedict sprang auf. »Sir, das ist unmöglich. Wie könnt Ihr es wagen, sie der Giftmischerei zu bezichtigen?«

»Nicht Alice.« Hugh brachte kaum noch die Worte heraus. »Das ist Rivenhalls Werk. Meine eigene Schuld. Ich hätte ihn nie auf die Burg lassen dürfen.«

Während er auf den Boden sank, hörte er kaum noch die Schritte des Jungen, der aus dem Zimmer stakste und die Treppe hinunterpolterte.

Dann stieg das Einhorn aus dem Wandteppich heraus, kam direkt auf ihn zu und sah ihn ernst an.

»So war es auch für deinen Vater und deine Mutter«, sagte es sanft.

18

»Mylord, ich stecke Euch jetzt meinen Finger in den Hals. Bitte, beißt ihn mir nicht ab.« Alice hockte sich neben Hugh, drehte seinen Kopf zur Seite und öffnete seinen Mund.

Einen Augenblick später stöhnte Hugh und spuckte gehorsam den Inhalt seines Magens in den Nachttopf, den Benedict ihm unter die Nase hielt.

Alice wartete, bis sich die ersten Zuckungen legten und dann schob sie ihm ein zweites Mal den Finger in den Hals.

Hugh verkrampfte sich und spie die letzten Reste aus.

Benedict sah seine Schwester ängstlich an. »Wird er sterben?«

»Nein«, versprach Alice. »Er wird nicht sterben, wenn ich es verhindern kann. Hol mir Wasser, Benedict. Viel. Und Milch. Schnell.«

»Ja.« Benedict schnappte sich seinen Stock, sprang auf die Beine und humpelte davon.

»Benedict?«

Eine Hand am Türrahmen, blieb er stehen. »Ja?«

»Erzähl niemanden davon, verstanden? Sag, daß ich das Wasser und die Milch haben will, um mein Gesicht zu waschen.«

»Aber was ist, wenn die Suppe vergiftet war? Bestimmt haben sie inzwischen alle davon getrunken.«

»Die Suppe war nicht vergiftet«, sagte Alice ruhig. »Ich habe selbst davon getrunken. Genau wie meine Zofe.«

»Aber –«

»Beeil dich, Benedict.«

Er machte, daß er wegkam.

In diesem Moment öffnete Hugh kurz die Augen, deren Bernsteinfarbe zu glühen schien. »Alice.«

»Ihr seid ein sehr großer Mann und habt noch nicht einmal die ganze Suppe getrunken, Mylord. Das meiste, was Ihr zu Euch genommen habt, ist inzwischen wieder herausgekommen. Ihr werdet überleben.«

»Ich bringe ihn um«, schwor Hugh, ehe er die Augen wieder schloß. »Nach diesem Anschlag schützt ihn das Versprechen, das ich Erasmus gegeben habe, nicht mehr.«

»Von wem sprecht Ihr?«

»Vincent. Er hat versucht, mich zu vergiften.«

»Hugh, das kann man nicht mit Sicherheit wissen.«

»Wer sonst käme auf eine solche Idee?« Abermals wurde Hugh von heftigen Krämpfen geschüttelt. Sein mächtiger Leib zuckte, aber er hatte nichts mehr in sich, das er hätte ausspucken können. »Er muß es gewesen sein.«

Zwei Krüge in der Hand kam Benedict atemlos aus der Küche zurückgestampft. »Ich habe sowohl die Milch als auch das Wasser mitgebracht.«

»Gut gemacht.« Alice streckte die Hand nach dem ersten Krug aus. »Hilf mir, ihm das hier einzuflößen.«

Hugh blinzelte. »Seid mir nicht böse, Madam, aber ich habe im Augenblick wirklich keinen allzu großen Appetit.«

»Meine Mutter hat geschrieben, daß es sich empfiehlt, einem Giftopfer viel Flüssigkeit einzuflößen. Sie dient der Wiederherstellung des inneren Gleichgewichts.« Alice legte Hughs Kopf in ihren Schoß. »Bitte, Mylord. Bitte trinkt.«

Auf Hughs Brauen glitzerte immer noch der Schweiß, aber seine Augen blitzten übermütig auf, als er die Rundung ihrer Brüste sah. »Du weißt, daß ich verloren bin, wenn du plötzlich Sanftmut an den Tag legst. Also gut, Madam, ich werde alles trinken, was Ihr mir gebt, wenn es nicht grün ist.«

Alice blickte zu Benedict auf. »Ich glaube, er fühlt sich bereits besser. Hol Sir Dunstan. Wir brauchen seine Hilfe, um Mylord in sein Schlafzimmer zu schaffen.«

»Ja.« Benedict wandte sich abermals zur Tür.

»Bei den Zähnen des Teufels«, jammerte Hugh. »Ich lasse mich doch nicht herumtragen wie ein Kind.«

Zu guter Letzt schaffte er es auf den eigenen Beinen durch den Flur, aber Alice, Benedict und Dunstan halfen ihm dabei. Als er schließlich auf sein Ebenholzlager fiel, schlief er auf der Stelle ein.

»Gift?« Dunstan stand am Fuß des Bettes und hatte die riesigen Hände zu Fäusten geballt. »Lord Hugh ist vergiftet worden? Seid Ihr sicher?«

»Ja.« Alice runzelte die Stirn. »Aber im Augenblick dürft Ihr niemandem davon erzählen, Sir Dunstan. Bisher wissen nur wir vier darüber Bescheid, und ich möchte, daß es eine Weile so bleibt.«

»Ich soll nicht darüber sprechen?« Dunstan durchbohrte sie mit seinen Blicken. »Ich werde die ganze verdammte Burg auf den Kopf stellen. Ich werde die Bediensteten einen nach dem anderen aufhängen lassen, bis ich weiß, wer das Gebräu in Sir Hughs Becher geschüttet hat.«

»Sir Dunstan –«

»Das kann nur Rivenhall gewesen sein.« Dunstan zog die Brauen zusammen, als er das Problem zu seiner Zufriedenheit gelöst zu haben meinte. »Ja, das ist es. Sir Vincent hat bestimmt, ehe er gestern losritt, einen der Bediensteten hier auf Scarcliffe Keep bestochen, damit er das Gift in die Suppe schüttet.«

»Sir Dunstan, genug jetzt.« Alice erhob sich von dem Hocker neben dem Bett. »Ich werde mich um die Sache kümmern.«

»Nein, Madam. Lord Hugh würde nicht wollen, daß Ihr in eine solche Angelegenheit hineingezogen werdet.«

»Das bin ich bereits.« Alice knirschte mit den Zähnen. »Und ich kenne mich mit Giften wesentlich besser aus als Ihr, Sir. Ich werde herausfinden, was es war. Und dann erfahren wir vielleicht auch, wer Schuld an dem Anschlag ist.«

»Sir Vincent, wer sonst«, beharrte Dunstan voller Überzeugung.

»Das steht noch nicht fest.« Alice wanderte im Zimmer auf und ab. »Nun, wir wissen, daß nur Sir Hughs Suppe vergiftet war. Das heißt, daß die Mixtur entweder auf dem Weg zu seinem Arbeitszimmer in den Becher geschüttet wurde oder –«

»Ich werde diesen verräterischen Bediensteten ausfindig machen«, unterbrach Dunstan sie zornig. »Noch vor dem Mittagessen hängt er!«

»Oder«, fügte Alice eilig hinzu, »daß das Gift bereits im Becher war, als die Suppe eingefüllt wurde.«

Dunstan sah sie verständnislos an. »Bereits im Becher?«

»Ja, Sir. In der Küche herrscht immer Hochbetrieb. Ein paar Tropfen eines sehr starken Gifts auf dem Grund des Bechers würden wahrscheinlich beim Einschenken nicht auffallen.«

»Reichen denn ein paar Tropfen aus, um einen Mann umzubringen?«

»Es gibt ein paar Kräuterextrakte, die so bösartig sind, daß sie ihre todbringenden Eigenschaften behalten oder erst zur Entfaltung bringen, wenn sie erwärmt werden. Die heiße Suppe könnte der Auslöser gewesen sein.«

Ein paar Kräuterextrakte, nicht viele, fügte Alice stumm hinzu. Und die Kräuter, die dafür in Frage kamen, waren ihrer Mutter zufolge äußerst selten.

Benedict sah Alice über Hughs schlafenden Körper hinweg an. »Es ist kein Geheimnis, welches Geschirr Sir Hugh benutzt, man kann seinen Becher leicht von den anderen unterscheiden.«

»Ja.« Alice ging immer noch auf und ab, die Hände hinter dem Rücken verschränkt. »Sir Dunstan, ich werde diese Untersuchung durchführen, ist das klar? Es hängt viel vom Ergebnis ab. Krieg mit Rivenhall wird viele Leben kosten, und ich will diese Toten nicht zu verantworten haben, wenn wir anders vorgehen können.«

»Seid versichert, Madam, wir können nicht anders vorgehen, wenn Lord Hugh erst einmal aufgewacht ist.« Dunstans Miene verriet seinen ungebändigten Zorn. »Sobald er wieder auf einem Pferd sitzen kann, wird er Rache nehmen.«

Alice sah Hugh an. Selbst im Schlaf zeigte er eine gewisse Unerbittlichkeit. Niemand wußte besser als sie, daß Hugh sich durch nichts aufhalten ließ, hatte er sich erst ein Ziel gesetzt.

Sie wandte sich zu Dunstan und Benedict: »Dann muß ich eben schnell handeln.«

Alice klappte das Buch ihrer Mutter zu, faltete die Hände auf der Schreibtischplatte und musterte den jungen Küchengehilfen, der vor ihr stand.

»Du hast Sir Hugh heute morgen seine Suppe gebracht, Luke?«

»Ja, M'lady.« Luke nahm Haltung an. »Ich habe die Aufgabe, ihm jeden Morgen das Frühstück zu bringen.«

»Und wer hat dir diese Aufgabe zugeteilt?«

Luke sah sie fragend an. »Master Elbert natürlich.«

»Sag mir, Luke, bist du heute auf dem Weg zu Lord Hughs Arbeitszimmer irgendwo stehengeblieben, um mit jemandem zu sprechen?«

»Nein, M'lady.« Luke erschrak. »Ich bin nicht ein einziges Mal stehengeblieben, das schwöre ich. Ich bin direkt zu seinem Zimmer gegangen, wie es mir aufgetragen war und beschwöre, die Suppe war noch warm, als ich dort ankam. Wenn sie kalt war, als seine Lordschaft sie getrunken hat, ist das nicht meine Schuld, Madam.«

»Beruhige dich, Luke. Die Suppe war noch warm«, versicherte ihm Alice sanft.

Lukes Miene hellte sich auf. »Dann ist Lord Hugh also zufrieden mit mir?«

»Ich würde sagen, heute morgen war er eher überrascht.«

»Dann wird Master Elbert mir vielleicht sogar erlauben, in der großen Halle Dienst zu tun«, erklärte Luke eifrig. »Das ist mein großes Ziel. Meine Mutter wird stolz auf mich sein.«

»Ich bin sicher, daß dir dieser Wunsch eines Tages erfüllt wird, Luke. Du scheinst ein zielstrebiger junger Mann zu sein.«

»Das bin ich auch, Mylady«, versicherte ihr Luke. »Lord Hugh hat mir erklärt, daß das Geheimnis der wahren Stärke jedes Mannes ungeachtet seiner gesellschaftlichen Position in seiner Zielstrebigkeit und Selbstdisziplin liegt. Mit diesen beiden Eigenschaften erreicht man irgendwann sein Ziel.«

Trotz ihrer Besorgnis lächelte Alice flüchtig bei dem Gedanken, daß Hugh einem Küchenjungen Ratschläge erteilte. »Das klingt ganz nach Lord Hugh. Wann hat er dir diesen Rat gegeben?«

»Gestern morgen, als ich ihn gefragt habe, wie er es schafft, täglich die grüne Suppe herunterzuwürgen. Ich selbst rühre das Zeug nicht an.«

Alice seufzte. »Du kannst wieder in die Küche gehen, Luke.«

»Sehr wohl, M'lady.«

Alice wartete, bis Luke ihr Arbeitszimmer verlassen hatte, ehe sie das Handbuch ihrer Mutter ein zweites Mal öffnete. Eine Frage war beantwortet durch Lukes Ehrlichkeit. Sie glaubte ihm, wenn er sagte, daß er auf dem Weg zu Hughs Arbeitszimmer niemanden getroffen hatte.

Das hieß, daß das Gift nicht nach der Suppeneingabe in den Becher gelangt war.

Was wiederum bedeutete, daß sie nach einem Gift suchen mußte, das unbemerkt auf den Boden eines sauberen Bechers geträufelt werden konnte. Es müßte eine so starke Mixtur sein, daß ein paar Tropfen genügten, um eine ernste Krankheit oder den Tod herbeizuführen.

Sie schloß die Augen bei dem Gedanken, wie leicht sie hätte Hugh verlieren können. Ein Angstschauder durchrann sie.

Sie mußte den Möchtegern-Mörder finden, ehe er oder sie erneut zuschlagen konnte. Sie mußte den Giftmischer ausfindig machen, ehe Hugh die Burg seiner Blutsverwandten belagerte und jede Hoffnung auf Frieden zwischen Rivenhall und Scarcliffe begrub.

Alice zwang sich, sich auf das zu konzentrieren, was ihre Mutter über die Tollkirsche in Erfahrung gebracht hatte.

Wenn man sie gemäß diesem Rezept zubereitet, kann eine kleine Menge starke Schmerzen in den Gedärmen lindern. Eine zu große Menge hingegen kann tödlich sein …

Ein zaghaftes Klopfen kündigte einen weiteren Besucher an.

»Herein«, rief Alice ohne aufzusehen.

Elbert steckte den Kopf durch die Tür. »Ihr habt nach mir geschickt, Madam?«

»Ja, Elbert.« Alice blickte auf. »Bitte sorgt dafür, daß jeder Teller und jeder Becher in diesem Haushalt sorgfältig gereinigt wird, ehe die nächste Mahlzeit serviert wird.«

»Aber das Geschirr wird nach jeder Mahlzeit gespült, Mylady, wie Ihr es angeordnet habt«, stammelte Elbert verwirrt.

»Ich weiß, Elbert, aber ich möchte, daß es vor dem Mittagessen noch einmal gesäubert wird. Ist das klar?«

»Ja, M'lady. Vor dem Mittagessen. Ich werde sofort Anweisung erteilen. Sonst noch etwas?«

Alice zögerte. »Lord Hugh wird heute nicht mit uns speisen. Er ist in seinem Schlafzimmer und möchte nicht gestört werden.«

Elbert sah sie alarmiert an. »Ist etwas nicht in Ordnung, Madam?«

»Nein. Er hat sich nur ein wenig verkühlt. Ich habe ihm ein Heilmittel eingeflößt, und morgen müßte er wieder auf den Beinen sein.«

Elberts Miene hellte sich auf. »Soll ich noch etwas grüne Suppe auf sein Zimmer schicken?«

»Ich glaube, das wird nicht nötig sein. Danke, Elbert. Ihr

könnt gehen. Vergeßt nicht, die Teller, Becher und Krüge waschen zu lassen.«

»Sehr wohl, Madam. Wird sofort geschehen.« Elbert verbeugte sich und ging, um den Befehl auszuführen.

Alice schüttelte die unerklärlichen Ängste ab, die sie zu überwältigen drohten. Sie blätterte weiter und studierte das nächste Rezept.

Die Wasseruhr auf ihrem Schreibtisch tropfte langsam vor sich hin. Eine weitere Stunde verging.

Lange Zeit später klappte Alice das Buch ihrer Mutter zu und starrte reglos darauf. Sie dachte über die Dinge nach, die sie in Erfahrung gebracht hatte.

Wie sie bereits vermutet hatte, war es alles andere als leicht, eine Mixtur zu brauen, die stark genug war, um derart unauffällig angewendet werden zu können.

Die Angst vor Gift war weit verbreitet, aber in Wahrheit bestand nur eine geringe Gefahr, auf diese Weise zu Tode zu kommen. Die meisten Gifte wirkten einfach nicht gründlich genug.

Im Gegensatz zu dem, was die meisten Menschen annahmen, war das Herstellen solcher Stoffe alles andere als ein Kinderspiel. Nur ein erfahrener Gärtner kannte die richtigen Pflanzen, und dann waren noch ausführliche Untersuchungen und zahlreiche Experimente vonnöten, um die richtige Mischung zu erzielen. Nur ein Kräuterheilkundiger, der Gifte und Gegengifte erforschte, um beispielsweise neue Arzneien zu finden, oder ein Alchimist, der die Schwarzen Künste studierte, verwendete so viel Zeit und Mühe auf die Entwicklung eines tödlichen Tranks.

Es gab eine Reihe von praktischen Problemen bei der Herstellung eines giftigen Gebräus, und äußerst schwierig fand man heraus, welches die richtige Dosis war. Außerdem war es nicht leicht, das Gift derart zu konzentrieren, daß bereits eine kleine Menge ausreichte, um das gewünschte Ergebnis zu erzielen und noch aufwendiger, eine gewisse Zuverlässigkeit des Gifts zu garantieren. Meistens blieb die Wirkung unvorhersehbar.

Wie ihre Mutter in dem Handbuch geschrieben hatte, war es wesentlich wahrscheinlicher, daß ein Mensch durch schlechtes Essen krank wurde als durch echtes Gift.

Alice kam zu folgendem Schluß: Es gab nicht viele Menschen in der Umgebung von Scarcliffe, die ein tödliches Gift mischen und obendrein dafür sorgen konnten, daß ihr Opfer es auch bekam.

Ihre Opfer.

Denn es waren zwei. Auch Calvert von Oxwick hatte auf diese Weise seine Seele ausgehaucht.

Aber wer sollte einen heuchlerischen Mönch sowie einen legendären Ritter töten wollen? Wo war die Verbindung zwischen diesen beiden Männern?

Alice dachte lange über diese Frage nach.

Das einzige, was die beiden Opfer ihres Wissens nach miteinander verband, war das Interesse an den Steinen von Scarcliffe. Aber als Hugh den grünen Kristall in Händen gehalten hatte, hatte er die Suche nach dem Rest des Schatzes sogleich aufgegeben. Er glaubte nicht einmal richtig an die Existenz der fabelhaften Edelsteine.

Calvert hingegen hatte offenbar an die alte Geschichte geglaubt. So sehr, daß er das Risiko eingegangen war, in den gefährlichen Höhlen von Scarcliffe nach dieser Verheißung zu suchen.

Die beiden Männer verband also nichts.

Sie überlegte, ob die Wahrheit vielleicht in der Vergangenheit lag. Schließlich hatte es in dieser Gegend schon einmal Fälle von Vergiftungen gegeben.

Am späten Nachmittag wurde Alice von einer kleinen, fröhlichen Novizin in das Arbeitszimmer der Priorin geführt.

Joan stand lächelnd von ihrem Platz hinter dem Schreibtisch

auf. »Lady Alice. Bitte nehmt Platz. Was führt Euch um diese Stunde noch her?«

»Es tut mir leid, wenn ich störe, Madam.« Alice wartete, bis die Novizin die Tür hinter sich geschlossen hatte, ehe sie auf einen Schemel sank.

»Seid Ihr allein gekommen?« Joan nahm ebenfalls wieder Platz.

»Ja. Ich habe gesagt, daß ich noch einen Spaziergang mache, und ich muß so schnell wie möglich wieder aufbrechen.« Sie wollte zurück sein, ehe Hugh aufwachte. »Ich werde Eure Zeit also nur kurz in Anspruch nehmen.«

»Ich freue mich immer, Euch zu sehen, Alice, das wißt Ihr.« Joan faltete die Hände und sah sie mit sanfter Besorgnis an. »Was bedrückt Euch?«

Alice holte tief Luft. »Ich muß Euch eine Frage stellen.«

»Worum geht es?«

»Es geht um Schwester Katherine, Eure Heilerin.«

Joan runzelte die Stirn. »Dann wendet Euch besser direkt an sie. Wartet, ich lasse sie holen.«

»Das ist unmöglich.« Mit raschelnden Röcken eilte Joan den Flur hinab. »Schwester Katherine ist eine erfahrene Heilerin. Sie würde niemanden vergiften.«

»Findet Ihr es nicht seltsam, daß sie verschwunden ist?« fragte Alice.

»Sie muß irgendwo hier im Kloster sein.«

»Wir haben in der Kapelle nachgesehen, im Garten und im Destillationsraum. Wo sollte sie also sein?«

»Vielleicht meditiert sie auf ihrem Zimmer und hat das Klopfen der Novizin nicht gehört. Oder vielleicht leidet sie zur Zeit an einem Anfall von Melancholie. Die Medizin, die sie dagegen nimmt, wirkt manchmal wie ein Schlafmittel.«

»Das ist höchst beunruhigend.«

»Euer Verdacht ist noch wesentlich beunruhigender«,

stellte Joan barsch fest. »Schwester Katherine ist seit fast dreißig Jahren bei uns im Konvent.«

»Genau dieser Umstand veranlaßt mich zu überlegen, ob sie vielleicht in die Sache verwickelt ist.« Alice sah die Reihe von Holztüren an, die vom Korridor abgingen. Jede wies ein vergittertes Fenster auf und führte in eine kleine, spärlich eingerichtete Zelle.

Es herrschte Stille, denn die meisten Zellen waren um diese Tageszeit leer. Die Nonnen verrichteten die letzten Handgriffe im Garten, in der Küche, im Scriptorium oder im Musikzimmer.

Joan blickte über ihre Schulter. »Ihr sagt, Lord Hughs Eltern wurden vor fast dreißig Jahren mit Gift umgebracht?«

»Ja. Alle Welt nahm an, daß seine Mutter die Giftmischerin war. Es hieß, sie hätte seinen Vater gehaßt. Aber ich beginne mich zu fragen, ob das die Wahrheit ist.«

»Weshalb glaubt Ihr, daß Schwester Katherine mehr über den Fall weiß als das, was damals jeder erfuhr?«

»Erinnert Ihr Euch an den Tag, als ich sie im Klostergarten traf?«

»Aber freilich.«

»Sie sagte etwas darüber, wie leicht ein Mann ein Verlöbnis lösen kann. Sie schien sehr verbittert zu sein.«

»Wie gesagt, Katherine leidet stark unter Melancholie. Sie wirkt häufig traurig oder verbittert.«

»Ja, aber ich glaube, daß ihre Reaktion in diesem Fall sehr persönlich war. Sie warnte mich, die Hochzeit nicht länger hinauszuzögern, da es sonst zu spät sein könnte.«

»Und wenn schon ...« Joan blieb vor der letzten Tür stehen. »Das war ein praktischer Rat.«

»Sie sprach wie eine Frau, die die Demütigung einer gelösten Verlobung ertragen mußte«, beharrte Alice auf ihrer Meinung. »Und ich frage mich, ob sie selbst vielleicht den Schleier genommen hat, nachdem ihre Verlobung in die Brüche ging.«

»Das wäre nichts Ungewöhnliches.« Joan klopfte laut an die Eichentür. »Viele Frauen sind aus diesem Grund ins Kloster gegangen.«

»Das ist mir klar. Aber ich möchte die Schwester fragen, ob auch sie aus diesem Grund der Welt den Rücken gekehrt hat.«

Joan sah sie an. »Und wenn ja?«

»Dann möchte ich wissen, ob der Mann, der die Verlobung gelöst hat, Sir Matthew von Scarcliffe hieß.«

Die Priorin war wie vor den Kopf geschlagen. »Aber der Legende nach hat Sir Matthew die Verlobung nie gelöst. Nach dem, was ich gehört habe, hatte er die Absicht, die Frau zu heiraten, die seine Familie für ihn ausgesucht hatte. Alle Welt glaubt, daß er Hughs arme Mutter als Geliebte behalten wollte. Dies soll der Grund gewesen sein, weshalb sie ihm, außer sich vor Zorn, das Gift verabreicht hat.«

»So erzählt man es sich«, bestätigte Alice. »Aber was ist, wenn es nicht so war? Was, wenn Matthew aus Frankreich zurückkam, feststellte, daß er einen Sohn hatte, und beschloß, die Frau, die er verführt hatte, zu heiraten?«

»Wollt Ihr damit sagen, daß die Frau, mit der er verlobt war, sich an ihm gerächt haben könnte?«

»Das wäre möglich, oder nicht?«

»Etwas weit hergeholt.«

»Ihr habt selbst gesagt, daß Schwester Katherine unter extremen Stimmungsschwankungen leidet«, erinnerte Alice sie.

Joan stellte sich auf Zehenspitzen und spähte durch das Gitterfenster. »Ihre Zelle ist leer. Sie ist nicht da. Irgend etwas stimmt hier nicht.«

»Es scheint, als hätte sie das Kloster verlassen.«

»Aber wo könnte sie sein? Es wäre doch sicher jemandem aufgefallen, wenn sie eins der Pferde aus dem Stall geholt hätte.«

Alice warf ebenfalls einen Blick in die Zelle. »Auf ihrem Bett liegt ein Stück Pergament.«

»Schwester Katherine ist ein sehr ordentlicher Mensch. Sie würde bestimmt keine persönlichen Dinge herumliegen lassen.«

Alice sah sie an. »Es sei denn, sie wollte, daß man das Blatt entdeckt.«

Joans Miene wurde noch besorgter. Wortlos hob sie den schweren Ring, der an ihrem Gürtel hing, wählte einen der daran befestigten Eisenschlüssel aus und schob ihn in das Schloß.

Einen Augenblick später betrat Alice den winzigen Raum. Außer dem schmalen Bett, einer kleinen Holztruhe und dem zusammengerollten Stück Pergament, das auf der Strohmatte lag, gab es nicht viel zu sehen.

Alice streckte die Hand nach der Rolle aus, doch dann hielt sie fragend inne, die Priorin nickte stumm.

Alice nahm das Pergament und rollte es vorsichtig auf. Ein schwerer Goldring mit einem grünen Edelstein fiel auf das Bett. Alice sah ihn sich näher an. »Gehört er Schwester Katherine?«

»Wenn ja, dann hat sie ihn all die Jahre versteckt. Ich habe ihn noch nie gesehen.«

»Er kommt mir irgendwie bekannt vor.« Alice blickte auf. »Ich glaube, Lady Emma trägt einen ganz ähnlichen Ring. Sie sagte, Sir Vincent hätte ihn ihr zur Hochzeit geschenkt.«

»Es wird immer schlimmer«, ächzte die Priorin. »Was steht in dem Brief?«

»Nur ein kurzer Satz.«

»Lest ihn mir vor.«

Alice runzelte die Stirn.

Der Bastard hat für die Sünden seiner Eltern bezahlt. Es ist vorbei.

»Gütiger Himmel, was meint sie damit?« flüsterte Joan.

»Katherine glaubt zweifellos, daß sie ihre Rache bekommen hat.« Alice rollte das Pergament wieder zusammen. »Sie kann nicht wissen, daß ihr Plan fehlgeschlagen ist.«

Joans Schlüssel klapperten an dem Eisenring, als sie sich zum Gehen wandte. »Ich werde eine der Nonnen bitten, mit den Dorfbewohnern zu sprechen. Vielleicht hat jemand Katherine gesehen.«

Alice blickte durch das kleine Zellenfenster. Draußen war der graue Nebel dichter geworden. »Es ist schon spät. Ich muß zurück, ehe sich jemand wegen meiner Abwesenheit Sorgen macht.« *Hugh – der vielleicht schon wach war und anfing, Rachepläne gegen Rivenhall zu schmieden.*

Joan geleitete sie hinaus. »Ich werde Euch Bescheid geben, wenn die Heilerin gefunden ist.«

»Danke«, sagte Alice leise. »Ich glaube, es ist besser, wenn nicht von Gift gesprochen wird. Ihr wißt, wie sehr sich die Leute davor fürchten.«

»Ich werde es nicht erwähnen«, versprach Joan. »Wir können es, weiß Gott, nicht gebrauchen, daß auch noch ein Gerücht über Gift die Runde macht.«

»Stimmt. Ich komme morgen wieder, Madam. Aber jetzt muß ich los, wenn ich die Situation entschärfen will, ehe dieses Land von einem neuen Unheil erschüttert wird.«

In der großen Halle traf Alice auf Benedict. Er begrüßte sie mit einer Erleichterung, die Bände sprach.

»Den Heiligen sei Dank, daß du zurück bist«, sagte er. »Lord Hugh ist vor fast einer Stunde wach geworden und hat sofort nach dir gefragt. Als ich ihm sagen mußte, daß du nicht da bist, war er sehr erbost.«

Alice legte ihren Umhang ab. »Wo ist er?«

»In seinem Arbeitszimmer. Er sagte, daß du sofort zu ihm kommen sollst.«

»Genau das habe ich vor.« Alice wandte sich der Treppe zu.

»Alice?«

Auf der untersten Stufe blieb sie stehen. »Wo drückt der Schuh?«

»Es gibt da etwas, das ich dir sagen wollte.« Benedict blickt sich eilig um, um sicherzugehen, daß keiner der Bediensteten in Hörweite war. Dann trat er einen Schritt näher und senkte die Stimme auf ein Flüstern herab. »Ich war bei Sir Hugh, als ihm übel wurde.«

»Ich weiß. Ja?«

»Das erste Wort, das er gesagt hat, als er merkte, daß er Gift getrunken hatte, war dein Name.«

Alice zuckte zusammen wie unter einem Schlag. Ihr wurde schwer ums Herz. »Er dachte, ich hätte versucht, ihn umzubringen?«

»Nein.« Benedict lächelte. »Erst dachte ich, daß er das meinte. Ich sagte, daß wäre unmöglich, aber er machte mir klar, daß er nach dir rief, weil du die einzige warst, die ihn retten konnte. Er gab von Anfang an Vincent von Rivenhall die Schuld. Er hat dich niemals in Verdacht gehabt.«

Die unerträgliche Last, die sich auf Alices Seele gedrückt hatte, schwand. »Danke, daß du mir das erzählt hast, Benedict. Das erleichtert mich mehr, als du dir vorstellen kannst.«

Ihr Bruder errötete. »Ich weiß, wie sehr du ihn magst. Sir Dunstan sagt, daß ein Mann von Lord Hughs Natur sich keine sanften Gefühle erlaubt. Sir Dunstan sagt, daß Lord Hugh auf die Liebe schimpft und keiner Frau jemals sein Herz geben wird. Aber ich dachte, du solltest wissen, daß er dir zumindest vertraut. Sir Dunstan sagt, es ist höchst ungewöhnlich, wenn Mylord irgend jemandem sein Vertrauen schenkt.«

»Das ist doch schon mal ein Anfang, sag du das Sir Dunstan!« Alice machte auf dem Absatz kehrt und flog die Treppe hinauf.

Katherines Nachricht und den Ring fest an sich gedrückt, eilte sie den Flur entlang, blieb vor Hughs Tür stehen und klopfte laut.

»Herein.« Seine Stimme machte sie frieren.

Alice atmete tief ein und öffnete die Tür.

Hugh saß an seinem Schreibtisch über eine große Karte gebeugt. Als sie eintrat, blickte er auf, sprang hoch und legte die Hände flach auf den Tisch. Seine Augen blitzten vor Wut.

»Wo in aller Welt seid Ihr gewesen, Madam?«

»Im Kloster.« Alice sah ihn forschend an. »Ihr scheint Euch gut erholt zu haben, Sir. Wie fühlt Ihr Euch?«

»Ich habe wieder Appetit«, sagte Hugh. »Und zwar hungert es mich nach Rache.«

»Ihr seid nicht der einzige, dem dieses besondere Gericht zu munden scheint, Mylord.« Alice legte das Pergament und den Ring auf den Tisch. »Es scheint, als wärt Ihr beinahe das Opfer einer Frau geworden, deren Verlangen nach Rache noch größer ist als Euer eigenes.«

19

»Die Heilerin hat mich zu vergiften versucht?« Hugh blickte von dem Blatt auf, das Katherine auf ihrem Bett zurückgelassen hatte. Das, was Alice ihm mitteilte, überraschte ihn, aber der vorliegende Beweis ließ keinen Zweifel zu.

»Dem Ring und der Nachricht nach zu urteilen, nehme ich an, daß sie die Verlobte Eures Vaters war.« Alice setzte sich nieder. »Ich wage die Vermutung, daß Sir Matthew ihr nach seiner Rückkehr aus Frankreich mitteilte, er wolle die Verlobung lösen.«

»Damit er meine Mutter heiraten konnte?« Hugh zwang sich, seiner Stimme einen ruhigen, gefaßten Ton zu verleihen, doch in seinem Inneren wallten ungewohnte Gefühle auf. *Vielleicht hatte sein Vater tatsächlich die Absicht gehabt, seine Mutter zu ehelichen.*

»Ja.« Alices Augen schimmerten. »Ich glaube, das war der Grund, Mylord.«

Hugh sah sie an und wußte, daß Anteilnahme sie erfüllte. Er brauchte ihr nicht zu erklären, was ihm diese Nachricht bedeutete. Wie gewöhnlich verstand Alice ihn, ohne daß er sprach.

»Und Katherine hat sich gerächt, indem sie meine Eltern vergiftete.« Hugh ließ das Pergament fallen und beobachtete, wie es sich langsam zusammenrollte. »Sie hat sie umgebracht.«

»Das könnte sein.«

»Es ist, als würde die Geschichte meines Lebens neu geschrieben«, flüsterte er.

»Frevelhafterweise blieb die Wahrheit all die Jahre unentdeckt.«

»Wenn ich daran denke, daß man mir von der Wiege an beigebracht hat, alle Rivenhalls zu hassen –« Hugh brach ab, unfähig den Satz zu beenden.

Ich werde es nicht vergessen, Großvater.

Für Hugh begannen die mächtigen Steinsäulen, auf denen sein ganzes Leben aufgebaut war, zu wanken.

Matthew war mit der Absicht aus Frankreich zurückgekehrt, die Mutter seines Kindes zu heiraten. Er hatte die junge Margaret von Scarcliffe nicht verführt, um sie anschließend im Stich zu lassen.

»Genau wie Sir Vincent gelernt hat, Euch zu hassen«, platzte Alices Stimme in seine Grübelei.

»Ja, beide Familien und dieses Land haben einen hohen Preis für das Verbrechen gezahlt.« Hugh sah Alice an und zwang sich, die gegenwärtige Situation logisch zu betrachten. »Aber warum hat Katherine bis heute gewartet, um auch mich zu vergiften? Warum hat sie ihr übles Gebräu nicht schon zur Anwendung gebracht, als ich zum ersten Mal hierher nach Scarcliffe kam?«

Ratlosigkeit hatte sich Alice' bemächtigt. »Ich bin mir nicht ganz sicher. Es gibt noch viele unbeantwortete Fragen in dieser Angelegenheit.«

»Es wäre viel leichter gewesen, mich schon vor Wochen umzubringen.« Hugh klopfte mit dem zusammengerollten Pergament auf die Schreibtischplatte. »Der gesamte Haushalt war noch vollkommen desorganisiert. Sie hätte zahlreiche Möglichkeiten gehabt, mich zu vergiften, und niemand wäre da gewesen, der mich hätte retten können. *Warum hat sie so lange gewartet?*«

Alice spitzte die Lippen. »Vielleicht hat bereits die Fehde sie mit einer gewissen Befriedigung erfüllt. Solange Ihr Euch mit Rivenhall gestritten habt, konnte sie sich an der Zwietracht laben, die sie ja ebenfalls gesät hatte.«

»Ja.«

»Vielleicht war Katherine über Vincents gestrigen Besuch bei uns erbost. Das ganze Dorf hat Euch mit ihm zusammen spazierenreiten sehen.«

Hugh fragte sich, warum ihm dieser Gedanke nicht selbst gekommen war. Er schien im Augenblick nicht ganz auf der Höhe zu sein. Die Neuigkeiten bezüglich seiner Vergangenheit hatten sichtlich eine beunruhigende Wirkung auf seinen Verstand. »Wahrscheinlich sah sie diesen gemeinsamen Ritt als den ersten Schritt zur Beendigung der Feindseligkeiten zwischen Scarcliffe und Rivenhall.«

»In der Tat.« Alice trommelte mit den Fingern auf ihre Knie. »Was stört dich?«

»Ich verstehe immer noch nicht, weshalb sie den Mönch vergiftet hat. Das ergibt einfach keinen Sinn.«

»Wir werden das wahrscheinlich nie erfahren, wenn wir sie nicht finden.« Hugh stand auf. »Aber es wird uns gelingen.« Er kam hinter dem Schreibtisch hervor.

»Wo wollt Ihr hin, Mylord?«

»Ich muß mit Dunstan reden. Ich will, daß er in Scarcliffe jeden Zoll durchsucht, die Giftmischerin kann nicht weit sein. Schließlich ist sie zu Fuß unterwegs. Wenn wir uns beeilen, finden wir sie vielleicht, noch ehe der Sturm losbricht.«

Bevor Hugh zu Ende gesprochen hatte, vereitelten diesen Plan lauter Donnerschlag und grelles Blitzen.

»Zu spät, Mylord.«

»Verdammt.« Hugh ging ans Fenster.

Wind und Regen peitschten mit solcher Kraft gegen die Mauern der Burg und die Klippen, daß man kaum mehr etwas sah. Bei diesem Unwetter richtete man selbst mit Fackeln nichts aus. Hugh ließ einige Verwünschungen vom Stapel, als er die Läden schloß.

»Keine Angst«, sagte Alice. »Morgen früh findet Ihr sie.«

»Das schwöre ich.«

Als er sich umdrehte, sah er, daß Alice ihn eingehend musterte. Ihr Blick war dunkel vor Sorge. *Sorge um ihn.* So sah sie aus, wenn sie sich um einen Menschen ängstigte, der ihr wichtig war, dachte er. Einen Menschen, dem ihre Liebe galt.

Seine Frau.

Ihre Gegenwart hier bei ihm in seinem Arbeitszimmer erfüllte ihn mit überschwenglichem Glück. Ihre Röcke breiteten sich elegant auf dem Boden aus. Die Glut aus der Kohlenpfanne brachte ihr Haar zum Funkeln. *Haar, das die Farbe des Sonnenuntergangs besaß, ehe ihn die Nacht einhüllte.*

Seine Frau.

Heute hatte sie ihm das Leben gerettet und ihm die Wahrheit über seine Vergangenheit enthüllt.

Er verdankte ihr so unendlich viel.

Abermals wallte Freude in ihm auf. Eine Freude, deren Macht größer war als die der wilden Stürme, die Scarcliffe heute nacht heimsuchten.

Heftige Sehnsucht ergriff ihn und bedauernd wünschte er sich, er hätte eine weitere Liste mit Komplimenten bestellt. Er brauchte Julians elegante Poesie für etwas Erinnerungswürdiges, etwas unvergeßlich Dichterisches. Etwas, das so schön war wie Alice selbst.

»Ich danke dir.«

Stunden später beugte sich Hugh in der Wärme seines großen Bettes über sie und schob sich ein letztes Mal in ihre Weichheit hinein. Zuerst spürte er ihren zarten Schauder, dann, wie sie sich warm empfangend um ihn schloß. Schließlich hörte er sie seinen Namen jauchzen.

Das verschwommene Gefühl dankbarer Verwunderung durchflutete ihn. Alice war hier, er konnte sie berühren, fühlen, an sich pressen. Sie war ein Teil seiner selbst.

Diese in ihrer Intensität erschütternde Erkenntnis schwand so schnell wie sie gekommen war. Wieder einmal verlor er sich in der süßen, strahlenden Glut von Alices Leidenschaft. Sie hüllte ihn ein und trug ihn fort. Er ergab sich dem Brausen der Sinne mit einem heiseren Schrei der Freude.

Hier in der Dunkelheit mit Alice brauchte er die Stürme nicht zu kontrollieren. Statt dessen durchflog er mit der Freiheit eines großen Falken ein Gefilde, auf das die Vergangenheit keine Schatten mehr warf.

Als es vorbei war, lag er lange reglos da und genoß das Vergnügen, an Alices Seite zu ruhen.

»Hugh?«

»Ja?«

»Du schläfst ja gar nicht.«

Er lächelte in der Dunkelheit. »Du anscheinend auch nicht.«

»Welche tiefgründigen Gedanken halten dich um diese späte Stunde noch wach?«

»Ich habe nicht gedacht. Ich habe gelauscht.«

»Bitte?«

»Ich habe der Nacht gelauscht.«

Alice schwieg ein paar Sekunden lang. »Ich höre nichts.«

»Ich weiß. Der Wind hat sich gelegt und der Regen aufgehört, der Sturm ist vorbei.«

»Was für ein seltsamer Tag.« Joan blieb vor dem Pförtnerhäuschen des Klosters stehen. Sie schob die Hände in die Ärmel ihrer Tracht und beobachtete die dichten Nebelschwaden, in denen sich Scarcliffe verbarg. »Ich bin froh, wenn alles vorüber ist.«

»Ihr seid nicht die einzige, die das Ende dieser Angelegenheit begrüßen wird.« Alice klemmte sich das mütterliche Handbuch unter den Arm und rückte die Kapuze ihres Umhangs zurecht. »Ein kleiner Teil von mir möchte gar nicht, daß Lord Hugh die Heilerin findet.«

In Begleitung von Benedict und fast aller wehrfähigen Männer der Burg hatte sich Hugh bereits im Morgengrauen auf die

Jagd nach Katherine gemacht. Seitdem hatte sie nichts mehr von ihm gehört.

Rastlos, besorgt und von großem Unbehagen erfüllt, war Alice auf der Burg herumgelaufen, bis sie es einfach nicht länger ertrug. Um sich zu beschäftigen, hatte sie das Handbuch ihrer Mutter eingepackt und war ins Dorf gelaufen.

Im Krankenzimmer des Klosters gab es immer genug zu tun. Nachdem sie diverse Hustensäfte und Heilmittel gegen Gelenkschmerzen verteilt hatte, gesellte sie sich zum Mittagsgebet und zum Essen zu den Nonnen.

»Ich verstehe«, murmelte Joan. »Es wäre glimpflicher, wenn Katherine einfach verschwinden würde, aber das ist wohl eher unwahrscheinlich.«

»Stimmt. Mylord wird sie zur Not bis zu den Toren der Hölle verfolgen.« Alice spähte ebenfalls in den Nebel hinaus. »Ich kann nur hoffen, daß er, wenn er sie ausfindig macht, auch endlich Frieden finden wird.«

Joan kannte die Menschen. »Niemand von uns findet wahren Frieden in der Vergangenheit, Alice. Wir müssen ihn in der Gegenwart erschaffen.«

Alice umklammerte das Buch ihrer Mutter. »Ihr seid sehr weise, Madam.«

Joan lächelte wehmütig. »Das ist eine Lektion, die ich auf schmerzliche Weise gelernt habe, genau wie es jedem anderen obliegt.«

Zum ersten Mal überlegte Alice, warum Joan das religiöse Leben gewählt haben mochte. Eines Tages würde sie sie danach fragen, heute paßte es noch nicht. Für derartige Intimitäten war es zu früh, doch in Zukunft gäbe es sicher ausreichend Gelegenheit für ein solches Gespräch. Irgend etwas sagte ihr, daß ihre Freundschaft zu der Priorin eines Tages für sie beide wichtig würde. Trotz des trüben Tages verspürte Alice in ihrem Inneren plötzlich eine tröstliche Wärme, ihre Zukunft lag hier in Scarcliffe. Und sie würde gut.

»Auf Wiedersehen, Madam.« Alice wandte sich zum Gehen.

»Auf Wiedersehen, Mylady.«

Alice hob zum Abschied die Hand und ging durch das Tor.

Der Nebel war so dicht, daß sie kaum die Straße sah. Sie wußte, daß der Dunst Hughs Suche erheblich behinderte. Doch zugleich wußte sie, daß er nicht aufgeben würde. Er würde Scarcliffe und die Umgebung mit der unerbittlichen Entschlossenheit durchkämmen, die so sehr Teil von ihm war.

Sie konnte es ihm nicht verdenken. Schließlich suchte er die Person, die aller Wahrscheinlichkeit nach die Mörderin seiner Eltern war. Alice wußte, daß die Tatsache, daß Katherine offenbar auch ihn selbst hatte vergiften wollen, Hugh nicht weiter erschüttert hatte, gemessen an den dreißig Jahre zurückliegenden Verbrechen, derer sie höchstwahrscheinlich schuldig war.

Katherine hatte ihm sowohl die Mutter als auch den Vater genommen, und ihretwegen hatte er niemals die Güter besessen, deren rechtmäßiger Erbe er hätte sein sollen. Aufgrund dieser Greuel war er einem verbitterten alten Mann ausgeliefert, der in ihm nie etwas anderes gesehen hatte als ein Werkzeug der Rache.

Alice erschauderte bei dem Gedanken, was aus Hugh geworden wäre, hätte das Schicksal ihn nicht ins Haus von Erasmus von Thornewood geführt. Eines Tages würde sie der unbekannten Gestalt danken wollen, die Hugh davor bewahrt hatte, sich dem Rausch der Vergeltung hinzugeben, der in seinem Innersten entfacht worden war.

Alice konnte Hugh die Entschlossenheit nicht verdenken, mit der er seinem Opfer nachjagte, aber nun, da sie wieder alleine war, kehrte ihr Unbehagen zurück. Es haperte an Beweisen, zu viele Dinge waren ungeklärt. Zu viele Fragen nicht beantwortet.

Was war der Grund für den Mord an dem Mönch?

Während sie an der letzten Hütte des Dorfes vorbeiging, grübelte sie nun zum hundertsten Mal über diese Frage nach. Der Nebel hatte alles in Schweigen gehüllt. Die Männer waren nicht auf den Feldern, die Frauen nicht in den Gärten. Die Kinder wärmten sich in den Hütten am Feuer auf, Alice hatte die ganze Straße für sich allein.

Der Mönch. Irgendwo mußte es eine Verbindung geben zwischen Calverts, Margarets und Matthews Tod.

Aus dem Nebel tauchte eine dunkle, verhüllte Gestalt direkt vor Alice auf. Sie erstarrte, Angst wollte sie verschlingen.

»Wurde auch Zeit, daß Ihr endlich kommt.« Der Mann streckte den Arm nach ihr aus. »Wir dachten schon, Ihr wolltet Euch bis zur Vesper im Kloster rumtreiben.«

Alice öffnete den Mund, um zu schreien, aber zu spät: Eine rauhe Hand verschloß ihre Lippen.

Sie ließ das Buch ihrer Mutter fallen und trat wie eine Rasende um sich. Ihre Beine verfingen sich in den Falten ihres Kleides, aber es gelang ihr, das Schienbein des Angreifers mit der Stiefelspitze zu attackieren.

»Verdammt«, der Kerl fluchte. »Ich wußte, daß es nich' leicht würde. Jetzt gebt endlich Ruhe«, zischte er und zog ihr die Kapuze des Umhangs tiefer ins Gesicht, so daß es schwarz um sie wurde.

Alice setzte sich tapfer zur Wehr. Sie schlug blind um sich, suchte nach einem Angriffspunkt, während ihr Gegner sie sich einfach über die Schulter warf. Dann hörte sie gedämpfte Schritte auf der Straße und wußte, daß der Mann, der sie gefangen hielt, nicht allein war.

»Laß sie bloß nich' schreien, Fulton, egal, was du machst«, schnauzte der andere. »Wir sin' zu nah am Dorf. Wenn sie losbrüllt, hört sie bestimmt jemand.«

Alice verdoppelte ihre Anstrengungen und es gelang ihr, die Zähne in Fultons Hand zu vergraben.

»Diese Schlange!« Fulton rang nach Luft. »Sie hat mich gebissen.«

»Stopf ihr doch einfach das Maul.«

Alice kämpfte panisch, als ein Stück stinkenden Stoffs über ihren Mund gelegt und hinter ihrem Kopf zusammengebunden wurde.

»Beeil dich, Fulton. Wir müssen weg. Wenn Sir Hugh un' seine Männer uns hier finden, sin' wir tot.«

»Sir Hugh traut sich nich' uns anzurühren, solange wir seine Frau haben«, widersprach Fulton, aber seine Stimme war am Kippen.

»Darauf würde ich mich an deiner Stelle lieber nich' verlassen«, murmelte sein Komplize.

»Aber Sir Eduard hat gesagt, daß Hugh der Unerbittliche seine Frau ungewöhnlich gerne hat.«

Sir Eduard. Alice war so überrascht, daß sie einen Augenblick reglos verharrte. Sprachen diese Männer von Eduard von Lockton? Unmöglich. Eduard würde es nicht wagen, sich Hughs Zorn auf diese Weise zuzuziehen. Hugh besaß eine natürliche Autorität über diesen Lumpen.

»Sir Hugh mag ja Gefallen an dem Weib finden«, sagte der andere. »Aber Erasmus von Thornewood hat nich' umsonst *Bote des Sturms* in das Schwert dieses Burschen einschlagen lassen. Beeil dich. Wenn wir nich' schnell sin', is' alles zu spät.«

Alice war also geradewegs in eine Falle gelaufen.

Als man ihr schließlich die Kapuze vom Gesicht zog, blinzelte sie, sie befand sind in einer der Höhlen von Scarcliffe. Fackellicht warf fratzenhafte Schatten an die feuchten Wände und Wasser tropfte von den Steinen herab.

Fulton löste den Stoffetzen, mit dem sie geknebelt war. Alice verzog angewidert das Gesicht und wischte sich die Lippen mit dem Ärmel ihres Umhangs.

Katherine trat langsam aus der Dunkelheit und ragte vor ihr auf. Das Gesicht der Heilerin war gezeichnet von versteinerter

Melancholie, ihre Augen dunkle Schleier, hinter denen ihre erloschene Seele lag.

»Ihr werdet mir zwar keinen Glauben schenken, aber es tut mir leid, daß all das passiert ist, Lady Alice. Es ließ sich unglücklicherweise nicht vermeiden. Ich habe Euch davor gewarnt, daß die Sünden der Vergangenheit Bitternis gebären.«

»Es ist nicht die Vergangenheit, die das Gift produziert, Katherine. Ihr seid es. Aber Euer letzter Versuch ist fehlgeschlagen. Und eine weitere Gelegenheit bekommt Ihr nicht mehr. Sir Hugh ist gerade auf der Suche nach Euch, früher oder später wird er Eurer habhaft.«

In einer der Öffnungen tauchte Eduard von Lockton auf. Seine Züge wirkten im Schein der Fackeln wie die eines bösen Trolls. In seinen kleinen, listigen Augen glitzerte es boshaft. »Die äußere Höhle hat er bereits durchsucht. Aber es hat ihm nichts genützt. Er wußte ja auch nicht, wo er suchen sollte, nicht wahr, Katherine?«

Statt sich zu ihm umzudrehen, sah Katherine weiterhin Alice an, mit einem Blick, als bitte sie um Nachsicht. »Eduard ist mein Vetter, Lady Alice.«

»Euer Vetter?« Alice starrte Eduard an. »Das verstehe ich nicht.«

»Kein Wunder, edle Frau.« Eduard entblößte sein Gebiß. »Aber bald werdet Ihr es verstehen. Seid versichert, bald werdet Ihr alles genau verstehen, Madam. Genau wie Euer Bastard von Ehemann es verstehen wird, ehe ich ihm die Klinge meines Schwerts zwischen die Rippen stoße.«

Die Gemeinheit, die Eduard ausstrahlte, bereitete Alice Übelkeit. »Warum haßt Ihr meinen Mann so sehr?«

»Weil seine Geburt alles zunichte gemacht hat. *Alles.*« Wütend machte Eduard Fulton und dem anderen Mann ein Zeichen, und die beiden verschwanden in einem dunklen Gang. Eduard trat noch näher. »Katherine sollte Matthew von Rivenhall heiraten. Ich selbst habe die Verhandlungen geführt.«

»Meine Eltern starben, als ich dreizehn war«, flüsterte Katherine. »Eduard war mein einziger männlicher Verwandter. Mein Schicksal lag in seiner Hand.«

»Sie besaß ein stattliches Erbe von der Familie ihrer Mutter, und ich hatte große Pläne mit ihr«, knurrte Eduard. »Matthew von Rivenhall würde mehrere Güter bekommen. Seine Familie hatte es auf Katherines Mitgift abgesehen, und sie waren bereit, mir eins ihrer Güter dafür zu geben. Es wäre eine vorteilhafte Verbindung geworden.«

»Ihr hofftet also, von der Hochzeit Eurer Cousine zu profitieren«, beschuldigte Alice ihn.

»Versteht sich.« Eduard schniefte. »Die Ehe ist ein Geschäft. Frauen sind nur für zwei Dinge gut, fürs Bett und für die Ehe. Ersteren Zweck erfüllt jedes Schankmädchen. Aber für Zweiteres braucht man eine Erbin.«

»Also habt Ihr versucht, auf diese Weise zu Land zu kommen«, folgerte Alice höhnisch.

»Er wollte viel mehr als das«, zischte Katherine.

Eduard runzelte die Stirn. »Ich hatte den Plan, Sir Matthew nach der Hochzeit zu beseitigen. Als seine Witwe wäre Katherine noch viel mehr wert gewesen. Ich hätte noch mehr Land und ein großes Vermögen für ihre Hand fordern können.«

»Ein sauberes Vorhaben«, nickte Alice, »Ihr hattet die Absicht, ihre zukünftigen Ehemänner der Reihe nach zu vergiften, um sie dann wieder und wieder zu verkaufen?«

»Ich schwöre, daß ich nicht weiß, was er vorhatte«, warf Katherine elend ein. »Ich war ein unschuldiges Mädchen und nicht eingeweiht in die Ränke der Männer.«

»Bah«, schnaubte Eduard voller Groll. »Dummerweise wurde nichts daraus. Matthew kam mit dem festen Entschluß aus Frankreich zurück, diese Hure Margaret zu ehelichen. Er wußte, daß seine Familie damit nicht einverstanden wäre, also wollte er es heimlich tun. Aber ich erfuhr am Vorabend der Hochzeit von seiner Tücke.«

»Da habt Ihr sowohl Matthew als auch Margaret umgebracht?«

»Sir Matthew sollte nicht sterben«, tobte Eduard. »Er sollte Katherine heiraten wie geplant. Aber der Idiot trank aus demselben Kelch wie Margaret. Wahrscheinlich als er einen Toast auf ihre Liebe sprach. Und der Schluck brachte ihn um.«

Alice herrschte ihn an: »Woher wißt Ihr so gut über Gift Bescheid?«

Über Eduards Miene huschte ein gewisser Stolz. »Vor Jahren, als ich in Toledo lebte, habe ich gelernt, wie man ein solches Gebräu zusammenmischt. Ich habe es mehr als einmal benutzt. Es ist eine hervorragende Waffe, denn selbst wenn das Gift entdeckt wird, nimmt alle Welt an, daß der Mord durch die Hand einer Frau geschah.«

»Genau wie vor dreißig Jahren«, erkannte Alice.

Eduards Lächeln war fürchterlich. »Ja. Alle dachten, Margaret hätte ihren Geliebten umgebracht und sich dann das Leben genommen. Niemand kam auf den Gedanken, den Täter woanders zu suchen.«

»Männer sind sich von vornherein sicher, daß Gift die Waffe der Frauen ist«, murmelte Katherine.

Alice schlang ihren Umhang fester um sich, um die entsetzliche Kälte abzuhalten, die durch den Eingang der Höhle drang. »Warum habt Ihr mich entführt? Was habt Ihr vor?«

»Ganz einfach, M'lady«, sagte Eduard gefährlich sanft. »Ich habe die Absicht, ein Lösegeld für Euch zu fordern.«

Alice runzelte die Stirn. »Was erwartet Ihr von Sir Hugh? Daß er Euch im Tausch für mich eine Truhe Gewürze schickt?«

»Nein, Madam. Ich möchte etwas Wertvolleres als eine Kiste voll Ingwer oder Safran.«

Alice sah ihn erschrocken an. »Was mehr?«

»Rache«, flüsterte Eduard.

»Aber warum?«

»Hugh der Unerbittliche hat das bekommen, was mir gehören sollte, obwohl er ein Bastard ist.« Eduards Stimme klang heiser vor Neid. »Er hat eigenes Land. Land, auf dem ein Schatz verborgen ist.«

»Aber niemand weiß, wo die Steine von Scarcliffe sind«, warf Alice verzweifelt ein. »In der Tat hält Lord Hugh die ganze Geschichte für nichts weiter als eine alte Legende.«

»O nein, es ist wesentlich mehr als eine Legende«, versicherte Eduard ihr. »Calvert von Oxwick wußte das. Das Geheimnis wurde ihm von einem Ritter anvertraut, der ins Kloster eintrat, als er zu alt wurde, um noch das Schwert zu schwingen. Der Ritter hatte einem Herrn von Scarcliffe gedient, und dieser war im Besitz eines alten Briefes, der einen Teil der Lösung des Rätsels enthielt.«

Alice trat einen Schritt zurück. »Und wie sieht dieser Teil der Lösung aus?«

»Es heißt, daß der grüne Kristall der Schlüssel zu allem ist.« Eduards Blick verengte sich. »Warum meint Ihr, daß ich bereits zweimal getötet habe, um ihn zu bekommen, M'lady?«

»Ihr habt den Händler und den armen Mönch umgebracht?«

»Ja. Und fast hätte ich auch noch diesen närrischen Troubadour, Gilbert, töten müssen. Aber dann habt Ihr Sir Hugh geholfen, den Stein zurückzuerlangen, wodurch sich alles änderte. Ich schwöre, die ganze Sache wurde zu einem Würfelspiel.«

»Mörder.«

»Mord ist ein durchaus interessanter Zeitvertreib«, gestand Eduard. »Und dieses Mal wird er mir ein besonderes Vergnügen bereiten. Hugh der Unerbittliche hat mich durch seine Geburt um alles gebracht.«

»Es war nicht seine Schuld, daß sein Vater beschloß, die Verlobung mit Katherine zu lösen.«

»Und ob es das war « Eduard preßte die Lippen aufeinander. »Ich bin sicher, daß Sir Matthew nur deshalb meine Cousine im Stich ließ, weil das Weib ihm einen Sohn geboren hatte. Er wollte einen Erben. Ein anderer Grund fällt mir nicht ein, weshalb er eine Frau hätte heiraten sollen, mit der er sowieso schon im Bett gewesen war.«

»Vielleicht hat er sie geliebt«, schnauzte Alice.

»Bah. Liebe ist etwas für Musensöhne und Frauen, aber nichts für Ritter von Sir Matthews Schlag.« Eduard ballte die Hand zu einer fleischigen Faust. »Vor dreißig Jahren habe ich viel verloren, aber jetzt werde ich bekommen, was mir gebührt. Endlich werde ich reich und dabei sogar noch die Genugtuung erfahren, den Untergang meines Feindes zu erleben.«

Um sich zu beruhigen, atmete Alice tief ein. »Was wollt Ihr tun?«

»Ganz einfach. Ich werde Sir Hugh eine Nachricht zukommen lassen, in der ich ihn anweise, mir den grünen Stein zu geben, wenn er Euch wohlbehalten zurückhaben will.«

Alice versuchte, ihrer Stimme mächtig zu bleiben. »Es ist allgemein bekannt, daß Lord Hugh nur wenigen Menschen traut, Sir Eduard. Aber mich mag er sehr gern.«

»Das ist mir durchaus bewußt, Madam. In der Tat bildet dieser Umstand die Voraussetzung für das Gelingen meines Plans.«

»Wenn Ihr ihn dazu bewegen wollt, ein Lösegeld zu bezahlen, müßt Ihr ihm erst beweisen, daß ich noch am Leben bin. Wenn er denkt, ich wäre tot, bezahlt er gar nichts. Er ist viel zu sehr Geschäftsmann, um sich derart übers Ohr hauen zu lassen.«

Eduard starrte sie finster an. »Warum sollte er meine Nachricht anzweifeln? Er wird früh genug dahinterkommen, daß Ihr verschwunden seid.«

Alice gab sich vage. »Vielleicht glaubt er, daß ich mich nur im Nebel verlaufen habe und daß irgendein Gesetzloser, der davon erfahren hat, versucht, einen Gewinn aus meinem Verschwinden zu ziehen, indem er so tut, als hielte er mich gefangen.«

Eduard dachte einen Augenblick über diesen Einwand nach, doch dann sah er Alice lauernd an. »Ich werde ihm etwas von Euch schicken als Beweis, daß Ihr in meinem Gewahrsam seid.«

»Eine hervorragende Idee, Sir Eduard.«

»Wenn diese Sache vorüber ist, Elbert«, schwor Hugh, »dann werdet Ihr von dieser Burg verbannt.«

»Sehr wohl, M'lord.« Elbert ließ den Kopf hängen. »Ich kann nur noch einmal sagen, daß es mir entsetzlich leid tut. Aber Lady Alice geht jeden Tag ins Dorf, ich sah keine Veranlassung, ihr ausgerechnet heute einen Wachmann mitzugeben.«

»Verdammt.« Elbert hatte recht und Hugh wußte es. Er hörte auf, in der großen Halle auf und ab zu rennen und blieb vor dem Kamin stehen. Den Verwalter zu schelten nützte nichts, niemand wußte besser als Hugh, daß Alices Verschwinden nicht die Schuld des jungen Mannes war. Wenn man jemandem die Schuld daran geben konnte, dann nur ihm allein, Hugh war außer sich. Als es darum gegangen war, seine Frau zu beschützen, hatte er versagt.

»Beim Blut des Teufels.« Er starrte auf das Buch in seiner Hand, ihr Handbuch, das Alice auf der Straße verloren hatte. Auf dem Rückweg von der fruchtlosen Suche nach Katherine entdeckte er es.

»Vielleicht hat sie sich ja nur im Nebel verlaufen«, schlug Benedict hilflos vor.

Hughs Miene spannte sich an. »Das kommt mir unwahrscheinlich vor. Der Nebel ist dicht, aber nicht so dicht, daß man die vertrauten Orientierungspunkte am Weg nicht mehr sieht. Nein, man hat sie eher entführt.«

Benedict riß erschreckt die Augen auf. »Entführt?«

»Ja.« Er hatte die Wahrheit bereits in dem schrecklichen Augenblick gewußt, als er das Buch auf der Straße hatte liegen sehen.

Er schloß die Augen und zwang sich, nicht loszutoben. Er mußte klar und logisch denken, mußte den Sturm des Zorns und der Furcht beherrschen, der seine Kontrolle beiseite zu fegen drohte, sonst wäre jeder Rettungsversuch umsonst.

»Aber wer sollte Lady Alice entführen?« Elbert war vollkommen verwirrt. »Wir alle lieben sie.«

Benedict sprang hektisch auf. »Wir müssen sofort noch einmal los. Wir müssen sie suchen.«

»Nein«, sagte Hugh. »In dem Nebel haben wir ja noch nicht einmal die Giftmischerin ausfindig gemacht. Wir haben keine Aussicht, Alice zu finden, ehe nicht der Entführer eine Nachricht schickt.«

»Aber was, wenn er das nicht tut?« fragte Benedict erbost. »Wollt Ihr die Hände in den Schoß legen?«

»Es wird ein Zeichen kommen.« Hugh legte die Hand an den Griff seines Schwerts. »Der einzige Zweck einer Entführung ist die Erlangung eines Lösegelds.«

Die Nachricht wurde ans Tor gebracht, als die Nacht ihre Finsternis über die nebelverhangende Landschaft zu breiten begann. Aufgeregt übermittelte ein Wächter sie Hugh: »Ein Mann kam ans Tor, M'lord. Er trug mir auf, Euch zu bestellen, daß Ihr den grünen Kristall ans nördliche Ende des alten Dorfgrabens bringen sollt, wenn Ihr Lady Alice wiedersehen wollt. Ihr müßt ihn dort liegenlassen und zur Burg zurückkehren. Morgen früh wird der Stein dann verschwunden sein und Lady Alice nach Hause geschickt.«

»Den grünen Stein?« Hugh, der auf seinem Ebenholzstuhl thronte, beugte sich vor, legte einen Ellbogen auf den Oberschenkel und starrte den Wächter an. »Das ist das Lösegeld?«

»Ja, M'lord.« Der arme Kerl schluckte verstört. »Ich hoffe, Ihr vergeßt nicht, daß ich nur der Überbringer dieser Nachricht bin, Sir.«

»Wer hat sie geschickt?«

»Der Mann sagt, sein Herr wäre Eduard von Lockton.«

»Eduard.« Hugh starrte in die Flammen des Kamins. »Also fordert er mich endlich doch heraus. Hat der Mann sonst noch etwas gesagt? Irgend etwas? Denkt nach, Garan.«

Der Ärmste schlotterte. »Er sagte, sein Herr hätte ihm aufgetragen, Euch eine spezielle Botschaft von Lady Alice zu überbringen als Zeichen, daß er sie wirklich gefangen hält.«

»Wie lautet die Botschaft?«

Garan trat einen Schritt zurück, obwohl Hugh unbeweglich sitzen geblieben war. Er streckte die Hand aus, in der ein Hugh bekannter Ring mit einem schwarzen Onyx lag. »Lady Alice schickt Euch ihren Verlobungsring mit der Bitte, daß Ihr Euch gut an die Worte erinnert, die Ihr an dem Tag zu ihr sagtet, als Ihr ihn ihr gabt.«

Hugh starrte auf den Ring. Er war kein Dichter. Er hatte Alice an jenem Tag gewiß nicht von Liebe gesungen.

Er zwang sich, sich die damalige Situation zu vergegenwärtigen.

Du gehst nicht allein in diese Höhlen.

»Ich hab's«, flüsterte er.

Benedict trat in den Feuerschein. »Was ist, Sir?«

»Eduard hält Alice irgendwo in den Höhlen von Scarcliffe fest.«

20

Benedict raufte sich das Haar, als er von dem Plan erfuhr. »Was meint Ihr damit, daß Ihr das Lösegeld nicht bezahlen wollt? Um Gottes willen, Mylord, Ihr könnt doch meine Schwester nicht der Gnade Eduards von Lockton ausliefern. Ihr habt seine Nachricht gehört, er wird sie töten.«

Dunstan legte ihm die Hand auf die Schulter. »Fasse dich, Benedict. Sir Hugh haben schon oft Männer wie Eduard herausgefordert. Er weiß, was er zu tun hat.«

Benedict stieß mit seinem Stock auf. »Aber er sagt, daß er Sir Eduard den Stein nicht geben wird.«

»Ja.«

Benedict wandte sich an Hugh. »Ihr habt selbst gesagt, daß der grüne Stein nicht allzu wertvoll ist, er sei nur ein Symbol. Teil einer alten Legende, habt Ihr gesagt. Das Leben meiner Schwester wiegt doch sicher mehr als dieser verfluchte Kristall?«

Hugh sah nicht einmal von Calverts Höhlenplan auf. »Benedict, vertrau mir.«

»Ich dachte, Ihr hättet meine Schwester gern. Das habt Ihr jedenfalls behauptet. Ihr habt gesagt, Ihr würdet sie beschützen.«

Gern haben, dachte Hugh. Diese Worte reichten nicht annähernd an das Gefühl heran, das er im Augenblick so verzweifelt zu beherrschen versuchte. Er hob langsam den Kopf und sah Benedicts gequältes Gesicht.

»Wie gesagt, der Stein ist ohne jeden materiellen Wert«, sagte er ruhig. »Aber darum geht es nicht.«

»Sir, Ihr müßt das Lösegeld bezahlen«, flehte Benedict. »Wenn Ihr es nicht tut, tötet er sie.«

Hugh sah Benedict schweigend an und überlegte, wieviel er ihm verraten sollte. Dann wandte er sich an Dunstan, der hilflos von einem Bein aufs andere stieg. Es wäre nichts gewonnen, wenn er den Jungen anlog, verriet ihm diese Bewegung.

»Du kannst das nicht verstehen«, sagte Hugh leise. Wie erklärte man dem Bruder einer Frau, daß das Leben seiner Schwester am seidenen Faden hing? Und wie ging ein Mann mit der Tatsache um, daß seine Frau der Gnade eines Mörders ausgeliefert war?

Mit übermenschlicher Anstrengung schob Hugh seine eigenen Ängste beiseite. Er könnte nichts für Alice tun, wenn er sich jetzt seinen furchtbaren Phantasien und schwarzen Visionen hingab.

»Das ist nicht wahr«, tobte Benedict. »Ich verstehe genau, was los ist. Meine Schwester wurde von Eduard von Lockton entführt, der ein Lösegeld für sie verlangt. So etwas passiert häufig. Bezahlt den Preis, Mylord. Ihr müßt ihn bezahlen.«

»Das wird nichts nützen«, sagte Hugh. »Wenn ich den grünen Stein am alten Dorfgraben hinterlege, bringt Eduard Alice ohne jeden Zweifel um.«

Dunstan nickte betrübt. »Lord Hugh hat recht, Benedict.«

Benedict starrte die beiden Männer beschwörend an. »Aber ... aber er hat den Stein als Lösegeld gefordert. Er hat gesagt, daß er sie dann laufen läßt.«

»Dies ist kein freundschaftliches Turnier, zu dem die Bezahlung eines Lösegelds gehört.« Hugh beugte sich erneut über den Plan. »Mach nicht den Fehler zu glauben, daß Eduard von Lockton sich bei diesem Spiel an die Regeln der Ehre hält.«

»Aber es ist ein Ritter«, protestierte Benedict. »Er hat am Turnier in Ipstoke teilgenommen. Ich habe ihn dort gesehen.«

»Mit dieser Entführung hat Eduard bewiesen, daß er keiner ist«, entgegnete Dunstan.

»Bisher hat er die Rolle des schlauen Fuchses gespielt, der sich im Gebüsch versteckt, bis er eine Möglichkeit sieht, sich das zu stehlen, was er begehrt.« Hugh fuhr mit der Fingerspitze einen der Gänge ab. »Auf dem Turnierplatz gibt er sich zahm, dort wird er von zu vielen Menschen beobachtet. Von zu vielen wahren Rittern, die außer sich wären, würde er unehrlich kämpfen oder sich hinterrücks etwas erschleichen. Aber dies hier ist etwas anderes.«

»Was wollt Ihr damit sagen?« begehrte Benedict auf.

»Er ist zu weit gegangen.« Hugh stützte einen Ellbogen auf den Tisch und legte das Kinn auf die Faust. »Rivenhall zu überfallen war eine Sache. Er wußte, daß es mich nicht kümmerte, was mit der Burg geschah. Unter anderen Umständen –« Er ließ den Satz unbeendet in der Luft hängen.

Benedicts Miene verriet grimmiges Verstehen. »Ihr meint, wenn Alice nicht zu Rivenhalls Rettung geeilt wäre, hättet Ihr es ganz bestimmt nicht getan?«

»Ja. Wenn sie die Burg nicht hätte schützen wollen, hätte ich sie Eduard mit den besten Wünschen überlassen. Das wußte er. Aber das hier ... das hier ist etwas vollkommen anderes.«

Hier war ein neues Element hinzugekommen. Hugh dachte über die verschiedenen Möglichkeiten nach. Was wußte Eduard über den grünen Stein, das ihn das Risiko eingehen ließ, sich den Zorn des Mannes zuzuziehen, dem er bisher ängstlich ausgewichen war?

Was wußte Eduard über den Kristall, das ihn den Tod riskieren ließ, nur um ihn zu bekommen?

Denn mit der Entführung Alices hatte er sein eigenes Todesurteil unterzeichnet. Das mußte er wissen.

»Und ob es etwas anderes ist.« Benedict donnerte krachend seine Faust auf den Tisch. »Weshalb seid Ihr so sicher, daß Eduard Alice töten wird, wenn er das Lösegeld erst einmal hat?«

»Indem er Alice entführte, hat er mich persönlich herausgefordert.« Mit gerunzelter Stirn studierte Hugh einen anderen Gang. »Das heißt, daß er aus irgendeinem Grund nicht mehr Angst genug vor mir hat, um vorsichtig zu sein. Wenn das stimmt, ist er kein Fuchs mehr, sondern hat sich in einen wilden Keiler verwandelt. Und kein Geschöpf ist so unberechenbar wie dieses Tier.«

Benedict erstarrte. Alle Welt wußte, daß der Keiler ein einziger Schrecken war. Nur die geschicktesten Jäger wagten sich an ihn heran. Ausgestattet mit einem massigen, muskulösen Körper, riesigen Stoßzähnen und gedankenloser Wildheit, war er in der Lage, ein Pferd samt seinem unglücklichen Reiter umzubringen. Die tapfersten Jagdhunde brachten ihn nur im Zusammenspiel der gesamten Meute und mit Hilfe der Pfeile der Jäger zu Fall.

»Was werdet Ihr tun?« fragte Benedict in ängstlichem Ton.

Hugh rollte den Plan zusammen. »Ich werde tun, was einem angesichts eines wilden Ebers zu tun bleibt: Ich bringe ihn zur Strecke und töte ihn.«

Katherine sah Alice an. »Nach Sir Matthews Tod gab Eduard einen Großteil meines Erbes aus, ohne daß es ihm gelang, eine passende Ehe für mich zu arrangieren. Also nahm ich schließlich den Schleier. Ich sah ihn nur selten in all den Jahren, wofür ich sehr dankbar war.«

»Wart Ihr glücklich im Konvent?«

»So glücklich, wie eine Frau von meinem Temperament es sein kann.«

Trotz ihrer eigenen Notlage verspürte Alice ein gewisses Mitgefühl. »Priorin Joan erzählte mir, daß Ihr hin und wieder unter Schwermut leidet.«

»Ja. Aber die Arbeit im Garten tut mir gut, und es macht mir Freude, meine Kräuter zu mischen. Die meiste Zeit war ich zufrieden dort.«

Alice veränderte ihren Sitz auf dem harten Steinboden der Höhle. Sie hatte das Gefühl, als hocke sie bereits eine Ewigkeit mit Katherine in der Ecke des Gewölbes. Das Gespräch mit der Heilerin war das einzige, was sie davon abhielt, sich der Angst zu ergeben, die drohte, sie zu überwältigen.

Heute war sie wesentlich hoffnungsloser als an dem Tag, als sie Eduard auf Rivenhall entgegengetreten war. Einmal bekam sie heute nicht von Dunstan und einer Schar Waffenträger den Rücken gestärkt. Zum anderen hatte es etwas mit der Veränderung von Eduard selbst zu tun. Einer furchtbaren Veränderung.

Heute abend wirkte Eduard wahnsinnig, als fiele er jeden Augenblick einer gewalttätigen Verzweiflung anheim. Alice spürte, daß er diesmal wesentlich gefährlicher war als an dem Tag, als er sich zum Herrn über Rivenhall aufgeschwungen hatte. Die Gier nach dem grünen Stein hatte jegliche Vorsicht über den Haufen geworfen.

Zu ihrer Erleichterung war er soeben aus der Höhle geschlüpft, hatte sich eine Fackel genommen und war mit der Zielstrebigkeit eines Mannes, der sich im Labyrinth der Gänge auskannte, in einem der dunklen Löcher verschwunden.

Zum dritten Mal verließ Eduard die Höhle, um am alten Dorfgraben nachzusehen.

Alice hatte das Gefühl, als wollten die Wände der Höhle sie bald erdrücken. Die Fackel brannte inzwischen recht tief und ihr Ruß schwärzte den Stein. Ihre flackernden Schatten wurden dunkler und drohender.

Ein leises Klappern auf dem Steinboden veranlaßte Alice aufzusehen. Fulton und sein Kumpan, der, wie sie erfahren hatte, Royce hieß, würfelten. Ihre Waffen standen griffbereit neben ihnen.

»Das war's«, knurrte Fulton nicht zum erstenmal. Er gewann beständig.

»Bah. Gib mir die Würfel.« Royce schnappte sich die kleinen Knochenvierecke und warf sie auf den Stein. Als er das Ergebnis sah, verdüsterte sich sein Blick. »Bei den Eingeweiden der Heiligen. Wie kommt's eigentlich, daß du jedesmal gewinnst?«

»Ich zeig' dir, wie dieses Spiel richtig geht.« Fulton streckte die Hand nach den Würfeln aus.

»Sir Eduard müßte längst zurück sein. Ich frage mich, wo er so lange bleibt.«

»Weiß der Teufel.« Fulton würfelte. »Er is' heute abend wirklich komisch gelaunt.«

»Hölle und Zwirn, er denkt an nichts anderes als an den verdammten grünen Stein! Wenn du mich fragst, is' das nich' normal. Alle Welt weiß, daß der Kristall keinen Wert hat.«

»Sir Eduard glaubt das aber.«

Alice schlang die Arme um sich und sah Katherine an. »Es ist schon ziemlich spät.«

Hier im Inneren der Höhle war es unmöglich, die Position der Sonne zu bestimmen, aber andere Dinge machten deutlich, daß der Tag zur Neige ging.

»Ja.« Katherine faltete die Hände in ihrem Schoß. »Es ist bestimmt bald vorbei. Wir werden beide sterben und Eduard bekommt den grünen Kristall.«

»Mein Mann rettet uns«, spendete Alice Mut.

Sie erinnerte sich daran, daß sie Emma einst dasselbe Versprechen gegeben hatte. Der arme Hugh, dachte sie bedauernd. Immer mußte er die Versprechen einlösen, die sie anderen Menschen gab.

Katherine schüttelte traurig den Kopf. »Niemand kann uns retten, Lady Alice. Das Kraut, das bereits die Vergangenheit vergiftet, hat böse Blüten getrieben.«

»Ich will Euch gewiß nicht zu nahe treten, Katherine, aber manchmal habt Ihr eine recht deprimierende Art.«

Katherines Miene wurde noch trübsinniger. »Ich ziehe es

vor, der Wahrheit ins Auge zu sehen. Wenn Ihr Euch falschen Hoffnungen hingeben wollt, dann ist das Eure Angelegenheit.«

»Meine Mutter hat an diese Macht geglaubt. Sie fand sie genauso wichtig wie jede Medizin. Und ich hege die Hoffnung, daß Sir Hugh mit Eduard fertig wird. Ihr werdet sehen.«

»Ihr scheint großes Vertrauen in die Macht Eures Mannes zu besitzen«, wandte Katherine ein.

»Was bisher immer berechtigt war, wie Ihr zugeben müßt.« Alice straffte die Schultern. »Und falls Ihr meint, daß Eduard Sir Hugh ein ebenbürtiger Gegner ist, dann irrt Ihr Euch.«

»Ich selbst hatte niemals Grund, einem Mann zu vertrauen.« Katherine sank in sich zusammen.

Alice kam zu dem Schluß, daß sie Katherines trübe Sichtweise nicht verändern konnte, also wechselte sie das Thema. »Wißt Ihr, wer den grünen Kristall vor ein paar Wochen aus dem Kloster gestohlen hat?«

Katherine rang die Hände. »Ich.«

»Ihr?«

Katherine seufzte. »Als Eduard erfuhr, daß der Kristall der Schlüssel zum Geheimnis der Steine von Scarcliffe ist, ließ er mir eine Nachricht zukommen, die besagte, daß ich den Stein aus dem Keller holen solle. Er stieß ... gewisse Drohungen aus.«

»Was für Drohungen?«

»Er drohte, jemanden aus dem Dorf oder eine der anderen Nonnen zu vergiften, wenn ich nicht tue, was er von mir verlangt.«

»Gütiger Himmel«, flüsterte Alice.

»Ich wagte es nicht, mich zu widersetzen. Ich tat, was er wollte. Eines Nachts nahm ich den Stein und gab ihn dem Mann, den Eduard ans Pförtnerhäuschen des Klosters geschickt hatte, um ihn abzuholen.«

»Aber warum hat Eduard all die Jahre gewartet, ehe er versuchte, den Stein an sich zu bringen?«

Katherine schüttelte den Kopf. »Er erfuhr erst vor ein paar Monaten, welchen Wert der Stein besitzt.«

»Als er herausfand, daß Calvert von Oxwick zu dem Schluß gekommen war, daß es die Steine von Scarcliffe tatsächlich gäbe?«

»Ja.«

Alice überlegte. »Dieser Zwischenfall ereignete sich fast zum selben Zeitpunkt, als Sir Hugh Scarcliffe zugesprochen bekam.«

»Eduard freute sich, weil der Verlust des grünen Steins Hugh in große Schwierigkeiten bringen würde, aber das war nicht der Grund, warum er mich anwies, ihn zu rauben. In Wahrheit ist er einfach davon besessen, den Schatz zu entdecken, seit er erfahren hat, daß die Steine mehr als eine bloße Legende sind.«

»Und was passierte, nachdem Ihr Eduards Mann den grünen Stein ausgehändigt hattet?«

»Der Narr versuchte, Eduard zu hintergehen.« Katherine preßte ihre dünnen Lippen aufeinander. »Er verschwand mit dem Kristall, fest entschlossen, seinen wahren Wert selbst herauszufinden. Als er das Geheimnis nicht entschlüsseln konnte, verkaufte er den Stein an den Händler. Von dort aus gelangte er in Eure Hände und schließlich in die Hände seines rechtmäßigen Eigentümers.«

»In der Zwischenzeit war Calvert hier, um hinter der Maske des unschuldigen Mönchs die Höhlen zu durchsuchen.«

»Ja. Eduard wurde klar, daß der Mönch viel über die Gegend wußte und sich als nützlich erweisen könnte. Er traf ein Abkommen mit Calvert, weihte ihn in seine Pläne ein. Er versprach ihm, den grünen Stein zu finden, während Calvert weiter die Höhlen erforschen sollte.«

»Aber Eduard hat Calvert umgebracht.«

Katherine nickte. »Ja. Ich bin sicher, daß er das von Anfang an vorhatte. Er wollte nur abwarten, bis er hatte, was er begehrte. Aber als Sir Hugh den grünen Stein entdeckte und sicher auf Scarcliffe Keep in Verwahrung nahm, bekamen Eduard und Calvert Streit.«

»Warum?«

»Calvert beschuldigte Eduard, seinen Teil des Abkommens nicht erfüllt zu haben. Eduard wurde wütend und kam zu dem Schluß, daß der Mönch ihm keinen Nutzen mehr brachte. Nachdem Calvert tot war, mußte er etwas Neues aushecken.«

»Also hat er mich entführen lassen.«

»Ja.«

»Er ist ein Narr.«

»Nein, er ist ein berechnender Schurke«, flüsterte Katherine. »In der Tat war er schon immer ein böser Mensch. Aber heute abend ist er anders als sonst. Er strahlt etwas aus, das mich alles befürchten läßt.«

»Einen gewissen Wahnsinn?« Alice sah sich unbehaglich nach Fulton und Royce um.

»Ja.« Katherine sah auf ihre Hände. »Wißt Ihr, ich hasse ihn.«

»Euren Vetter?«

Katherine blickte an Alice vorbei auf die Wand der Höhle. »Er hat mich nach dem Tod meiner Eltern zu sich genommen, aber war ausschließlich an meinem Erbe interessiert.«

Alice verzog das Gesicht. »Was durchaus nicht ungewöhnlich ist. Nur wenige Männer können der Versuchung widerstehen, sich das Vermögen einer Erbin anzueignen, und das Gesetz ermutigt sie sogar dazu.«

»Das stimmt, aber die Art, wie mich mein Vetter behandelt hat, war höchst ungewöhnlich und ... und unnatürlich.« Katherine senkte den Blick auf ihre Hände. »Er ... er zwang sich mir auf.«

Alice starrte sie entgeistert an. »Oh, Katherine.« Sie legte sanft die Hand auf den Arm der Heilerin. »Wie schrecklich für Euch.«

»Und dann versuchte er, mich mit Sir Matthew zu verheiraten, um eigenes Land zu bekommen.« Katherines Gesicht war starr vor Schmerz. »Gott möge mir verzeihen, aber ich hasse Eduard mit einer ebensolchen Leidenschaft, wie andere Frauen Männer lieben.«

Das Geräusch von Schritten ließ Alice zusammenfahren. Sie wandte den Kopf und spähte in den dunklen Gang. Das Licht einer Fackel flackerte in der Öffnung auf, und einen Augenblick später kam Eduard in Sicht. Haß verzerrte sein Gesicht.

Fulton stolperte hoch. Sein Blick fiel auf Eduards leere Hand. »Sir Hugh hat das Lösegeld noch nich' bezahlt?«

»Der Bastard versucht, mich zum Narren zu halten.« Eduard drückte Fulton die Fackel in die Hand. »Es dämmert bereits, und er hat den grünen Stein immer noch nicht am Ende des stinkenden Grabens hinterlegt. Der verdammte Nebel wird mit jedem Augenblick dichter.«

»Vielleicht findet er, daß die Dame den Preis nicht wert ist.« Fulton bedachte Alice mit einem vielsagenden Blick. »Tja, is' nich' schwer zu verstehen, daß er froh is', sie los zu sein.« Er rieb sich die Hand, in die Alice gebissen hatte. »Das Weib is' wirklich 'ne Viper.«

Eduard sah ihn wütend an. »Du Narr. Du hast ja keine Ahnung von dieser ganzen Sache.«

»Vielleicht«, murmelte Fulton. »Aber ich weiß, daß sie mir nich' sonderlich gefällt.«

»Sir Hugh mag seine Frau.« Eduard fuhr sich mit rastlosen Fingern durch den struppigen Bart. »Er erfüllt ihr jeden Wunsch, dieser Idiot. Ihr habt gesehen, wie er sich an dem Abend auf Rivenhall aufgeführt hat. Nur weil er dieser Dame sein Wort gegeben hatte, hat er auf die brennend ersehnte Rache verzichtet.«

»Ja, aber –«

»Nur ein Mann, der vollkommen vernarrt ist in eine Frau, würde zulassen, daß sie ihn derart einwickelt. Sie ist für diese Memme wirklich von Wert. Er wird mir den Stein bringen, weil er hofft, daß sie dafür am Leben bleibt.«

Royce runzelte die Stirn. »Fulton hat recht. Mir gefällt die Sache auch nich'. Der Stein is' doch sicher nich' wertvoll genug, um zu riskieren, daß Hugh der Unerbittliche einen in die Zange nimmt.«

»Hört auf rumzujammern.« Eduard begann, ruhelos auf und ab zu schlürfen. »Hier in den Höhlen sind wir in Sicherheit. Jetzt, wo Calvert tot ist, kennt sich außer mir niemand in den Gängen aus. Nicht einmal Sir Hugh würde es wagen, sich in dieses Labyrinth zu begeben.«

»Das habt Ihr schon mal gesagt.« Royce schob die Würfel in den Beutel, der an seinem Gürtel hing. »Aber das ändert nichts daran, daß wir hier gefangen sin'. Diese Höhle is' vielleicht im Augenblick 'n gutes Versteck, aber ebenso kann sie zur Falle werden.«

Eduard blieb abrupt stehen und drehte sich mit gefletschten Zähnen um. »Hast du etwa die Absicht, dich mir entgegenzustellen, Royce?«

Statt einen Rückzieher zu machen, sah Royce seinen Herren einen Augenblick lang abschätzend an. Dann schien er einen Entschluß zu fassen. »Ich glaube, ich habe genug von diesem sinnlosen Unterfangen.«

»Was? Du bist mein Mann«, brüllte Eduard und legte die Hand an sein Schwert. »Ich werde dich umbringen, wenn du mich jetzt im Stich zu lassen versuchst.«

»Versucht es doch.« Royce legte ebenfalls die Hand ans Schwert.

Fulton trat einen Schritt zurück. »Beim Blute der Dämonen, das Ganze ist der reine Wahnsinn.«

»*Verräter.*« Eduard zerrte seine Waffe aus der Scheide und machte einen Satz vorwärts.

»Bleibt, wo Ihr seid«, warnte Royce und hob die Klinge.

»Hör sofort mit diesem Unsinn auf«, rief Fulton. »Sonst is' alles verloren.«

Alice nahm Katherines Hand. »Kommt«, flüsterte sie. »Dies ist vielleicht unsere einzige Chance.«

Katherine saß wie versteinert da. In ihren Augen lag blankes Entsetzen. »Wir können unmöglich in die Höhlen fliehen. Wir werden verloren sein.«

Alice zerrte ungeduldig an Katherines Handgelenk. »Nein, wir werden Eduards Spur folgen.«

»Welcher Spur?«

»Er ist so oft durch diese Gänge gegangen, daß der Ruß seiner Fackel bestimmt eine Spur hinterlassen hat.« Alice konnte nur hoffen, daß das stimmte. Aber eins war sicher: Der Streit zwischen Eduard und Royce bot eine Gelegenheit zur Flucht, die sie und Katherine nicht ungenutzt verstreichen lassen durften.

»Glaubt Ihr wirklich, daß es uns gelingen kann?« Katherine war wie vor den Kopf geschlagen. Offensichtlich hatte sie sich bereits mit ihrem kläglichen Ende abgefunden, und selbst in günstigeren Augenblicken war Hoffnung etwas völlig Fremdes für sie.

»Kommt.«

Alice behielt Eduard und Royce im Auge, die sich böse umkreisten. Fulton achtete nicht auf die Frauen. Er versuchte vergeblich, die beiden anderen auseinanderzubringen.

Ohne Katherines Handgelenk loszulassen, schob sich Alice langsam an die nächste Fackel heran.

Gerade als sie die Hand danach ausstrecken wollte, richteten sich ihre Nackenhaare auf und ein Schauder der Erkenntnis durchzuckte sie.

Nicht das geringste Geräusch kündigte Hughs Ankunft an, aber Alice wußte, daß er in der Nähe war. Sie fuhr herum und starrte in den Gang, aus dem Eduard vor wenigen Augenblicken getreten war.

Ein kalter, peitschender Wind blies durch den dunklen Korridor und trug das Versprechen des Verderbens vor sich her. Die Fackeln in der großen Höhle züngelten heftig.

»Hugh«, flüsterte Alice.

Ein schwacher bernsteinfarbener Schimmer leuchtete in dem schwarzen Tunnel auf, und ein paar Sekunden lang nahm sie die Umrisse eines Mannes wahr.

Die Kampfhähne hinter Alice hatten den Namen ihres Feindes auf den Lippen der Frau nicht gehört, aber seine Stimme war nicht zu verkennen. Sie durchschnitt die aufgeheizte Atmosphäre wie ein Blitz, der den Nachthimmel spaltet.

»Es reicht.« Der Befehl hallte donnernd von den Höhlenwänden zurück. »Legt die Waffen weg oder sterbt, wo Ihr seid.«

Einen Augenblick lang rührte sich niemand vom Platze. Alle starrten Hugh an, der in der Öffnung des steinernen Ganges stand.

Alice verharrte ebenso gelähmt wie die anderen, obwohl sie damit gerechnet hatte, daß er zu ihrer Rettung kam. Ohne irgendeine Erklärung wußte sie, daß Hugh in diesem Moment tausendmal gefährlicher war als je zuvor.

Katherine bekreuzigte sich. »Der *Bote des Sturms.*«

Hugh war der personifizierte Rachegott, eine dunkle Gewalt, die alles vor sich her zu treiben schien. Sein Blick war kalt und gnadenlos, seine Gestalt von den Schultern bis zu seinen schwarzen Lederstiefeln in den schwarzen Umhang gehüllt. Er trug keinen Helm, aber der Stahl seines gezogenen Schwertes blitzte drohend auf.

Dunstan und Aleyn, einer seiner Waffenträger, tauchten hinter ihm auf und flankierten ihn. Sie hatten ebenfalls die Waffen gezückt. Dann kam Benedict mit einer Fackel. Besorgt sah er sich nach Alice um, und als er sie entdeckte, hellte sich seine Miene vor Erleichterung auf.

Eduard erholte sich als erster von der Bewegungslosigkeit.

»Bastard«, brüllte er. »Du hast alles zerstört. Seit dem Tag deiner Geburt ist mir das vorenthalten geblieben, was rechtmäßig mir gehört. Dafür wirst du bezahlen.«

Er machte einen Satz, aber nicht in Richtung Hughs, sondern auf Alice zu. Mit Grauen begriff sie, daß er die Absicht hatte, ihr das Leben zu nehmen. Einen Augenblick lang war sie im wahrsten Sinne des Wortes starr vor Furcht.

»Alice, *beweg dich.*« Hugh sprang vor, aber er war zu weit von Eduard entfernt.

Sein Befehl brach den Bann ihres Entsetzens. Sie sprang genau in dem Augenblick zur Seite, in dem das Gewicht von Eduards Schwert auf sie niederging. Es krachte an der Stelle auf den Boden, an der sie eine Sekunde zuvor noch gestanden hatte. Das fürchterliche Knirschen von Metall auf Stein erfüllte den Raum.

Alices Magen zog sich zusammen, und ihr brach nachträglich der kalte Angstschweiß aus. Wenn sie nicht fortgesprungen wäre, hätte Eduards Hieb sie in zwei Hälften geteilt.

Abermals fuhr er zu ihr herum und hob das Schwert mit beiden Händen über den Kopf.

Alice stolperte rückwärts, wobei sich ihr Fuß im Saum der Röcke verfing. »Beim Blute der Märtyrer.« Sie kämpfte verzweifelt mit den Falten ihres schwarz- und bernsteinfarbenen Kleides.

»Ausgeburt des Teufels. Das ist alles deine Schuld.« Eduards kleine Augen waren die einer Bestie, als er Alice an die Höhlenwand zu drängen begann.

Nun gewann Alices Zorn die Oberhand. »Verschwindet. Kommt bloß nicht näher.«

»Stirb, du Hure.«

Aus dem Augenwinkel sah Alice, daß Hugh auf halbem Weg durch die Höhle, aber immer noch zu weit entfernt von ihr und Eduard war.

Sie riß sich beiseite, um dem nächsten Hieb auszuweichen.

Plötzlich durchzuckte ein Funken von Verstand Eduards

Zorn. »Bleib, wo du bist, oder ich bringe sie um«, warnte er Hugh.

Hugh fuhr in die wirbelnden Falten seines Umhangs und zog einen Gegenstand hervor. In seiner Hand glitzerte der grüne Stein. »Das ist es, was du wolltest, nicht wahr, Eduard?«

»Der Stein.« Eduard leckte sich die Lippen. »Gib ihn mir, dann lasse ich deine Frau leben.«

»Fang ihn auf, wenn du kannst.« Hugh schleuderte den Stein rechts von Eduard an die Wand.

Eduard riß die Augen auf. *»Nein.«* Er machte einen Satz in Richtung des Steins, aber es war zu spät.

Der grüne Kristall schlug gegen die Wand und zersprang in Scherben. Auf dem Boden ergoß sich ein schimmernder Regenbogen verschiedener Edelsteine. Rubine, goldene Berylle, Perlen, Smaragde, Saphire und Diamanten schimmerten und glitzerten zwischen den Scherben des trüben Steins, in dem sie bisher verborgen gewesen waren.

»Die Steine von Scarcliffe«, flüsterte Alice.

Plötzlich wurde ihr klar, daß der grüne Kristall aus schwerem Glas gewesen sein mußte. Daß sie darauf nicht früher gekommen war! Statt dessen hatte sie wie alle anderen angenommen, daß er ein natürliches Erz gewesen war. Jetzt verstand sie, daß es einem hervorragenden Handwerker gelungen war, das Aussehen und die Textur eines großen Kristalls zu imitieren.

»Die Steine«, kreischte Eduard und starrte einen Moment wie verhext auf den glitzernden Haufen. Zu spät fiel ihm ein, daß Hugh dicht neben ihm war.

Er fuhr herum, um den kalten, tödlichen Sturm von Hughs Klinge abzuwehren, aber seine Besessenheit kam ihn teuer zu stehen.

Stahl prallte mißtönend auf Stahl.

Hughs erbarmungsloser Hieb zwang Eduard auf die Knie.

Wieder und wieder hob der Angreifer die Klinge und schmetterte sie auf Eduards Schwert.

Als Hugh seine Waffe zum Todesstoß hob, brannten seine Augen in derselben Farbe wie die Flammen, die aus den Fackeln schlugen.

Alice wandte sich eilig ab, unfähig zu bezeugen, was als nächstes käme. Sie sah, daß Katherine an ihr vorbeistarrte, als wäre sie angesichts der gräßlichen Szene zur Salzsäule erstarrt. Auf der anderen Seite der Höhle hielten Dunstan und Aleyn Eduards beiden Männer in Schach, Benedict verharrte im Schatten des Ganges.

Alice hielt den Atem an, aber hinter ihr erscholl kein Todesschrei.

Die Sekunden gingen vorbei, eins, zwei, drei, vier, fünf. Sie blickte sich um und bemerkte, daß immer noch alle auf die Stelle starrten, an der Hugh Eduard in die Knie gezwungen hatte.

Langsam begriff sie, was sie sah.

Eduard lag auf dem Rücken, aber er lebte noch. Trotzig schielte er auf die Klinge an seiner Halsschlagader.

»Warum zögert Ihr?« fragte Dunstan Hugh. »Bringt es hinter Euch. Die Nacht war für uns alle lang genug.«

»Ich habe noch ein paar Fragen an Eduard«, erklärte der Angesprochene. »Fesselt ihn und bringt ihn zurück auf die Burg, Aleyn. Werft ihn in den Kerker, ich werde nachher mit ihm sprechen.«

»Sehr wohl, M'lord.« Aleyn machte sich daran, dem Gefangenen die Hände zusammenzubinden.

Endlich wandte Hugh sich Alice zu. Seine Augen glühten, aber im übrigen wirkte er so ruhig, als käme er geradewegs von einem Spaziergang. »Nun, Madam, Ihr seid wirklich immer für eine Überraschung gut.«

»Und Ihr, Mylord, habt ein überraschendes Talent im Umgang mit Legenden.« Alice blickte auf die schimmernden Juwelen, die auf dem Steinboden verstreut lagen. »Es gelingt Euch stets, die Legende, die Ihr selber seid, noch weiter auszuschmücken.«

»Alice?«

»Oh, Hugh.« Tränen der Erleichterung quollen ihr aus den Augen. »Ich wußte, daß du mich retten würdest – immer und ewig!«

Sie rannte zu ihm und warf sich ihm an die Brust, bis sie ganz eingehüllt war in die Falten seines schwarzen Gewands.

Lange Zeit später saß Alice mit Hugh vor dem Feuer in der Burghalle und mühte sich, wieder warm zu werden. Sie hatte das Gefühl, als würde sie die Kälte nie mehr los. Immer, wenn sie an die Stunden in der Höhle dachte, durchfuhr sie ein eisiger Schauder. Vielleicht sollte sie etwas von der Medizin nehmen, die sie Erasmus von Thornewood geschickt hatte, dachte sie.

Dann wandte sie sich mit einer weiteren Frage an Hugh. Seit sie vor zwei Stunden zurückgekommen waren, hatte sie ihm bereits Dutzende von Fragen gestellt.

»Wann hast du herausgefunden, daß die Steine von Scarcliffe in dem grünen Kristall verborgen waren?«

»Als das Ding gegen die Höhlenwand flog.« Hugh räkelte sich.

Alice sah ihn überrascht an. »Du meinst, du hattest noch nicht einmal den Verdacht, daß der Kristall selbst das Versteck für die Edelsteine war?«

»Nein. Die Steine von Scarcliffe haben mich nie besonders interessiert, also habe ich mir auch den grünen Kristall nie genau angesehen. Es reichte mir, ihn zu besitzen.«

»Ich verstehe.« Alice schwieg einen Moment. »Ich glaube, irgend etwas stimmt nicht mit mir, Hugh.«

Er musterte sie besorgt. »Was? Bist du krank?«

»Nein, zumindest habe ich kein Fieber. Aber ich kann einfach nicht aufhören zu zittern.«

»Oh, das ist nach einem solchen Erlebnis vollkommen normal, meine Süße. Aber die Aufregung legt sich mit der Zeit.« Er legte den Arm um ihre Schultern und zog sie an sich.

»Dich scheint das Ganze nicht besonders mitgenommen zu haben«, murmelte sie und schmiegte sich in seine Wärme.

»Ich versichere dir, daß ich vollkommen aufgelöst war, als ich von deiner Entführung erfuhr. Bei der Nachricht wären mir fast die Sinne geschwunden.«

»Hah. Ich glaube nicht, daß Ihr jemals das Bewußtsein verliert, Sir.«

»Irgendwann in seinem Leben verliert jeder einmal das Bewußtsein, Alice«, sagte er überraschend ernst.

Sie war sich nicht sicher, was sie erwidern sollte, also schlug sie ein anderes Thema an. »Danke, daß du Eduard heute nacht nicht vor Katherines Augen getötet hast. Sie mag ihn nicht, aber immerhin ist er ihr Vetter.«

»Es verstößt gegen die Ehre, einen Mann vor den Augen einer Frau umzubringen, wenn es sich vermeiden läßt. Außerdem gibt es noch ein paar Fragen, die dieser Abschaum mir beantworten soll.«

»Eine Frage hat Katherine mir beantwortet, während wir Euch bänglich erwarteten.«

Hugh entließ Alice aus seinen Armen.

»Ich habe mich die ganze Zeit gefragt, wer das Gift in deinen Becher geschüttet hat. Katherine sagte, Eduard hätte ihr sein Vorgehen geschildert. An dem Tag, als alle Dorfbewohner bei den Reparaturen im Hof geholfen haben, hat er einen seiner Männer als Bauer verkleidet hierher geschickt.«

»Das war der Tag, an dem Vincent von Rivenhall zum Essen kam. Es herrschte allgemeines Durcheinander, so daß es bestimmt ein Kinderspiel war, unbeobachtet in die Küche zu schleichen.«

»Und ebenso einfach war es, nach dem Essen herauszufinden, welches dein Becher war, nämlich der größte von allen.«

»Wirklich einfach.«

»Hugh?«

»Hmm?«

»Welche Fragen willst du Eduard stellen?«

Hugh sann in die Ferne. »Ich weiß es noch nicht genau, aber mir wird schon etwas einfallen.«

Doch Alice verstand. Hugh wollte genau wissen, was in jener Nacht vor dreißig Jahren geschehen war, in der Eduard einen anderen Trank vergiftet hatte.

Hugh wollte es von Eduard selbst hören, daß Sir Matthew gedachte, Margaret zu ehelichen, um der rechtmäßige Vater seines Sohnes zu werden.

21

Hughs weiche schwarzen Stiefel machten kein Geräusch, als er durch den dunklen Steinkorridor schritt, aber sein ebenholzschwarzer Umhang bauschte sich bei der Eile. »Verdammt. Seid Ihr sicher, daß er tot ist?«

»Ja, M'lord.« Dunstan hielt seine Fackel schräg, als er um die Ecke bog. »Einer der Wachen hat ihn eben gefunden.«

»Warum wurde er nicht durchsucht?« fragte Hugh und stürmte durch den finsteren Korridor hinter ihm her.

Die unterirdischen Gänge von Scarcliffe Keep unterschieden sich in nichts von den Tunneln und Räumen der Klippenhöhlen. Sie waren dunkel, eng wie Todesverliese. In diesen Teil der Burg, der Gewürze, Korn, andere Lebensmittel und hin und wieder Gefangene beherbergte, drang nicht ein einziger Strahl Sonnenlicht.

»Er wurde durchsucht«, sagte Dunstan. »Aber die Wachen haben nach Messern und ähnlichem gesucht.« Vor dem Eisengitter eines feuchten Kerkers blieb er stehen.

Hugh blickte auf Eduard von Locktons verdrehten Körper, der auf dem Boden der Zelle lag. Enttäuschung stieg wie bittere Galle in ihm auf. Er hatte dem Mann, der seine Eltern getötet hatte, so viel zu sagen gehabt.

Vor allem hatte er die Hoffnung auf Gerechtigkeit sowie Rache gehegt. Hugh hatte sich seit so langer Zeit danach gesehnt, diese Bedürfnisse eines Tages zu befriedigen, daß er einen Augenblick brauchte, um sich zu fassen.

»Eindeutig hat niemand das Gift entdeckt, das er am Leibe trug«, murmelte Hugh.

»Nein, M'lord. Es könnte auch besser so sein.« Dunstan sah Hugh an. »Jetzt ist es wirklich vorbei.«

Hugh erklomm die Steintreppe, die aus dem Keller der Burg hinaufführte. Ohne zu überlegen, wohin er ging, durchquerte er die große Halle, in der gerade die Vorbereitungen fürs Mittagessen getroffen wurden, und als er zu Füßen des Turms angelangt war, kletterte er eilig weiter.

Im oberen Stockwerk wandte er sich nach links und ging den Gang hinab zu Alices Arbeitszimmer. Ohne anzuklopfen trat er ein.

Alice blickte überrascht auf, angesichts seiner Miene runzelte sie besorgt die Stirn. »Mylord.« Sie schloß das Buch, in das sie vertieft gewesen war. »Was ist geschehen?«

»Eduard von Lockton hat heute nacht Gift geschluckt. Er ist tot.«

Alice stand auf und kam hinter ihrem Schreibtisch hervor. Schweigend ging sie zu Hugh und schlang die Arme um seinen Hals. Sie lehnte ihren Kopf an seine Schulter und blieb still stehen.

Alice verstand ihn immer so gut, dachte Hugh, sie benötigte keine Erklärungen.

Lange Zeit hielt er sie eng an sich gepreßt, und schrittweise verließ ihn die Verbitterung, die ihn ergriffen hatte angesichts Eduards Flucht in den Tod.

Weitere Minuten vergingen in vollkommener Lautlosigkeit. Alice fühlte sich sehr weich und warm und wunderbar an, wie sie in seinen Armen lag.

Schließlich senkte sich ruhiger Frieden in Hughs Herz, die Tür zur Vergangenheit, durch die die kalten Sturmwinde so oft gebraust waren, schloß sich endgültig.

Einen Monat später, an einem kühlen Herbstvormittag, hielt der Wächter auf dem Aussichtsturm die Hände an den Mund und posaunte die Neuigkeit in den von regem Treiben erfüllten Hof hinab.

»Wir bekommen Besuch, M'lord. Ein Ritter und fünf Waffenträger. Außerdem ein ganzer Troß Bedienstete und ein Gepäckwagen.«

Hugh hob eilig die Hand und das Rasseln der Übungsschwerter verklang. »Welche Farben hat ihr Banner?« fragte er zu dem Wachmann hinauf.

»Grün und gelb, M'lord.«

Hugh sah Dunstan an. »Das sind die Farben von Erasmus von Thornewood.«

»Ja.« Dunstan warf einen Blick zum Himmel. »Wahrscheinlich ist es einer seiner Männer, der uns den Tod seiner Lordschaft meldet.«

Trauer griff Hugh an die Kehle. Obwohl er täglich auf diese Nachricht vorbereitet war, traf sie ihn doch wie ein Keulenschlag. Er hatte in Alices Rezept jegliche Hoffnung gesetzt für seinen Lehnsherrn und Freund.

Hugh schirmte die Augen mit der Hand gegen die Morgensonne ab und blickte abermals zu dem Wachmann hinauf. »Seid Ihr sicher, daß Ihr die Farben richtig seht?«

»Ja, M'lord.« Der Mann nahm abermals die Straße ins Visier. »Ein sehr reicher Herr, wenn man den Zug so sieht. Und gut bewaffnet. Außerdem ist eine Frau dabei.«

»Eine Frau?« Hugh fragte sich, ob Erasmus' Witwe Eleanor vielleicht persönlich kam, um ihm die schlimme Nachricht zu überbringen. Er winkte Benedict. »Hol Alice. Schnell. Sag ihr, daß wir mehrere Gäste zum Essen haben werden, darunter auch eine Frau.«

»Sehr wohl, Mylord.« Benedict gab den Bogen, mit dem er trainiert hatte, Dunstan, schnappte sich seinen Stock und schwang sich die Stufen hinauf.

Wenige Minuten später kam der Troß vor den Toren von Scarcliffe Keep zum Stehen und als einer der Reiter höflich um Einlaß bat, winkte der Wächter sie in den Hof.

Alice erschien auf der Treppe und sah Hugh fragend an.

»Wer ist es, Mylord?«

»Jemand, der uns zweifellos die Nachricht vom Tod meines Lehnsherrn bringt«, Hughs Stimme hatte einen Sprung.

»Warum denkt Ihr, daß er tot ist?« Sie runzelte die Stirn. »Habt Ihr etwa vergessen, ihm die Kräuter und das Rezept zu bringen, das ich Euch mitgab nach London?«

»Nein.«

»Habt Ihr seiner Frau vielleicht nicht gesagt, daß sie den Ärzten verbieten sollte, ihn zur Ader zu lassen?«

»Alice, ich habe ihr alles ausgerichtet, aber jeder, auch Erasmus selbst, hatte das Gefühl, daß er nicht mehr lange leben würde. Viele Menschen spüren es, wenn ihr Ende naht.«

»Das ist einfach lächerlich. Nach allem, was Ihr mir erzählt habt, litt er unter nichts anderem als extremer Nervosität.«

Ehe Alice mit ihrer Leviten fortfahren konnte, strömten die Besucher durch das Tor. Hugh sah den Ritter, der den Troß anführte. Er starrte ihn erst ungläubig und dann in zunehmender Verwunderung an.

»Mylord«, flüsterte er.

»Nun«, fragte Alice voller Ungeduld. »Wer ist es?«

»Erasmus von Thornewood.«

»Bei den Augen der Heiligen«, Alice bekreuzigte sich. »Das hatte ich befürchtet. Julian ist erst heute morgen zurückgekommen. Warum hat er uns nichts davon gesagt, daß Sir Erasmus auf dem Weg hierher war? Was nützt einem ein Bote, der einem die wichtigsten Nachrichten unterschlägt?«

Hugh fing an zu grinsen. »Geh nicht zu hart mit ihm ins Gericht. Manchmal erweist er einem sogar gute Dienste.« Dann trat er vor, um seinen Lehnsherrn gebührend in Empfang zu nehmen.

Erasmus brachte seinen Vollbluthengst mitten im Hof zum Stehen. Seine kostbaren Kleider und der blankpolierte Stahl seines Schwerts prangten im Sonnenschein.

»Willkommen, Mylord.« Hugh griff nach dem Zaumzeug des Tieres. »Eurem Aussehen nach zu urteilen, amüsiert Ihr

Euch nicht mehr mit den Vorbereitungen für Eure Beerdigung.«

»Ich habe erfahren, daß Grabaushebungen nicht halb so unterhaltsam sind wie zum Beispiel Tauffeierlichkeiten.« Erasmus lächelte Eleanor an, die ihr Pferd neben das seine lenkte. »Und es freut mich, Euch sagen zu können, daß wir gerne in Zukunft noch für ein, zwei Taufen verantwortlich sein möchten.«

Eleanors Gesicht strahlte vor Glück, als sie Hugh ansah. »Ich bin gekommen, um Eurer Frau dafür zu danken, daß sie dieses Wunder möglich gemacht hat.«

»Alice wird sich freuen, daß ihre Medizin so gut angeschlagen hat.« Hugh grinste immer noch verzückt. »Genau wie ich. Ich habe immer gesagt, daß mein Lehnsherr ein besonderes Talent für Kindererziehung hat. Erlaubt mir, Euch meine Frau vorzustellen.«

Alice stieg lächelnd die Stufen herab. »Wie wunderbar, daß tatsächlich einmal jemand meine Anweisungen befolgt hat.«

Später am Abend blickte Erasmus anerkennend vom Schachbrett auf. »Ich glaube, Ihr seid dran, Madam.«

»Ja.«

»Hugh hatte recht. Ihr seid eine gerissene Gegnerin.«

»Danke, Mylord.« Alice nahm einen schweren schwarzen Onyx-Läufer in die Hand. Sie konzentrierte sich auf ihren Zug. »Das Spiel fordert mich wirklich heraus.«

»Wie ich sehe, laufe ich Gefahr, diese Schlacht zu verlieren.«

»Laßt deswegen nicht den Kopf hängen, Sir. Mein Mann ist der einzige, der gegen mich gewinnen kann. Er besitzt ein einmaliges Talent für die Entwicklung von Kriegslisten.«

»Das ist mir durchaus bewußt.«

Eleanor lachte auf, und Erasmus drehte den Kopf nach ihr. Als er seine Frau neben Hugh sitzen sah, lächelte er. Die beiden saßen vor dem Kamin, teilten sich eine Schüssel mit Honigfeigen und unterhielten sich. Nicht weit von ihnen zupfte Julian auf seiner Harfe.

»Ihr seid dran, Mylord«, drängte Alice.

»Richtig.« Erasmus wandte seine Aufmerksamkeit erneut dem Schachbrett zu. Er berührte einen Turm und zögerte. »Ich gratuliere, Madam. Nicht viele Frauen hätten die Stürme zu beruhigen vermocht, die in der Seele meines Freundes tobten.«

»Deshalb gratuliert Ihr mir?« Alice sah überrascht auf und blickte dann hinüber zu Hugh. Er begegnete ihrem Blick und lächelte, ehe er das Gespräch mit Eleanor fortsetzte.

»Seit er Euch kennt, hat er Ruhe gefunden«, sagte Erasmus. »Das war bestimmt keine einfache Aufgabe für Euch.«

»Es bereitet Sir Hugh Befriedigung, dieser Burg und ihren Ländereien zu neuem Leben zu verhelfen«, Alice faltete die Hände. »Ich habe oft beobachtet, daß ein Mensch dann zufrieden ist, wenn ihn seine Arbeit ausfüllt. Meinem Mann gefällt es, Menschen zu führen und Dinge zu organisieren. Aber Ihr kennt seinen Unternehmungsgeist sicher besser als jeder andere.«

»Seit dem Tag, an dem er in mein Haus kam, hat er seine Intelligenz immer wieder unter Beweis gestellt.«

»Es ist ein Segen, daß Ihr ihn so gut erzogen und es ihm ermöglicht habt, den Gewürzhandel aufzunehmen.« Sie schaute auf. »Viele Lehnsherren hätten sein natürliches Talent für die Kriegsführung ausgenutzt und seine Intelligenz links liegengelassen.«

»Es war mein Glück, daß ich das nicht getan habe«, war Erasmus' trockene Erwiderung. »Seine Intelligenz war mir im Verlauf der Jahre mehrfach von Nutzen, denn er hat zahlreiche Kriegslisten für mich entwickelt und auch im klugen Umgang mit dem Schwert niemals versagt.«

»Dafür habt Ihr ihn auch reich belohnt.«

»Ich habe ihm Scarcliffe nicht wegen seiner Intelligenz oder seiner Rittertugenden gegeben«, sagte Erasmus, »sondern weil er mir etwas unendlich Wertvolleres gegeben hat. Etwas Unbezahlbares.«

»Was meint Ihr, Sir?«

»Seine uneingeschränkte Loyalität.«

Alice lächelte. »Ich verstehe.«

»Ich habe mir oft gewünscht, Hugh ein Geschenk zu machen, das genauso wertvoll war wie das seinige an mich.«

»Seid versichert, daß er glücklich ist hier auf seiner eigenen Burg.«

»Ich glaube nicht, daß es nur das ist, was ihn zufrieden macht, Madam.« Erasmus sah sie nachdenklich an. »Ihr seid diejenige, die für seine Genesung verantwortlich ist.«

Alice wand sich vor Verlegenheit. »Das bezweifle ich, Sir.«

»Er hat mir in London viel von Euch erzählt, auch, daß Ihr eine sehr mutige und tapfere Frau wärt. Er behauptete, Ihr hättet Euch erdreistet, ihm ein Geschäft vorzuschlagen.«

»Ja.« Alice zog die Brauen zusammen und erwog ihren nächsten Zug. »Wir sind eine hervorragende Partnerschaft eingegangen.«

»Aber es ist doch sicher mehr als ein geschäftliches Abkommen?«

Alice errötete. »Nun, auf alle Fälle sind wir verheiratet, Mylord.«

»Und Ihr liebt ihn von ganzem Herzen, nicht wahr?«

Alice umklammerte eine der Schachfiguren. »Woher wißt Ihr das, Sir?«

»Ich bin selbst nicht ganz blind. Wenn man so viele Wochen damit verbringt, sich im Sterben zu wähnen, dann wird man sich mancher Zusammenhänge klar. Sagen wir es so, man wird aufmerksamer.«

»Nur ein intelligenter Mensch wird unter solchen Umständen bewußter und aufmerksamer.« Alice seufzte. »Aber Ihr habt ganz recht. Ich mag meinen Mann sehr, obwohl er manchmal haarsträubend stur sein kann.«

»Nun, er ist ein Mann. Manche Dinge sind leider unabänderlich. Aber da wir gerade von meiner Begegnung mit dem Tod sprechen, Madam, ich möchte mich bei Euch für Eure Medizin bedanken.«

»Das ist nicht nötig. Es war ein Rezept meiner Mutter. Sie hat mir ein Buch hinterlassen, in dem zahlreiche Krankheiten beschrieben sind. Ich habe lediglich das Heilmittel angewandt, das sie für die Behandlung Eurer Symptome vorgeschlagen hat. Es freut mich, daß Ihr es ausprobiert habt und daß es sich als wirksam erwies.«

»Äußerst wirksam.« Erasmus strahlte. »Ich bin Euch zu großem Dank verpflichtet. Ich schulde Euch mehr, als ich je bezahlen kann, Madam.«

»Unsinn, Mylord. Seid versichert, daß Ihr das bereits getan habt.«

»Wie das?«

»Ihr habt meinem Mann das Leben gerettet, als er noch ein kleiner Junge war.«

Erasmus zog die Brauen hoch. »Ich erinnere mich nicht daran, daß Hugh im Kindesalter jemals in Lebensgefahr gewesen wäre. Er ist ein-, zweimal böse gestürzt, als er an der Stechpuppe trainierte, und dann gab es einmal einen unglücklichen Zwischenfall mit einer Brücke und einem tiefen Bach, aber davon abgesehen war er stets gesund und munter.«

»Da irrt Ihr Euch, Sir.« Alice lächelte sanft. »Vielleicht war er körperlich gesund, aber es gibt Dinge, die einem Menschen schwer verwunden können, auch wenn er weiterlebt.«

»Ich verstehe, was Ihr meint.« Erasmus faltete die Hände. »Ihr habt einen unbestechlichen Blick, Madam.«

»Mylord, ich mache lediglich hin und wieder Beobachtungen«, stellte Alice sachlich fest. »Und mir ist klar, daß Hugh ohne Euch unweigerlich von dem, was in seinem Herzen blutete, zerstört worden wäre.«

»Vielleicht habe ich ihn gelehrt, diese dunklen Kräfte zu beherrschen, Lady Alice. Aber Ihr habt viel mehr geschafft. Ihr habt sie mit der Magie eines liebenden Herzens zum Verstummen gebracht.«

In Scarcliffe brachen frohgemute Tage an, Burg und Dorf kamen sich immer näher, wobei auch das Kloster nicht leer ausgehen sollte. Erasmus hatte mit Hugh vereinbart, dem Konvent ein weiteres Stück Land zur Bebauung zu vermachen. »Das soll Katherines Garten sein, ihr Herz wird dort inmitten von Kräutern und Früchten hoffentlich Trost finden, ich wünsche es meiner Schwester im Glauben«, mit diesen Worten nahm die Priorin Joan die Schenkung dankbar entgegen.

Ein paar Wochen nach Erasmus' und Eleanors Abreise kam Hugh eines Morgens in Alices Arbeitszimmer spaziert. Er hatte eine neue Liste von Komplimenten bei Julian bestellt und war nun versessen darauf, sie zur Anwendung zu bringen.

Als er Alice jedoch am Fenster erblickte, blieb er wie angewurzelt stehen. Die eleganten Worte, die er so sorgfältig auswendig gelernt hatte, waren vorübergehend vergessen und er fragte sich, ob er es denn glauben dürfte, daß Alice ihm rechtmäßig als Ehefrau gehörte.

Ihre sonst so lebhaften Züge verrieten größte Konzentration, als sie da stand und ein Stück Bergkristall untersuchte. Ihr Haar schimmerte im Licht, und die sanften Rundungen ihres Körpers weckten ein vertrautes, schmerzliches Verlangen in Hugh.

Sie drehte sich nicht zu ihm um, denn sie hatte ihn nicht gehört.

Er räusperte sich und durchwühlte sein Hirn nach dem ersten Kompliment der Liste. »Madam, das herrliche Feuer in Eurem Haar lodert so hell, daß ich nichts brauche außer diesen seidigen Flechten, um meine Hände selbst an einem Wintermorgen aufzuwärmen.«

»Danke, Mylord.« Alice sah ihn noch nicht einmal an. Sie drehte und wendete den Stein, damit er mehr Licht einfing.

Hugh runzelte die Stirn. Vielleicht hatte er ihr Haar bereits mit zu vielen Komplimenten bedacht. Wahrscheinlich langweilten diese Bemerkungen sie nur, er mußte Julian zu mehr Einfallsreichtum anspornen.

»Euer Hals ist so elegant wie der eines Schwans.«

»Danke, Sir.« Alice spitzte die Lippen und vertiefte sich noch mehr in den Kristall.

Hugh klopfte mit dem zusammengerollten Stück Pergament gegen sein Bein. Julians Komplimente hatten nicht den gewöhnlichen Effekt. »Eure Haut ist so weich wie sonst nur die Federn einer in Sahne getauchten Taube.«

»Wie nett, daß Ihr das bemerkt.« Alice stellte den Bergkristall auf den Tisch und nahm einen großen, grauen Stein.

Hugh rollte heimlich das Pergament auf und überflog eilig die Schmeicheleien. »Das reichste Mahl, das schönste Gemälde und die hübscheste Stute stellt Ihr in den Schatten mit Eurem Geiz.«

Alice straffte sich ein wenig. »Geiz, Mylord?«

Hugh runzelte die Stirn. Zur Hölle mit Julian und seiner Klaue! »Oh, Reiz. Mit Eurem Reiz.« Eilig rollte er das Pergament zusammen. Der letzte Satz war wirklich schwierig gewesen.

»Ja, natürlich. Reiz. Bitte fahrt fort.«

»Nun, das ist alles, was mir im Augenblick einfällt.« Was war nur mit Alice los? Sie reagierte ganz anders als sonst. Hugh überlegte, ob Julians Kunst sich vielleicht verschlechterte.

»Was ist mit meinen Augen, Sir? Findet Ihr, daß sie so grün wie Smaragde sind oder vielleicht eher wie Malachite?«

Hugh trat ungemütlich von einem Fuß auf den anderen. Was, wenn nicht Julian schlechter wurde, sondern er? Was, wenn er die Komplimente nicht im richtigen Ton deklamierte? »Ich glaube, eher wie Smaragde. Obwohl auch Malachite einen sehr schönen Grünton haben.«

»Danke. Und was ist mit meinen Brüsten?«

Hugh schluckte. »Euren Brüsten?« Im allgemeinen hob er sich derartige Komplimente fürs Schlafzimmer auf.

»Würdet Ihr sagen, daß sie immer noch so herrlich rund wie Sommerpfirsiche sind?«

»Aber natürlich.«

»Und meine Taille?«

Hugh kniff die Augen zusammen. »Eure Taille?«

»Ja.« Alice legte den grauen Stein fort und nahm einen dunkleren in die Hand. Immer noch sah sie Hugh nicht an. »Würdet Ihr sagen, daß meine Taille so zierlich wie ein zarter Blütenstengel ist?«

Auf Julians letzter Liste hatte etwas über Blütenstengel und schmale Taille gestanden. Hugh wollte gerade das alte Kompliment auffrischen, da bemerkte er, daß Alice heute an einigen Stellen etwas molliger war als noch wenige Wochen zuvor. Sie gefiel ihm so sehr gut, dachte er, aber er zweifelte, ob es ihr gefallen würde, von ihrer Fülle zu hören.

»Also, ich habe nicht besonders auf Eure Taille geachtet«, begann er umständlich. »Aber nun, da Ihr davon sprecht –« Er brach ab und schaute genauer hin.

Nein, er bildete es sich nicht ein. Alice war nicht mehr so schlank wie an dem Tag, als er sie auf der Burg ihres Onkels getroffen hatte. Er erinnerte sich daran, wie er ihren wohlgeformten Körper letzte Nacht in Händen gehalten hatte und seufzte leise.

»Nun, Mylord?«

»Ehrlich gesagt, Madam, würde ich nicht mehr sagen, daß Eure Taille so schmal ist wie ein Blütenstengel, aber die neue Form gefällt mir sehr gut. In der Tat seht Ihr sehr gesund und kraftvoll aus mit etwas mehr Fleisch auf den Knochen.« Er brach entsetzt ab, als er sah, daß ihre Schultern zitterten.

»Alice, du darfst nicht weinen. Natürlich ist deine Taille so zart wie ein Blütenstengel. Ich schwöre, ich werde jeden zum Kampfe fordern, der etwas anderes zu behaupten wagt.«

»Das ist sehr galant von Euch, Mylord.« Dann fuhr sie zu ihm herum. In ihren Augen blitzten keine Tränen, sondern Gelächter auf. »Aber mir wäre es lieber, wenn Ihr in diesen Dingen schärfer hinschaut.«

»Alice?«

»Ihr habt vollkommen recht. Meine Taille ist nicht mehr gertenschlank, und genau besehen sind meine Brüste etwas größer als Pfirsiche geworden aus folgendem Grund: Ich erwarte ein Kind, Mylord.«

Einen Augenblick starrte Hugh sie reglos an. Sie war schwanger. Mit seinem Kind.

»Alice.« Freude wallte in ihm auf mit der Kraft strahlenden Sonnenscheins nach einer langen Finsternis.

Er schüttelte den Bann ab, den ihre Worte erzeugt hatten, stürzte zu ihr und zog sie unendlich behutsam an seine Brust.

Sie schlang die Arme um seinen Hals. »Wißt Ihr, Mylord, ehe ich Euch kennengelernt habe, habe ich nie an Legenden geglaubt.«

Hugh sah ihr in die Augen und erhaschte einen Blick auf die gemeinsame Zukunft, die in ihnen stand. Sie war angefüllt mit dem Versprechen von Liebe und Glück. »Dann sind wir quitt. Denn ich habe nie an den naturphilosophischen Aufbau der Liebe geglaubt, ehe ich dich traf.«

Alice schwamm in Seligkeit. »Liebe, Sir?«

»Ja. Liebe.« Hugh grinste, glücklicher, als er es jemals in seinem Leben gewesen war.

22

An einem warmen Tag im Spätherbst stieg Hugh mit seinem Söhnchen auf die Mauer von Scarcliffe Keep und zeigte ihm das Land, das eines Tages ihm gehören würde.

Hugh hielt das Baby im Arm, blickte auf die Umgebung und verspürte innige Zufriedenheit. Die Ernte war gut gewesen, die Wolle der Schafe hatte in diesem Jahr die allerbeste Qualität gehabt. Außerdem waren da noch die Einkünfte aus dem Gewürzhandel.

»Du wirst viel zu lernen haben«, sagte er zu dem Kind, »aber deine Mutter und ich sind hier, um dir alles beizubringen, was du wissen mußt.«

Der kleine Erasmus quietschte vergnügt und hielt sich an dem großen Daumen seines Vaters fest.

»Siehst du die Ländereien dort drüben im Osten? Das ist Rivenhall. Sir Vincents Sohn lernt gerade, wie man eine so große Burg und all das Land drum herum führt. Reginald ist dein Blutsverwandter. Vergiß das nie.«

»Dein Vater hat recht, Erasmus.« Alice kam die Stufen des Turms herunter und tauchte hinter ihnen auf. »Die Familie ist sehr wichtig.«

Hugh runzelte die Stirn. »Ist es vernünftig, hier draußen herumzulaufen?«

»Wie Ihr seht, geht es mir sehr gut. In der Tat habe ich mich von der Geburt bestens erholt. Ihr macht Euch unnötige Sorgen, Mylord.«

Sie wirkte tatsächlich kerngesund, geradezu strahlend, entschied Hugh. Die Geburt seines Sohnes kostete ihn seinen gesamten Vorrat an Tapferkeit, aber Alice hatte sich mit der Unerschrockenheit eines jungen Kriegers in das Gefecht gestürzt.

»Habt Ihr Erasmus von den Steinen von Scarcliffe erzählt?« Alice blickte lächelnd auf ihren Sohn.

»Noch nicht. Es gibt wichtigere Dinge, die er erst lernen muß«, erwiderte Hugh.

Das Kind hatte kugelrunde Äuglein und Hugh war felsenfest überzeugt, bereits jetzt ungewöhnliche Intelligenz in seinem Blick zu sehen.

»Nun«, fuhr Alice fort. »Habt Ihr ihm dann vielleicht die Legende von Hugh dem Unerbittlichen erzählt?«

Hugh stöhnte. »Nein. Das ist doch viel zu langweilig. Lieber würde ich mit ihm meine Handelsgeschäfte besprechen.«

Alice lachte: »Also gut, Sir, wir treffen ein neues Abkommen. Ihr werdet ihn ins Geschäftsleben einführen und ich bringe ihm bei, was er über die Familienlegende wissen muß. Seid Ihr einverstanden?«

Hugh begegnete ihrem liebevollen Blick und dachte an die finstere Nacht auf der Burg ihres Onkels, als sie ihm das Geschäft vorgeschlagen hatte, das sie für den Rest ihres Lebens aneinanderband.

»Du weißt genau, daß es niemanden gibt, mit dem ich lieber Geschäfte abwickle, Liebes«, er küßte sie andächtig auf die Stirn.

CAROLINE GRAHAM

»Caroline Graham schreibt einfach die besten Krimis seit Agatha Christie.«
The Sunday Times

44676

44384

44698

44261

GOLDMANN